CHEF DE GUERRE

Tome 2

Tom Clancy est né en 1947 à Baltimore. Il poursuit des études d'anglais puis tente d'intégrer l'US Army. Mais sa mauvaise vue l'empêche de participer à la guerre du Vietnam. Il écrit alors un roman inspiré de l'histoire vraie de sous-mariniers russes désireux de passer à l'Ouest : *Octobre rouge*… C'est ainsi que débute la carrière de Tom Clancy, dont les thrillers, ultradocumentés et souvent prémonitoires, sont tous des best-sellers. Tom Clancy est décédé en 2013.

Paru au Livre de Poche :

LE CARDINAL DU KREMLIN
CODE SSN
CYBERMENACE
DANGER IMMÉDIAT
LES DENTS DU TIGRE
DETTE D'HONNEUR (2 vol.)
JEUX DE GUERRE
LIGNE DE MIRE (2 vol.)
MORT OU VIF (2 vol.)
OCTOBRE ROUGE
L'OURS ET LE DRAGON (2 vol.)
POWER GAMES
5. Guerre froide
6. Sur le fil du rasoir
RAINBOW SIX (2 vol.)
RED RABBIT (2 vol.)
SANS AUCUN REMORDS
LA SOMME DE TOUTES LES PEURS
SUR ORDRE (2 vol.)
SUR TOUS LES FRONTS (2 vol.)
TEMPÊTE ROUGE

Tom Clancy et Steve Pieczenik présentent :
NET FORCE
5. Point d'impact
6. Cybernation
7. Cyberpirates

TOM CLANCY
avec Mark Greaney

Chef de guerre

Tome 2

ROMAN TRADUIT DE L'ANGLAIS (ÉTATS-UNIS)
PAR JEAN BONNEFOY

ALBIN MICHEL

Titre original :

COMMAND AUTHORITY

Ceci est une œuvre de fiction.
Les personnages et les situations décrits dans ce livre sont purement imaginaires : toute ressemblance avec des personnages ou des événements existant ou ayant existé ne serait que pure coïncidence.
Le lecteur sera toutefois intéressé de savoir que le manuscrit de ce roman a été terminé en août 2013…

Toutes les notes sont du traducteur.

ISBN : 978-2-253-09259-9 – 1re publication LGF

46

Trente ans plus tôt

Assis à son bureau aménagé à l'étage de sa demeure de Chatham, Jack Ryan, analyste à la CIA, passait sa soirée à colorier des bateaux à voiles avec des pastels. À vrai dire, il ne faisait pas grand-chose lui-même : assise sur ses genoux, sa petite tête et ses épaules penchées sur l'album de coloriage, Sally, sa fille de cinq ans, s'employait à sa tâche avec encore plus de concentration que Jack n'en était capable pour accomplir la sienne à cette heure de la soirée. Il avait essayé de la reposer par terre à plusieurs reprises, mais chaque fois elle avait protesté, insistant pour rester assise au bureau avec son papa. Jack savait qu'il devait choisir ses combats et il savait qu'il perdrait celui-ci. À vrai dire, il était ravi en fait qu'elle soit avec lui, même s'il essayait bien de temps en temps de glisser un œil vers le manuscrit sur lequel il travaillait avec son ordinateur.

C'était apparemment, là aussi, une autre bataille qu'il était voué à perdre. Elle semblait être capable de sentir le moment où son papa détournait l'attention de son chef-d'œuvre en devenir.

« Regarde-moi », dit-elle et Jack obéit avec un sourire.

Pendant que Sally coloriait ses voiliers et que Jack essayait, sans succès, de rédiger quelques paragraphes, ce dernier reportait de temps en temps son attention vers le téléphone. Il possédait un STU – « *Secure Telephone Unit* » – cadeau de la CIA, et la partie purement téléphonique de l'encombrant appareillage trônait sur son bureau à côté de son bien le plus précieux, un ordinateur Apple IIe. Il attendait d'un instant à l'autre un appel de Langley au sujet de la liste des employés et clients de la banque suisse que lui avaient donnée les Anglais l'autre jour et, quand bien même il adorait jouer avec sa fille avant l'heure du coucher, il ne pouvait s'empêcher d'être crispé à l'idée que quelqu'un, là-bas sur le terrain, attendait anxieusement la délivrance de ces renseignements cruciaux.

Par chance, Cathy arriva bientôt, avec un sourire un peu las. « Fais un gros bisou à papa, Sally.

— Non ! » couina la petite.

Elle luttait déjà contre le sommeil ; lui faire gagner sa chambre allait désormais se traduire par une séance de pleurs et de cris mais les deux parents savaient que les choses ne feraient que sérieusement empirer s'ils retardaient encore l'heure du coucher. Cathy persévéra donc, récupéra sa fille après qu'elle se fut tortillée un moment sur les genoux de son père, puis l'emporta pour la mettre au lit.

Son petit caprice fut heureusement de courte durée ; Jack l'entendit bientôt bavarder gaiement avec sa maman, alors qu'elle était encore dans le couloir.

Jack reposa les doigts sur le clavier de son Mac, prêt à travailler quelques minutes encore sur son dernier manuscrit, une biographie de l'amiral William

F. Halsey[1]. Son tout nouvel ordinateur était encore pour Jack une source d'émerveillement. La transition depuis la machine à écrire électrique n'avait pas été évidente – il y avait un quelque chose d'assez désagréable au toucher mou et très « plastique » du clavier par rapport à la robustesse rassurante des touches d'une machine à écrire – mais savoir qu'il pouvait effectuer des changements globaux, voire modifier du tout au tout son texte en seulement quelques clics et surtout qu'il pouvait stocker l'équivalent de cent pages et plus de manuscrit sur une simple disquette de cinq pouces un quart compensait largement ce défaut.

Il n'avait tapé que quelques paragraphes quand le STU pépia.

Jack introduisit sa clé en plastique dans la fente sur le devant du boîtier et répondit.

Une voix électronique répéta, à l'envi la phrase : « NE QUITTEZ PAS, LIGNE EN COURS DE SYNCHRONISATION », tandis que Ryan attendait patiemment.

Enfin, au bout de quinze secondes et l'annonce « LIGNE PROTÉGÉE », il répondit.

« Allô ?

— Salut, Jack. »

C'était l'amiral James Greer, le directeur du renseignement de la CIA.

« Bonsoir, amiral. Pardon, j'imagine que je devrais dire bon après-midi.

---

1. William Frederick « Bull » Halsey Jr. (1882-1959) est un des amiraux américains qui ont commandé la IIIe flotte pendant la guerre du Pacifique. Encore vice-amiral, il se trouvait à bord de l'*USS Enterprise* lors de l'attaque de Pearl Harbor.

— Bonsoir à vous, en tout cas. J'ai obtenu des informations préliminaires des analystes sur la liste des clients et employés de la RPB.

— Super. Je dois dire, toutefois, que je ne m'attendais pas à vous entendre appeler en personne. Ont-ils découvert des choses si bouleversantes que seul le directeur du renseignement lui-même pouvait décrocher son téléphone pour annoncer la nouvelle ou bien est-ce que je me berce d'illusions ?

— J'ai bien peur que ce soit surtout la dernière hypothèse. Les infos sont arrivées sur mon bureau, alors je me suis dit que je ferais mieux de vous passer aussitôt un coup de fil. Mais il n'y a rien là de bien renversant. La liste des employés ne livre strictement rien. Ces banquiers suisses sont à peu près aussi excitants que… des banquiers suisses.

— Je m'en doutais un peu.

— Je suis sûr que les Rosbifs le savent déjà mais Tobias Gabler, l'homme qui s'est fait tuer l'autre jour, menait une vie monacale. Il n'a pas été tué pour une raison liée à sa vie personnelle.

— Quid des clients de la banque ? Quelque chose de suspect ?

— La clientèle n'est pas aussi douteuse qu'on pourrait l'imaginer. Comme je l'ai dit, on n'en est encore qu'aux préliminaires, mais pour ce qui est des comptes personnels ouverts avec l'identité réelle du détenteur, il s'agit pour l'essentiel d'individus fortunés qui placent leur argent en Suisse parce que c'est un paradis fiscal, et pas forcément parce qu'ils dissimulent des activités criminelles. Ce sont des clients traditionnels pour la plupart. De vieilles fortunes italiennes, helvétiques, allemandes, britanniques, américaines.

— Américaines ?

— J'en ai bien peur. Bien entendu, nous n'avons pas eu le temps d'éplucher en détail tous les noms, mais je n'ai rien noté d'alarmant. En gros, nous estimons qu'il s'agit de médecins planquant leurs économies en prévision d'amendes pour faute professionnelle ou d'ex-maris se protégeant des demandes de pension de leurs ex-épouses, ce genre de choses. Pas vraiment éthique, mais pas non plus de la grande criminalité.

— Des clients venus du bloc de l'Est ?

— Aucun, même si nous ne sommes pas dupes. Le KGB se montrerait plus discret. Le seul fait que les Suisses contrôlent l'identité des détenteurs de compte ne préjuge pas qu'ils connaissent leur identité véritable. Ils se contentent de vérifier les documents qu'on leur présente. Or le KGB a des faussaires de première.

— Et qu'en est-il des recherches sur les comptes de société ?

— C'est un processus lent, pour être sincère. Comme vous le savez, quiconque désire vraiment dissimuler tout lien avec un compte bancaire va passer par un prête-nom, un mandataire qui signera à sa place. Le mandataire touche un pourcentage pour le service rendu sans jamais savoir qui le paie, c'est du reste le cadet de ses soucis. Cela peut rendre quasiment impossible l'identification du propriétaire réel du compte mais nous avons néanmoins un certain nombre de moyens à notre disposition. Ainsi avons-nous déterminé qu'un de ces comptes appartenait à un groupe de casinos, un autre à une célèbre chaîne hôtelière, et un autre à un diamantaire. Sans oublier un cabinet d'avocats de Singapour qui a…

— Attendez. Vous avez parlé d'un diamantaire ?

— Oui. *Argens Diamantaire*. Une maison anversoise. Propriété de Philippe Argens. Son compte professionnel est ouvert à la RPB. Cela veut dire quelque chose ?

— Penright, le responsable des opérations, a dit que le KGB posait des questions sur les individus susceptibles de sortir de gros virements de fonds.

— Argens Diamantaire est l'un des plus gros négociants européens de pierres précieuses. Pour l'essentiel, venues de mines sud-africaines, mais ils achètent et vendent dans le monde entier.

— Sont-ils au-dessus de tout soupçon ?

— De manière générale, oui. Le commerce des pierres précieuses n'est pas blanc-bleu mais pour autant qu'on sache, Philippe Argens dirige une entreprise légitime. »

Ryan réfléchit un instant à la question. Les hommes du KGB voulaient des informations sur des valeurs matérielles, dépôts en espèces, en or, ainsi de suite. Les diamants entrent incontestablement dans cette catégorie. Il étudierait la question avec Penright mais il n'avait pas grand espoir.

« Merci pour l'information, dit Jack. Si Penright espérait découvrir qu'un homme de main lié à la banque a tué Tobias Gabler, je pense qu'il sera déçu.

— Aucun lien avec Cosa Nostra, les Cinq Familles ou le cartel de Medellín, non, confirma Greer. J'ai bien peur que les Rosbifs doivent se résoudre à l'idée qu'un banquier du KGB tué en pleine rue, ça pourrait bien être lié avec le KGB.

— Tout juste.

— Encore une chose, Jack. J'ai discuté ce matin avec le juge Moore. Nous aimerions que les Britanniques nous mettent dans la boucle de cette affaire.

— J'en ai parlé à sir Basil l'autre jour. Il s'est montré sans ambiguïté : ils sont prêts à partager tout ce qu'ils pourront obtenir de leur source à la banque, mais ils n'ont aucune intention de vraiment établir des échanges bilatéraux.

— Tout cela est bel et bon mais ce qui m'inquiète, c'est que leur source ne soit pas éternelle. Si le KGB l'a à l'œil, soit ils déplaceront leur argent, soit ils l'élimineront. Notre fenêtre de tir pourrait bien être étroite. Alors, mieux vaut mettre en commun nos ressources pour pouvoir sauver l'opération.

— C'est assez juste, admit Ryan.

— Que savons-nous de la source ?

— Pas grand-chose, à vrai dire. Penright m'a fourni un petit peu plus d'informations, hors de la présence de Charleston. Il a bien laissé entendre que leur informateur rencontrait directement les hommes du KGB qui se faisaient passer pour des clients hongrois, donc ledit informateur est sans aucun doute un cadre commercial. Penright se trouve à présent en Suisse pour organiser une rencontre avec lui. Sans doute pense-t-il devoir apaiser son homme après l'assassinat de Gabler. Le fait que nous n'ayons pas réussi à identifier un autre coupable potentiel parmi la liste des clients me porte à penser que Penright s'est fait couper l'herbe sous le pied.

— Une source dans une banque familiale suisse dispose d'un potentiel incroyable. Arthur et moi appellerons Basil dès demain matin pour lui tirer les vers du nez.

— Bien, d'accord. Incontestablement, c'est votre responsabilité, mais nous allons devoir trouver quelque chose à offrir en échange aux Britanniques. Je ne pense pas que notre seul épluchage de la liste des clients suffise à garantir qu'ils daignent partager le contrôle opérationnel de leur source.

— Je suis d'accord, admit Greer. On trouvera bien un truc qui leur fasse plaisir, pour pouvoir négocier à armes égales un accès aux données. »

Sitôt que Ryan eut raccroché, il appela Penright dans son hôtel à Zoug. Il donna le code convenu entre eux, ce qui envoya l'homme du MI6 vers un téléphone crypté situé quelque part ailleurs en ville.

Il fallut une demi-heure à Penright pour le rappeler.

« Bonsoir, dit l'Américain.

— Bonsoir. Quelles sont les dernières nouvelles des cousins ?

— Nous avons vérifié la liste du personnel. Ça n'a rien donné.

— Je m'y attendais.

— Quant à celle des clients, le rapport préliminaire ne révèle aucun lien avec une quelconque organisation criminelle.

— Aucun ?

— J'ai bien peur que non. Nous avons toutefois découvert qu'un des comptes est celui d'une société-écran appartenant à un gros diamantaire qui possède un compte personnel à la RPB. »

Ryan lui transmit le nom de la société belge, même si Penright ne parut pas franchement renversé par l'information.

« OK, Ryan. Je dois voir mon informateur demain. Mon objectif principal est de le rassurer, mais j'essaierai dans le même temps d'essayer d'en tirer un peu plus. Il devrait être en mesure de nous fournir des documents internes sur le titulaire de ce compte de deux cent quatre millions.

— Je peux déjà garantir que ce compte sera détenu par une société-écran. Ça ne sera pas facile de creuser plus loin.

— Une idée d'astuce qui pourrait s'avérer utile ? demanda Penright.

— Oui. S'il peut nous procurer des informations sur la procédure utilisée pour virer l'argent dessus, ce nous serait encore plus utile que de nous donner les coordonnées du véritable titulaire.

— Vraiment ? Comment ça ?

— Parce que chaque pays a ses lois spécifiques sur le secret bancaire. Si l'argent a été viré depuis une autre banque occidentale, nous pourrions plus aisément identifier le titulaire en partant de son compte chez celle-ci.

— C'est une bonne idée.

— Évidemment, ajouta Jack, je ne connais pas votre informateur. Il se pourrait qu'il n'ait pas accès aux données de virement interbancaire. Et s'il farfouille un peu trop, ça pourrait être risqué pour lui.

— Compris, vieux, répondit Penright. Je lui conseillerai de marcher sur des œufs.

— Est-ce que je peux faire autre chose ?

— Continue de phosphorer. Nous autres hommes d'action avons toujours besoin d'un cerveau un peu plus posé pour nous épauler. »

Ryan crut y entendre une légère raillerie non intentionnelle mais il laissa couler.

47

De nos jours

Clark, Chavez et Caruso étaient revenus de leur mission en Crimée pour retrouver une capitale en proie aux manifestations et aux émeutes. Les querelles politiques faisaient l'actualité tandis que des bandes criminelles affrontaient la police à l'arme à feu dans les rues.

Après qu'ils eurent retrouvé le reste de leur équipe dans leur planque, Igor Kryvov conduisit Clark au Grand Hôtel Fairmont où ce dernier espérait endosser à nouveau l'habit du journaliste désœuvré qui avait décidé de mettre sur ses notes de frais une suite de luxe dans un cinq étoiles.

Mais sitôt parvenu devant la porte, Clark se rendit compte qu'un certain nombre de changements étaient intervenus dans les quarante-huit heures qu'avait duré son absence.

Le premier signe que tout n'était plus comme auparavant vint quand il fut arrêté à l'entrée du hall par un officier en uniforme du ministère des Affaires étrangères qui lui demanda son passeport. Clark le fournit et, pendant que le fonctionnaire impavide l'examinait, Clark crut bon de préciser qu'il était client de l'établissement.

L'officier lui rendit le document avant d'ajouter : « Plus maintenant. L'hôtel est fermé. »

Avant que Clark pût répondre, un employé de l'hôtel apparut, prit son nom et le numéro de sa chambre et, avec force excuses embarrassées, lui expliqua qu'on allait descendre ses bagages mais qu'il lui faudrait trouver un autre endroit où loger.

Clark répondit avec confusion et insolence, mais uniquement parce que c'était raccord avec sa couverture. En réalité, il avait pu jeter un coup d'œil à l'intérieur du hall quand l'employé était sorti et il voyait parfaitement ce qu'il s'y manigançait. Les Sept Géants s'étaient intégralement emparés de l'hôtel et la police locale et même des hommes du ministère de l'Intérieur protégeaient à présent le bâtiment, tenant à l'écart quiconque n'était pas membre du personnel.

C'était un développement intéressant. Pour Clark, cela signifiait qu'une partie du gouvernement ukrainien, tant au niveau local que national, soutenait ouvertement les actions de Gleb la Balafre et de la mafia des Sept Géants.

Clark se demanda si un véritable coup d'État allait constituer l'étape suivante ou si tous les partisans des criminels russes désormais présents dans la capitale avaient juste l'intention de se tenir tranquilles et d'attendre que les Russes envahissent le pays et s'emparent du pouvoir.

Clark récupéra ses bagages puis regagna la planque. Il savait qu'il en aurait besoin d'une nouvelle, plus proche de l'hôtel, pour lui permettre d'y surveiller les allées et venues. Il semblait bien que le Fairmont fût en passe de devenir le point zéro d'une sorte d'insurrection et Clark voulait être assez près de l'action pour en identifier les acteurs et comprendre la partie qui se jouait.

Ils passèrent donc la soirée à repérer des endroits susceptibles de l'abriter près du centre-ville. Les hommes en profitèrent pour manger les steaks-salades qu'Igor était descendu chercher dans un restaurant voisin. Comme toujours la télé était calée sur la chaîne ukrainienne ICTV et le volume était monté assez haut pour brouiller tout dispositif d'écoute. Les six hommes avaient passé la soirée à essayer d'oublier ce bruit de fond mais, sur le coup de vingt-trois heures, l'annonce en ouverture du journal de la nuit amena Kryvov à lever la tête et, quelques secondes plus tard, John, puis Ding firent de même parce qu'ils comprenaient suffisamment bien le russe pour déchiffrer l'ukrainien à la télé.

Igor traduisit pour les autres. « Il va y avoir une allocution dans une heure devant le bâtiment de la Verkhovna Rada – c'est le Parlement – sur la place de la Constitution. Les médias vont le transmettre en direct. Oksana Zueva sera là.

— Qui est-ce ? demanda Driscoll.

— Elle est à la tête du bloc prorusse au Parlement. Si les nationalistes sont chassés du pouvoir, elle est bien placée pour devenir le nouveau Premier ministre.

— Est-elle populaire ? » s'enquit Chavez.

Igor haussa les épaules. « Valeri Volodine la soutient, aussi son parti obtient-il des subsides et une aide en secret des Russes. »

Tandis qu'ils parlaient, Gavin, qui s'était tenu dans son coin à pister les balises GPS dans toute la ville, leva la tête. « Quelqu'un a parlé de la place de la Constitution ?

— Ouais, confirma Igor. Je disais qu'une allocution allait s'y tenir. »

Gavin saisit un calepin, y griffonna quelque chose, puis le passa à Driscoll. Ce dernier lut le message, puis le fit passer au suivant.

Quand il parvint à Ding, celui-ci le lut. « Le premier véhicule que nous avons équipé l'autre jour – désigné "Cible Un" – se trouve en ce moment même immobile, apparemment garé, sur la place de la Constitution. »

Ding regarda Dom. Tout haut, et à l'intention de tous les micros susceptibles de capter sa voix pardessus le bruit de la télévision, il annonça : « Vous savez quoi, on devrait vraiment prendre une caméra et aller là-bas tourner quelques plans. »

Dom s'empressa de couper une grosse tranche de steak. Avant de la fourrer dans sa bouche, il répondit : « Allons-y. Je prends le matos. »

Trois quarts d'heure plus tard, Chavez et Caruso s'arrêtaient près du bâtiment de la Rada, où se réunissait le Parlement ukrainien. Il leur fallut un moment pour trouver une place où se garer ; l'endroit était loin d'être bondé mais plusieurs centaines de personnes s'étaient toutefois rassemblées devant une tribune installée devant l'imposant édifice néoclassique, écoutant les discours en attendant le clou de la soirée.

Des dizaines de représentants des médias se trouvaient parmi la foule, regroupés en masse compacte au pied de l'estrade. Ding et Dom prirent leur caméra vidéo, vérifièrent que leur badge de presse était bien accroché à leur cou et se dirigèrent vers le troupeau.

Ils avaient chaussé leurs oreillettes Bluetooth pour pouvoir rester en communication constante avec Gavin Biery resté dans la planque. Les rares fois où Gavin leur parlait, c'était à voix basse ; la plupart du temps, il faisait de son mieux pour camoufler ses commentaires, au cas où quelqu'un parviendrait à l'entendre via les micros cachés du FSB dont l'appartement devait sans aucun doute être truffé.

Alors qu'ils s'approchaient de l'estrade à l'autre bout de la place, Gavin le dirigea vers le parking où était garé leur véhicule cible. À leur arrivée, toutefois, ils découvrirent que le parking était fermé par une grille verrouillée, dans l'enceinte même du bâtiment du Parlement.

C'était intéressant, du fait même que, bien qu'étant dans l'impossibilité d'approcher le SUV pour en savoir plus sur ses propriétaires, ils y voyaient le signe que les gars qui avaient rencontré Gleb la Balafre quelques jours plus tôt avaient quelque part eu le culot de garer leur véhicule dans un site officiel du gouvernement ukrainien.

Les deux Américains retournèrent vers l'estrade et fendirent la foule pour gagner le premier rang, comme s'ils étaient d'authentiques envoyés spéciaux.

Plusieurs hommes politiques étaient venus participer à ce meeting destiné essentiellement à la télé ; certains s'étaient déjà exprimés, mais les cadors n'étaient pas encore montés sur scène même si leur arrivée était à présent imminente.

La femme sur l'estrade était Oksana Zueva et tous les journalistes présents étaient surtout venus pour elle. Zueva était la chef du parti de l'Unité régionale ukrainienne, le principal parti prorusse du pays, et elle n'avait pas fait un secret de son désir de concourir au poste de Premier ministre lors des prochaines élections.

Son discours de ce soir devait, c'était prévu, se cantonner à une litanie de reproches contre le parti nationaliste Ukraine Un. Cette déclaration contre le parti au pouvoir allait encore la rapprocher des prorusses dans l'est du pays, ce qui ravirait Moscou qui lui prodiguerait un soutien total lors de l'élection à venir, un atout crucial pour la victoire.

Même si Zueva et son mari avaient été accusés de toutes sortes de corruptions du temps de son mandat de député, le parti Ukraine Un n'avait pas réussi à la marginaliser ou à lui attribuer directement tel ou tel fait de corruption et son intelligence de même que son aisance devant les caméras avaient fait beaucoup pour adoucir son image, même si les lois qu'elle avait réussi à faire passer dans le bâtiment derrière elle étaient parmi les plus strictes de toute la législation ukrainienne.

Nonobstant ses opinions politiques, toutefois, on devait bien admettre qu'Oksana était une femme superbe à l'allure frappante. Blonde, la cinquantaine, elle arborait ses cheveux coiffés en tresse traditionnelle et portait toujours des vêtements griffés très chics qui gardaient toutefois un subtil petit quelque chose des tenues folkloriques du pays.

Tout en observant et en filmant l'événement, Ding et Dom gardaient à l'œil les deux hommes qu'ils avaient photographiés devant le Fairmont alors qu'ils montaient dans le véhicule désigné Cible Un. Ils scrutaient également la foule sur la place, mais il y avait quantité de visages dans la pénombre, aussi étaient-ils bien conscients d'avoir peu de chance de parvenir à une identification positive.

Alors qu'ils surveillaient les alentours, sur scène Zueva présenta l'un des chefs de son parti. Elle quitta son siège et, avec un signe de la main plein d'aisance et un sourire qui réussit à charmer même les deux Américains pourtant fermement opposés à sa cause prorusse, elle s'approcha du micro.

Elle ne devait jamais l'atteindre.

Il y eut une détonation sonore ; par la suite, bien des journalistes présents avouèrent avoir cru entendre un moteur pétarader, mais les deux Américains avaient aussitôt reconnu le bruit d'une arme de guerre.

Oksana Zueva recula en titubant sur ses talons aiguilles, son sourire s'évanouit, remplacé par un air confus que saisirent toutes les caméras, puis elle s'effondra doucement sur l'estrade recouverte de moquette et chut sur le dos.

Du sang apparut sur ses seins.

Les échos de la fusillade sur la façade néoclassique de la Rada rendirent quasiment impossible la localisation de l'origine du coup de feu. Des responsables de la sécurité se mirent à tourner en rond, leur arme dressée en l'air en même temps que des dizaines de journalistes se jetaient au sol. La foule se mit à hurler, à crier et à courir en tous sens.

Ding et Dom avaient plongé à terre comme tous les journalistes et spectateurs autour deux mais ils ne quittaient pas des yeux les alentours, cherchant à déterminer la provenance du coup de feu d'après la position de la blessure sur le torse de la femme.

Ils se concentrèrent sur le parking situé à l'ouest, de l'autre côté de la rue Grouchevsky.

Ils se levèrent d'un bond pour rejoindre leur voiture garée à l'autre bout de la place mais, le temps de démarrer et prendre la direction voulue, le trafic était bloqué, suite aux barrages qu'avait commencé d'établir la police.

Chavez plaqua la main sur le volant, agacé.

Caruso parla dans son oreillette : « Gavin. Cible Un. Le véhicule se déplace-t-il ? »

Une pause. « Oui. Vers l'ouest, à travers le parc. »

Chavez contempla le barrage devant eux. Le SUV équipé d'un mouchard était déjà de l'autre côté et il aurait disparu depuis longtemps quand ils auraient réussi à franchir le barrage.

« Merde. Ils sont partis.

— Je ne pige pas, observa Dom. Gleb la Balafre est venu ici bosser pour le compte des Russes, n'est-ce pas ?

— Ça paraît évident, ouais. Il sert de petite main au FSB.

— Mais cette femme qui vient de se faire assassiner était le personnage politique favori des Russes en Ukraine. Pourquoi la Russie serait-elle donc impliquée dans sa mort ? »

Ding aurait volontiers répondu si Dom ne l'avait fait à sa place.

« C'est pourtant évident… si la tête du parti prorusse se fait éliminer, on va en accuser illico les pronationalistes.

— Ouaip, confirma Chavez. Ce qui accroîtra les tensions entre les deux camps. Et selon toi, qui va croire devoir se pointer pour restaurer l'ordre ? »

Caruso siffla doucement. « Merde, Ding. Si le Kremlin tue ses propres partisans politiques à Kiev, c'est vraiment un meurtre de sang-froid. »

Ils quittèrent la queue de véhicules bloqués et firent demi-tour. Inutile désormais d'essayer de pister le véhicule marqué ; ils pouvaient, après tout, reprendre leur surveillance à tout moment.

48

Trente ans plus tôt

Une fois encore, Jack Ryan se retrouva dans le bureau confortable du directeur général du MI6, sir Basil Charleston. On était en fin d'après-midi, le lendemain du jour après que Jack eut appelé David Penright à Zoug pour lui annoncer que la CIA n'avait pas été capable de trouver un autre motif à l'assassinat de Tobias Gabler. Ryan supposa que Basil avait dû s'entretenir un peu plus tôt avec le directeur de la CIA, le juge Arthur Moore, car Greer avait mentionné que l'Agence américaine s'apprêtait à demander officiellement au SIS d'exploiter de manière bilatérale leur source au sein de la banque helvétique.

Jack assurant la liaison avec la CIA, il supposa, maintenant qu'il était dans le bureau de sir Basil, qu'il n'allait pas tarder à apprendre dans quelle mesure précise les États-Unis seraient impliqués avec la source au sein de la Ritzmann Privatbankiers.

« Bien, bien, bien, commença Charleston. J'ai parlé avec vos supérieurs à Langley et ils réclament avec insistance d'être plus impliqués dans la situation qui se développe en Suisse. J'ai donné mon accord. »

Avant que Ryan ait pu répondre, Basil poursuivit : « Notre agent chez Ritzmann Privatbankiers a le nom de code Morningstar. C'est un cadre et, par conséquent, il a accès à une large gamme d'informations sur les comptes comme sur les clients. »

Eh bien, songea Ryan. Voilà que la journée s'annonçait intéressante.

Basil poursuivit en lui donnant plus ou moins les mêmes informations qu'il avait déjà entendues de la bouche de Penright quelques jours plus tôt : qu'il semblait bien que le KGB recherchait assidûment une large somme d'argent volé planquée sur un compte numéroté à la RPB.

Après avoir écouté Basil lui décrire la situation dans ses grandes lignes, Jack intervint. « Je suppose que la CIA a offert quelque chose en échange. »

Charleston haussa un sourcil. « Ils ne vous ont pas dit ? »

Jack pencha la tête de côté. « Dit quoi ?

— Ce qu'ils offrent, c'est vous.

— *Moi* ?

— Oui. Nous vous expédions en Suisse illico. »

Ryan se redressa sur son siège. « Et pour faire quoi, au juste ?

— Nous aimerions que vous vous rendiez à Zoug pour épauler Penright sur le terrain. D'ici là, il aura recueilli de nouvelles informations, via notre source à la banque : numéros de compte, informations sur les virements, sur les fonds de placement et les fondations publiques utilisés dans le financement des sociétés-écrans utilisées pour alimenter le compte principal. De toute évidence, tous ces renseignements devront être recherchés avec soin, mais j'ai convenu d'avoir un représentant de la CIA là-bas sur place, afin qu'il puisse rapatrier sur Langley tout élément d'intérêt sitôt que nous serons en sa possession. En échange, la CIA nous fournira le soutien logistique pour exploiter ces renseignements.

— Tout ceci arrive très vite, constata Jack.

— Certes. La situation est fluide.

— Fluide au sens où votre source pourrait ne pas rester longtemps en place ?

— Hélas oui, même si la tâche de David est d'assurer sa sécurité.

— Depuis combien de temps gérez-vous Morningstar ?

— Il est venu nous contacter le lendemain du jour où ces hommes du KGB sont venus le menacer dans son bureau.

— Il était volontaire ?

— Oui. Il n'aime pas voir sa banque travailler avec les Russes et les menaces personnelles ont suffi à le faire basculer, de fait.

— Donc, il est si neuf dans le métier que vous ne l'avez pas encore réellement exploité comme source.

— Nous n'avons encore rien reçu de lui en dehors de cette liste de clients et d'employés déjà partagée avec vous. Comme je vous ai dit, il doit nous en fournir plus sur ce compte. Notre espoir est de pouvoir d'une manière ou de l'autre le protéger des éventuelles retombées afin de pouvoir continuer à exploiter ses renseignements à l'avenir. Mais pour l'heure, il a besoin de notre aide. »

Basil posa une main sur le genou de Jack. « Irez-vous ? »

Jack ne répondit pas tout de suite. Il resta plutôt à contempler la Tamise pendant un moment.

Charleston nota son hésitation. « Je sais que vous n'êtes pas banquier.

— Ce n'est pas que je ne sois pas banquier, c'est que je ne suis pas un espion.

— Jack, vous vous êtes montré brillant à Rome, et vous avez été plus que brillant l'an dernier face à ces terroristes nord-irlandais. Vous êtes peut-être analyste, mais vous êtes plus que doué. Par ailleurs, vous serez installé dans notre planque sur place. Je ne l'ai pas personnellement visitée, mais je suis certain qu'elle est parfaitement sûre et confortable. »

Jack savait qu'il allait dire oui. Il répondait toujours oui quand on lui demandait.

« Quand est-ce que je pars ?

— J'aimerais qu'un chauffeur vous reconduise chez vous pour faire vos bagages au plus vite.

— Mais... Cathy. Il faut que je prévienne Cathy. »

Grimace de sir Basil. « Oui, bien sûr. Toutes mes excuses. Je suis habitué à diriger des agents comme Penright. Ils peuvent filer n'importe où d'un claquement de doigts.

— Ce n'est pas mon cas, Basil. Je joue collectif, mais j'ai également mon équipe à la maison. »

Charleston acquiesça. « Bien entendu. Disons que je vous envoie demain. Parlez avec lady Caroline ce soir et revenez demain matin avec un sac de voyage. »

Jack se rendit compte que si on lui donnait ordre de se présenter le lendemain avec arme et bagages, alors il n'aurait pas à demander à Cathy son avis ce soir.

M. et Mme Ryan se retrouvèrent à Victoria Station et prirent le train de dix-huit heures dix pour Chatham. Jack ne fit pas mention de son voyage imminent en Suisse, même quand Cathy l'interrogea sur sa journée et il se demanda s'il allait se faire sonner les cloches pour ça, une fois de retour à la maison. Mais il savait aussi qu'un train de banlieue n'était pas l'endroit idéal pour annoncer à sa femme que le MI6 et la CIA montaient une opération commune pour l'envoyer en mission secrète.

Sur le chemin du retour depuis la gare, Jack lui suggéra de s'arrêter à un restaurant chinois prendre des plats à emporter. L'idée plut beaucoup à Cathy ; elle avait passé plusieurs heures en salle d'opération aujourd'hui et l'idée de rentrer et profiter d'un repas déjà prêt la mit d'excellente humeur.

C'était bien entendu le but visé par Jack.

Ils dînèrent et jouèrent avec les enfants et puis, une fois seulement que Sally et Jack Junior furent profondément endormis, Jack demanda à Cathy de s'asseoir avec lui sur le canapé du salon.

Cathy avisa deux verres de vin rouge posés sur la table basse devant le canapé et aussitôt, elle se crispa.

« Où vas-tu et pour combien de temps ?

— Ma foi…

— Tu ne peux pas me dire où. Je comprends. Mais combien de temps ?

— Chérie, je l'ignore. Quelques jours, au moins. »

Cathy s'assit et Jack vit un changement s'opérer en elle. Elle pouvait se montrer espiègle, aimante, maternelle. Mais quand les choses devenaient sérieuses, c'était comme si elle basculait un interrupteur et devenait soudain très professionnelle, presque dépourvue d'émotions. Jack était certain que cela venait de son métier de chirurgien. Elle était capable de prendre ses distances vis-à-vis d'un problème afin, sinon de le résoudre, du moins de l'affronter.

« Quand pars-tu ?

— C'est plus ou moins une urgence. J'aimerais pouvoir te donner plus de détails mais…

— Tu pars *demain* ? Juste comme ça ? »

Parfois, Jack se demandait s'il lui suffisait de penser à une chose pour que Cathy le sache. Jamais il n'avait rencontré quelqu'un d'aussi intuitif.

« Oui. Je suis envoyé par Greer et Charleston. »

Elle haussa les sourcils. « La CIA et le SIS, à la fois. Ça va être dangereux ?

— Non. Du tout.

— La dernière fois que tu t'es absenté pour deux jours, observa Cathy, tu m'as dit la même chose. À ton retour, tu as reconnu avoir eu plus que tu n'avais escompté. As-tu oublié, Greer et Charleston ont-ils oublié que ta qualification professionnelle est celle d'analyste ?

— Je suis un analyste. Je me rends dans une maison d'un pays occidental ami et là, je vais examiner des rapports.

— Mais tu ne peux pas le faire depuis Century House ? »

Jack haussa les épaules, sans trop savoir que dire. Au bout d'un moment, il répondit : « Tout ceci a un caractère d'urgence. Nous avons besoin de quelqu'un sur place pour examiner l'information, l'évaluer, puis l'envoyer à Langley et à Londres.

— Pourquoi cette précipitation ? »

Jack pouvait le voir dans les yeux de Cathy. Elle avait déjà soutiré plus d'informations qu'il n'aurait désiré en fournir, et voilà qu'elle en réclamait encore plus.

Sa femme aurait fait une sacrée bonne espionne.

« Tout se passera sans problème, promit-il. Il faut que j'y aille, mais je te promets que je ne serai pas absent plus d'une minute que nécessaire. »

Il l'embrassa et bientôt, elle lui rendit son baiser.

Jack se confondit en excuses, il devait monter dans son bureau passer un coup de fil en Suisse sur le STU. Il l'embrassa de nouveau et l'abandonna sur le divan.

Cathy resta avec son verre de vin. Elle n'était pas ravie. Même si son mari avait prouvé qu'il était capable de se tirer des situations dangereuses, il n'était jamais passé par la Ferme, le centre d'entraînement des agents de la CIA.

Elle savait qu'il ferait de son mieux, qu'il ferait tout son possible pour retrouver son toit et sa famille, mais il y avait partout ailleurs des dangers auxquels il semblait incapable de se soustraire.

Et, plus que toute autre chose, Cathy Ryan ne comprenait tout simplement pas pourquoi Jack – un mari, un père, un historien et un analyste en assistance technique – avait réussi à se transformer en espion.

49

De nos jours

Valeri Volodine avait l'habitude de se déplacer sur un rythme qui obligeait les autres à lui courir après, mais ce matin, il marchait encore plus vite que d'habitude. Alors qu'il sortait en coup de vent de l'ascenseur pour emprunter d'un pas décidé le couloir du vingt et unième étage du siège de Gazprom à Moscou, seuls les agents de sécurité les plus athlétiques de son entourage furent capables de rester à sa hauteur. Les fonctionnaires de Gazprom, les secrétaires et autres agents des relations publiques étaient loin à la traîne alors qu'il se dirigeait vers la salle de direction à l'aménagement dernier cri.

Des employés du géant de l'exploitation gazière regardaient par les cloisons vitrées de leurs bureaux ou par-dessus les parois de leurs boxes le passage express du président russe. Plus de cinq mille d'entre eux, sur près d'un demi-million, travaillaient au siège principal de l'entreprise et ces personnels avaient l'habitude de voir passer des gros bonnets du gouvernement, puisque Gazprom était en grande partie une entreprise nationalisée, et la part qui n'était pas officiellement propriété de l'État appartenait plus ou moins en secret à ses dirigeants.

Pourtant, Volodine n'était venu ici qu'une seule fois auparavant, le jour où il avait coupé le gazoduc vers l'Estonie.

Et tous ceux qui le voyaient aujourd'hui au vingt et unième étage, ceux surtout qui avaient remarqué son allure décidée et qui avaient un minimum de connaissance de l'actualité internationale, tous ceux-là savaient pertinemment ce qu'il venait faire.

Volodine entra dans la salle de direction puis là, il s'immobilisa soudain. Même s'il était obstiné et même têtu, à un degré presque pathologique, il ne put qu'être impressionné par le spectacle qui se présentait à lui. Une cinquantaine d'employés planchaient sérieusement à leurs bureaux et devant eux, sur le mur principal de la salle, une carte numérique de trente mètres de long sur huit de haut affichait un dédale lumineux de gazoducs entrelacés de couleurs différentes. C'était la représentation graphique du réseau de distribution de Gazprom, long de quelque cent soixante-quinze mille kilomètres, et s'étendant d'est en ouest de la Sibérie à l'Atlantique, et du nord au sud de l'Arctique à la mer Caspienne.

Ici, au centre névralgique du réseau, quelques commandes pianotées sur un terminal d'ordinateur pouvaient interrompre l'alimentation en énergie d'une bonne partie de l'Europe et plonger des millions de personne dans le froid et l'obscurité, bloquer l'industrie et les transports.

Et tel était le plan.

Volodine avait prévu une allocution ; une équipe de télévision accompagnait son équipe de presse et tous envahirent la pièce et se mirent à filmer.

Mais Volodine changea d'avis concernant son laïus. Il décida que moins il en dirait, plus ses actes auraient d'impact. Il se dirigea donc vers l'avant de la salle, se retourna, fit face aux opérateurs de contrôle. Tous le regardaient, les yeux écarquillés, attendant les instructions qui allaient venir à coup sûr.

Le président russe prit la parole : « Mesdames et messieurs, tous les gazoducs en direction de l'Ukraine et traversant le pays doivent être coupés. Immédiatement. »

Ceux qui contrôlaient le débit des canalisations desservant l'Ukraine avaient été briefés avant l'arrivée du président. Mais personne n'avait rien dit au sujet de celles qui traversaient le pays et desservaient l'Europe occidentale.

Le directeur des gazoducs de transfert était aussi au deuxième rang. Il allait obéir, bien sûr, mais il ne voulait pas commettre d'erreur. Avec une réticence certaine, il se leva.

« Monsieur le Président, juste pour éviter tout malentendu, couper toutes les lignes qui traversent l'Ukraine réduira de soixante-quinze pour cent l'approvisionnement en gaz de l'Europe. »

Le directeur se demanda si sa carrière allait s'achever aujourd'hui avec cette question, mais Volodine parut ravi de se voir ainsi offrir l'occasion de préciser sa déclaration.

Le président répondit : « Les autorités politiques aujourd'hui au pouvoir en Ukraine se sont montrées incapables de gérer les ressources dont les peuples d'Europe occidentale ont désespérément besoin. Le gaz naturel est notre ressource et cette ressource restera menacée tant que l'Ukraine continue d'être un État instable. Nous autres Russes en appelons à la communauté internationale pour faire pression sur Kiev. Nous sommes au printemps, l'Europe ne ressentira pas les effets les plus dramatiques de ces actions avant plusieurs mois et je suis certain que, d'ici là, elle nous aidera à régler cette crise bien avant que le froid devienne un problème. Je m'inquiète moins pour les problèmes énergétiques de l'Europe que pour la défense de la citoyenneté russe ici et dans l'étranger proche. Avec cette décision de coupure des gazoducs d'exportation, j'espère voir naître une prise de conscience de l'urgence de la situation. »

Pas le moindre sourire sur le visage de Volodine. Pas non plus de rire sardonique. Il venait de délivrer l'édit qui avait la potentialité de dévaster l'existence de millions de gens comme si ce n'était guère plus qu'une décision administrative concoctée par un jeune technocrate.

La procédure de coupure des gazoducs s'avéra étonnamment simple et rapide. Volodine, les mains sur les hanches, regarda les premiers traits sur l'immense graphique changer de couleur, passer du vert au jaune, puis au rouge, signifiant l'interruption du débit.

Il n'attendit pas la fin de la procédure de coupure ; il y avait tellement de gazoducs, après tout. Au lieu de cela, il demanda à chacun de continuer à faire du bon boulot, puis il ressortit du centre de contrôle aussi rapidement qu'il était venu.

Quelques minutes plus tard, Volodine était redescendu et de retour à l'arrière de sa limousine blindée et, alors que le véhicule fonçait vers le nord à travers la capitale sur la file réservée aux véhicules officiels, le président se tourna vers le secrétaire de la présidence, assis à côté de la lui. « Appelle-moi Talanov. »

Tandis qu'il attendait, il feuilleta les papiers posés sur ses genoux, tout en buvant du thé dans un porte-verre en métal filigrané.

Bientôt, son secrétaire lui passa un mobile. Volodine le prit. « Roman Romanovitch ?

— *Da, Valeri.* »

Jamais Talanov ne l'aurait appelé par son prénom en public mais Talanov n'était jamais en public, donc le problème était inexistant.

Volodine l'interrogea : « L'exploitation médiatique du complexe de la CIA à Sébastopol a-t-elle eu lieu ?

— *Da.* Les résultats n'ont pas été ceux escomptés. Le groupe de la CIA présent sur place a évacué les lieux avec l'essentiel de son équipement et détruit le reste. Ils ont infligé de lourdes pertes à nos *spetsnaz*, ainsi qu'aux irréguliers des Sept Géants.

— Et nous n'avons rien à montrer de notre côté ? » Avant que Talanov pût répondre, Volodine précisa : « Des corps ? Quid des corps des Américains tués ?

— Il y avait beaucoup de sang dans le bâtiment principal du complexe. Je me suis laissé dire qu'il y en avait suffisamment pour qu'on puisse affirmer avec confiance que les Américains ont perdu plusieurs hommes. Mais tous les corps avaient été récupérés quand les marines sont venus sauver les hommes de la CIA.

— Bigre.

— *Niet problem*. Tout ira bien, Valeri. Nous rattraperons le coup avec un incident diplomatique.

— Comment cela ?

— Nous sommes en train d'enregistrer des interviews avec des Ukrainiens qui travaillaient sur place. Ils diront ce qu'on leur demandera de dire. De plus, nous avons des films du survol par l'aviation américaine. Les Américains diront qu'il s'agit d'appareils sous commandement de l'OTAN venus sauver leurs partenaires des troupes de maintien de la paix mais vous déclarerez que la CIA travaillait en Crimée à déstabiliser la région.

— Je voulais des preuves concrètes.

— Désolé, Valeri, mais si tu voulais des cadavres, tu aurais dû autoriser la flotte de la mer Noire à abattre les avions américains. Mais ce n'est pas mon domaine.

— Non, Roman, ça ne l'est pas. Je ne voulais pas déclencher une guerre avec l'Amérique pour Sébastopol. Je voulais des preuves d'une provocation de la CIA à Sébastopol utilisables contre les Américains, au moment opportun.

— Je comprends. Mais si tu…

— Je veux que tu m'en donnes davantage, Roman. J'ai besoin d'un acte qu'on puisse incontestablement attribuer à la CIA dans la région. »

Il y eut un bref silence au bout du fil. La pause aurait été bien plus longue si Roman Talanov et Valeri Volodine ne s'étaient pas aussi bien connus.

« Je te comprends, Valeri, reprit Talanov. Tu vas fabriquer quelque chose et je me servirai des éléments concrets dont nous disposons sur l'installation de Sébastopol pour confectionner des preuves indubitables.

— Et vite, *très* vite. Je vais d'interrompre la livraison de gaz à l'Ukraine et au-delà.

— Je m'y mets alors de ce pas. *Poka.* »

À bientôt.

50

Trente ans plus tôt

Jack Ryan arriva à Century House avec ses sacs déjà remplis pour son voyage en Suisse. Il devait être à Heathrow à midi, aussi estima-t-il pouvoir abattre une heure et demie de travail avant de redescendre avec ses bagages et sauter dans un taxi.

Sa première tâche de la journée était d'appeler David Penright à Zoug, pour s'assurer qu'il avait bien reçu les documents de Morningstar et connaître les éventuelles ultimes instructions de l'espion britannique sur le terrain.

Il venait de regagner son bureau avec sa première tasse de café matinale, prêt à allumer le STU pour passer son appel quand le directeur du groupe de travail sur la Russie, Simon Harding, entra précipitamment. « Charleston te demande dans son bureau, tout de suite. »

Jack lut de la consternation sur les traits de Harding.

« Que se passe-t-il ?

— File, vieux. »

Quelques minutes plus tard, Jack sortait de l'ascenseur pour gagner le bureau d'angle du directeur. Pendant le trajet dans la cabine, il rumina une douzaine de scénarios possibles mais il dut bien admettre qu'il n'imaginait pas ce qui pouvait avoir agité Harding à ce point.

Charleston se tenait derrière son bureau avec une demi-douzaine de personnes autour de lui, toutes inconnues de Ryan. Sitôt qu'il se retourna et le vit, Basil l'invita à s'asseoir.

Jack se dirigea vers le canapé et Basil vint s'asseoir en face de lui. Il ne présenta pas les autres hommes.

« Que se passe-t-il ?

— Une terrible nouvelle, je le crains. David Penright... est mort. »

Jack sentit comme un coup de poignard à l'estomac. « Oh mon Dieu.

— Nous venons de l'apprendre. »

Une vague de confusion submergea Ryan. « Que s'est-il passé, bon sang ?

— Renversé par un putain de bus.

— Un bus ? »

L'un des autres témoins s'approcha pour s'asseoir en face de Ryan. « Ils vont découvrir qu'il avait bu, constata-t-il. Comme la plupart des agents en déplacement, il caressait un peu trop la bouteille.

— Je... je lui ai parlé hier soir. Il allait bien. »

L'homme précisa : « Il a quitté la planque de Zoug à vingt et une heures. Dès qu'il a eu fini de s'entretenir avec vous, d'après ce que je sais. Puis il a rencontré Morningstar. Après cela, il a commencé la tournée des bars.

— Qui êtes-vous ? » demanda Jack.

Basil se racla la gorge. « Jack Ryan, Nick Eastling. De la division contre-espionnage. »

Les deux hommes échangèrent une poignée de main, même si Ryan était encore en état de choc.

D'un signe de tête, Eastling indiqua les autres hommes restés près de la fenêtre. « C'est le reste de mon équipe. »

Les cinq hommes se tournèrent pour regarder dans leur direction.

Jack se tourna vers Basil, il voulait en savoir plus : « Nick et son équipe vont enquêter sur la mort de David. Les Suisses sont sur le point de conclure qu'il s'agit d'un accident mais notre antenne de Zurich va les contacter pour s'assurer que leur enquête se termine rapidement et sans vagues, de telle sorte que la nôtre puisse débuter sur des bases saines.

Eastling précisa : « Nous arriverons à la même conclusion. Il y a des témoins pour indiquer que Penright est sorti d'une brasserie peu après minuit, qu'il s'est engagé sur la chaussée pour héler un taxi, puis a continué de s'avancer au milieu de la circulation pour se faire renverser par un autobus qui venait de déboucher. Le machiniste coopère, dans la mesure de ses moyens. Les Suisses disent qu'il a été traumatisé par l'accident. »

Jack était tout aussi incrédule que cet Eastling semblait sûr de lui. « Vous y croyez vraiment, à cette histoire ?

— Ce n'était pas un assassinat, insista Eastling. Dès que nous aurons récupéré le corps, nous allons bien entendu procéder à un examen toxicologique, mais j'ai dans l'idée que le seul mystère qu'ils découvriront, c'est comment, vu la quantité de gin ingérée, il a pu descendre de son tabouret et réussir à gagner la porte. » L'homme grimaça comme s'il répugnait à dire du mal du défunt mais il poursuivit néanmoins : « David avait un problème. »

Ryan quitta des yeux l'agent du contre-espionnage pour interroger Charleston. « Morningstar est-il au courant de la mort de Penright ?

— Non. Penright avait de faux papiers, au nom de Nathan Michaels. Ce genre de disparition va faire la une là-bas, mais les journaux l'identifieront sous son nom d'emprunt. Morningstar ne fera pas le lien.

— Il faut que vous le préveniez.

— On n'a pas encore pris la décision, dit Basil. Nous ne voulons pas l'inquiéter outre mesure.

— *Outre mesure ?* Mais les gens tombent comme des mouches autour de lui. »

Eastling se racla la gorge. « Enfin, il y a eu deux morts. Et nous n'avons pu établir aucun lien entre celles-ci et Morningstar susceptibles de le compromettre.

— Ces messieurs, ajouta Basil, vont se rendre sur place pour enquêter. J'en ai déjà parlé à James Greer et Arthur Moore à Langley. Nous aimerions vous voir les accompagner. »

L'idée de ne pas se rendre en Suisse ne l'avait même pas effleuré. « Oui, oui, bien sûr. »

Eastling semblait manifestement chagriné par cette décision mais il resta coi.

Charleston conclut : « Excellent. Nous déciderons ensuite comment on travaille Morningstar, sitôt obtenues les conclusions de l'enquête sur la mort de David. Pour l'heure, en tout cas, nous éviterons d'approcher Morningstar, inutile de risquer de le compromettre. »

Ryan acquiesça sans un mot. Tout cela faisait quantité d'infos à absorber.

Eastling se leva. « Très bien, Ryan. Allez-y. Je vous retrouve en bas dans une heure. J'ai encore deux ou trois points à discuter avec sir Basil. »

Et sur ces mots, Nick Eastling mit Jack Ryan quasiment dehors.

51

De nos jours

Il avait fallu plusieurs jours à Jack Ryan Jr. pour localiser Victor Oxley, l'ex-agent du MI5 baptisé Bedrock. Il avait d'abord appelé James Buck, son entraîneur aux arts martiaux dans le Maryland. James était un ami des membres du Campus, lui-même était un ancien du SAS et il s'était volontiers proposé pour enquêter discrètement pour le compte de Ryan.

Jack savait qu'il aurait pu simplement parler avec son père de sa conversation avec Basil, et on en serait resté là. Mais le jeune Ryan était intrigué par cette vieille histoire. Il avait donc envoyé un mail à son père après avoir rencontré dans son hôtel particulier de Belgravia l'ancien patron du MI6, pour lui dire simplement qu'il avait appris un certain nombre de détails mais qu'il aimerait creuser la question.

Après avoir procédé à quelques recherches approfondies, Buck dit à Jack que, pour autant qu'on sache au SAS, Vick Oxley était toujours de ce monde. On n'avait certes pas son adresse mais, en fouillant de vieilles archives, Buck avait été en mesure de lui fournir une date de naissance. L'homme avait donc cinquante-neuf ans. Une recherche auprès du fisc britannique, parmi les entreprises du type de Castor and Boyle, lui révéla l'existence d'un Victor Oxley de cet âge précisément. Il se trouva qu'il vivait à Corby, à deux heures au nord de Londres. Ryan appela le numéro indiqué et découvrit qu'il n'était plus attribué mais on était vendredi et Ryan avait quelques heures de libres, aussi prévint-il Sandy Lamont qu'il quitterait le bureau après déjeuner pour partir un peu plus tôt en week-end.

Le trajet ne posa pas de problème, sinon que Ryan n'avait guère l'habitude de conduire à gauche. Plus d'une fois, il grimaça en croisant des véhicules dans le mauvais sens mais au bout d'une heure son cerveau commença à s'accoutumer à cette sensation bizarre.

Il arriva à Corby et trouva l'adresse, juste après seize heures. Oxley vivait dans un petit immeuble délabré d'un étage avec sur le devant un jardinet guère plus grand que le séjour de Jack à Earl's Court.

Ryan traversa la pelouse jonchée de détritus pour gagner l'entrée et monter jusqu'à l'appartement d'Oxley.

Il toqua à la porte, attendit, toqua de nouveau.

Contrarié, il redescendit pour reprendre sa voiture, mais alors qu'il débouchait dans la rue, il avisa un pub au coin et se dit que ça ne ferait pas de mal d'aller y faire un tour, au cas où quelqu'un connaîtrait l'homme qu'il recherchait.

Le pub s'appelait le *Bowl in Hand*. Ryan trouva l'endroit un peu sombre et miteux comparé à ses bistrots habituels de la City. Même les gens du coin semblaient reconnaître qu'il n'était pas vraiment reluisant ; il était quatre heures et quart un vendredi après-midi et

Ryan compta moins de dix clients dans la salle, tous des hommes grisonnants.

Il s'assit au bar et commanda une pinte de John Courage. Quand le barman lui tendit sa bière, Ryan déposa sur le comptoir un billet de dix livres et lança : « Je me demandais si par hasard vous connaîtriez un client régulier… »

L'homme ventripotent rétorqua : « Je reconnais surtout qui n'est pas un client régulier. »

Jack Ryan sourit. Il s'y attendait ; le barman n'avait pas l'air d'avoir décroché son poste pour son affabilité. Jack glissa la main dans son portefeuille et déposa un second billet de dix. Il n'avait aucune idée du tarif en cours pour ce genre de tuyau mais il n'allait pas non plus se ruiner pour ça.

Le barman prit l'argent. « Le nom de votre gars ?

— Oxley. Victor Oxley. »

Le barman eut une mimique de surprise que Jack ne sut déchiffrer.

« Vous le connaissez, donc ?

— Ouaip », et Jack vit aussitôt que les éventuels soupçons du bonhomme avaient été remplacés par une vague curiosité.

L'idée lui vint qu'il y avait bel et bien des types louches qui fréquentaient ce pub et que le patron désirait protéger mais que Victor Oxley n'en faisait pas partie.

Le patron ajouta toutefois : « Laissez-moi votre numéro. Je lui transmettrai la prochaine fois qu'il passe et s'il a envie de vous parler… il vous le fera savoir. »

Jack haussa les épaules. Ce n'était exactement son plan, mais on était vendredi ; il pouvait prendre une chambre dans un hôtel en ville et y passer la nuit puisqu'il n'avait pas à être au bureau le lendemain. Il sortit une carte de visite de Castor and Boyle et la tendit au barman avant d'ajouter : « Vingt de plus pour vous quand je lui aurai parlé. »

Le barman fronça ses sourcils broussailleux et glissa la carte dans sa poche de chemise sans même y jeter un œil.

Jack reporta son attention sur sa bière et se mit à faire défiler les pages sur son téléphone, à la recherche d'une auberge correcte pour y passer la nuit.

Dans le même temps, le barman s'était mis à discuter avec un vieux bonhomme à l'autre bout du comptoir. Jack n'y prêta guère attention, tout absorbé qu'il était par son téléphone.

Une minute plus tard, le barman revenait et déposait la carte de visite de Jack à côté de sa chope de John Courage. « Désolé, l'ami. Vick n'a pas envie de bavarder. »

Ryan lorgna le type au bout du bar ; l'homme avait le nez dans son verre de bière. Au début, il se dit qu'il était impossible qu'il n'eût que cinquante-neuf ans. Il était ridé, massif ; une version light du Père Noël. Mais après un examen plus attentif, Ryan se dit qu'il pouvait bien être plus jeune qu'il paraissait au premier abord, et quand l'homme leva les yeux et nota la curiosité de Ryan, il lorgna ensuite le barman avec l'air de vouloir lui tordre le cou.

C'était son bonhomme.

Jack sortit un billet de vingt qu'il déposa sur le comptoir, puis il prit sa bière et s'approcha.

Oxley replongea le nez dans sa bière. Il avait de longs cheveux blancs épais et ondulés, et une longue barbe blanche. Ses yeux injectés de sang donnèrent à Jack l'impression qu'il était installé là, à descendre des pintes de bière, depuis l'heure d'ouverture de l'établissement.

Jack s'adressa à lui à voix basse pour rester discret : « Bonsoir, monsieur Oxley. Excusez-moi de vous aborder à l'improvise mais j'aimerais vraiment que vous puissiez m'accorder un peu de votre temps. »

Le vieux ne quitta pas des yeux son breuvage. D'une voix sourde et grondante comme une vieille locomotive, il bougonna : « 'lez vous faire foutre. »

Super, se dit Jack.

Il tenta un pot-de-vin. Ça avait marché avec le barman, après tout. « Et si je vous payais votre verre et qu'on aille s'installer à une table discuter un peu ?

— J'vous ai dit d'aller vous faire foutre. »

Basil avait indiqué que le type pouvait avoir des problèmes.

Jack se dit qu'il pourrait tenter une autre approche. « Je m'appelle… »

Cette fois, le barbu leva le nez de sa pinte pour la première fois. « Je sais qui vous êtes. (Puis :) ton père est un foutu connard. »

Ryan serra les dents. Il nota que le barman avait quitté le comptoir pour aller parler à deux hommes installés dans un box. Tous regardaient dans sa direction.

Jack n'était pas fâché, juste énervé. Son seul souci était son sentiment de culpabilité s'il devait tabasser une douzaine de vieux barbons dans son genre.

Il se leva, considéra Oxley. « Je vous demandais juste un petit quelque chose. Vous auriez pu vous rendre utile, sans aucune conséquence pour vous.

— Dégage. »

Jack reprit : « Vous êtes du SAS ? J'ai du mal à le croire. Vous vous laissez vraiment aller, vous savez ? »

Oxley replongea le nez dans sa bière. Il serra la chope dans sa main potelée et Jack vit les muscles de ses doigts se crisper.

« Pas de réponse ? »

Oxley resta muet.

« Moi qui croyais que les Rosbifs étaient censés avoir des manières. »

Jack Ryan tourna les talons et sortit du pub sans se retourner.

52

La manifestation dans la ville de Donetsk, à l'est de l'Ukraine, avait attiré plus dix mille personnes ce week-end, soit le triple de la participation de la semaine précédente. Même si ce samedi après-midi était froid et pluvieux, le boulevard Pouchkine était rempli d'Ukrainiens prorusses, tous descendus dans la rue pour se faire entendre.

Le rassemblement était tout sauf spontané. Comme les précédentes, la manifestation d'aujourd'hui avait eu le soutien du FSB qui était omniprésent en Ukraine orientale. C'était le plus grand rassemblement hebdomadaire depuis le début de l'année et la raison n'en avait rien de mystérieux. L'assassinat d'Oksana Zueva et l'intervention de l'OTAN à Sébastopol – le bruit courait que la CIA y avait joué un rôle également – avaient fait descendre en masse les prorusses dans la rue.

Tandis que les hommes et les femmes dans la foule brandissaient leur nouveau passeport russe bien haut au-dessus de leur tête et défilaient derrière des calicots prônant leur allégeance à Moscou et non à Kiev, une camionnette progressait au ralenti en queue de cortège, au sud du boulevard Pouchkine. Puis elle tourna dans l'avenue Hurova pour pouvoir gagner l'avant de la manifestation.

Quelques minutes plus tard, la camionnette se replaçait sur le boulevard juste derrière les drapeaux rouges à l'avant du défilé avant d'aller se garer le long d'une esplanade longeant le Théâtre dramatique et l'Académie nationale de musique. La place devant l'imposant théâtre servait de point de ralliement intermédiaire à la marche et c'est là que les organisateurs devaient prononcer des discours au mégaphone et inciter la foule à se lever contre les nationalises au pouvoir à Kiev, avant que le défilé ne reprenne vers l'est en direction du fleuve.

Les deux hommes restèrent dans leur véhicule, une fois celui-ci garé. Fumant des cigarettes, les traits indéchiffrables, ils surveillaient la foule qui remontait le boulevard dans leur direction.

Les deux occupants de la fourgonnette appartenaient aux Sept Géants. Tous deux d'origine russe, ils vivaient à Kiev depuis quelque temps et travaillaient sous les ordres du FSB.

Derrière eux, sur le plateau, un bidon d'huile de deux cents litres était dissimulé sous une bâche en toile. Le bidon avait été rempli la veille mais les deux mafieux savaient ce qu'il contenait.

L'explosif était du RDX – *Research Department Explosive* –, également connu sous le nom d'hexogène. Ce n'était pas un produit récent ou high-tech, il était connu depuis toujours, mais il était idéal pour cette opération.

Par le trou de remplissage au sommet du bidon, on avait inséré dans le matériau granuleux un détonateur à pression, et ce dernier était relié à une horloge toute simple qui avait été réglée sur trois minutes ; il suffisait de basculer un interrupteur pour déclencher le compte à rebours ; les deux hommes restaient assis en silence à observer attentivement la foule, guettant le moment idéal pour déclencher la bombe.

La police locale était sur la brèche, bien entendu, mais les policiers ne fouillaient pas les véhicules garés sur l'itinéraire de la manifestation. Ils avaient déjà fort à faire pour empêcher les protestataires de briser les devantures des quelques commerçants nationalistes repérés sur l'itinéraire, et pour contenir une contre-manifestation qui s'était étonnamment matérialisée à quelques rues au sud du boulevard Pouchkine. Même si la contre-manifestation était de modeste envergure, elle eut l'effet immédiat de détourner les forces de l'ordre de l'itinéraire principal de la marche.

Les nationalistes qui se tenaient sur les trottoirs à brandir des drapeaux ukrainiens et criaient sur les marcheurs avaient été installés par le FSB la veille au soir, preuve que le renseignement russe avait la main sur l'organisation des deux côtés du conflit à Donetsk en ce jour.

Quand le premier drapeau rouge fut parvenu à un pâté de maisons de la camionnette chargée d'une bombe à l'arrière, les deux mafieux des Sept Géants ouvrirent leurs portières. Puis le passager bascula l'interrupteur de détonateur, descendit calmement et rejoignit son partenaire pour s'éloigner avec lui en direction de l'est.

Deux minutes plus tard, ils étaient récupérés par un complice au volant d'une voiture aux plaques volées.

Une minute encore, et alors que les manifestants étaient encore en train de se rassembler sur la place près du théâtre, le détonateur envoya une onde de choc dans le bloc de RDX et la camionnette explosa en formant une boule de feu de vingt-cinq mètres de diamètre.

Quelques participants proches échappèrent à la mort parce que la camionnette avait été garée entre deux véhicules qui continrent en partie le souffle, limitant le carnage, mais ceux qui se trouvaient de part et d'autre furent déchiquetés instantanément. Tous ceux qui ne subirent pas directement l'explosion mais se trouvaient dans le rayon de l'onde de choc principale eurent les tympans et les organes internes endommagés tandis que plusieurs personnes, un peu plus loin, étaient tuées par les éclats de l'explosion.

Le chaos envahit le rassemblement alors que morts et blessés jonchaient le sol et que des milliers de participants fuyaient, éperdus, n'hésitant pas à piétiner ceux tombés devant eux.

Quelques minutes après l'attentat, une chaîne de télévision locale, TRK Ukraina, reçut un appel. Le correspondant se présenta comme un nationaliste ukrainien et il revendiqua l'action au nom du peuple ukrainien et de ses alliés occidentaux. Il ajouta que toute tentative russe de conquête de la Crimée aurait pour résultat le massacre général des citoyens russes et des antinationalistes, jetant de l'huile sur le feu, ce qui promettait d'autres actions violentes entre les deux camps.

Le correspondant était en réalité un agent du FSB qui appelait de l'Hôtel Fairmont à Kiev. Le FSB avait déjà décidé qu'une fois la ville de Donetsk reprise par les forces russes, les manifestants prorusses qui avaient trouvé la mort aujourd'hui auraient une plaque portant leur nom érigée sur l'esplanade devant le Théâtre dramatique et l'Académie nationale de musique.

53

Trente ans plus tôt

Jack Ryan arriva en fin de journée à Zurich avec l'équipe de six agents du MI6. Ils avaient voyagé séparément à bord du même avion et tous avaient des passeports les identifiant comme des hommes d'affaires anglais. Ryan s'était senti nerveux d'un bout à l'autre du vol. Comme bien des gens, il n'était pas à l'aise en avion même si, contrairement à beaucoup, lui avait une excuse. L'accident d'hélicoptère auquel il avait survécu de justesse dix ans plus tôt revenait le hanter chaque fois qu'il prenait l'air, porté par des forces invisibles auxquelles il ne se fiait que moyennement.

Mais le vol se déroula sans anicroche et, en fin d'après-midi, ils passaient les douanes suisses et rejoignaient la gare de chemin de fer.

Le trajet en train pour Zoug prit un peu plus d'une demi-heure ; les hommes s'installèrent dans des voitures différentes, puis chacun de son côté rejoignit un grand hôtel proche de la *Bahnhof*. Là, trois des hommes d'Eastling louèrent des voitures, tandis que le reste de l'équipe transformait la suite louée au dernier étage en PC improvisé pour leur enquête.

Les agents du SIS avaient quasiment oublié Ryan de tout l'après-midi, mais il les retrouva toutefois au poste de commandement pour la conférence qui avait été prévue dans la soirée.

Quand tout le monde fut réuni, Eastling s'adressa à ses hommes et, par force, au supplétif américain intégré à l'opération.

« Bien. Ce soir, Joey se rendra à la morgue récupérer le corps. Nous avons aplani les choses avec l'ambassade à Zurich. Joey se présentera comme le frère du défunt, il pourra examiner le corps à la morgue, juste un coup d'œil pour s'assurer qu'il n'y a rien de manifestement bizarre.

— Par exemple ? » demanda Ryan, assis au fond de la pièce.

Il avait décidé de participer à cette enquête, que cela plaise ou non à Eastling.

Eastling haussa les épaules. « Sais pas. Comme un billet de suicide dans sa poche. Une flèche tatouée sur le dessus de sa main. Une morsure de requin sur le cul. Enfin, le genre de truc susceptible de nous faire douter de l'hypothèse de l'accident de la circulation. »

Ryan eut l'impression qu'Eastling ne croyait pas à une autre hypothèse que celle de l'accident et que toute cette enquête n'était qu'une sorte de mascarade sans rien de concret.

L'espion britannique se retourna vers Joey. « On ne devrait pas avoir de problème à le rapatrier directement au Royaume-Uni.

— Pourquoi dois-je être le pauvre bougre qui va consacrer la moitié de ses frais de déplacement à acheter de la neige carbonique ? » demanda Joey et sa remarque déclencha quelques rires.

« Tu peux garder tes factures, mon garçon. Tu seras intégralement défrayé dès notre retour à Londres. »

Ryan serra les mâchoires. Il connaissait à peine David Penright mais ces hommes considéraient de manière si cavalière sa disparition que cela le mettait en rogne.

Eastling poursuivit : « Ensuite, Bart et Leo se rendront à la planque locale pour commencer à l'éplucher du sol au plafond. Je veux que vous me démontiez complètement cet appartement. Nous vous rejoindrons pour vous filer un coup de main, sitôt que nous en aurons fini avec nos autres tâches.

— D'accord, patron, dirent les hommes.

— Stuart, tu vas à l'hôtel de Penright. Tâche de t'introduire dans sa chambre. J'ai vérifié avant notre départ, la chambre est payée jusqu'à la semaine prochaine, donc ils n'ont rien touché. Ils attendent l'arrivée d'un parent, aussi si tu arrives à leur vendre le truc, n'hésite pas et récupère tout ce que tu peux ramener ici. Garde l'œil sur tout ce qui te paraîtrait anormal.

— D'accord, Nick. »

Ryan leva la main. « Je suis désolé. Je suis un rien perplexe. Je pensais que Penright était la victime soit d'un accident, soit d'une agression. Vous le traitez comme s'il était plus ou moins suspecté d'un crime. »

Eastling leva les yeux au ciel. « Sir John…

— Appelez-moi Jack, je vous en prie.

— Bien. Jack. D'après tout ce que nous avons pu apprendre au sujet de Penright, c'était un agent plutôt doué. Mais nous avons peu d'expérience en la matière et son dossier soulève un certain nombre de questions.

— Telles que ?

— C'était un fieffé soiffard », indiqua le dénommé Joey.

Eastling opina. « C'est toujours la même chose avec ce genre de personnage. Ils font courir des risques non seulement à leur intégrité physique, mais aussi à leurs relations, et leur protocole avec tout ce qui est secret devient vite le premier maillon faible de la chaîne. Je m'attends à découvrir que Morningstar a été compromis par la faute de l'opposition engendrée par les actes de David Penright, ici même en Suisse. Il aura couché avec la mauvaise fille, se sera répandu auprès du mauvais barman, aura choisi la mauvaise station de taxis pour déposer le contenu de sa serviette. Sa mort, je suis sûr qu'on va le découvrir, est accidentelle, mais nous devons garder un œil critique sur le fait que l'opération Morningstar ait pu être compromise par l'ivrognerie de l'agent responsable de l'opération.

— Je suis vraiment impressionné, Eastling, dit Ryan. Vous êtes en Suisse depuis trois heures, vous n'avez pas quitté l'hôtel et vous êtes déjà parvenu à toutes ces conclusions. »

Eastling et Ryan se dévisagèrent. L'homme du contre-espionnage remarqua : « Vous savez quoi, mon vieux ? Si vous restiez avec moi ? Notre première étape ce soir sera la taverne où Penright a bu son dernier verre. Ou, me risquerai-je à dire, ses dix derniers. On fouinera alentour, on verra bien ce qu'on trouve.

— Ça me paraît correct », commenta Jack.

L'affrontement visuel se prolongea quelques secondes encore mais bientôt la réunion reprit et, moins d'une demi-heure plus tard, les hommes commencèrent à quitter la suite pour vaquer à leurs objectifs.

Le bar où David Penright avait consommé son dernier verre se trouvait sur Vorstadt, face au lac. Il était neuf heures du soir quand Eastling et Ryan arrivèrent, ce qui parut à ce dernier une heure merdique pour venir fouiner, vu que l'établissement était comble.

La brasserie était sombre et enfumée, les serveuses étaient jeunes et séduisantes, vêtues de tenues traditionnelle : tablier rouge et corsage blanc bouffant décoré de broderies à fleurs, même s'ils étaient un peu plus échancrés qu'il n'était de mise dans un pays aussi froid en hiver, estima Ryan.

Avant même qu'ils aient rejoint le bar, Eastling avait lorgné les serveuses et il se pencha vers l'Américain. « Ça m'a l'air d'être le genre d'endroit idéal pour notre bonhomme. Tu paries qu'on va trouver ses empreintes sur la moitié des postérieurs de la maison ? »

Ryan ignora la remarque.

Au bar, Ryan vit que même si Eastling avait beau jouer les connards suffisants, il connaissait son boulot. Le barman parlait un anglais impeccable et quelques secondes après avoir commandé une tournée d'alcool de prune pour Ryan et lui, l'agent britannique était en grande conversation avec le loufiat comme s'ils se connaissaient de longue date.

Il lui présenta Jack en passant, puis expliqua que tous deux travaillaient dans la même banque que l'homme décédé la veille au soir et qu'ils avaient été envoyés de Zurich par sa famille pour venir récupérer ses affaires.

« *Mein Gott* », dit le barman. Il se rapprocha de Ryan et Eastling pour couvrir le bruit de la musique. « Il est mort, juste là-devant, dans la rue. D'après le journal, il s'appelait Michaels. »

Penright avait effectivement voyagé sous le nom de Nathan Michaels.

« C'est exact, dit Eastling. Vous étiez de service hier soir ? »

Le barman servit une bière pression à un client, puis il répondit : « J'étais ici, mais je ne travaillais pas en salle. Il était assis à cette table, là, derrière. » Il indiqua une table près du milieu de la salle. Ryan surprit Eastling en train de soulever un sourcil inquisiteur, peut-être parce que l'espion avait choisi un emplacement très peu discret.

« Celle-là ?

— *Ja*. La serveuse qui s'est occupée de lui a été suspendue. La police l'interroge pour savoir si elle ne lui aurait pas servi trop d'alcool. »

Eastling leva les yeux au ciel. « Oh, c'est ridicule. Comment dit-on ridicule, en allemand ?

— On dit *quatsch*. Enfin, c'est en gros l'équivalent.

— OK, eh bien, c'est vraiment *quatsch*. Nathan aimait bien boire. Ce n'est pas la faute de votre serveuse.

— *Genau !* Exactement. N'empêche que ça fait une mauvaise publicité pour l'établissement, bien sûr. Elle sera renvoyée. »

Eastling hocha la tête – « *quatsch* » – et commanda un autre verre pour Ryan et lui. Ryan savait qu'il était en présence d'un excellent enquêteur. Il aurait juste aimé être certain que sa religion ne fût pas déjà faite.

Alors que leur seconde prune arrivait, Jack se força à terminer le premier verre d'alcool sirupeux. Il trouvait le goût assez affreux, mais il se conformait à l'attitude ouverte et amicale de l'Anglais envers le barman pour mieux lui tirer les vers du nez.

« C'est absolument délicieux, dit Nick Eastling en levant son verre. Est-ce ce que buvait mon ami ?

— *Nein.* Il buvait du scotch. Je m'en souviens parce que c'était le seul client du bar à en boire.

— Ah, fit Nick. Oui. Nathan a toujours eu un faible pour le whisky. »

Le barman acquiesça tandis qu'il préparait des cocktails, un peu plus loin. Tout en continuant, il précisa : « Il n'était pas saoul. Tous deux semblaient très bien au moment de partir. »

Jack inclina la tête mais Eastling ne broncha pas. Il dit simplement : « Tous deux… vous voulez dire Nathan et…

— Et la fille qui l'accompagnait.

— Quelle fille ? » intervint aussitôt Ryan mais Nick Eastling glissa la main sous le comptoir pour lui serrer l'avant-bras.

« Oh. Je ne vous l'ai pas dit ? Il avait rencontré une fille. Ils sont restés attablés près d'une heure. Très belle.

— D'accord », dit Eastling. Jack crut lire juste une trace d'hésitation sur le visage de l'homme. « Une fille du coin ?

— Elle n'était pas suisse. Elle avait un accent allemand.

— Je vois », fit Eastling.

Jack se pencha vers le barman. « Vous dites qu'il l'a rencontrée. Vous voulez dire, ici ?

— Oui. Elle était au bar avec d'autres clients. Deux. Mais ils sont partis et elle est restée. Quand votre ami est entré, il s'est installé au bar et s'est mis à lui parler. Ils sont allés s'installer à une table.

— Et vous ne l'aviez jamais vue auparavant ? demanda Ryan.

— *Nein*. Mais ce n'est pas faute d'avoir des Allemands par ici. »

Il remplit de nouvelles chopes de bière mais avant d'aller le servir, il leva un doigt et dit : « *Renate, komm mal hier*[1] *!* » à l'adresse d'une des autres serveuses. Il discuta quelques instants avec elle en allemand. Ryan ne comprit qu'un seul mot : « Berlin. » Le barman lui dit quelque chose, elle opina et répéta : « Berlin. »

Alors qu'elle repartait, le barman se retourna vers Nick et expliqua : « Renate est allemande. Elle avait servi la fille avant que l'Anglais n'arrive. Je lui ai demandé si elle pouvait spécifier l'accent. Vous savez, les Allemands ont des dialectes bien particuliers selon les régions. »

Eastling hocha la tête. « Et elle a dit que la fille venait de Berlin ?

— *Ja*. Ça ne fait pour elle aucun doute. »

---

1. « Renate, viens par ici. »

Ils quittèrent le bar quelques minutes plus tard. Ryan avait dans la bouche le goût doucereux de l'alcool de mirabelle et ses yeux le piquaient à cause de la fumée du bar. Eastling et lui arpentèrent la rue, s'arrêtant plus ou moins à la hauteur de l'endroit où Penright avait été renversé.

« Pas vraiment une *Autobahn* », observa Ryan. La rue était sombre et tranquille.

« Non, convint l'Anglais. Mais si on tombe juste sous les roues d'un bus, ça revient au même.

— Pas faux. »

Ils regagnèrent leur voiture. Ce faisant, Jack remarqua : « Donc, on est à la recherche d'une jeune Allemande. »

Eastling fit non de la tête. « Non, Ryan. Penright cherchait une jeune Allemande hier soir, mais à la place, il est tombé sur un autobus. » Il rit de sa blague.

« Où la fille est-elle allée ? Il n'y avait aucune mention de la présence sur les lieux d'une femme allemande dans le rapport de police.

— Peut-être auront-ils pris des directions différentes, une fois sortis du bar. Peut-être voulait-elle coucher, puis a décidé que le fringant Britannique qu'elle avait cueilli au rade avait beaucoup perdu de son charme, une fois aplati par un autobus. »

Jack poussa un soupir d'agacement.

54

De nos jours

Le président Jack Ryan était assis au bout de la table de conférences au PC de crise de la Maison-Blanche, une tasse de café et une pile de dossiers posés devant lui. Il parcourait ces documents depuis une demi-heure en vue de cette réunion et maintenant, alors que tout le monde avait pris place autour de lui, il coucha quelques notes sur son calepin : les questions à poser, les points à préciser.

Jack quitta ses papiers des yeux. Il commençait à fréquenter le PC de crise presque autant que le Bureau ovale et il savait que ça ne présageait rien de bon sur l'état actuel de la paix et la stabilité dans le monde.

Autour de lui, des membres éminents de son personnel diplomatique, de défense et du renseignement avaient empli la salle et s'asseyaient. Scott Adler était absent – il continuait de sillonner l'Europe –, mais le reste des acteurs essentiels avaient tous répondu présent.

La réunion d'aujourd'hui visait à discuter des soixante-douze dernières heures d'activité en Ukraine. Six Américains avaient été tués à la base d'opérations spéciales, y compris le chef d'antenne de la CIA pour le pays, et même si les agences de presse internationales qui avaient couvert l'événement l'avaient décrite comme une manifestation violente devant une installation de l'OTAN qui avait entraîné la mort de plusieurs membres du personnel de l'organisation, la télévision russe, pour sa part, diffusait des reportages palpitants pour décrire comment l'impérialisme américain était devenu meurtrier quand des tireurs de la CIA avaient ouvert le feu sur une foule de manifestants pacifiques.

Et puis, le lendemain, l'assassinat d'Oksana Zueva. Le meurtre de sang-froid avait été décrit par quasiment tous les médias de la planète comme l'œuvre de nationalistes ukrainiens, agissant peut-être sous les ordres du président Kouvtchek en personne.

Volodine avait coupé les gazoducs vers l'Ukraine et l'Europe de l'Ouest après le meurtre de Zueva, et là-dessus, l'attentat à la voiture piégée durant la manifestation prorusse à Donetsk était survenu précisément le lendemain. La bombe de Donetsk était, là aussi, présumée être l'œuvre des nationalistes même si les médias russes appartenant à Gazprom avançaient l'hypothèse que l'avant-poste de la CIA à Sébastopol était impliqué.

En ce moment, le président Ryan avait dépassé de loin le stade de l'indignation. Non, après tout ce que le FSB avait concocté ces dernières semaines, il avait réussi à conserver un minimum de calme intérieur en se disant qu'une crise sérieuse était en cours et que ce n'était qu'en gardant la tête froide qu'il pourrait parvenir à une résolution rapide de la situation.

Il ouvrit la réunion en s'adressant à Jay Canfield, le directeur de la CIA : « Jay, quelles sont les preuves avancées par les Russes pour impliquer la CIA dans l'attentat de Donetsk ?

— Ils présentent des photos des ruines du Phare, répondit Canfield, et ils ont publié une liste des noms des agents que nous avons utilisés dans le pays. Ils prétendent détenir des documents de la CIA confiés aux nationalistes qui leur donnaient des instructions pour fabriquer la bombe utilisée pour l'attentat.

— Et ils prétendent tenir ces informations de leur espion au sein des services de sécurité ukrainiens ?

— Oui, monsieur. »

Ryan avait lu tous les rapports sur l'attentat de Donetsk. « Pourquoi diantre la CIA utiliserait-elle de l'hexogène ? Un explosif qui date de la Seconde Guerre mondiale. »

Mary Pat Foley intervint : « Les Russes disent qu'on a utilisé de l'hex pour donner l'impression que la bombe a été assemblée par les bouseux du coin. C'est un explosif aisément accessible, très facile à manipuler et à faire détoner. »

Ryan poussa un soupir irrité.

« Je sais. Je me contente de répéter ce qu'ils racontent.

— C'est comme l'empoisonnement de Golovko, observa Ryan. Et l'attentat contre Birioukov. Et l'assassinat d'Oksana Zuela. »

Foley acquiesça. « Cela porte la patte de Roman Talanov, le patron du FSB. Il n'hésite pas à sacrifier les gens à ses besoins. Y compris ses propres troupes. Il piège les gens et les organisations qui s'opposent à lui en faisant retomber sur eux les reproches.

— De toute évidence, ajouta Canfield, nous étions impliqués à Sébastopol, même si nous n'avons rien à voir avec l'attentat de Donetsk, l'assassinat de Zueva ou les meurtres de Birioukov ou Golovko. Talanov peut prétendre tout ce qu'il voudra, il n'a pas la moindre preuve.

— Les survivants de l'attaque de Sébastopol, observa Ryan, ont fait porter la responsabilité de l'action sur cette organisation criminelle russe active en Ukraine. Je lis de la documentation sur les Sept Géants depuis maintenant une demi-heure. »

Foley acquiesça. « Oui, monsieur le Président. Les Russes ont armé et entraîné des mafieux des Sept Géants ainsi que des Ukrainiens prorusses dans la partie orientale du pays. Ils ont créé une cinquième colonne avec ces voyous et ces rebelles armés.

— Est-ce vérifiable ? » demanda Ryan.

Canfield répondit : « Les ennemis de Volodine ont toujours essayé de le lier au crime organisé depuis qu'il a quitté le FSB et entamé sa vertigineuse ascension politique au début des années quatre-vingt-dix. Tout le monde pense qu'il a reçu pas mal d'aide en cours de route. Mais il a su garder les mains propres. Cela dit, il a démasqué et éliminé tant de gangsters dans le pays qu'il est difficile de voir comment quelqu'un connu de nos services aurait pu trouver avantage à le soutenir, à l'exception notable des Sept Géants.

— Certes, mais c'est une organisation sans colonne vertébrale, remarqua le président en consultant ses notes. Nul ne connaît l'identité de leur chef. (Il releva les yeux.) Pourquoi n'arrive-t-on pas à identifier leur parrain ?

— Nous avons identifié l'un de leurs principaux *capi*, précisa Canfield. Il opère depuis un hôtel à Kiev. Il pourrait même être leur numéro deux, mais la structure de commandement des Sept Géants, comme vous dites, nous est quasiment inconnue. Nous croyons toutefois, et les événements récents renforcent cette thèse, que les Sept Géants travaillent désormais comme force supplétive du FSB en Ukraine.

— Pourquoi ? demanda Ryan. Je veux dire, qu'ont-ils à y gagner ?

— Bonne question, intervint Mary Pat. Je dois suspecter une sorte d'échange de bons procédés avec le Kremlin. Du genre, les Sept Géants aident la Russie à conquérir l'Ukraine, et la Russie ferme les yeux sur leurs activités mafieuses. »

Jack se massa les paupières sous ses lunettes. L'armée russe, les services de renseignement russes, la mafia russe. Tous s'en prenaient à l'Ukraine et il savait que s'ils réussissaient à s'en emparer, cela ne ferait que les encourager à pousser un peu plus leur avantage vers l'ouest.

Le ministre de la Défense intervint : « Monsieur le Président, dit Bob Burgess, pour ce qui me concerne, l'accélération des événements ne signifie qu'une chose. La Russie en a fini avec ses manœuvres de chantage sur le gaz et d'action violente contre l'Ukraine sans vraiment concrétiser ces menaces. Ils viennent de faire monter les enchères, en tentant même de marginaliser les États-Unis et l'OTAN dans la région.

— Il ne leur reste plus qu'une carte à jouer, commencer à franchir la frontière avec leurs tanks, compléta Ryan.

— Correct. Nos éléments du JSOC et de la CIA à l'est signalent des mouvements de troupes significatifs du côté russe de la frontière. L'analyse photographique confirme qu'ils n'ont désormais plus qu'à attendre l'ordre du Kremlin.

— Alors… que faisons-nous, Bob ? »

Burgess s'était attendu à la question. « Monsieur le Président, Douglas MacArthur disait que tout désastre militaire pouvait s'expliquer en deux mots : "trop tard". Si nous devons arrêter l'invasion par la force militaire, j'ai bien peur qu'il soit déjà trop tard.

— Je ne vois pas comment empêcher la Russie de s'emparer de la Crimée, observa Ryan. C'est déjà une région semi-autonome, il y a là-bas des dizaines de milliers de citoyens russes et des dizaines de milliers d'autres qui ont reçu un passeport russe au cours de l'année écoulée. Volodine peut justifier auprès de ses concitoyens que la conquête de la Crimée est dans l'intérêt de la Russie. Cela va se produire. Vu la faiblesse de l'armée ukrainienne, c'est inévitable. Mais je ne veux pas les voir poursuivre plus avant vers l'ouest. Plus Volodine rencontrera de succès, plus il se sentira encouragé à cibler d'autres objectifs dans la région. » Ryan s'interrompit un instant pour réfléchir. « Nous avons quelques centaines de conseillers militaires dans le pays. La plupart sont des troupes des opérations spéciales. Quel impact peuvent-ils avoir sur la situation ?

— Un impact considérable. Les plans ont été conçus pour aider les Ukrainiens en exploitant les forces présentes sur place. Nous avons des unités Delta et des Bérets verts pré-positionnés sur des sites avancés, ainsi qu'un certain nombre de SAS britanniques. Tous ont la capacité de communiquer directement avec les forces de l'armée de l'air ukrainienne. Les Rosbifs sont à nos côtés. Si vous en donnez l'ordre, nous pouvons déclencher une opération pour commencer à interconnecter nos équipements de visée laser à leurs chasseurs multirôle MiG-29 et à leurs hélicoptères d'attaque Mi-24. Nous pouvons servir de multiplicateur significatif pour leurs forces aériennes. Avec de la chance, cela pourrait émousser l'attaque russe.

— Discrètement ? »

Burgess acquiesça : « Notre plan opérationnel est structuré dans l'optique d'une action clandestine. Ceci posé… » Burgess hésita à poursuivre.

Le président Ryan termina pour lui : « Les meilleurs plans du monde peuvent toujours tomber à l'eau.

— En effet, monsieur.

— Parlez-moi du degré de préparation des forces russes.

— Il n'est pas bon mais il est toujours meilleur que lorsqu'ils ont attaqué la Géorgie, il y a quelques années. À l'époque, l'armée était rongée par la corruption et le gaspillage, et cela se révélait sur le champ de bataille. Ils ont certes remporté le conflit sans grand mal, mais ce fut surtout parce que l'armée géorgienne n'était pas préparée et bien mal dirigée par le pouvoir civil. Quand Volodine est arrivé au pouvoir, on estimait que vingt pour cent du financement de l'armée russe était dilapidé en pots-de-vin, littéralement accaparés par de hauts fonctionnaires. Aujourd'hui, ce chiffre a quasiment été réduit à zéro. Avec toute la corruption endémique en Russie, il est significatif que la greffe n'ait pas pris dans les rangs de l'armée.

— Dois-je comprendre qu'il a dû recourir à des méthodes musclées pour parvenir à ce résultat ? »

Burgess opina : « Certains se sont fait descendre. Pas des masses, mais suffisamment pour que le message passe.

— Donc l'armée russe n'est pas encore dans une forme idéale, mais ils ont toujours le nombre pour eux.

— Plus que l'armée ukrainienne, en tout cas. Et les Russes disposent d'autre chose…

— Des armes nucléaires, dit Ryan.

— Rien que de très banal dans une conversation évoquant un conflit armé avec la Russie. »

Ryan se pencha en avant. « Si nous réussissons effectivement à ralentir leur progression vers l'ouest, quels sont les risques qu'ils passent à l'option nucléaire ?

— Si vous parlez d'un emploi de têtes stratégiques contre nous, je serai très clair. Nous avons eu, l'amiral Jorgensen et moi, plusieurs réunions à ce sujet encore récemment au Pentagone. La Russie n'a plus aucune capacité d'opérer une première frappe dévastatrice contre les États-Unis. Les deux tiers de leurs armes nucléaires sont obsolètes. »

Ryan avait lu tous les rapports concernant les réunions évoquées par Burgess, aussi connaissait-il déjà cette évaluation par la DIA et la CIA.

L'amiral Jorgensen enchaîna : « Peuvent-ils encore lancer des missiles susceptibles de traverser nos défenses ? Oui, tout à fait. Comme vous le savez, la Russie a une flotte de bombardiers stratégiques constamment en vol, une pratique que nous avons interrompue à la chute de l'Union soviétique mais que nous avons reprise quand Volodine a décidé de rouler des mécaniques. »

Mary Pat intervint : « Mais au-delà de la capacité, il y a la question de la volonté. Ce ne sont pas des islamistes fondamentalistes prêts à mourir en martyrs. Volodine et son entourage proche savent que toute attaque nucléaire signifierait leur mort en quelques heures, voire en quelques minutes.

— Et tactiquement ? demanda Ryan.

— Jamais Volodine n'utiliserait une arme nucléaire tactique en Ukraine, répondit Burgess. Elle détruirait une partie de ce qu'il considère comme sa terre natale. Il se battra bec et ongles pour la défendre, peut-être, mais il ne va pas la condamner à un hiver nucléaire. »

Ryan pianota sur la table. « Dites-m'en un peu plus sur les plans mis en place pour concrétiser la coopération entre nos forces du Partenariat pour la paix et l'armée de l'air ukrainienne. »

Burgess sortit d'une chemise un dossier qu'il brandit. « L'opération Tapis de charbons ardents. Elle table sur une attaque conventionnelle conjuguée des forces russes aériennes et terrestres en Ukraine pour contrôler la Crimée et la partie orientale du territoire. Le plan fournit un cadre à nos équipes des forces spéciales pour utiliser des armes à visée laser contre les avions et hélicos russes, non pas pour vaincre les forces d'invasion mais plutôt pour les ralentir en les tenant occupées à mesure qu'elles s'enfonceront dans le territoire. L'objectif est de bloquer l'attaque ou à tout le moins de la ralentir en leur infligeant des pertes conséquentes alors qu'ils seront encore à l'est du Dniepr.

— Avons-nous suffisamment d'agents au sol pour ce faire ? »

Burgess réfléchit avant de répondre : « Si nous engageons l'opération Tapis de charbons ardents, l'armée américaine enverra une compagnie d'hélicoptères éclaireurs déjà au service de l'OTAN en Ukraine, là encore sous les auspices du Partenariat pour la paix. Ces hélicos serviront pour la désignation laser. Une petite unité de rangers sera également ajoutée pour renforcer la sécurité au PC centralisé des opérations. Cela amènera la présence des forces américaines et britanniques dans la région à quatre cent cinquante hommes. Je crois sincèrement que cela suffira pour un tel conflit pour une raison essentielle. Nous ne sommes là qu'en soutien de l'armée de l'air ukrainienne et les Russes vont, pour parler crûment, massacrer celle-ci. Je suis désolé, je ne vois pas d'autre scénario. Nos hommes équipés de leurs désignateurs laser auront de quoi faire, question cibles, mais ils n'auront pas assez d'appareils en vol dotés d'armement air-sol. Les hélicoptères et les avions de chasse ukrainiens seront détruits. Et je crains qu'ajouter d'autres troupes au sol n'améliore en rien la situation.

— Je vais en avertir les principaux membres du Congrès, dit Ryan. Cette opération n'entre pas vraiment dans le cadre du Partenariat pour la paix.

— Non, monsieur, assurément pas », convint Burgess.

Ryan regarda la pendule murale. « OK. J'autorise l'opération Tapis de charbons ardents, ainsi, au cas où les Russes déclenchent l'invasion, nos forces au sol auront d'ores et déjà les autorisations nécessaires pour entamer les opérations. Bob, n'hésitez pas à me demander tout ce que vous voudrez, quand vous voudrez. Mary Pat et Jay fourniront également à la Défense tous les moyens nécessaires également.

— Bien monsieur. »

Ryan conclut la réunion sur ces mots : « Il y a au sol quatre cent cinquante hommes de troupes américains et britanniques qui vont avoir besoin de notre soutien et de nos prières dans les jours prochains. Veillons à ce qu'ils ne manquent ni de l'un, ni des autres. »

55

Trente ans plus tôt

Jack Ryan avait passé une bonne partie de la journée dans les rues glaciales de Zoug à suivre l'agent du contre-espionnage britannique Nick Eastling dans sa visite de tous les endroits où s'était rendu David Penright dans les journées précédant sa mort. Ils avaient visité sa chambre d'hôtel, l'agence de location où il avait pris sa Mercedes et deux restaurants où il s'était arrêté.

À chaque endroit, Ryan pressait Eastling de demander si Penright avait été vu en compagnie d'un tiers. Dans la plupart des cas, en dehors du restaurant où il avait rencontré Morningstar la nuit de sa mort et du bar où il avait, apparemment en vain, tenté de lever l'Allemande, il avait été seul.

Le soir tombait quand ils arrivèrent enfin à la planque du MI6 où David Penright avait déjà travaillé. Elle était située à quelques minutes au nord de la ville, perchée sur une colline dans un quartier résidentiel de chalets d'un étage entourés d'un petit jardin et d'une grande arrière-cour clôturée. Ryan et Eastling entrèrent par la porte principale et saluèrent le reste de l'équipe d'espions qui avaient eux aussi travaillé une bonne partie de la journée.

« Trouvé quelque chose, Joey ? » demanda Eastling au premier homme rencontré dans le séjour. Ryan vit que la maison avait été quasiment mise à sac. Les planchers avaient été démontés, les boiseries déposées, les coussins semblaient avoir été éventrés.

« Rien au premier abord. Il avait toutefois des documents enfermés dans le coffre.

— Quelle sorte de documents ?

— Ils sont tous en allemand, bien sûr. Ça ressemble à des virements de compte à compte au sein de la RPB. Un listing tiré sur imprimante à aiguille, avec une liste de comptes numérotés, les montants des transferts, ce genre de truc. Il y en a des pages et des pages.

— Il n'avait rien transmis à Century House depuis son arrivée, dit Eastling. Il a rencontré Morningstar le soir où on l'a tué. Il se pourrait qu'il ait reçu les documents de Morningstar, puis qu'il les ait ramenés ici avant de retourner au bar.

— Eh bien, nota Joey, s'il l'a fait, il a suivi le protocole idoine. Bon boulot de ne pas s'être fait prendre avec les documents de la RPB sur le corps quand l'ambulance l'a emporté à la morgue. »

Eastling acquiesça d'un signe de tête. « Continuez de chercher. »

C'était une maison plutôt plaisante, avec du mobilier moderne et un rétroprojecteur de cinquante pouces dans le séjour. Il y avait à côté un magnétoscope VHS, accompagné d'une série de cassettes posées sur une étagère à côté de la télé. L'un des agents du contre-espionnage était en train de parcourir systématiquement toutes les vidéos, les visionnant en accéléré.

Nick et Jack entrèrent dans la cuisine où ils trouvèrent un des hommes occupés à vider tous les cartons de céréales dans des bols, avant de fourrer les mains dans le muesli et les flocons d'avoine à la recherche de quelque objet dissimulé. Un troisième agent du SIS rampait sur le sol de la cuisine, une torche à la main, cherchant un éventuel joint dans le carrelage prouvant qu'il aurait été déplacé ou réparé.

Pendant que chacun s'activait, Ryan s'adressa à Eastling : « Pourquoi Penright n'est-il pas simplement resté ici ? Pourquoi s'est-il rendu dans un hôtel ? »

Eastling haussa les épaules. « Il voulait être à proximité d'un bar. Un endroit d'où il pourrait ramener des filles.

— C'est un fait établi ou une supposition ?

— Comme je vous ai dit, David Penright n'est pas le premier agent décédé sur qui j'ai eu à enquêter. Jusqu'ici, tout ce que j'ai vu et appris aujourd'hui renforce mon hypothèse qu'il s'agit en fait d'un accident. Écoutez, Jack. J'imagine que vous aimeriez que ce soit une opération du KGB mais le KGB n'élimine pas nos agents dans les rues d'Europe occidentale. »

Avant que Jack ait pu répondre, le téléphone sonna dans le petit bureau du chalet. L'un des hommes d'Eastling décrocha et tendit le combiné à son chef.

Tandis que Nick Eastling prenait l'appel, Ryan se rendit sur le balcon qui surmontait la cour, à l'arrière. La vue était agréable, donnant sur la ville en contrebas et, plus loin, le lac. De l'autre côté des eaux noires, la rive opposée était visible, clignotement des réverbères dans les rues et des fenêtres illuminées des bâtiments. L'air froid et limpide donnait l'impression qu'il suffisait de tendre le bras pour franchir le lac et toucher le rivage lointain, alors qu'il était sûrement distant de plusieurs kilomètres.

L'agent du contre-espionnage britannique retrouva Jack sur le balcon quelques minutes plus tard. Il avait dans les mains deux bouteilles de Sonnenbräu sorties du frigo. Il faisait trop froid pour déguster de la bière dehors, se dit Ryan, mais il prit néanmoins une des bouteilles et but une gorgée tout en reportant son attention sur le lac en contrebas.

« J'étais à l'instant au téléphone avec Londres, précisa Eastling. Un médecin légiste de nos services a examiné le corps de Penright ce matin à Zurich. Aucune marque de piqûre, de celles que peut laisser une seringue hypodermique. Nous savons que nous trouverons de l'alcool dans son sang mais l'examen toxicologique pour d'autres substances prendra des semaines. D'après le légiste, toutefois, il n'a pas du tout l'air d'avoir été drogué ou empoisonné. »

Ryan ne dit rien.

Eastling contempla le panorama. « Il se sera saoulé au point de trébucher et s'étaler dans la rue. Moche, pour un gars en mission.

— Il prenait son boulot très au sérieux, vous savez, protesta Ryan. Vous le faites passer pour une espèce de clown. Je ne le connaissais pas très bien, mais il mérite mieux que le traitement que vous lui infligez.

— Ce n'était pas un clown, rétorqua Eastling. Mais un homme qui marchait depuis si longtemps sur la corde raide qu'il s'est mis à boire et à fréquenter des filles pour oublier le danger. Ça arrive aux meilleurs d'entre nous, surtout les agents en mission à l'étranger. Je compatis au stress et aux difficultés qu'ils doivent affronter mais, au bout du compte, mon boulot est de m'assurer d'obtenir des réponses. »

Les deux hommes contemplèrent le lac de Zoug et les lumières au loin, sur l'autre rive. Le spectacle était superbe ; Jack pouvait imaginer Penright, assis au même endroit juste quelques jours plus tôt, réfléchissant à ce qu'il allait faire avec Morningstar.

« Alors, c'est fini, constata Ryan. On rentre au bercail, c'est tout ?

— C'est à Londres de décider. Si sir Basil doit envoyer quelqu'un d'autre renouer contact avec Morningstar, alors il se pourrait qu'on reste encore un jour ou deux pour transmettre directement le fruit de nos recherches à… »

Le regard de Ryan se perdait vers l'autre rive du lac et, près de l'endroit qu'il fixait, un éclair éblouissant apparut, illuminant jusqu'aux nuages bas qui planaient au-dessus du rivage. La lueur semblait provenir de la rive, pas de l'eau, mais ce n'était pas évident d'emblée. Cinq secondes après l'éclair, un grondement sourd atteignit le balcon sur lequel se tenaient les deux hommes.

Eastling avait regardé dans la même direction. « C'est une explosion. »

Ryan scruta le lointain. « Je crois que je vois un incendie. » Il courut à l'intérieur, demanda aux hommes qui continuaient de travailler s'ils auraient vu une paire de jumelles dans la planque. L'un d'eux alla chercher dans le bureau une lunette astronomique en laiton, montée sur un trépied, décorative mais fonctionnelle. Les autres rigolèrent quand ils le virent la présenter à Ryan.

L'Américain s'en empara et fila sur le balcon.

Il dut se battre quelques instants pour porter à son œil l'oculaire de l'encombrant instrument. Eastling se contenta de l'observer sans rien dire.

Sur la rive opposée, presque noyé parmi le clignotement des lumières des fenêtres, il put sans hésitation distinguer des flammes. L'incendie était, en effet, localisé à quelques rues du rivage, un peu plus haut sur la pente.

« C'est quoi, la ville en face ?

— Rotkreuz, répondit Eastling.

— Là même où le banquier Tobias Gabler s'est fait tuer l'autre jour ?

— Il se trouve que oui, en effet. »

Jack quitta la lunette. « Allons-y.

— Aller où ? Là-bas ? Pourquoi ?

— *Pourquoi ?* C'est une blague ?

— Ryan, que vient-il de se produire, selon vous ?

— Je n'en sais rien, mais je veux voir ça de plus près.

— Vous êtes ridicule.

— Dans ce cas, si vous restiez dans la planque pour aider vos collègues à trier les flocons d'avoine ? Moi, j'y vais. »

Ryan se retourna et quitta le balcon. Il récupéra au passage sur une table les clés d'une des voitures de location et sortit en coup de vent.

Alors qu'il introduisait la clé dans la serrure du contact, il entendit quelqu'un dévaler l'allée gravillonnée derrière lui. C'était Eastling : « Je conduis. »

Il leur fallut près d'une demi-heure pour contourner le lac et rejoindre Rotkreuz. Dès qu'ils entrèrent dans le petit village, il n'y eut pas à hésiter sur le chemin à suivre. Les flammes s'élevaient jusqu'à quinze mètres de haut. Eastling n'avait qu'à se diriger vers leur lueur et, bien qu'ayant dû se dérouter à cause des barrages installés pour faciliter le passage des véhicules de secours, il réussit à se garer assez près de la scène pour que Ryan et lui n'aient que quelques rues à parcourir à pied.

Jack et Nick se frayèrent un passage dans la foule dense des badauds rassemblés à l'autre bout du parking de l'immeuble en flammes. Malgré la distance, Jack pouvait sentir la chaleur des flammes sur son visage.

Le bâtiment semblait avoir été un restaurant de luxe ; on distinguait une terrasse avec des radiateurs à gaz pour réchauffer les clients installés à l'extérieur pendant les nuits froides, et derrière, une structure allongée, dotée de baies courant du sol au plafond qui permettait aux clients assis à l'intérieur de profiter d'un panorama spectaculaire sur le lac de Zoug. Une enseigne au-dessus du parking indiquait « Restaurant Meisser ». Mais à présent, le bâtiment était totalement englouti par les flammes, les vitres étaient brisées et les tables et chaises en fer forgé autour des poêles à gaz avaient toutes été renversées et poussées de côté pour permettre aux pompiers et aux secouristes d'extraire les victimes du carnage.

Il y avait des corps étendus sous des bâches de plastique noir sur le parking. Jack en compta au moins dix, mais c'était difficile à dire entre la lumière vacillante de l'incendie et le clignotement stroboscopique des engins de secours.

Des dizaines de pompiers continuaient de lutter contre les flammes, les attaquant par leurs lances de plusieurs directions à la fois, et la police s'efforçait de contenir la foule derrière les rubans de sécurité, n'hésitant pas à crier, voire à bousculer si nécessaire. Quelqu'un dans la foule dit que l'incendie était alimenté par des conduites de gaz et puis, quelques minutes après l'arrivée de Ryan et d'Eastling, le barrage fut repoussé jusqu'à l'autre côté de la rue, par crainte d'une plus grosse explosion.

Alors que Jack et Nick se tenaient à l'écart des flammes rugissantes, Jack remarqua un groupe de voitures de la police helvétique garées au coin d'une rue, du côté opposé au parking isolé de la foule. Deux policiers encadraient un barbu menotté, et il les vit se diriger vers un des véhicules et le faire monter à l'arrière. L'homme semblait de quelques années plus jeune que Jack, mais à cette distance, il n'en aurait pas juré.

« Je me demande ce qui se passe. »

Nick se mit à marcher dans cette direction. « Je suppose qu'on ferait bien d'aller voir de quoi il retourne. »

Le temps toutefois de contourner le parking, la voiture de police avec son prisonnier avait filé, dévalé la pente et disparu hors de leur vue.

Deux agents se tenaient à côté d'une autre voiture au bout du cordon de police. Nick Eastling s'approcha d'eux et demanda : « *Entschuldigung. Sprechen Sie Englisch*[1] *?* »

L'un des agents répondit en allemand : « Oui, mais nous sommes occupés.

— Je comprends. Je me demandais juste qui était cet homme que vous avez arrêté.

— Il n'est pas arrêté. On l'a interpellé pour l'interroger. Il se trouvait dans le bâtiment mais il l'a quitté juste avant l'explosion. Ce n'était pas un client, il a juste traversé la salle pour ressortir par l'arrière. Après l'explosion, l'un des serveurs l'a vu dans la foule et l'a désigné.

— Je vois.

— Et vous, avez-vous été témoin de l'explosion ?

— Non. Je suis désolé, je n'ai rien vu. »

Eastling et Ryan tournèrent les talons et retraversèrent la foule des badauds. Ils quittèrent le secteur quelques minutes plus tard pour regagner la planque du SIS d'où Eastling put contacter Century House via le téléphone sécurisé. Le MI6 allait devoir faire pression sur les Suisses pour avoir des informations sur l'incendie criminel, la détention du jeune homme barbu et obtenir tout autre renseignement plus aisément accessible en passant par les hautes sphères.

---

1. « Pardon. Parlez-vous anglais ? »

Avant de rejoindre la planque, Eastling déposa Ryan à l'hôtel. Une fois encore, l'analyste américain eut l'impression d'être tenu à l'écart par l'agent du contre-espionnage britannique, mais il savait qu'il n'aurait rien de concret à faire là-bas, dans la planque, aussi se garda-t-il d'insister.

56

De nos jours

Barry Jankowski, officier de la force Delta, nom de code Midas, était l'un des survivants de la bataille pour le Phare de Sébastopol, en Ukraine, avec deux de ses agents et onze autres Américains. Mais contrairement à la plupart des agents de sécurité et des hommes de la CIA qui s'en étaient tirés sains et saufs, Midas et ses hommes, eux, étaient toujours dans le pays.

Depuis maintenant trois jours, Midas se trouvait à Tcherkassy, une ville de taille moyenne, au cœur de l'Ukraine, qui hébergeait une importante base militaire, celle de la 25e brigade aéroportée.

Midas avait perdu des amis au Phare, mais comme la plupart des membres des forces spéciales militaires, il n'avait pas eu le temps de les pleurer sur le terrain. La veille dans l'après-midi, Jankowski était encore lieutenant-colonel. Mais un coup de fil de Fort Bragg, la veille au soir, lui avait appris sa promotion au grade de colonel, de sorte qu'il se retrouvait désormais le commandant des opérations conjointes de plus haut rang ici même en Ukraine, mais également l'autorité de commandement principale de toutes les forces américaines et britanniques en Ukraine pour l'opération Tapis de charbons ardents.

Midas avait passé dix-sept ans sous les drapeaux, d'abord simple soldat chez les rangers, puis en tant que Mustang – comme on appelle un engagé qui, par promotion, rejoint les rangs des officiers. Il était passé dans la force Delta six ans auparavant, d'abord dans les troupes d'assaut, puis gagnant l'élite de l'élite, les troupes de « recce ».

La plupart des unités militaires américaines continuaient d'utiliser ce terme comme une abréviation de « reconnaissance », mais le créateur de la force Delta, « Chargin' » Charlie Beckwith, avait servi d'estafette dans le 22e régiment des SAS britanniques dans les années soixante. Becky avait adopté pour Delta maints traits caractéristiques du SAS, or les Rosbifs utilisaient le terme « recce », prononcé « wrecky »…

Midas venait d'une famille polonaise ; il avait grandi en parlant les deux langues à la maison et il avait appris le russe à l'université. Il avait passé le plus clair de l'année écoulée en Ukraine et, grâce à sa vaste expérience et sa compréhension en profondeur du paysage, de l'ennemi et de l'armée ukrainienne, il avait été sélectionné par le Pentagone pour diriger les opérations au sol.

À Sébastopol, Midas avait dirigé une cellule d'opérations avancées, ce qui signifiait qu'il chapeautait directement uniquement trois autres hommes de Delta. Pour un lieutenant-colonel, c'était pour le moins inhabituel, mais compte tenu de ses aptitudes linguistiques et de sa connaissance unique de la région, il s'était rendu là où sa présence était nécessaire. À présent, tout juste quelques jours plus tard, il se retrouvait à la tête d'une force de quatre cent vingt-neuf hommes. Soixante agents et personnels de soutien de l'escadron B de Delta, plus des hommes des 5e et 10e groupes des forces spéciales, plus une unité des commandos SAS britanniques.

Il avait également sous ses ordres les quarante hommes d'un peloton de fusiliers des rangers américains pour assurer la sécurité sur le site même de la base.

En dehors de ces forces en hommes, il disposait de plusieurs hélicoptères de transport et de reconnaissance du 160e régiment aérien d'opérations spéciales, de trois Black Hawk et de six minuscules MH-6 Little Bird pour le transport des troupes.

Et une heure auparavant, Midas avait reçu un complément de poids à son soutien aérien : quatre drones Reaper qui avaient décollé de l'aéroport international de Boryspil, près de Kiev, avaient été assignés au JSOC, et plusieurs hélicos de l'armée de terre étaient venus de Pologne. Ces appareils seraient principalement utilisés pour le guidage laser mais Midas avait également sa petite idée à ce sujet et il avait signalé qu'il désirait qu'un équipage bien précis rejoigne illico son centre opérationnel, sitôt installé dans ses nouveaux quartiers.

À l'évidence, Américains et Britanniques n'étaient plus seuls. L'armée ukrainienne était positionnée tout le long de la frontière et tenue en réserve ; elle s'attendait à combattre, mais Midas était douloureusement conscient de son état d'impréparation. Il avait passé le mois écoulé à recevoir des rapports sur le triste état de l'équipement, de l'entraînement, et, plus ennuyeux encore, du moral de l'armée ukrainienne. Les désertions s'étaient multipliées et l'on signalait des exemples crédibles d'espionnage et de sabotage. Plus débilitante encore était l'impression partagée par les dirigeants ukrainiens situés à l'écart de la frontière que, si les combats commençaient, l'OTAN se précipiterait à la rescousse ou, à tout le moins, exercerait des sanctions douloureuses contre la Russie qui forceraient Volodine à stopper son agression.

Midas était depuis trop longtemps un combattant aguerri pour savoir que les dirigeants civils à Kiev se berçaient d'illusions.

Il avait passé la matinée en communications sécurisées avec les divers commandants de l'armée ukrainienne qu'il connaissait dans la région, pour souligner le fait que les quatre cent vingt-neuf soldats américains et britanniques présents sur place représenteraient à peu près toute l'aide que pourrait espérer leur pays.

Sa toute dernière conversation, achevée tout juste une minute plus tôt, avait été la copie conforme des autres. Un colonel d'artillerie ukrainien lui avait confié : « Si vous savez que les Russes arrivent, vous devez les attaquer avant qu'ils ne franchissent la frontière. »

Midas répondit patiemment que, de son vivant, lui et ses quatre cent vingt-neuf hommes n'allaient pas envahir la Russie.

Le colonel répondit : « Les Russes nous attaqueront avec quelques vieux tanks rouillés. Ils nous survoleront pour larguer des bombes sur des aérodromes que nous n'utilisons même plus. Ils feront appareiller leur flotte de la mer Noire pour bombarder nos plages.

— Ils en feront plus », répondit Midas, sombrement.

Le colonel rétorqua, avec colère : « Alors je mourrai debout, l'arme à la main ! »

Midas se demanda à quand remontait la dernière fois que le colonel d'artillerie avait tenu une arme à feu mais il se garda bien de le demander.

En tant qu'officier du JSOC, Barry « Midas » Jankowski s'était battu en Irak et en Afghanistan et il avait conseillé des militaires aux Philippines et en Colombie.

L'Ukraine était le plus grand pays dans lequel il avait opéré, avec le PNB le plus élevé et la population la mieux éduquée.

Mais jamais il ne s'était trouvé dans une situation aussi désespérée. Ses quatre cent vingt-neuf hommes et femmes étaient coincés quelque part au voisinage de soixante-dix mille soldats russes assemblés près de la frontière et prêts à envahir l'Ukraine. Quand les Russes commenceraient l'invasion, son seul et unique espoir était d'utiliser ses maigres troupes pour épauler les Ukrainiens, mais sûrement pas pour leur permettre de gagner. Ou de repousser les Russes de l'autre côté de la frontière.

Non. Leur unique chance de survie – *son unique chance de survie* – serait de ralentir les Russes, de leur occasionner plus de blessés et de migraines qu'ils n'avaient escompté, dans l'espoir qu'ils renonceraient à leur attaque.

Il avait passé la journée précédente à installer son centre opérationnel interarmes, ici même à Tcherkassy, en collaboration avec tous les personnels des transmissions et du renseignement nécessaires pour surveiller sans relâche l'est de l'Ukraine.

Midas ne contrôlait pas les agents clandestins de la CIA présents en Ukraine, ils ne faisaient pas partie du commandement des opérations interarmes, mais il avait toutefois une autre flèche dans son carquois. Au Phare, il était tombé sur trois hommes : Clark, Chavez et Caruso. Quand il avait appris qu'ils n'appartenaient ni à la CIA, ni à la DIA, ni à la NSA ou autre acronyme officiel, il avait bien failli les flanquer hors de sa base sécurisée, mais tous trois avaient fait la preuve de leurs aptitudes et de leur engagement dans la défense du complexe de la CIA. Après l'évacuation aérienne de Sébastopol, John Clark avait confié à Midas que ses compagnons et lui allaient retourner à Kiev, d'où ils surveilleraient les groupes mafieux qui avaient envahi le pays pour le compte du FSB. Clark ajouta qu'ils étaient prêts à aider Midas, si nécessaire, quand il le voudrait.

Ce n'était pas exactement réglementaire – après tout, Midas n'avait aucune autorité pour demander à des civils américains de lui porter assistance dans des opérations de combat. Mais Midas appréciait de savoir qu'il avait dans sa manche quelques agents en dehors de la chaîne de commandement de l'armée ou du renseignement sur qui compter, si nécessaire.

Midas avait un master en science militaire de l'Académie militaire américaine. Il en avait appris plus dans ses études universitaires qu'il ne pourrait en appliquer sur le terrain, mais il n'avait jamais rien trouvé durant ses études qui reflétât mieux l'univers du combat que cette citation dénichée en étudiant les écrits d'un maréchal prussien du dix-neuvième siècle nommé Helmut von Moltke : « La stratégie est un système d'expédients. »

Midas était originaire de Virginie-Occidentale et il préférait parler carré, aussi sa traduction personnelle de la phrase de Moltke était : « Un homme doit faire ce qu'il doit faire. »

Quand les Russes attaqueraient, Midas s'attendait à voir les choses rapidement tourner au vinaigre. L'autre fameuse citation de Moltke : « Aucun plan de bataille ne survit au contact avec l'ennemi », était un autre truisme du métier des armes. Une fois que les Russes auraient ouvert le bal, Midas s'attendait à voir l'opération Tapis de charbons ardents si méticuleusement planifiée dégénérer en une empoignade où ses hommes et lui devraient se débrouiller de leur mieux.

Les adjudants-chefs Eric Conway et Andre Page traversaient la base militaire ukrainienne en ce matin de printemps frais et lumineux. Ils étaient un peu perdus : aucun des deux ne déchiffrait l'alphabet cyrillique mais on leur avait dit de se diriger vers le bout de l'aire réservée aux hélicoptères, de prendre à gauche et puis de continuer d'avancer jusqu'à ce qu'ils avisent la grille gardée par les Américains.

Traversant la base sans leurs casques, les deux hommes d'équipage de l'OH-58D Kiowa Warrior de l'armée de terre ressemblaient beaucoup à de simples fantassins. Ils ne portaient pas de combinaison de vol ; à la place, ils étaient en uniformes gris, beige et vert sous leur gilet pare-balles. Ils étaient armés de fusils Colt M4 en dotation de l'armée et de pistolets Beretta M9 à la hanche, avec des cartouchières passées par-dessus leur gilet pare-balles.

Ils dépassèrent un groupe de mécanos ukrainiens qui s'arrêtèrent pour leur serrer la main. Ils baragouinaient juste un peu d'anglais, mais tous semblaient heureux d'avoir les forces américaines à leurs côtés. Andre était noir, ce qui était aussi rare ici que pour eux de voir un Ukrainien se balader dans leur base du Kentucky et, par conséquent, il attirait les regards fascinés des jeunes soldats ukrainiens.

Eric et Andre restèrent polis mais ils se séparèrent du groupe au plus vite parce que leur supérieur leur avait ordonné de se rendre dans un bâtiment situé de l'autre côté de la base.

Et ils ne savaient vraiment pas pourquoi.

Après s'être battus en Estonie, les adjudants-chefs Conway et Page étaient retournés en Pologne où ils servaient au sein du commandement européen. Leur unité faisait partie d'un détachement de l'OTAN qui s'entraînait avec les Polonais, une mission intéressante pour l'un et l'autre, histoire d'évacuer le stress du combat en Estonie.

Mais pas plus tard que la veille, leur compagnie avait reçu l'ordre inattendu qu'ils devaient se rendre en Ukraine. Ils avaient supposé que ce devait avoir un rapport avec l'attaque des bureaux du Partenariat pour la paix à Sébastopol – cela avait fait les gros titres – mais, en dehors des multiples conjectures qu'ils avaient échangées avec les autres gars de leur compagnie, aucun n'avait la moindre idée de ce qu'allait être leur mission.

Et ils n'avaient pas eu non plus trop de temps pour y réfléchir. Ces dernières vingt-quatre heures, ils s'y étaient surtout préparés et tous, y compris leur matériel et leurs hélicos, avaient embarqué à l'arrière de deux cargos C-17 et survolé la Pologne pour venir se poser ici, à Tcherkassy, juste une heure auparavant.

Pendant leur traversée de la base ukrainienne, Eric et Andre plaisantèrent sur ce qui pouvait bien les attendre à l'autre bout du terrain. Aucun n'imaginait le moindre problème, mais le fait de se retrouver séparés du reste de leur compagnie, au moment où tous les autres s'installaient dans les baraquements et s'allongeaient un peu pour se détendre après vingt-quatre heures d'activité ininterrompue, voilà qui était quelque peu déroutant.

Ils trouvèrent la grille gardée par les Américains et entrèrent dans une zone contrôlée par des hommes qu'ils identifièrent comme des membres du 75e régiment de rangers. C'étaient des soldats d'élite et Conway comme Page n'avaient en temps normal guère de contacts directs avec eux, aussi tout ceci avait-il pour eux quelque chose d'inédit.

Ils passèrent entre des rangées de petits baraquements dotés de larges portes genre garage qui étaient ouverts à tous vents. À l'intérieur de l'un d'eux, les deux sous-officiers avisèrent un groupe d'hommes en tenue camouflée et arborant coupe de cheveux et barbe non réglementaires. Ils étaient en train de déballer une partie de leur équipement et un coup d'œil à leur allure et leur matériel suffit à révéler aux deux soldats de vingt-six ans que ces hommes appartenaient aux forces spéciales de l'armée de terre.

Page se pencha vers Conway : « Eric, d'abord on passe devant des mecs du régiment, à présent, ce sont des Bérets verts. J'imagine qu'on est en train de monter en grade. »

Conway se contenta de rire mais il était réellement curieux de savoir jusqu'où ils allaient s'enfoncer dans ce sanctuaire du côté « obscur » des forces armées.

Bientôt, ils parvinrent au dernier bâtiment de la base. Il était gardé par un autre groupe de rangers qui déchiffrèrent le nom cousu sur l'uniforme des deux sous-officiers et le transmirent par radio. Peu après, on les conduisait dans un couloir avec pour instruction d'aller frapper à la dernière porte sur leur droite.

Nerveusement, Conway et Page se dévisagèrent, puis Conway frappa sur le battant métallique.

« Entrez », tonna une voix à l'intérieur.

Ils entrèrent et se retrouvèrent face à une demi-douzaine d'hommes en civil. Ils semblaient avoir en moyenne dix ans de plus que les Bérets verts du hangar et tous exhibaient des barbes hirsutes et des tenues de baroudeur. Chacun portait également un pistolet à la hanche et les deux jeunes sous-officiers notèrent que tous avaient des armes différentes, ce qui trahissait qu'ils étaient probablement des agents du commandement des opérations spéciales interarmes. Donc, soit des membres du groupe 6 des SEAL, soit des membres de la force Delta. Quoi qu'il en fût, ni Conway ni Page n'avaient la moindre idée de ce qu'ils faisaient ici.

« Entrez, messieurs. Merci de passer nous voir », dit l'un des barbus.

Dans l'armée américaine, personne ne « passait voir » quelqu'un. Ils en avaient reçu l'ordre de leur supérieur, mais si ces gars voulaient la jouer décontractée, Conway et Page n'y voyaient aucun inconvénient.

L'homme qui était manifestement le chef du groupe se présenta, puis présenta ses hommes. « Je suis Midas, et voici Boyd, Greyhound ; ceux-là derrière sont Arctic, Beavis et Slammer. »

Page et Conway pensèrent aussitôt la même chose. *Putain, ces mecs sont bien de la force Delta.*

Midas poursuivit : « C'est un honneur de vous rencontrer, les gars. J'ai lu le compte rendu de vos aventures aériennes en Estonie orientale. On y dit que vous avez pris une carte routière pour vous enfoncer en territoire convoité si bas que les radars russes ont cru que vous conduisiez un taxi. Puis vous avez éliminé une demi-douzaine de T-90. »

Conway savait que le compte rendu de cette opération aérienne en Estonie avait été classé confidentiel par l'armée. Pourtant, il ne fut guère surpris que ces clandestins en aient eu connaissance.

Conway, pas peu fier, répondit : « Merci, monsieur. Mais pour être honnête, nous avons eu de la chance.

— Nous avions également des Apache », ajouta Page.

Tout le monde éclata de rire.

« Ça me plaît bien, dit Midas et il lut le nom sur son badge. Monsieur Page, qu'en dites-vous ? Est-ce que M. Conway est aussi bon pilote que le laisse paraître ce compte rendu de mission ? »

Andre Page opina. « Ça me fait de la peine d'avoir à l'admettre devant lui, mais c'est un dur à cuire, chef.

— On s'en contentera, rit Midas. C'est vous qu'il pilote, donc je suppose que vous êtes le mieux placé pour commenter ses aptitudes. »

Conway crut bon de préciser : « Conway s'occupe du ciblage mais il pilote aussi, de temps en temps. »

Midas leur indiqua un canapé le long du mur et les deux adjudants-chefs s'y installèrent. Puis il s'approcha d'une glacière posée sur une table, l'ouvrit et en sortit deux bouteilles bien fraîches de Slavutich, une marque de bière locale. Il fit sauter les capsules sur lc rebord de la table puis se dirigea vers les deux jeunes gens aux yeux écarquillés.

« Bienvenue en Ukraine », dit-il en leur tendant les bières. Il retourna à la glacière s'en prendrc unc. Il en but une lampée et, à ce moment seulement, les deux pilotes d'hélico l'imitèrent. Conway trouva la situation vraiment bizarre et il se demanda même à un moment s'il n'était pas la victime d'une version de *La Caméra invisible* destinée à la chaîne télé des forces armées.

Midas s'assit sur une table en bois près des deux hommes. Les autres garnissaient des chargeurs de cartouches sorties de caisses de munitions. Conway et Page notèrent les fusils alignés contre le mur.

C'étaient des HK416 qui ressemblaient beaucoup à leurs Colt M4 et tiraient des munitions de même calibre, mais les armes de la force Delta étaient bien supérieures.

Midas commença : « Vous vous demandez sans doute ce que vous faites ici. »

Conway était le plus taiseux des deux, aussi fut-ce Andre qui répondit. « Oui, chef.

— Un quelconque général à Washington a cru bon de me donner l'autorité de commandement sur cette opération en Ukraine. Avec l'arrivée de votre compagnie, j'ai désormais quatre cent vingt-neuf hommes sous mes ordres. » Il leva rapidement une main. « Je rectifie. Quatre cent huit hommes et vingt et une femmes. Il y a du personnel féminin de soutien, ainsi que dans les opérations de vol. Plus une infirmière, pilote de Black Hawk de sauvetage, je crois savoir.

— Je l'ai vue ce matin. Plutôt chaudasse », marmonna le Delta surnommé Greyhound.

« Quoi qu'il en soit, au cas où vous n'auriez pas encore deviné, les Russes s'apprêtent à traverser la frontière. Ce pourrait être aujourd'hui, peut-être demain, peut-être pas avant une semaine. Mais ils arrivent, et quand ils arriveront, nous aurons des équipes des opérations spéciales d'un bout à l'autre de la région, pas seulement le long de la frontière mais jusqu'à quatre-vingts kilomètres à l'intérieur des terres. Elles seront couplées à des désignateurs laser chargés de marquer les cibles à dégommer par l'armée de l'air ukrainienne avec ses munitions air-sol. Vous me suivez jusqu'ici ?

— Oui, chef », répondirent en chœur Conway et Page.

Soupir de Midas. « OK, autant régler ça tout de suite. Faites-moi plaisir. Laissez tomber le “chef”. »

Conway et Page étaient de l'armée régulière. L'idée d'appeler par son nom un homme qui était manifestement leur supérieur les mettait tous les deux mal à l'aise.

« Oui… Midas, réussit toutefois à articuler Conway.

— Nous venons également juste de recevoir votre compagnie d'OH-58. À présent, le reste de vos camarades fera la même chose que les troupes des forces spéciales. À savoir, utiliser la désignation laser pour trouver et caler les cibles destinées à être achevées par l'armée de l'air ukrainienne. Les autres Kiowa auront, quant à eux, des missiles Stinger pour les doter d'un minimum de capacités de défenses aériennes.

— OK, dit Conway qui ne savait trop où Midas voulait en venir.

— Mais je veux que vous deux me fassiez quelque chose de différent. Je veux vous doter de Hellfire pour que vous puissiez vous aussi contribuer à finir le boulot.

— Oui, chef », dit Page en levant haut sa bière en guise de salut.

Midas le dévisagea un long moment.

« Euh… je veux dire, Midas.

— Bien. Notre mission première est l'acquisition de cibles au laser pour les aviateurs ukrainiens mais ce n'est pas suffisant. Je veux que nous ayons la capacité, dans une situation limite, d'opérer indépendamment des Ukrainiens. »

Conway avait pigé. « Je comprends.

— Nous avons des drones Reaper de la CIA armés de Hellfire que nous pouvons envoyer sur des cibles. Mais je veux mon propre zinc dans les airs, vous, les gars, pour être prêts à vous positionner à la demande pour attaquer des cibles si nécessaire. Pouvez-vous me faire ça ?

— Tout à fait.

— Comme vous l'aurez sans doute deviné, je n'appartiens pas à l'armée régulière. Vous les gars, vous êtes dans le système conventionnel, mais j'ai besoin de pilotes capables de penser de manière non conventionnelle. D'après le compte rendu de mission que j'ai lu sur votre numéro en Estonie, je pense que vous seriez parfaits pour jouer mes mercenaires dans les airs.

— Tout ce que vous voudrez, répondit Conway.

— Heureux de l'entendre.

— Une question, Midas, intervint Page. Où allons-nous ?

— Ce doit être confidentiel. Certainement pas en Crimée, sans doute pas non plus à Donetsk. On vous le fait savoir avant le décollage, en général, mais on vous demande juste d'être prêts à répondre à notre signal. On contactera votre supérieur hiérarchique pour qu'il vous détache de votre plan de vol régulier, que vous puissiez mener vos propres opérations. »

Eric et Andre finirent leur bière, serrèrent la main de tous les hommes et s'apprêtèrent à partir. Devant la porte, Eric se retourna. Il ne savait pas s'il devait pousser sa chance mais il se dit que ça valait le coup.

« Hum, Midas… l'Ukraine n'appartient pas à l'OTAN. Je ne comprends pas. Notre pays va-t-il réellement entrer en guerre pour eux ?

— Pas notre pays. » Il haussa les épaules. « Nous. Bienvenue du côté obscur, les enfants. »

57

Trente ans plus tôt

Jack Ryan fut réveillé par un tambourinement déterminé contre la porte de sa chambre d'hôtel à Zoug, en Suisse. L'analyste de la CIA regarda la pendulette sur la table de chevet et vit qu'il était à peine quatre heures du matin. Il se leva rapidement et déverrouilla la porte ; elle était grande ouverte avant qu'il ne s'avise que, quand bien même il était analyste et pas agent, il opérait bel et bien sur le terrain et que ça n'aurait peut-être pas été une mauvaise idée de regarder d'abord par le judas avant d'ouvrir.

Allons, Jack. Fais un peu attention à ce que tu fais.

C'était Nick Eastling et Jack put noter aussitôt que l'homme était debout depuis déjà pas mal de temps.

Il nota également que quelque chose clochait.

« Que se passe-t-il ?

— Laissez-moi entrer, dit Eastling.

— Bien sûr. »

Eastling entra et Jack referma la porte derrière lui. Les deux hommes se dirigèrent vers les chaises du salon ridiculement exigu.

« Vous revenez juste de la planque ? demanda Jack.

— Ouais. J'ai eu Century House au téléphone ainsi que des contacts à notre ambassade à Zurich.

— Que se passe-t-il ?

— L'explosion de ce soir au restaurant Meisser. Elle a fait quatorze morts. »

Jack ne pouvait déchiffrer le visage de son interlocuteur. Il semblait à la fois excité et perplexe.

Nick ajouta : « L'une des victimes était Marcus Wetzel. »

Jack inclina la tête. « Et il est… qui, au juste ? »

Eastling poussa un long soupir. « Vous l'auriez su tôt ou tard, de toute manière. C'était notre source à la banque. C'était lui, Morningstar. »

Ryan prit sa tête dans ses mains. « Oh mon Dieu !

— Ouais. Il dînait avec un autre homme qui a survécu, lui. C'est lui qui a identifié le corps. »

Ryan se leva. « Vous pensez toujours que c'était sans lien ?

— Je… manifestement… bien sûr que non. Merde, je ne suis pas un idiot, Ryan. Morningstar a été assassiné. Je dois envisager que c'est le même acteur qui a tué Tobias Gabler.

— Je suis ravi que vous ayez changé votre fusil d'épaule.

— Ouais, enfin bon, j'ai changé de point de vue sur le fait que les banquiers ont été assassinés, mais pas David Penright.

— Comment pouvez-vous en être aussi certain ?

— Parce que les gauchistes allemands ne s'intéresseraient pas vraiment à David Penright, n'est-ce pas ?

— Les gauchistes allemands ? De quoi parlez-vous ?

— L'un des corps retrouvés dans l'explosion de Rotkreuz a été identifié comme celui d'une Allemande de vingt-cinq ans du nom de Marta Scheuring. L'emplacement où on l'a retrouvée était curieux, il a donné aux enquêteurs suisses de bonnes raisons pour s'intéresser à elle. Elle se trouvait en effet dans les cuisines, près des conduites d'alimentation en gaz, alors qu'elle ne travaillait pas au restaurant. Ils supposent qu'elle aura dû apporter un explosif mais qu'au moment de régler le détonateur, l'engin lui aura sauté à la figure. »

Jack avait une autre idée. « Comment sont-ils sûrs qu'elle ne cherchait pas tout bêtement les toilettes ?

— Parce que ce genre de coïncidence n'existe pas. Marta Scheuring était très proche de la Fraction armée rouge. Elle a été arrêtée deux fois en Allemagne pour actes subversifs. Elle vivait à Berlin. Ils ont trouvé son adresse grâce aux papiers retrouvés dans un sac à dos qu'elle avait abandonné dans une allée derrière le restaurant. »

Jack connaissait la RAF. Il savait aussi que le groupe n'opérait pas habituellement en Suisse. « Pourquoi la RAF ferait-elle sauter ce restaurant ? »

Eastling haussa les épaules. « Je n'en sais rien. Ce que je sais, c'est que je file à Berlin. Century House est en contact avec la police allemande. Celle-ci va perquisitionner l'appartement et je veux être là quand ça se produira.

— Et l'autre type ?

— Quel autre type ?

— L'homme que la police suisse a arrêté au restaurant. Celui qu'ils ont embarqué ?

— Oh, lui ? fit Eastling. Il s'est échappé. Il a crocheté ses menottes et réussi à dérober de force à l'un des flics son arme de service. Il a menotté les deux flics dos à dos, autour d'un réverbère du centre-ville près de la gare. Il semblerait qu'il aurait pris un train pour s'échapper.

— Il était sûrement impliqué, lui aussi.

— Ça se pourrait bien. Sans doute appartient-il à la RAF. J'en apprendrai plus à Berlin. Comme j'ai dit, je pars dans quelques heures. Vous pouvez toujours m'accompagner, même si je ne peux pas parler pour les Allemands. Peut-être devriez-vous régler ça d'abord avec votre chancellerie. »

Jack se massa les paupières. « Il y a deux jours, vous avez appris qu'une fille venue de Berlin buvait avec un agent britannique qui s'est fait tuer par la suite, lequel agent travaillait sur le même cas que toutes ces autres victimes. Et à présent une Allemande proche de la RAF est également liée à ces autres morts. Pensez-vous vraiment que la mort de David Penright soit juste unc coïncidence ? Pourquoi ne pas retourner au bar devant lequel Penright est mort, leur présenter la photo de Marta et leur demander si ce n'était pas la même femme ?

— On passera l'information aux Suisses qui, j'en suis certain, feront exactement cela. Mais des jeunes Allemandes, il y en a partout ici. Si Penright n'avait pas bavardé avec une Allemande, il l'aurait fait avec une Australienne, une Néo-Zélandaise, une Française ou une Suédoise. La fille du bar n'a aucune importance. »

Eastling poursuivit : « Nous allons nous rendre à Berlin, examiner les indices sur la RAF, et si cela devait nous ramener à la mort de David Penright, nous agirons en conséquence. D'ici là, je vous prie de ne pas me dire comment faire mon boulot !

— Très bien, dit Ryan. Allons-y. Mais je veux participer à l'exploitation des renseignements qu'on trouvera sur place à Berlin. Je ne veux pas être laissé sur la touche.

— Ce n'est pas à moi d'en décider, Jack, mon vieux. Voyez ça avec les Boches. »

58

De nos jours

Tatiana Molchanova souriait à la caméra lorsque débuta le journal de dix-huit heures. Normalement, le journal télévisé du soir, comme partout ailleurs dans le monde, commençait par un résumé des événements du jour, mais Valeri Volodine s'était pointé juste avant le début de la diffusion et s'était carrément imposé dans le studio en s'asseyant dans ce qu'il considérait comme son siège personnel.

Aussi le cadreur serra-t-il le plan sur Molchanova, tandis qu'elle faisait traîner sa présentation du chef de l'État, le temps pour un technicien audio d'équiper d'un micro Volodine assis sur sa gauche, avant de se tourner pour accueillir le président avec un large sourire, certes, mais non dénué de professionnalisme.

Molchanova n'avait pas de questions à lui poser ; sa venue avait été une surprise totale et, dans son oreillette, elle entendait en régie les réalisateurs discuter entre eux sur la meilleure façon d'entamer l'entretien.

Elle allait devoir improviser sur ce segment mais ce n'était pas un problème, c'était une pro. En outre, elle était à peu près sûre que le président ne lui laisserait pas vraiment l'occasion de broder.

« Monsieur le Président, il s'est produit un certain nombre d'événements dramatiques sur le territoire de notre plus grand voisin à l'ouest. Quels commentaires avez-vous à faire sur les attaques en Ukraine qui semblent avoir été si manifestement destinées à menacer les partisans de la Russie ? »

Volodine bondit comme un ressort. « Pas seulement des partisans, Tatiana Vladimirovna. Je vous rappelle que des millions de citoyens russes vivent à l'intérieur des frontières de l'Ukraine. L'agression qui a coûté la vie à ma grande amie Oksana Zueva et l'attentat à la bombe de Donetsk sont clairement l'œuvre de forces terroristes nationalistes soutenues par des services d'espionnage occidentaux. Ajoutez-y l'attaque par la CIA américaine à Sébastopol. Autant de *provokatsii* ! Les ennemis de la Russie essaient de nous attirer dans une confrontation. Nous avons jusqu'ici abordé nos désaccords de manière paisible et dans le cadre de la diplomatie, mais ces gens ne savent pas gérer un tel niveau de sophistication, alors ils s'en remettent au carnage. »

Molchanova reconnut l'appel du pied. Elle posa une question vague concernant l'influence des événements d'Ukraine sur la patrie.

Volodine embraya au quart de tour. « Il y a cinquante millions de personnes en Ukraine, dont un sixième de Russes. Et la péninsule de Crimée est vitale pour les intérêts de sécurité de notre pays. C'est manifeste même pour le plus ignare des étudiants en économie, en affaires internationales ou stratégiques. Elle accueille la flotte de la mer Noire. Il y a des oléoducs et des gazoducs vers l'Europe, un marché vital pour la Russie, et les nombreuses voies d'accès vers l'ouest sont également importantes pour nos intérêts de sécurité. L'Ukraine appartient à notre sphère d'influence. Comme je vois les choses, il y a deux menaces qui pèsent sur notre nation. Deux seulement. Ce sont le terrorisme et la criminalité occidentale sans foi ni loi à nos frontières. Nos ennemis voudraient nous démembrer, et nous en sommes conscients, c'est bien pourquoi nous les tenons hors de nos frontières, mais cela n'est pas suffisant. Les pays d'Europe de l'Est sont devenus des esclaves de l'Amérique et de l'Europe occidentale et nous devons nous en protéger, quel qu'en soit le prix. Nous avons fortement réduit le terrorisme en Russie. Les divisions ethniques intérieures, en même temps que l'élément criminel, dont l'essentiel du reste provient de minorités ethniques, ont été dans une large mesure contenues. Nous allons devoir continuer notre combat pour promouvoir la force de notre système policier et judiciaire à l'intérieur, et accroître l'envergure de nos services de sécurité à l'extérieur. Il n'y a pas d'autre moyen de survivre. Mais en considérant ce qui se passe aujourd'hui en Ukraine, je vois que nous partageons non seulement des intérêts avec nos voisins slaves, nous partageons aussi les menaces. Les nationalistes ukrainiens au pouvoir à Kiev sont une de ces menaces. »

Volodine fixa l'objectif de la caméra. Tatiana Molchanova restait assise, bien sagement. Le président avait manifestement oublié depuis belle lurette qu'il participait à une interview. « Aucun régime voyou ne pourra exister tranquillement à nos frontières. C'est précisément contre cela que j'ai toujours essayé de protéger notre patrie. La diffusion endémique du crime et de l'illégalité partout en Ukraine m'a fait comprendre que les citoyens russes devaient être protégés et cette protection doit être bien réelle, et ne pas se réduire à une simple ligne tracée sur une carte, qui ne servira les intérêts de personne. »

Il marqua un temps, pour permettre à Tatiana Molchanova de meubler de sa voix le silence : « Pouvez-vous nous dire quelles mesures votre gouvernement est prêt à prendre pour réduire les menaces le long de notre frontière ?

— J'ai ordonné à notre armée de préparer une série d'actions de sécurité à petite échelle pour protéger les intérêts de la Russie en Crimée et la population russe qui vit en Ukraine orientale. Je ne peux pas entrer dans les détails opérationnels, bien entendu. » Il sourit. « Pas même pour vous, Tatiana Vladimirovna. »

Elle lui rendit son sourire.

« Mais chacun devrait se souvenir qu'il ne s'agit de rien de plus qu'une mission de *mirotvorsty.* » De maintien de la paix.

Tatiana observa : « L'Ukraine n'est pas membre de l'OTAN mais du Partenariat pour la paix, ce qui signifie qu'elle participe dans une certaine mesure à des exercices et des actions coordonnées avec les forces de l'OTAN. Vous attendez-vous à ce que cela pose problème pour une opération de sécurité ?

— Nous étions membres de l'OTAN jusqu'à l'an passé, mais j'ai vu la folie d'une telle mesure. Comment pourrions-nous, en effet, continuer à appartenir à une organisation créée à l'origine expressément pour nous détruire ? L'OTAN n'est pas une si grande menace en soi. La plupart des nations européennes sont parfaitement raisonnables. Mais l'Amérique cause un souci, et je vais vous donner un exemple pour vous expliquer pourquoi. Ces gens-là ont une obsession pour les missiles antimissiles. Cela a commencé avec Ronald Reagan, et cela s'est poursuivi depuis maintenant trente ans. Les Américains veulent ces missiles pour une simple et bonne raison : pour se protéger sous un bouclier avant une bataille inévitable. Une bataille qu'ils se préparent à lancer. Maintenant, le président Ryan nous a, au cours de ces dernières années, épargné l'usage excessif de la force mais uniquement parce que notre pouvoir était faible et que l'Amérique était ravie de nous dicter ses termes. Tant que nous restions dociles, ils se montraient aimables. Comme un maître qui caresse un chat paresseux. Mais nous avons des intérêts privilégiés dans notre région et l'Amérique ferait bien de se souvenir que nous protégerons ces intérêts privilégiés.

— Que considérez-vous comme les intérêts privilégiés de la Russie ?

— Les nations post-soviétiques voisines où vivent des Russes de souche. Il est de ma responsabilité de garantir leur protection. »

Volodine se tourna vers la caméra. « Et à l'intention de l'OTAN, et tout particulièrement des Américains. Je vous rappellerai qu'il s'agit de notre voisinage. » Il pointa le doigt vers l'objectif. « Vous êtes venus jouer dans notre voisinage et nous vous avons laissé faire. Mais à présent, je vous demande d'en rester à l'écart. »

Molchanova essaya de trouver une nouvelle question mais c'était inutile car Volodine baissa son doigt tendu et poursuivit son monologue :

« Les Ukrainiens devraient comprendre ceci : nous aimons votre pays, nous sommes vos meilleurs voisins. Nous ne voulons supprimer ni votre drapeau, ni votre hymne. Je ne veux m'intéresser qu'à la question des frontières. La Crimée est historiquement russe – tout le monde le sait. Ce sera pour le bien de nos deux nations que chacune ait les mêmes droits, les mêmes lois, le même avenir radieux. »

Tatiana posa la question suivante non sans quelque impatience. Elle n'aurait pas juré qu'elle n'en avait pas brûlé d'envie mais Volodine avait rendu l'enchaînement si évident qu'elle ne pouvait le laisser passer : « Ainsi donc, monsieur le Président, êtes-vous en train de nous dire là que la Crimée est l'objectif de cette opération de sécurité ? »

Volodine ne répondit pas d'emblée. Il fit mine d'être pris de court. « Chaque chose en son temps, mademoiselle Molchanova. Nous devons voir comment sont traitées nos forces de maintien de la paix. Si le terrorisme s'éteint… bien évidemment, nous nous retirerons. »

Il l'avait dit les mains levées, comme pour tenter d'insinuer que l'idée de conquête du territoire ukrainien venait de la présentatrice.

Les attaques préliminaires à l'invasion débutèrent alors même que le président était à l'antenne. Le choix d'entamer les opérations en fin d'après-midi eut l'effet de surprise escompté sur les forces ukrainiennes massées près de la frontière. Elles s'attendaient bien évidemment à une attaque venue de l'est – mais pas à ce qu'elle survienne juste à l'heure du dîner.

Des batteries de missiles à longue portée dévastèrent les positions défensives ukrainiennes tandis que des chasseurs-bombardiers pénétraient en territoire ukrainien pour détruire des aérodromes dans l'est de la Crimée. Des chars franchirent la frontière, fonçant vers l'ouest, plus ou moins comme ils l'avaient fait en Estonie mais là ils rencontrèrent plus de résistance de la part des T-64 ukrainiens. Même si ces chars déjà anciens n'étaient pas du niveau des T-90 russes, ils étaient en grand nombre et la plupart avaient été enterrés ou placés dans des positions fortifiées.

Batailles de chars et échanges de tirs de roquettes Grad se poursuivirent avec acharnement durant les premières heures du conflit, puis, à mesure que les blindés russes s'enfonçaient dans les lignes, les obusiers ukrainiens entrèrent en action. Mais les MiG et Sukhoï russes avaient toutefois la maîtrise des airs et ils eurent tôt fait d'éliminer les positions d'artillerie.

Les Ukrainiens avaient également un nombre significatif de véhicules d'artillerie autopropulsés 2S19 Msta – du nom de la rivière russe ; il s'agissait d'obusiers mobiles de 152 millimètres de fabrication russe. Bien cachés, ils étaient toutefois assez mobiles pour présenter un problème aux chars T-90, mais les généraux ukrainiens avaient gardé en réserve l'essentiel de cette ressource de prix, ce qui n'avait fait que condamner ceux déployés en avant-garde à une destruction certaine par les hélicoptères de combat Kamov et les MiG-29 de l'aviation russe.

Dès vingt et une heures, les villes ukrainiennes de Sverdlovsk et de Krasnodon, à quelques kilomètres seulement de la frontière russe, étaient prises quasiment sans coup férir et Marioupol, sur la mer d'Azov, tombait à son tour à vingt-deux heures trente.

À minuit, une escadrille de six énormes transports de troupes Antonov An-70 quittait le territoire russe et survolait la mer d'Azov ; ils pénétraient dans l'espace aérien ukrainien quelques minutes plus tard. À bord de chaque appareil, il y avait entre deux cents et deux cent trente soldats. La plupart étaient membres du 217e régiment aéroporté de la 98e division parachutiste mais il y avait également avec eux plusieurs centaines de *spetsnaz* du GRU.

Les transporteurs étaient encadrés par des chasseurs et dotés d'équipements de brouillage radar et quand l'escadrille survola Sébastopol, les bâtiments de la flotte russe de la mer Noire apportèrent leur contribution à la défense de leurs compatriotes avec leurs missiles surface-air.

Les Ukrainiens engagèrent le combat avec une escadrille de Su-27, mais les quatre appareils furent abattus au-dessus de la mer, deux par des chasseurs russes et les deux autres par des missiles surface-air.

Les Russes, pour leur part, avaient perdu cinq chasseurs mais les six Antonov 70 réussirent à rejoindre leur zone de largage.

Les parachutistes sautèrent en pleine nuit pour atterrir sur toute l'extrémité sud de la péninsule de Crimée.

À une heure trente du matin, la Russie avait mille quatre cent trente-cinq soldats légèrement armés mais parfaitement entraînés, au sol à proximité de Sébastopol ; ils attaquèrent deux garnisons ukrainiennes et détruisirent plusieurs petites batteries antiaériennes installées en centre-ville.

Si les Ukrainiens ignoraient encore pourquoi les Russes avaient parachuté des troupes sur Sébastopol ce soir-là, ils ne devaient plus tarder à l'apprendre. De l'autre côté de la mer Noire, dans la république autonome d'Abkhazie, le petit port d'Otchamtchiré servait de mouillage improvisé à une flottille de bâtiments de guerre russes, à bord desquels quelque cinq mille fusiliers marins étaient sur le pied de guerre depuis déjà plusieurs jours. Dès que les Antonov 70 avaient décollé de leur base d'Ivanovo, la flotte avait appareillé pour Sébastopol. Elle ne devait pas y arriver avant le milieu du jour suivant, mais cela laisserait aux parachutistes et aux *spetsnaz* le temps voulu pour contrôler entièrement la ville autour du port.

Tandis que les forces russes se déployaient depuis les zones de largage en Crimée, les chars et les autres troupes mécanisées s'enfonçaient plus avant en Ukraine orientale. Les Russes étaient dotés d'équipements de vision nocturne de bien meilleure qualité que ceux de leurs adversaires et leurs chars en tirèrent parti pour pousser leur avantage toute la nuit durant, surprenant un ennemi aveugle et paniqué. Même si en soi l'invasion n'avait pas été une surprise, le pouvoir ukrainien reconnut au bout de quelques heures que ces généraux avaient mésestimé la vitesse, la tactique et l'intensité des combats que les Russes avaient déclenchés à la frontière.

59

Il y avait beaucoup de joggers matinaux à Londres, peut-être pas autant qu'à Washington, mais considérant la météo lamentable ce printemps, Jack Ryan Jr. était surpris du nombre de personnes en train de lacer leurs chaussures pour se livrer à leur exercice dans la tourmente.

En général, toutefois, Jack voyait la majorité des coureurs au retour de son propre entraînement matinal. Il aimait s'y mettre très tôt, avant la foule des autres joggers, car cela lui donnait comme une impression de réussite qu'il n'éprouvait jamais lorsqu'il commençait plus tard sa journée.

Mais ce matin, c'était différent. Certes, il s'était levé tôt – il était juste un peu plus de six heures et il avait déjà parcouru plusieurs kilomètres. Cependant, il ne ressentait pas cette exubérance qui accompagnait habituellement son exercice matinal. Le temps était humide et froid, il était fatigué et il avait un peu mal à la tête à cause de toute la bière qu'il avait bue la veille au soir.

De retour de son déplacement inutile à Corby où il était censé rencontrer un homme naguère appelé Bedrock, il s'était arrêté dans un pub près de son domicile d'Earl's Court. Il avait descendu deux assiettes de fish-and-chips accompagnées de plusieurs pintes de bière. Heureusement pour lui, personne ne l'avait remarqué ou ne lui avait même adressé la parole dans le pub mais, sur le chemin du retour vers Lexham Gardens, il avait fait un large détour et zigzagué pour repérer une éventuelle filature, et cela jusqu'au milieu de la nuit ; et il était presque certain d'avoir vu passer à trois reprises la même camionnette.

Il était alors resté allongé plusieurs heures à se demander qui pouvait bien le filer ; il était à présent six heures et demie du matin et son jogging avait grandement souffert des mauvais traitements infligés à son organisme la veille au soir.

Au bout de cinq kilomètres, il traversa Holland Park, essayant toujours d'éliminer par la transpiration une partie de l'alcool et de l'huile de friture qu'il avait absorbés. Il fit le tour d'un terrain de foot à l'herbe brunie par le gel et recouvert de brume, puis il entama la longue ascension de la colline escarpée menant au quartier de Notting Hill, en suivant Holland Walk, une étroite allée qui longeait le parc, bordé par le mur en brique délimitant les jardins privatifs d'une longue rangée de maisons individuelles sur sa droite.

Il croisa deux femmes qui redescendaient avec leurs poussettes high-tech, et toutes deux lui adressèrent un sourire.

Cinquante mètres derrière elles, il y avait deux autres joggers, deux grands types baraqués qui venaient d'apparaître au sommet de la crête, courant sur un rythme décontracté et qui entamaient la descente dans sa direction.

L'esprit de Jack revint vers Oxley, le vieil espion britannique. Bedrock. Il n'avait pas appelé son père pour lui dire qu'il avait échoué dans sa tentative de lui tirer les vers du nez. Il essaya de réfléchir à une nouvelle tactique pour réussir à faire parler le vieux bougre, mais il n'avait toujours pas d'idée. Il avait plus ou moins envie de laisser complètement tomber et de laisser son père mettre la CIA ou une autre agence sur le coup pour découvrir ce que l'homme savait de cet assassin mystérieux, peut-être imaginaire, dénommé Zénith.

Il se dit qu'il s'accorderait une nouvelle journée pour essayer de trouver une nouvelle tactique, puis il repasserait ses infos sur Bedrock.

La guerre avait commencé en Ukraine ; Jack l'avait vu aux infos du matin alors qu'il laçait ses chaussures. Il n'avait aucun moyen de savoir que les États-Unis avaient des forces sur place qu'ils étaient prêts à engager, mais il savait quand même que son père devait travailler au niveau diplomatique et dans le domaine du renseignement pour contrer l'attaque du gouvernement russe, aussi était-il conscient que tous les détails qu'ils pourrait découvrir concernant Talanov pourraient s'avérer utiles dans la résolution de cette crise.

Alors qu'il finissait de grimper l'étroit sentier, Jack regarda les visages et les mains des deux grands joggers qui approchaient devant lui. Il avait été formé à identifier les signes annonciateurs d'une agression, les indices imperceptibles d'ennuis à venir, et c'est ce qu'il faisait désormais machinalement, surtout quand il remarquait dans les parages des jeunes gens musclés ou simplement en bonne forme physique.

Les deux hommes avaient les mains vides et leur visage ne trahissait aucun signe menaçant.

Ryan reporta son attention sur sa course ; il se força à remonter un peu plus les genoux et détendre ses épaules. Il n'était toujours pas « dedans », mais il décida de prolonger son effort jusqu'à huit kilomètres, même si ça devait le mettre à plat.

Quand les deux joggers ne furent plus qu'à quinze mètres de lui, il reporta machinalement son attention sur eux. Il se rendit compte qu'il cherchait à nouveau des indices dénotant à une agression à venir et il se gourmanda de vivre sa nouvelle existence dans le même état de crispation que lors de sa vie d'avant. Malgré la situation dans laquelle il s'était retrouvé avec Sandy Lamont à Antigua, il se dit qu'il n'avait aucune raison de se sentir menacé où qu'il aille. Il savait qu'il allait devenir cinglé s'il devait éliminer le moindre passant comme un danger potentiel jusqu'à la fin de ses…

Qu'est-ce que c'est que ça ? Jack aperçut une sorte d'objet rigide sous le pull-over de l'homme de droite ; il pointait sous l'étoffe quand il levait la jambe droite. On aurait dit un bâton ou une sorte de matraque. Deux pas après avoir relevé cette anomalie, Jack vit l'homme sur la droite porter la main sous son pull-over.

Son corps passa instantanément en mode alerte ; ses muscles se crispèrent et ses sens passèrent en vitesse surmultipliée.

À cinq pas de lui, la démarche des deux types changea, un très léger changement d'équilibre, et c'était précisément l'un des indicateurs que Jack avait appris à reconnaître. Il remarqua instantanément qu'ils faisaient pivoter leur corps au moment de croiser son chemin. Il ne portait aucune arme et il savait que sa seule chance était de tirer avantage de sa vitesse et de l'effet de surprise, conjugués à l'inertie de ses deux adversaires qui approchaient.

L'homme sur la droite sortit une matraque noire longue de trente centimètres, tandis que celui sur la gauche relevait les bras comme s'il s'apprêtait simplement à tacler Jack.

Jack plongea sous l'étreinte qui se profilait. Il exécuta un rouleau avant sur le sol mouillé, avant de se relever d'un bond en pivotant sur lui-même pour charger ses agresseurs par l'arrière. Son poing droit jaillit vers l'homme à la matraque qui était juste en train de se retourner vers lui en relevant haut son arme pour frapper.

Le direct de Jack cueillit le type en plein nez, projetant sa tête vers l'arrière et le forçant à lâcher son arme sur le sol bitumé où elle rebondit avec un bruit métallique caractéristique avant d'aller se perdre dans les broussailles en bordure de l'allée.

L'autre agresseur avait titubé mais il se rétablit en prenant appui sur le mur bordant les jardins et voici qu'il revenait à la charge. Ryan n'avait pas vu d'arme au début mais le type déboulait à présent le bras droit tendu, donc, à coup sûr, il devait tenir une arme blanche. Ryan fit un mouvement de balayage pour bloquer le bras de l'agresseur à quarante-cinq degrés et c'est alors seulement qu'il aperçut l'éclat de l'acier. C'était un petit couteau à lame crochue, pas plus de sept centimètres de long, mais néanmoins meurtrier.

Jack exécuta ses mouvements de combat au corps à corps avec l'adresse d'un homme qui s'entraînait à cet art quasi quotidiennement depuis des années. Il se retourna pour présenter son dos à l'agresseur tout en utilisant les deux mains pour maîtriser le bras qui tenait l'arme. Il tordit celui de l'homme vers la droite et, dans le même mouvement, projeta en avant sa tête pour lui donner un coup de boule qui l'expédia au sol. Le couteau tomba et, d'un coup de pied, Jack l'envoya valser dans l'herbe.

Le visage de ses deux adversaires saignait abondamment, mais il vit bien qu'ils n'avaient pas renoncé à se battre.

Celui qui avait tenu la matraque en fer lui envoya un coup de poing, mais il rata sa cible car Jack s'était laissé tomber à genoux avant de se relever d'un bond pour le heurter en pleine poitrine. Les deux hommes roulèrent dans l'herbe humide entre le sentier et le mur haut de près d'un mètre quatre-vingts, mais Jack prit soin de rester au-dessus de son adversaire. Il expédia aussitôt un coup de poing au visage déjà ensanglanté, puis s'écarta rapidement d'une roulade pour se relever au plus vite parce qu'il savait que l'autre voyou était de nouveau derrière lui, prêt à l'étrangler ou lui balancer un coup de genou dans les côtes. Jack avait choisi sa tactique avec soin et lorsque le second agresseur projeta son pied dans les airs, son coup arriva dans le vide, le déséquilibrant et l'amenant à choir sur le dos.

Jack le chargea aussitôt impitoyablement et lui balança un coup de genou à la tempe au moment où il tentait de se relever. En entendant le bruit de l'impact,

Jack sut qu'il avait assommé son adversaire – et que son genou allait gonfler comme un melon.

Il se retrouvait donc debout avec ses deux adversaires à terre. L'un ne bougeait plus, l'autre était étourdi, adossé au mur de brique.

Jack était encore sous l'effet du pic d'adrénaline mais il savait qu'il avait besoin de réponses. À quoi rimait cette histoire ? Étaient-ce les mêmes connards qui l'avaient suivi ?

Ils étaient jeunes, pas plus de vingt-cinq ans, tous deux étaient bruns, les cheveux ras, ils étaient musclés, mais Jack ne pouvait rien deviner de plus sur leur identité.

Il commença par l'homme adossé au mur – il semblait pour l'heure le plus apte à converser, aussi s'agenouilla-t-il à côté de lui, tout en brandissant un poing menaçant.

Un sifflement strident venu de l'autre bout du parc lui fit tourner la tête.

« Vous, là ! Qu'est-ce que vous faites ? » Deux agents de police, un homme et une femme, traversaient au pas de course le terrain de foot, à cinquante mètres de là. La femme sifflait et l'homme continuait de crier : « Lâchez cet individu ! »

Jack ne le tenait pas vraiment, mais il se releva et se retourna vers les deux policiers.

Il avait parcouru moins de trois mètres dans leur direction quand il sentit un impact entre les omoplates. Le type qui était assis par terre contre le mur s'était apparemment relevé d'un bond pour le pousser de toutes ses forces.

Jack fut propulsé de l'autre côté du chemin et il tomba le nez dans l'herbe humide. Pas de bobo, mais il s'en voulait d'avoir détourné son attention de ses adversaires.

Il se releva à quatre pattes et se retourna pour regarder par-dessus son épaule. À sa grande surprise, il constata que les deux voyous étaient désormais debout et qu'ils détalaient, abandonnant leurs armes derrière eux.

Ils remontèrent le sentier sur quelques mètres avant d'escalader le mur de brique et de disparaître de l'autre côté. Jack fut surpris qu'ils aient été capables de se relever, et plus encore d'être en état de fuir. Il se releva à son tour pour se lancer à leurs trousses mais les deux policiers lui crièrent de s'immobiliser.

Les flics étaient encore à vingt-cinq mètres de lui et ils n'étaient pas armés ; Jack aurait pu aisément escalader le mur et sauter dans la cour de l'autre côté, avec de bonnes chances de rattraper ses deux agresseurs blessés. Mais les deux agents l'avaient vu, il vivait dans le quartier et il ne leur serait pas franchement difficile de le retrouver.

Ryan laissa donc s'échapper ses deux agresseurs et il leva les mains en l'air pour bien signifier aux policiers qu'il n'était pas une menace. Il jeta un rapide coup d'œil à ses tennis et vit qu'elles étaient couvertes de boue et maculées du sang pissé par le nez des deux voyous.

Il prit d'amples inspirations pour se calmer tandis que les flics le faisaient se retourner et poser les mains à plat sur le mur. Plus tard, il se félicita d'avoir pris son temps avant d'ouvrir la bouche parce qu'en ce moment, alors qu'il s'occupait d'abord de calmer son rythme cardiaque et de retrouver son souffle, il se rendit compte que si jamais il leur parlait des deux armes abandonnées dans les buissons, son père découvrirait qu'on avait plus que probablement cherché à attenter à sa vie.

Et son père enverrait les hommes du service de protection présidentielle qui débouleraient sur lui et lui feraient un rempart de leurs corps, ce qui signifierait la fin de son séjour en Angleterre et, surtout, entraverait sérieusement les plans du jeune Ryan pour l'avenir.

Non, hors de question.

Il dit donc aux deux agents qu'alors qu'il faisait son jogging, deux individus l'avaient agressé pour lui demander son argent. Ce genre d'incident n'était pas rare à Londres, même si l'agression à six heures du matin d'un jogger même pas muni d'un portefeuille était sans aucun doute exceptionnelle.

Jack fut conduit au commissariat de Notting Hill après que les deux agents eurent rapidement vérifié que c'était bel et bien le fils du président américain qui venait de se faire agresser sous leurs yeux. On le traita donc comme une célébrité et la partie la plus difficile de l'épreuve fut pour lui de devoir répéter dix fois de suite à pas moins de douze personnes différentes que non, il n'avait ni besoin ni envie de se rendre à l'hôpital.

Son genou allait être enflé et douloureux mais il n'y avait pas mort d'homme. Il voulait juste rentrer chez lui.

La police lui fit la leçon, lui expliquant qu'il était une personnalité en vue et qu'à ce titre il avait droit à des agents de sécurité et que, s'il voulait bien l'accepter, il y aurait des gens pour le protéger la prochaine fois qu'au parc des voyous le choisiraient pour cible.

Ryan les remercia, leur dit qu'il allait y réfléchir et une petite voiture de patrouille le ramena chez lui à huit heures trente. Les deux agents lui firent promettre de les appeler s'il avait d'autres problèmes et il les remercia de nouveau pour leur sollicitude. Il grimpa l'escalier de l'immeuble, rejoignit son appartement, entra et referma la porte à triple tour.

Dans la salle de bains, il se débarrassa de ses vêtements souillés et ouvrit la douche, puis il s'assit sur le rebord de la baignoire. Pendant que la pièce s'emplissait de vapeur, il réfléchit aux implications des événements qui venaient de se produire.

Il savait qu'il devait appeler Sandy pour l'avertir. Il allait sans doute avoir droit à un « je te l'avais bien dit » de son patron, même s'il n'était pas du tout convaincu que l'incident survenu ce matin ait un quelconque rapport avec son boulot.

Si c'était bien en rapport avec les affaires sur lesquelles il travaillait chez Castor and Boyle, si c'était bien la raison pour laquelle on l'avait suivi jusqu'ici au Royaume-Uni, alors qu'est-ce qui avait changé pour qu'ils passent carrément de la simple surveillance à une agression ?

Rien. Même si l'affaire Galbraith impliquait Gazprom et un certain nombre d'individus potentiellement dangereux, il travaillait dessus depuis des mois, et cela faisait déjà plusieurs jours qu'on l'en avait dessaisi. Alors, si quelqu'un voulait le punir, pourquoi diable choisir de le faire maintenant ?

Il se rendit soudain compte qu'il avait opéré un changement dans sa routine habituelle au cours des derniers jours. Il s'était rendu en voiture à Corby, la veille dans l'après-midi, pour tenter – sans succès – de parler avec Victor Oxley.

Jack y réfléchit encore. Se pouvait-il que ce fût la raison de l'agression ? Pour lui, ça ne tenait pas debout, mais d'un autre côté, tout le reste non plus.

Il n'y avait manifestement aucune relation entre son travail chez Castor and Boyle et l'ex-espion britannique Victor Oxley. En fait, il savait déjà qu'il était sous surveillance avant même d'avoir entendu son nom.

Mais il ne voyait pas d'autre explication. Il était allé à la rencontre d'un espion britannique susceptible d'avoir des réponses concernant le passé de l'actuel patron du renseignement russe et puis, pas plus tard que le lendemain, deux types se jetaient sur lui avec matraque et couteau. Ryan ne croyait pas aux coïncidences et, même s'il n'avait pas de réponse, il savait qui en avait.

Oxley était d'une manière ou de l'autre derrière l'agression de ce matin ou, à tout le moins, il se pouvait qu'il sût pourquoi Ryan s'était fait attaquer. Alors qu'il entrait sous la douche brûlante, il décida qu'il lui fallait retourner à Corby et trouver un moyen de faire parler le vieux bougre.

Trente minutes plus tard, douché et changé, il fonçait vers le nord au volant de sa Mercedes.

60

La phase d'action directe de l'opération Tapis de charbons ardents débuta peu après quatre heures du matin au deuxième jour de l'agression russe. Des duels aériens, pour l'essentiel entre les hélicoptères d'attaque russes Kamov-52 dotés d'équipements perfectionnés de vol de nuit et des Mi-24 ukrainiens dépourvus de la fonction, mais qui avaient pris leur envol malgré tout, firent rage au-dessus des collines boisées à l'est de Donetsk. Au sol, un peloton de douze hommes du 5e groupe des forces spéciales avait pris position sur le toit de la loge de presse surmontant un terrain de foot abandonné dans la ville de Zougres. De là, grâce à leurs optiques perfectionnées, ils pouvaient voir jusqu'à trente kilomètres vers l'est, et à l'aide de leurs désignateurs laser, acquérir des cibles encore plus loin.

La nuit était à peu près limpide ; les Américains observaient les hélicoptères au loin, le plus souvent réduits à de minuscules points lumineux, jusqu'à ce que les combats commencent et que les éclairs et les rais de lumière entourant ces points transforment le spectacle en light-show futuriste. Spectacle qui se prolongea durant plusieurs heures. À l'occasion, un appareil rapide les survolait à toute vitesse et plus rarement encore, vers l'ouest, une batterie d'artillerie ukrainienne tirait, visible à ses éclairs dédoublés caractéristiques à l'horizon.

Mais peu avant quatre heures, le peloton repéra au viseur infrarouge une colonne de véhicules qui progressait sans rencontrer d'obstacle sur la route nationale H21. Les forces américaines identifièrent les véhicules : des transporteurs de troupes blindés BTR-80, utilisés par l'un et l'autre camp. Ils en avertirent par radio le PC, les prévenant qu'ils avaient des cibles possibles dans la zone d'engagement, mais qu'ils ne pouvaient identifier positivement les véhicules comme ennemis ou, en langage codé, comme des forces « rouges ». Le PC essaya d'obtenir une confirmation des Ukrainiens mais leur armée était en plein engagement, dans un état proche du chaos, et même l'armée de l'air était lente à répondre.

Au bout d'un quart d'heure, les BTR-80 s'étaient approchés à moins de douze kilomètres du commando des forces spéciales. Midas ordonna à l'un des drones en patrouille dans le secteur d'aller survoler la colonne et il se présenta bientôt pour transmettre ses images aux personnels de renseignement au PC interarmes.

Le Reaper révéla que tous les véhicules arboraient le drapeau russe. Le drone était armé de deux missiles Hellfire mais Midas donna ordre à son officier de transmissions de relayer à nouveau aux Ukrainiens le traitement de la cible.

Cette fois, deux MiG arrivèrent rapidement sur zone. Ils lurent la désignation laser transmise par le laser

SOFLAM[1] des Américains et bientôt les chasseurs-bombardiers ukrainiens se mirent à faire pleuvoir sur la colonne leurs missiles air-sol Kh-25.

Au sol, le peloton du 5e groupe fut d'abord ravi de voir progresser l'attaque mais il devint bientôt clair que les MiG ukrainiens s'attardaient un peu trop au-dessus de la zone de combat. Le commandant du peloton relaya ses inquiétudes par le truchement du PC, car seule la moitié de la colonne russe avait été détruite quand des missiles surgirent de l'horizon est. Les hommes du 5e groupe n'avaient pas vu les appareils qui les avaient tirés et ils estimèrent qu'ils étaient encore à plus de trente kilomètres mais arrivaient rapidement.

L'un des chasseurs ukrainiens explosa dans une boule de feu et le second rompit le combat.

Les hommes du 5e groupe acquirent deux des quatre cibles restantes pour les Hellfire des drones mais deux BTR-80 réussirent à y échapper.

L'opération Tapis de charbons ardents avait commencé avec un succès notable. Oui, ils avaient détruit six pièces d'armement blindé déjà profondément enfoncées en territoire ukrainien, mais ç'avait été au prix de l'une des armes aériennes ukrainiennes les plus puissantes. Midas savait qu'un tel taux d'attrition œuvrait à l'avantage des Russes.

---

1. Special Operations Forces Laser Acquisition Marker (SOFLAM ou SOF-LAM). Laser d'acquisition de cibles portatif utilisé principalement par les forces spéciales américaines en conditions de combat difficile.

Le président Ryan rencontra le ministre de la Justice dans le Bureau ovale. Dan Murray était aussi épuisé que lui par la surcharge de travail, mais l'un comme l'autre avaient l'expérience et la discipline nécessaires pour savoir comment puiser dans leurs dernières ressources en temps de crise nationale.

Ryan avait passé la matinée en conversation avec ses conseillers militaires mais, par nécessité, il avait conservé un emploi du temps normal. L'attaque russe accaparait certes une bonne partie de l'attention des États-Unis, mais la Maison-Blanche était mobilisée pour rédiger des déclarations sur d'éventuelles sanctions, protester auprès du Conseil de sécurité des Nations unies et même menacer de boycotter les Jeux olympiques d'hiver à Sotchi[1], voire d'autres « combats » diplomatiques sur l'efficacité desquels personne dans le gouvernement Ryan ne se faisait beaucoup d'illusions. Mais ce front de gesticulations diplomatiques demeurait nécessaire pour dissimuler les mesures sérieuses que l'Amérique entreprenait pour contenir l'avance russe, à savoir les actions clandestines de l'armée américaine sur le terrain en Ukraine orientale.

Le président Ryan n'avait guère de temps à consacrer à des visites au Bureau ovale de membres de son cabinet qui n'avaient pas de lien direct avec les forces armées ou le renseignement, mais il avait fait une exception pour Dan Murray. Les deux hommes

---

1. Rappelons que la version originale de ce roman a été publiée en 2013.

s'assirent face à face et Ryan leur servit à tous deux du café. « Dan, commença-t-il, j'espère vraiment que tu as de bonnes nouvelles. »

Murray aurait pu simplement lui narrer ce qu'il avait découvert ou lui transmettre un mémo de deux pages sur l'enquête, mais il savait que son patron aimait bien mettre les mains dans le cambouis quand il s'agissait de renseignement, aussi déposa-t-il simplement une série de clichés sur la table basse.

Ryan saisit le premier. C'était une photo en couleurs, manifestement tirée d'une bande de vidéosurveillance, montrant une jeune femme de type hispanique entrant dans ce qui semblait être une supérette 7-Eleven.

Jack demanda : « C'est la suspecte de l'empoisonnement de Golovko ?

— Exact. Felicia Rodriguez. »

Jack hocha la tête et considéra le deuxième cliché. Il semblait avoir été pris au même endroit mais une autre personne était en train de franchir les portes. Un homme, cheveux courts, carrure athlétique, en short et chemisette blanche. La photo était étonnamment nette – Jack se fit la remarque que l'omniprésence et la qualité des caméras de vidéosurveillance avaient constitué un sacré bonus pour le travail des services de police et de renseignement ces vingt dernières années.

« Qui est-ce ?

— Nous n'avons pas encore de nom mais, en utilisant un logiciel de reconnaissance faciale, nous avons découvert qu'il était entré aux États-Unis à bord d'un jet privé en provenance de Londres. Son passeport est moldave, le nom inscrit dessus est Vassily Kalugine, mais ça ne correspond à aucune donnée. L'avion est immatriculé auprès d'une société-écran luxembourgeoise. Là non plus, ça ne colle pas. »

Ryan avait saisi les implications de tout ceci. « C'est un espion.

— Fichtre oui.

— Un espion russe ?

— Aucune certitude mais nous venons d'émettre un avis de recherche avec son visage et les infos bidon de son passeport. »

Ryan saisit la troisième photo.

C'était la copie d'une page de passeport avec photo d'identité d'un certain Jaime Calderón. « Un autre espion ?

— Il se trouve que oui. Un agent vénézuélien. Esteban Ortega de son vrai nom. Nous l'avons déjà repéré sur notre territoire, nous l'avons surveillé, mais sans jamais réussir à trouver quelque chose de concret sur lui.

— Je ne vois là toujours rien de vraiment concret, en effet. » Ryan souleva l'ultime photo. C'était le cliché d'excellente qualité d'une petite maison jaune avec un palmier dans un jardin entouré d'une clôture. « Raconte-moi ce qui se passe dans cette petite baraque.

— Nous savons qu'Ortega a pris l'avion pour Miami et loué cette maison à Lauderdale-by-the-Sea. Il y a séjourné deux jours. Le mystérieux Moldave, ne me demande pas son nom, a passé la douane au terminal d'aviation générale de Fort Lauderdale. Quatre-vingt-dix minutes après avoir atterri, il est apparu dans ce marché qui se trouve être à trente-deux mètres de cette petite planque du renseignement vénézuélien. »

Jack releva la tête pour fixer Dan. « Trente-deux, précisément ?

— Précisément. J'y suis allé voir hier. »

Ryan sourit. Dan aimait toujours donner de lui-même. « Continue.

— Puis, le jour après l'arrivée du mystérieux Moldave et d'Ortega, voilà Felicia Rodriguez qui se pointe. Elle entre dans le marché, va savoir pourquoi, mais plus important, un suivi GPS de son téléphone mobile la localise à l'intérieur de la planque vénézuélienne.

— Bigre ! s'exclama Jack, tout excité.

— Elle n'y est restée qu'une heure, ajouta Murray, puis elle est descendue dans un hôtel du voisinage. Le lendemain, elle retournait en voiture dans le Kansas. »

Ryan embrassa de nouveau du regard l'ensemble des photos, puis il reporta son attention sur Murray.

Le ministre de la Justice poursuivit : « Avant que tu poses la question, nous avons relevé de faibles traces de polonium-210 dans la maison et dans la chambre d'hôtel de Rodriguez. Toutefois, le produit était stocké à l'époque bien mieux que juste avant l'empoisonnement de Golovko. Manifestement, Rodriguez l'avait sans doute placé dans un conteneur plombé mais elle l'a sorti à la cafétéria de l'université du Kansas.

— Bon, coupa Ryan, voyons si je te suis toujours bien. Nous pensons que le Moldave mystérieux pourrait être un agent du FSB qui a fait entrer le Po-210 aux États-Unis à bord d'un avion d'affaires, puis l'a transmis à l'assassin par le truchement de l'espion vénézuélien Ortega.

— C'est notre théorie, oui. Il est impossible d'affirmer avec certitude que le Moldave lui-même se trouvait dans la planque mais, encore une fois, il était à un jet de pierre. Je sais que nous n'avons pas vraiment là un vrai flag, mais là… »

Jack le coupa : « Il faut qu'on retrouve cet autre gars…

— Pourquoi n'avons-nous pas besoin du Vénézuélien ?

— Parce que trois jours après cette rencontre à Lauderdale, la veille de l'empoisonnement de Golovko, donc, Esteban s'est fait assassiner à Mexico. Tué par balle dans un taxi. Le tireur était à l'arrière d'une moto, aucun signalement fiable. Le seul témoin était le chauffeur et il n'avait pas grand-chose à dire. »

Ryan se cala au fond du canapé. « Ils effacent leurs traces. » Puis, après un soupir de frustration : « Ils vont tuer tous ceux qui sont susceptibles de leur attribuer ce forfait. Fais tout ton possible pour obtenir un mandat d'arrêt international. Si l'on parvient à identifier ce Moldave, alors on pourra lui mettre la main dessus.

— Pas de problème. »

Ryan contempla de nouveau la photo de la jeune Vénézuélienne. Elle paraissait si jeune, toute la vie devant elle. « Quelle était sa motivation ?

— Pas sûr qu'on le sache jamais. Elle avait de la famille au pays, ils pourraient être l'objet de menaces. Nous sommes à peu près sûrs qu'elle n'avait aucune idée de ce qu'elle transportait, aussi pensons-nous que les Russes ou les Vénézuéliens l'ont manipulée.

— Et une raison de l'implication de ces derniers ?

— Pas encore. Encore une fois, il était fort possible qu'Ortega n'en ait pas su plus qu'elle sur ce que fricotait Rodriguez contre Golovko.

— En résumé, reprit Jack, les Russes se servent de sympathisants comme idiots utiles pour les aider à concocter leur complot, puis ils les baisent, en se servant d'eux à leurs propres fins. »

Murray opina.

« Ça ressemble aux méthodes de Roman Talanov.

— Le gars du FSB ? Vraiment ? Désolé de l'avouer, mais je ne peux pas dire grand-chose de son passé.

— Tu n'es pas le seul, là, dit Ryan. Mais je m'efforce d'y remédier. »

61

Jack Ryan Jr. arriva à Corby à onze heures du matin. Le ciel était encore plus gris ici qu'à Londres et l'air y était notablement plus froid quand il descendit de sa Mercedes dans la rue, devant la maison d'Oxley.

Au cours des deux heures de voiture, il s'était convaincu que ce serait une impasse. Il ne s'était pas un instant bercé de l'illusion que l'attaque du matin avait été un événement sans lien mais, d'un autre côté, il ne parvenait pas à voir comment ce vieil ex-espion pourrait avoir un rapport quelconque avec cette histoire. Il avait même failli faire demi-tour à Huntingdon mais il avait poursuivi sa route en se disant que ça ne ferait pas de mal de voir Oxley – faute de mieux, histoire d'embêter une fois de plus le vieux barbon.

Jack décida de lui parler de l'attaque, puis de jauger sa réaction. Jack était à peu près sûr que si Oxley avait été derrière, quelles que soient ses raisons, le fait de se pointer chez lui l'amènerait à trahir son implication.

Jack monta l'escalier pour gagner la chambre d'Oxley au premier, et alors qu'il grimpait, il nota que son genou était douloureux après avoir eu maille à partir avec les deux voyous le matin même. Bigre, il aurait dû penser à se mettre une vessie à glace ; après être resté assis deux heures dans la voiture, il allait à coup sûr boitiller pendant deux jours.

Il chassa de son esprit cette pensée irritante pour concentrer son attention sur la perspective ennuyeuse d'avoir à parler de nouveau avec Oxley. Il se dit que si le vieux bonhomme renouvelait ses commentaires sur son père, il lui flanquerait son poing dans la figure.

Ryan n'allait pas le frapper, il le savait, mais ça lui faisait du bien d'en caresser l'idée.

Jack s'arrêta devant la porte d'Oxley et leva la main pour toquer mais, ce faisant, il nota qu'elle n'était pas verrouillée. Il baissa les yeux vers la serrure et vit l'empreinte noire d'une botte juste en dessous. À côté, le chambranle était fendu.

Quelqu'un avait défoncé la porte, et c'était récent car il y avait encore des traces de boue sur l'empreinte.

Son sang ne fit qu'un tour. Comme le matin même lors de son agression, tous ses signaux de danger étaient passés au rouge. Il pivota, regarda vers l'étroit passage qui menait à l'escalier de derrière mais il n'y avait personne alentour.

Sa première idée fut de redescendre et de retourner dans sa voiture. De là, il pourrait appeler les flics. Mais il ne pouvait dire si Oxley était ou non encore en vie. Si oui, tout retard pouvait signifier la différence entre la vie et la mort pour le vieux barbon.

Redoublant de lenteur et de silence, Ryan posa la main sur la poignée et poussa le battant de la porte.

Aussitôt, il se rendit compte que Vick Oxley était tout ce qu'il y a de plus vivant. Il était assis sur une chaise métallique, devant sa petite table de cuisine, à trois mètres de distance de l'entrée du studio. Devant lui, une tasse de thé. Il avait les cheveux en bataille et quelques gouttes de sueur luisaient sur son front haut et ridé, mais autrement, il semblait parfaitement détendu. Un homme dans sa cuisine, dégustant son thé matinal.

Sur le plancher froid à ses pieds, toutefois, deux hommes gisaient sur le dos. Ils étaient manifestement morts et leurs corps anormalement contorsionnés. Ryan put constater d'emblée que l'un deux avait eu le cou rompu car sa tête était tordue sur la droite, en sens opposé de la disposition du bassin.

L'autre avait le visage ensanglanté et contusionné, ses yeux étaient grands ouverts.

Oxley leva les yeux vers Ryan, apparemment surpris de découvrir le jeune Américain, même s'il se reprit rapidement et leva sa tasse. Il l'agita et demanda : « Arrivé pile pour une tasse de thé, pas vrai ? »

Ryan leva lentement les mains. Il ne savait fichtre pas ce qui s'était passé ici, mais il était prêt à voir le bonhomme bondir de sa chaise pour se jeter sur lui.

Au lieu de cela, l'autre but calmement une autre gorgée de thé.

Jack rabaissa les mains. « Que… que s'est-il passé ?

— Vous voulez dire, à l'instant ? »

Ryan acquiesça, l'air ahuri, incrédule.

« Le fils du président des États-Unis vient de pénétrer dans ma cuisine. »

Oxley était passé du rôle de gros connard fini à celui de petit malin. Ryan n'était pas sûr que cela constituât vraiment un progrès, mais au moins lui avait-il fait ouvrir la bouche. Il entra dans le studio et referma la porte derrière lui.

« Je voulais dire avant, évidemment.

— Oh, ces types : ils se sont heurtés à mon coup-de-poing américain, sont revenus y goûter, y ont de nouveau eu droit, et ce coup-là, ils ne se sont pas relevés. »

Ryan s'agenouilla auprès des corps étendus, chercha leur pouls, il n'y en avait pas. Oxley l'observa sans rien dire, le visage à moitié dissimulé derrière sa tasse de thé. Lentement, il la redéposa sur ses genoux et sa voix se fit sombre, presque mauvaise : « Tu as amené des ennuis avec toi, pas vrai, gamin ?

— Je ne les ai pas amenés.

— Ma foi, tu te pointes, et le lendemain, c'est leur tour. Alors, soit vous les avez fait venir, soit c'est l'inverse. Comme c'était toi le premier, c'est toi que j'accuse. » Il sourit, mais c'était un sourire hautain. Le sourire d'un individu irrité. « Ce ne sont pas les chaussées mouillées qui provoquent la pluie, pas vrai ? »

Jack prit une chaise métallique et s'assit en face de l'Anglais. « Deux hommes m'ont agressé ce matin, commença-t-il. À Londres. Pas ces deux-là.

— Quelle putain de coïncidence, dis donc.

— Je m'en vais hasarder une hypothèse et dire que oui, ce n'était pas une coïncidence. »

Ryan regarda l'homme de forte carrure, puis considéra de nouveau les deux cadavres. Il ne pouvait se défaire de l'idée manifeste que le vieil espion avait réussi à se défaire de deux hommes jeunes et athlétiques. « Vous les avez tués ?

— Ma foi, ils ne sont pas décédés de mort naturelle. T'es vraiment aussi bouché que ton papa. »

Jack grinça des dents.

Oxley reposa sa tasse sur la table. « Malgré ton origine, je suppose que je dois me montrer un hôte aimable, aussi vais-je te faire un peu de thé. » Il se leva et s'enfonça dans la cuisine, saisit la bouilloire qu'il remit sur le gaz qu'il alluma jusqu'à ce que la flamme bleue lèche les flancs du récipient.

« Eh, dit Jack. Je ne veux pas de thé. Je veux des réponses. Comment cela s'est-il produit ? Comment avez-vous réussi à… »

Mais Oxley ne l'écoutait pas. Il sortit une tasse d'un petit placard, souffla dessus pour la dépoussiérer, puis jeta dedans un sachet de thé. La bouilloire se mit bientôt à siffler et l'homme aux cheveux blancs emplit la tasse d'eau bouillante. Il y ajouta deux morceaux de sucre tirés d'une boîte en carton, puis regarda Ryan par-dessus son épaule.

« À première vue, je dirais, pas de lait. T'es pas assez raffiné, pas vrai ? »

Ryan s'abstint de répondre. Pour l'heure, il se sentait pris de vertige par les implications de la situation. Il était le fils du président américain en exercice et là, il se retrouvait dans un studio minuscule avec deux cadavres à ses pieds. L'auteur des deux meurtres se promenait autour, tranquille, comme si c'était le cadet de ses soucis, alors que tous les nerfs et les muscles du corps de Ryan lui criaient de décoller vite fait.

Il y avait cependant une seule et unique chose au monde que Ryan désirait plus que fuir cette scène de crime :

Des réponses.

Il resta donc assis, attendant qu'Oxley parle.

Le gros Anglais posa la tasse de thé devant Ryan, puis il se rassit dans sa chaise. Alors seulement, il parla : « Bien, alors bois vite, mec, parce que je te vire dans pas longtemps. Et avant que je décide si je te fous dehors à coups de pompe ou si je te balance par la fenêtre, pourquoi ne pas me dire tout ce que tu sais sur cette histoire ?

— Je ne suis pas sûr, répondit Ryan, mais il y a de bonnes chances que ça vous concerne. Votre histoire avec le gouvernement britannique. »

L'Anglais hocha la tête. Incrédule.

Jack ajouta : « Ou peut-être, devrais-je dire, l'histoire de Bedrock. »

Oxley ne parut pas surpris d'entendre prononcer son ancien nom de code. Il se contenta d'esquisser un hochement de tête avant de boire une gorgée de thé.

Ryan poursuivit : « Je suis venu hier vous poser une question concernant des événements survenus sur le continent il y a trente ans.

— Bedrock est mort et enterré depuis belle lurette, gamin. Et creuser à nouveau l'affaire ne va que faire tuer d'autres gens. » Il indiqua les deux cadavres étendus par terre. « Et pas que des Russes. »

Jack tourna la tête vers les deux corps. « Des *Russes* ? Comment savez-vous qu'ils sont russes ? »

L'Anglais le fixa un long moment puis, avec peine, il se mit à genoux. Il bougeait avec difficulté, en gémissant, mais Jack n'aurait su dire la provenance exacte de sa douleur. Jack posa sa tasse et bondit de sa chaise, essayant d'aider le vieillard avant qu'il ne s'étale le nez par terre.

Mais Oxley réussit tant bien que mal à descendre de sa chaise pour empoigner la veste du premier cadavre. Il tira dessus sans ménagement. Jack crut d'abord qu'il s'apprêtait à le fouiller pour trouver des papiers mais au lieu de cela, il ôta complètement le veston pour atteindre le pantalon et dégrafer la ceinture.

« Au nom du ciel, que faites-vous ? »

Oxley ne répondit pas. Il ouvrit la ceinture, puis releva la chemise et le tricot de corps. Puis, continuant sur sa lancée, il essaya de les ôter entièrement.

Ryan était écœuré. « Oxley ! s'écria-t-il. Putain, mais qu'est-ce que vous… »

Ryan se tut soudain quand il découvrit les tatouages.

L'homme en était recouvert, sur le torse, le ventre, le cou, les bras.

Sur ses épaules, des tatouages d'épaulettes ; une Vierge à l'Enfant sur le pectoral gauche, une croix de fer juste sous la pomme d'Adam, et l'image d'une dague lui transperçant le cou.

Ryan ne pouvait en déchiffrer la plupart mais il hasarda une hypothèse : « La mafia russe ?

— C'est ce que je dirais », confirma Oxley.

Il passa la main sur l'estomac de l'homme. Un grand tatouage, courant sur toute la largeur du torse, dépeignait un paysage avec des pierres dressées, sept en tout.

« Il appartient aux Sept Géants. »

Puis il passa aux autres tatouages. « La dague dans le cou signifie qu'il a tué en prison, les épaulettes qu'il détient – détenait – un grade chez les Sept Géants, l'équivalent de lieutenant. La croix de fer, qu'il se contrefout de tout le monde. La Vierge, qu'il est croyant, orthodoxe, même si c'est la version croyant-assassin, ce qui n'est pas très charitable, oserai-je dire. »

Oxley se reporta vers l'autre corps. « À ton tour, mon bonhomme. »

Jack grimaça, puis il passa au second cadavre qu'il débarrassa de sa veste et de sa chemise. Il était tout aussi décoré que son camarade, avec le même tatouage des Sept Géants sur le bas du torse.

« Pourquoi les Sept Géants vous en veulent-ils ? demanda Jack.

— Pour la même raison que pour toi, j'imagine.

— À savoir ?

— Gamin, je n'en ai foutre pas la moindre idée. Je n'ai jamais eu à me frotter à la mafia russe. Jamais.

— Vous pensez que les gars qui m'ont agressé ce matin faisaient partie du même groupe ?

— Avaient-ils de petits couteaux banane ?

— L'un d'eux en avait un à lame crochue. C'est ce que vous voulez dire ?

— Ouaip. Les Sept Géants. »

Jack avait du mal à l'avaler. « *Ici ?* Au Royaume-Uni ?

— Bien sûr qu'ils sont ici. Londres est devenue Londongrad, après tout. Mon Dieu, t'es bien aussi crétin que ton vieux. »

Jack se rassit. « Mais qu'est-ce qui ne tourne pas rond chez vous ? Pourquoi êtes-vous un tel connard ? »

Oxley se contenta de hausser les épaules avant de boire une gorgée de thé.

Jack en était encore à essayer de trouver un lien quelconque entre son activité chez Castor and Boyle et le passé de Victor Oxley. Le fait qu'il ait été placé sous surveillance depuis que son père avait mentionné Bedrock signifiait que les deux situations avaient un lien quelconque, ou alors c'était une sacrée coïncidence et Jack était de la partie depuis assez longtemps maintenant pour pencher naturellement pour la première hypothèse. Une question lui vint : « Comment en savez-vous autant sur les tatouages de prison en Russie ? »

Oxley regarda Ryan. Durant plusieurs secondes, le silence se prolongea dans l'appartement, seulement ponctué par le tic-tac d'une pendule invisible mais, avec un haussement d'épaules, le vieux Britannique aux cheveux blancs porta les mains à sa ceinture, empoigna son chandail usé et le releva.

Jack comprit à présent. Victor Oxley n'avait peut-être pas le tatouage des Sept Géants sur le torse, mais il en exhibait un nombre incroyable d'autres. Des étoiles, des croix, des poignards, ainsi qu'un crâne avec une larme et un dragon, et tout cela, rien que sur la faible portion du torse et de l'abdomen que le gros bonhomme avait exposée à Ryan.

« Vous avez été au goulag ? »

Oxley rabaissa son chandail et saisit sa tasse de thé. « Où crois-tu que j'ai appris les mauvaises manières dont tu n'arrêtes pas de te plaindre ? »

62

Oxley termina son thé, les pieds posés sur le cadavre des deux tueurs de la mafia russe, puis il se leva, quitta la table et se mit à arpenter lentement le petit studio ; chaque fois qu'il passait devant la fenêtre donnant sur la rue, il regardait à travers les rideaux. La tasse de Jack avait un peu refroidi mais il n'y avait toujours pas touché.

Cela faisait plusieurs minutes que Jack avait tenté d'interroger Oxley même si les réponses de l'Anglais étaient restées évasives.

« Quand avez-vous quitté le SAS ?

— Dans les années quatre-vingt.

— Et vous avez intégré le MI5 ?

— J'ignore où t'as entendu ça.

— Quand étiez-vous au goulag ?

— Il y a bien longtemps.

— Quand êtes-vous revenu au Royaume-Uni ?

— Il y a bien longtemps. »

Jack bougonna, frustré. Il était loin d'être aussi calme que le vieux bonhomme. « Vous avez un problème avec la précision des détails, hein ?

— Tout ça, c'est de l'histoire ancienne.

— C'était peut-être de l'histoire ancienne jusqu'à ce que la mafia russe vienne défoncer votre porte, mais ces cadavres tendent à m'indiquer que votre passé a un sacré rapport avec le présent. »

Un téléphone se mit à sonner sur un des corps mais Oxley l'ignora. Au lieu de cela, il répondit : « Rentre chez toi. Fiche-moi la paix.

— Je ne peux pas m'en aller comme ça. Vous n'êtes pas en sécurité ici.

— Parce que tu vas me protéger, c'est ça ? Écoute, autant que je puisse en juger, tu es la raison pour laquelle ces deux messieurs sont venus frapper à ma porte.

— Les prochains pourraient avoir des flingues, vous savez.

— Les Sept Géants n'utilisent pas d'armes à feu. Pas au Royaume-Uni, en tout cas.

— C'est la première bonne nouvelle de la journée.

— Ils n'ont pas besoin de flingues. Ils préfèrent les couteaux, les matraques métalliques, ce genre d'arme. Ils travaillent en duo, mais aussi en équipes de trois, voire plus. Ce sont de vraies brutes.

— Que comptez-vous faire de ces corps ? » demanda Jack.

Oxley haussa les épaules. « J'ai une scie, une baignoire et quelques sacs-poubelles. Je peux régler le problème.

— Vous n'êtes pas sérieux.

— Je suis sérieux. Je ne vais pas aller à la police. Je vis une existence très tranquille, oublié du gouvernement, et ça me convient parfaitement. Au moment où le gouvernement britannique apprendra que des gangsters russes essaient de me tuer, j'attirerai de nouveau leur attention.

— C'est quoi, le problème ?

— Tout est un problème. Le gouvernement britannique, ce sont eux qui m'ont dénoncé.

— Dénoncé ? »

Oxley s'arrêta au milieu de sa déambulation. « Dénoncé, oui. » Il retourna vers la fenêtre pour regarder de nouveau à travers les rideaux, puis retraversa la pièce pour rejoindre la petite cuisine. Là, il fit demi-tour et repartit dans l'autre sens.

Jack savait que l'homme essayait de décider quoi faire. Jack lui aussi pensait aux deux cadavres et à ce qu'ils allaient signifier pour lui. Il lui était impossible de le dissimuler, mais le révéler à son père mettrait un terme à son séjour londonien. Il serait dans l'avion avant la nuit, ou bien un détachement du service de protection présidentiel serait dépêché par l'ambassade pour lui tenir compagnie vingt-quatre heures sur vingt-quatre et sept jours sur sept.

Merde.

Alors qu'il s'apitoyait sur son sort, Jack nota qu'Oxley avait interrompu sa déambulation. Il s'était à présent immobilisé devant la fenêtre et regardait dans la rue.

« Écoutez, dit Jack. Il faut qu'on trouve un plan. »

Oxley ne répondit pas.

« Pourquoi ne voulez-vous pas me parler ?

— Je ne te sens pas.

— Vous ne savez même pas… »

Oxley s'écarta de la fenêtre, se protégeant derrière le mur. « Non, fiston, je ne te connais pas, mais je veux bien signer une trêve temporaire avec toi, parce que je ne connais pas non plus les deux salopards qui viennent de descendre d'une voiture au bout de la rue. Ce dont je suis sûr, en tout cas, c'est qu'ils viennent prendre des nouvelles de leurs potes.

— Merde. (Jack se leva d'un bond.) D'autres Russes ? »

Oxley haussa les épaules. « Sais pas. T'as fait chier quelqu'un d'autre, récemment ? Ces deux-là, devant, se radinent en vitesse. Je ne serais pas surpris qu'ils n'aient pas au moins un autre collègue qui déboule par l'escalier de derrière. Rends-toi utile et va y jeter un œil. »

Ryan se précipita, prit au passage un petit couteau dans un tiroir de la cuisine. Oxley sortit de sa poche de pantalon une paire de coups-de-poing américains et les enfila.

Jack fonça vers le bout du couloir pour gagner l'arrière de l'immeuble et là, il regarda par la fenêtre donnant sur la cour. Celle-ci était juste assez grande pour tendre quelques cordes à linge et ménager un emplacement pour garer quatre véhicules. Jack scruta les lieux mais ne vit personne approcher par l'arrière. Il examina les cours attenantes, toujours à la recherche d'une menace, mais il ne nota rien de spécial. Rapidement, il retourna vers le studio d'Oxley pour l'aider à affronter les deux nouveaux arrivants mais il n'avait pas fait deux pas qu'il entendit une cavalcade dans l'escalier de derrière.

Qui que soient les visiteurs d'Oxley, ils étaient déjà dans l'immeuble. Au bruit de pas, Jack estima qu'ils étaient deux, de forte carrure, et qu'ils montaient l'escalier quatre à quatre.

Jack s'aplatit contre le mur du couloir, au débouché de la cage d'escalier, le couteau à découper serré dans la main droite.

Un homme apparut sur sa droite ; il était d'une carrure imposante mais son attention semblait polarisée sur l'appartement du devant. Jack en tira parti pour envoyer un direct du gauche vers le type au moment où il se tournait vers lui. Le coup le cueillit à la joue et projeta sa tête en arrière ; il bascula à la renverse vers son comparse qui débouchait à l'instant de la cage d'escalier, mais avant que Jack pût renouveler son attaque, les deux hommes étaient repartis à la charge.

Jack vit les couteaux presque aussitôt. Arrivés dans le hall, les deux Russes brandirent les lames courtes ; Jack esquiva sur la gauche, se pencha et se releva entre ses deux agresseurs, pour frapper à son tour. Il sentit le bout de sa lame strier l'épaule droite du premier type.

L'homme porta la main à sa blessure en poussant un cri mais le second agresseur se défila et frappa Jack à son tour. Jack para le coup de sa main gauche et se rendit compte dans le même temps qu'il avait besoin de plus de place pour manœuvrer. Il avait le dos plaqué contre la porte de l'appartement voisin de celui d'Oxley, aussi flanqua-t-il une violente ruade contre le battant alors que les deux Russes se jetaient à nouveau sur lui, le couteau brandi.

La porte s'ouvrit ; Jack tomba à la renverse et roula sur le sol, laissant échapper son couteau.

Les hommes étaient à présent sur lui et il balança un coup de pied à l'intérieur de la jambe de l'un, lui déboîtant le genou et l'envoyant valser par terre.

Derrière lui, il entendit une femme d'un certain âge crier, c'était moins un cri de terreur qu'une exclamation de colère devant cette intrusion. Jack ne se retourna pas ; toute son attention était polarisée sur les deux couteaux qui dansaient dans les airs devant lui. Il roula sur sa droite, évitant d'un cheveu la lame incurvée du second attaquant et, alors qu'il se redressait d'un bond, il dut aussitôt virevolter pour éviter d'être cisaillé par une lame.

L'attaquant le rata de peu, fit presque un tour entier sur lui-même après son assaut et Jack lui piétina le jarret, le faisant tomber à genoux.

Le second Russe essayait tant bien que mal de se relever. Jack entendait la femme hurler, tout comme il entendait les jurons en russe du voyou, mais il essaya d'abord de se concentrer sur son adversaire le plus proche qui, agenouillé, lui tournait le dos. Jack plongea sur lui, lui écrasant le visage au sol. Puis il lui prit la tête entre ses mains et frappa de nouveau, jusqu'à ce que le jeune Russe perde connaissance.

Son camarade s'était à présent relevé et Jack lui tournait le dos. Il savait que sa seule défense était de se relever d'un bond et de s'enfuir dans le couloir. Ce qu'il fit, et il entendit l'homme au couteau le talonner. Il s'immobilisa alors, se pencha tout en pivotant pour projeter un pied entre les jambes de son adversaire. Le Russe fut pris par surprise et il tomba sur Jack juste au seuil de l'appartement.

Ryan et le Russe roulèrent sur le sol du couloir, luttant désespérément pour s'emparer du poignard à la lame incurvée.

Victor Oxley avait rencontré les deux hommes qui montaient au pas de course vers son appartement alors qu'ils étaient encore dans la cage d'escalier. Son coup-de-poing américain cueillit le premier à la mâchoire alors qu'il arrivait sur le palier et l'envoya bouler jusqu'au rez-de-chaussée où il resta inerte, en tas informe.

Mais le second avait bondi sur la droite de son partenaire pour ne pas être entraîné dans sa chute et il avait poursuivi vers le palier, le couteau brandi, manœuvrant pour trouver une ouverture afin de poignarder le gros Rosbif de cinquante-neuf ans.

« *Davaï ! Davaï !* » hurla Oxley au jeune mafieux russe. Par ici ! Par ici ! Le Russe était méfiant, redoutant à l'évidence de plonger avec son couteau contre un homme plus grand que lui et armé d'un coup-de-poing ensanglanté.

Mais finalement, il se décida. Il mit un pied sur le palier et dans le même temps projeta sa lame. Il avait visé la poitrine d'Oxley mais frappa dans le vide. Oxley en profita pour frapper à son tour mais son poing droit rata également sa cible.

Un autre coup de poignard atteignit le bras libre d'Oxley mais il ne fit qu'entailler le chandail sans toucher les chairs. Oxley se jeta sur son agresseur, le percutant, torse contre torse, usant de sa main gauche pour empêcher le poignard menaçant de plonger sur lui. Là, sur le palier entre rez-de-chaussée et premier, les deux hommes, l'un, la vingtaine, l'autre, presque sexagénaire, se retrouvèrent au corps à corps. Oxley ne pouvait utiliser ses coups-de-poing américains parce que le Russe lui bloquait le bras et ce dernier ne pouvait pas utiliser son couteau parce que l'Anglais lui bloquait le poignet.

Finalement, Oxley l'accula dans l'angle du palier et là, par la force brute et au prix d'un intense effort, il le propulsa vers le mur étroit, le plaquant contre la baie vitrée qui dominait la rue. L'agresseur se retourna rapidement pour regarder, se rendit compte du danger, mais tout ce qu'il pouvait faire, c'était tenter de libérer son bras armé de l'étau de la main gauche du Britannique.

Les regards des deux hommes se croisèrent brièvement. Le Russe était terrorisé, l'Anglais, épuisé mais résolu.

Victor Oxley donna un coup de boule à l'assassin et il continua de presser avec son front jusqu'à ce que la vitre se brise derrière la tête du Russe, que celle-ci passe à l'extérieur et que le verre brisé sous son cou lui entaille la peau, les muscles et les vertèbres cervicales puis sectionne la moelle épinière.

Le couteau lui échappa de la main et Oxley le lâcha, le repoussa, puis s'écarta en reculant.

Le Russe battit des bras quelques instants, les yeux agrandis par la terreur et la souffrance, et puis il s'effondra dans une mare de sang qui bientôt s'élargit. Des fragments de verre ensanglantés plurent sur le mourant tandis que la vitre se brisait entièrement et s'effondrait vers l'intérieur.

Oxley tendit la main pour agripper la balustrade et se retenir de tomber. Il avait l'impression que son cœur allait s'échapper de sa poitrine tant il battait fort. Il inspira profondément et c'est à ce moment seulement qu'il entendit un bruit au rez-de-chaussée. Il regarda vers le pied de l'escalier et avisa l'homme qu'il avait boxé juste une minute plus tôt. Assez remarquablement, le type avait réussi à se relever et il se tenait là, un peu chancelant, levant quelque chose qu'il pointait vers l'Anglais sur le palier.

Oxley inclina la tête. Lentement, il leva les mains quand il se rendit compte qu'il s'agissait d'un flingue.

Un flingue ?

Oxley vit les muscles du cou de son adversaire se crisper au moment où il commençait à presser la détente, puis il leva rapidement les yeux, au-dessus du tireur, alerté par un mouvement soudain.

Jack Ryan Jr. était apparu à la balustrade du premier et il venait de se lancer par-dessus, dégringolant de trois mètres, droit sur le tireur situé à son aplomb. Il s'écrasa sur lui au moment où jaillissait une balle qui se perdit ; Oxley recula précipitamment ; il crut d'abord avoir été touché, tant la détonation avait résonné bruyamment dans l'enceinte confinée de la cage d'escalier.

Mais il se tâta et ne découvrit, soulagé, ni sang, ni trous.

Il regarda alors en contrebas les deux hommes en train de se battre pour la possession du petit pistolet. Jack essayait de l'arracher des mains du Russe ; celui-ci projeta Jack au sol et lui tomba dessus ; l'arme était à présent intercalée entre eux.

Un second coup retentit et la lutte se poursuivit quelques secondes encore. Oxley avait commencé à descendre les marches pour venir en aide à l'Américain mais le temps qu'il parvienne au rez-de-chaussée, il n'avait plus rien à faire, sinon écarter le corps du Russe mort d'un fils de président américain bien vivant.

Ryan se redressa en position assise et s'adossa au mur de la cage d'escalier. Oxley, épuisé comme jamais depuis des décennies, se laissa choir pesamment à côté de lui.

Durant plusieurs secondes, les deux hommes demeurèrent immobiles et silencieux, seul le bruit de leur respiration profonde emplissait l'espace exigu.

Finalement, Jack parvint à contrôler son essoufflement juste assez pour marmonner une phrase compréhensible : « Putain, qui est-ce qui disait déjà que ces enculés n'utilisaient jamais d'armes à feu ? »

Oxley prit son temps pour répondre, lui aussi avait besoin de reprendre son souffle : « Qu'est-ce que tu veux que je te dise ? Je ne suis pas au fait des dernières manies des Sept Géants. S'pourrait bien que mes infos soient un peu datées.

— Ouais. »

Oxley considéra le cadavre au sol devant lui. Lentement, sur son visage orné d'une barbe fournie se dessina un sourire. « Eh bien merde alors, Ryan ! Tu te bats comme ton vieux ! »

Jack le lorgna, furieux. « Ce qui veut dire, au juste ?

— Ça veut dire que je suis impressionné. Je te prenais pour un gamin riche et flemmard.

— Là encore, informations erronées. » Ryan s'était déjà relevé. Avec difficulté, il aida Oxley à faire de même. Puis il montra du doigt le type gisant sur le palier au-dessus. « Est-il mort ?

— Réglé comme du papier à musique.

— Ça veut dire qu'il est mort ? »

Oxley confirma. « Ça veut dire qu'il est mort. Et les deux gars, derrière ?

— L'un s'est échappé, l'autre est KO. »

Oxley regarda Ryan. Il contrôlait maintenant assez bien sa respiration pour pouvoir adopter un ton sentencieux : « Eh bien, à présent, tu ne crois pas que ce mec inconscient pourrait peut-être nous être utile, crois-tu ? Enfin, bien sûr, si tu ne l'as pas laissé s'échapper lui aussi. »

Ryan récupéra prestement le pistolet par terre et gravit les marches quatre à quatre.

Une minute plus tard, Jack avait traîné le type jusque dans le studio d'Oxley. Il avait repris connaissance mais Jack voyait à son regard qu'il souffrait d'une commotion sévère.

Oxley monta à son tour et, arrivé sur le palier du premier, il ignora royalement sa voisine qui continuait de les engueuler.

Au moment où il pénétrait dans son appartement, elle hurla : « Cette fois, j'appelle la police !

— J'en ai rien à branler », lâcha Oxley et, sur ces fortes paroles, il claqua la porte.

Sitôt qu'elle fut fermée, il se tourna vers Ryan. « Je sais pas pour toi, mec, mais je me tire d'ici fissa. » Il récupéra un sac en toile déjà à moitié rempli accroché à une patère près de la porte, puis il se précipita vers la petite armoire près de son lit et se mit à en sortir des objets qu'il jeta dans le sac.

Jack avait à présent le pistolet braqué sur le Russe. « Je vous conduis où vous voulez. Que ça vous plaise ou non, on est plus ou moins embarqués dans la même galère. »

Oxley parut apprécier modérément mais il avait, semblait-il, commencé à se faire une raison. Avec un bref signe de tête, il répondit : « On peut amener ce type quelque part, voir s'il se sent enclin à avoir une petite conversation avec nous. » Oxley s'approcha du type, lui flanqua une gifle. « Hein, qu'est-ce que t'en penses, Ivan ? Partant pour bavarder ? »

L'homme se releva en titubant, il était encore dans les vapes, mais Jack le maintint debout. Le fixant droit dans les yeux, il lui dit : « Écoute-moi bien. Nous allons descendre l'escalier et monter dans ma voiture. Pour ta gouverne, si jamais je vois d'autres potes à toi aux alentours, je te loge une balle dans ta putain de caboche. »

L'homme regarda Jack sans rien dire. Oxley répéta scrupuleusement en russe tout ce qu'avait dit Jack et alors seulement l'autre hocha la tête, d'un air affolé.

Jack Ryan et Victor Oxley chargèrent le Russe aux yeux hagards dans le coffre de la Mercedes de Ryan, puis ils le ligotèrent avec un tronçon de tuyau d'arrosage récupéré dans le jardin de la maison. Quand ils furent certains que leur prisonnier était bien arrimé, ils refermèrent le coffre et démarrèrent pour quitter Corby, juste quelques instants avant que des voitures de police, toutes sirènes hurlantes, s'arrêtent devant l'immeuble de l'ancien agent du SAS.

Jack avait suggéré de retourner à Londres et Oxley n'avait pas protesté. Jack savait qu'il ne pouvait pas se retrouver impliqué dans la mort de malfrats de la mafia russe sans une mégachiée de retombées, mais il décida d'attendre son retour dans la capitale pour appeler Sandy, son père, la police et tous ceux susceptibles d'être intéressés par l'incident. D'ici là, il serait seul à seul avec Oxley dans la voiture et il avait espéré en profiter pour lui soutirer son histoire.

Mais ça ne marcha pas ainsi. Oxley dit qu'il lui fallait d'abord quelques minutes pour se détendre. Jack n'avait pas roulé trois kilomètres hors de la ville qu'en regardant sur sa gauche il découvrit qu'Oxley dormait comme une souche. Jack le secoua, ce qui le réveilla, mais juste assez longtemps pour le convaincre qu'il n'était pas mort. Il dit à Jack de lui foutre la paix un moment, le temps pour lui de récupérer, et Ryan obtempéra à regret.

Il continua de rouler, accompagné par le ronflement nasal de l'Anglais et le bruit de l'apprenti assassin russe ligoté se débattant dans le coffre.

63

Trente ans plus tôt

Berlin-Ouest était une ville peuplée, prospère, cosmopolite et cultivée. Mais c'était moins une ville qu'une enclave. Bien qu'appartenant à la République fédérale allemande, elle était entièrement cernée par un pays socialiste, la République démocratique allemande, État vassal du bloc soviétique, et seuls les cent trente kilomètres d'un double mur, gardé par des hommes en armes, encerclant la ville, séparait deux armées, deux systèmes économiques et deux modes de pensée.

À l'Est, on avait prétendu au début que le mur de Berlin avait été érigé pour empêcher les citoyens de Berlin-Ouest de se glisser dans le paradis de la RDA.

Mais au mitan des années quatre-vingt, aucun être raisonnable nulle part sur la planète ne croyait plus à une telle fable.

Rien qu'à cinq rues au nord du mur, un atelier de réparation de voitures et de mobylettes occupait tout le rez-de-chaussée d'un bâtiment en briques de trois étages à l'angle fort fréquenté de la Sprengelstrasse et de la Tegelerstrasse. L'immeuble se trouvait dans le quartier de Wedding, l'ancien secteur français de la ville, et l'atelier prospérait, avec toutes les BMW, Mercedes, Opel et Ford qui traversaient le quartier tous les jours.

Au premier étage se trouvaient les bureaux du service d'entretien et, encore au-dessus, une vaste salle sans cloisons qui servait d'atelier partagé par plusieurs artistes. Là, peintres, sculpteurs, photographes, ébénistes louaient la surface et les établis pour se livrer à leurs activités artistiques toute la journée et jusqu'au soir.

Le soir, comme la plupart du temps, les derniers artistes quittaient l'immeuble bien avant minuit mais le bâtiment restait toutefois toujours occupé. Dans un angle du deuxième étage, un petit escalier étroit menait au grenier et, derrière la porte au sommet des marches, six hommes et femmes, tous entre vingt et un et trente-trois ans, vivaient ensemble dans un rustique mais vaste quatre-pièces. L'une était peintre et elle avait réussi à obtenir l'appartement contre un loyer symbolique du maître des lieux parce que l'homme, bien que riche propriétaire immobilier dans ce Berlin-Ouest franchement capitaliste, avait été gauchiste dans les années soixante et qu'il partageait encore les idéaux des six jeunes occupants de son appartement sous les toits.

Les résidents étaient membres de la Rote Armee Fraktion, la Fraction armée rouge, organisation terroriste marxiste-léniniste formée en Allemagne en 1970. La Fraction armée rouge s'en prenait à la police, au personnel de l'OTAN, aux riches capitalistes et à leurs institutions, tant en Allemagne que dans les pays limitrophes.

Le système de sécurité dans l'appartement surmontant le garage et l'atelier d'artiste se déployait sur plusieurs niveaux même s'il n'était pas particulièrement complexe. Durant la journée, quand le garage et le studio étaient ouverts et en activité, les employés travaillant en bas surveillaient la rue, guettant la présence éventuelle de la police ou de véhicules inconnus. La nuit, un chien de garde dans l'atelier de réparation pouvait alerter ceux qui dormaient au-dessus, même si ce système entraînait chaque soir maintes fausses alarmes.

Il y avait également des fils tendus en travers de l'escalier, reliés à des klaxons pneumatiques, et toutes les nuits un membre du groupe était de garde, avec ordre de rester sur le divan du salon à regarder la télé avec une vieille mitraillette Walther MPL posée sur les genoux et une cafetière sur la gazinière dans la cuisine.

Pour l'une des organisations terroristes en activité les plus tristement célèbres de ces quinze dernières années en Europe, ce n'était pas des mesures de sécurité bien spectaculaires, mais ces six combattants de la Fraction armée rouge n'étaient pas non plus la crème de l'organisation et cette dernière avait certainement connu des jours meilleurs.

La RAF avait quitté la une des journaux ces dernières années, raison pour laquelle cette cellule de l'organisation avait quelque peu relâché sa garde. On en était à la troisième génération dans le mouvement, et ses membres n'avaient plus été liés à aucun attentat meurtrier depuis l'échec du bombardement à la roquette de la base aérienne de Ramstein et, auparavant, leur vaine tentative d'assassinat du commandant de l'OTAN, Alexander Haig. Les médias voyaient dans la RAF un mouvement désorganisé, démoralisé, à la dérive, et les six jeunes gens qui vivaient dans cet appartement de Wedding semblaient correspondre point par point à cette description.

Il était à peine une heure du matin en ce vendredi et Ulrike Reubens était sur le canapé du séjour, maintenue éveillée par le café, la nicotine et le nouveau magnétoscope VHS raccordé à la télévision. Elle était absorbée par le visionnage d'une cassette pirate du *Mystère Silkwood* avec Meryl Streep et Cher, et tout en regardant dans le noir la vidéo granuleuse, elle tripotait machinalement le sélecteur de tir de sa mitraillette, dérisoire manifestation de sa colère contre le gouvernement américain pour son usage de la force nucléaire et son manque d'intérêt pour le bien-être du prolétariat, comme le décrivait le film.

Dans les deux vastes chambres au bout du couloir débouchant sur le séjour, le reste des occupants dormait. Quatre étaient membres de la RAF – une cinquième, Marta Scheuring, avait quitté la ville précipitamment quelques jours plus tôt.

Même si le symbole de la RAF était une mitraillette H&K MP5 noire sur une étoile rouge, à vrai dire, aucun des occupants des lieux ne possédait une telle arme. À la place, ils avaient tous d'antiques pistolets et revolvers des années cinquante, bien loin d'être aussi perfectionnés que la MP5 mais au moins aisément à portée de main quand ils dormaient. Les quatre autres personnes dans l'appartement, trois femmes et un homme, couchaient simplement avec les membres de la cellule et même si cet amant et ces maîtresses étaient au courant de leur activité crypto-terroriste, ils n'avaient aucune crainte pour leur sécurité personnelle car cette cellule terroriste était installée ici depuis longtemps sans jamais avoir eu le moindre problème avec la police.

Ulrike Reubens termina de regarder le générique du *Mystère Silkwood*, puis elle quitta le divan pour aller presser la touche rembobinage du magnétoscope car elle voulait revoir le film. En attendant que la cassette redémarre, elle se rendit dans la cuisine pour se verser une autre tasse de café parce qu'elle était certaine d'être partie pour une longue nuit d'ennui.

Jack Ryan se tenait dans le centre de commandement improvisé dans une salle de concerts désaffectée d'Ostender Strasse, à six rues de la planque de la RAF. Même s'il était là avec Nick Eastling et son équipe d'agents du MI6, et même s'ils étaient entourés d'une bonne cinquantaine d'agents et d'inspecteurs de la police allemande, sans compter quelques personnages qu'il soupçonnait d'être des agents des services de contre-espionnage ouest-allemand, il se sentait encore une fois un peu comme en Suisse : isolé et oublié de tous ces gens autour de lui.

Eastling se tenait avec ses hommes à l'autre bout de la grande salle. Les autorités allemandes conféraient avec les Rosbifs, mais en dehors des salutations et présentations d'usage, les Allemands l'ignoraient royalement. Aussi restait-il assis au bord de la scène, attendant les événements.

La journée avait été longue. Ils avaient décollé de Zurich à huit heures du matin pour arriver à Francfort quatre-vingt-dix minutes plus tard et, de là, ils avaient pris un vol intérieur pour Bonn, la capitale. Là, à l'ambassade britannique, Ryan s'était vu attribuer un petit bureau avec une ligne de téléphone sécurisée pour lui permettre de contacter Langley, tandis qu'Eastling et ses hommes se lançaient dans une journée quasiment ininterrompue de réunions avec des fonctionnaires du Bundesamt für Verfassungschutz, les services de sécurité intérieure ouest-allemands, et du Bundesgrenzschutz, les douanes fédérales qui servaient également de police nationale.

À seize heures, la partie diplomatique de l'opération se concluait par un succès. Les Britanniques avaient réussi à convaincre les Allemands d'effectuer une descente sur la planque de la RAF à Berlin. Ce serait une mission allemande de bout en bout, mais une fois qu'ils seraient maîtres des lieux, Eastling et ses compatriotes du renseignement auraient la possibilité d'exploiter toutes les informations recueillies sur place.

Pendant qu'il était à Bonn, Jack passa un coup de fil à Jim Greer et tous deux convinrent de demander au juge Arthur Moore de contacter le directeur du BfV pour demander officiellement que la CIA ait l'autorisation de participer à l'opération au titre de témoin et de conseiller. Jack avait transmis à Greer ses doutes sur les renseignements, mais à ce point de l'opération, ni Jack ni la CIA ne pouvaient grand-chose, sinon suivre le mouvement.

Ryan savait que passer par Langley pour joindre directement les Allemands allait mettre en rogne Eastling, mais il s'en fichait. Après tout, Nick Eastling avait essayé de l'écarter de l'enquête en Suisse. Et Ryan était bien décidé à l'empêcher de récidiver en Allemagne.

À dix-neuf heures, les six agents du SIS et Ryan étaient à bord d'un Learjet en vol pour Berlin et, à vingt-deux heures, ils participaient à une réunion de préparation avec les autorités allemandes.

À minuit, on les conduisit au théâtre situé à quelques pâtés de maisons de l'endroit où la police s'apprêtait, discrètement mais soigneusement, à établir un cordon de sécurité autour de la planque des terroristes suspectés.

Jack était en train de boire un affreux café préparé par la police allemande qui leur prêtait main-forte pour l'opération. Le breuvage lui donna aussitôt des brûlures d'estomac ; il faut dire qu'il n'avait rien mangé de la journée.

Toujours assis en bord de scène, il entendit plusieurs gros véhicules s'arrêter devant le théâtre. Il y eut pas mal d'agitation dans le foyer juste après, puis la porte donnant sur la salle s'ouvrit.

Jack leva les yeux et vit que les tireurs d'élite étaient arrivés.

Les policiers en uniforme présents au centre de commandement traitèrent l'équipe tactique avec déférence et les Allemands en civil – Ryan les soupçonnait d'être soit des agents du BfV, soit des inspecteurs du BGS – s'animèrent un peu plus, l'heure de la descente approchant.

Les tireurs appartenaient au Grenzschutzgruppe 9, le groupe des gardes-frontière numéro 9, l'élite de l'élite des unités paramilitaires ouest-allemandes. Ryan compta deux douzaines d'hommes, tous vêtus de noir et portant de lourdes caisses qu'ils disposèrent tout autour de la scène du théâtre.

Le GSG 9 était une organisation relativement nouvelle, formée après le tragique massacre des Jeux olympiques de 1972 à Munich, lorsqu'il était devenu manifeste que l'Allemagne fédérale ne disposait pas de la tactique, de l'équipement ou du personnel nécessaires à lutter contre ce nouveau phénomène qu'était le terrorisme international. Quand une cellule de huit membres de Septembre noir avait enlevé des membres de l'équipe israélienne dans le village olympique, la police allemande les avait laissés s'envoler à bord de deux hélicoptères Huey pour rejoindre la base aérienne voisine de Fürstenfeldbruck où ils devaient – en tout cas, selon leur revendication – embarquer à bord d'un 727 à destination du Caire.

À l'aéroport, ayant plusieurs heures d'avance pour s'organiser, les policiers allemands avaient monté une embuscade pour interpeller les terroristes au moment du transfert des otages, des hélicoptères à l'avion de ligne.

Et, pour cette tâche, les Allemands devaient se montrer d'une incompétence presque risible. Cinq policiers furent désignés comme tireurs, même si aucun n'avait le moindre entraînement au tir de précision ; qui plus est, on leur procura des fusils dépourvus de lunettes et ils furent disposés autour de l'aéroport sans radio, avec pour seule instruction d'attendre le signal de faire feu.

Six autres policiers armés furent placés à l'intérieur du 727 avec pour mission d'en découdre avec les terroristes mais, alors même que les deux hélicos se posaient, ces six flics décidèrent qu'ils n'avaient rien à faire des instructions, et ils détalèrent sans en avertir leur hiérarchie.

Les hélicoptères atterrirent et les terroristes de Septembre noir se rendirent vite compte que l'appareil sur le tarmac était immobile, éteint, et que les Allemands n'avaient aucune intention de s'envoler où que ce soit ; ils comprirent alors qu'on leur avait tendu un piège. Rapidement, les huit terroristes tirèrent sur les quelques projecteurs que les Allemands leur avaient pointé dessus et les tireurs d'élite qui n'en étaient pas vraiment se retrouvèrent à canarder à l'aveuglette alors que les otages étaient à proximité.

Il fallut plusieurs heures pour que la bataille s'achève et, quand elle fut terminée, un policier et neuf otages gisaient au sol, tués avec la plupart des terroristes.

Après cette débâcle, le gouvernement allemand ordonna la création d'une unité antiterroriste à l'échelon fédéral et, en l'affaire de quelques années, le GSG 9 était devenu une des premières unités au monde de ce type.

Aujourd'hui, plus d'une décennie plus tard, Ryan ne pouvait s'empêcher d'être quelque peu inquiet au sujet de la descente de ce soir, même si la réputation de ce groupe tactique était certes réconfortante, tout comme leur impressionnante puissance de feu.

Quelques minutes après leur arrivée, les caisses avaient été ouvertes et vidées et les commandos vêtus de noir étaient entièrement équipés et prêts à passer à l'action. Leur arme principale était le pistolet mitrailleur H&K MP5 de 9 millimètres, une arme de pointe pour le combat en milieu confiné. À la hanche, ils portaient des pistolets P7, également fabriqués par la firme allemande Heckler & Koch, et toute une panoplie de grenades à fragmentation, fumigènes et assourdissantes était accrochée à leurs gilets.

Jack avait passé les quinze dernières minutes à observer en silence les préparatifs des hommes du GSG, aussi fut-il surpris quand Eastling apparut à ses côtés. Il fut plus surpris encore en constatant que le Britannique portait un gilet pare-balles par-dessus sa chemise avec cravate. Eastling lui adressa un clin d'œil et lui lança : « Bonne nouvelle, vieux. On va faire partie du rodéo. »

Ryan se leva. Il remarqua alors que l'Anglais avait à la main un second gilet.

Eastling expliqua : « Nous viendrons après les fourgons emportant les tireurs, en compagnie des inspecteurs. Nous pourrons attendre en bas pendant que se déroule la descente, et nous pourrons alors entrer avec la première équipe du BfV quand tout sera terminé.

— Super », dit Jack même s'il n'était pas sûr de la pertinence de ce commentaire.

« Pas d'armes pour nous, je le crains. » Nouveau clin d'œil d'Eastling. Ryan nota que l'adrénaline due à l'imminence de l'opération amplifiait les tics de l'Anglais. « Pour ma part, je n'ai pas l'usage de ces fichus bidules. Je sais toutefois que vous êtes une fine gâchette. Combien de terroristes, déjà, avez-vous tué l'an dernier ? »

Jack répondit : « C'est celui qui m'a tiré dessus qui me rappelle de laisser les fusillades aux professionnels.

— Ce n'est que trop vrai, Ryan. Nous ne monterons l'escalier qu'une fois qu'ils nous auront donné le feu vert. »

64

Après que Jack Ryan eut enfilé par-dessus sa chemise le gilet pare-balles, on lui fournit un blouson à fermeture éclair avec le mot POLIZEI inscrit en lettres d'or dans le dos, et un inspecteur du Bundesgrenzschutz du nom de Wilhelm lui confia une radio.

À une heure du matin, ils montèrent dans la voiture banalisée de Wilhelm et rallièrent la zone de préparation située à deux rues de leur objectif. Là, ils retrouvèrent les hommes du GSG 9 en train de fumer à proximité de leurs fourgons blindés. Non loin de là, plusieurs ambulances et d'autres véhicules de police dont un panier à salade étaient parqués dans un garage souterrain, tous feux éteints.

Après un échange à la radio, Wilhelm, Ryan et Eastling – les autres espions britanniques étaient restés derrière, au théâtre – se mirent à remonter la rue, passant devant le barrage établi par la police locale. Wilhelm conduisit Ryan et Eastling derrière un autre groupe de policiers armés en uniforme pour rejoindre une autre zone de préparation, celle-ci située juste en face de leur objectif, de l'autre côté de la rue. Alors qu'ils arrivaient au même moment que les hommes du GSG 9, à bord de leur propre véhicule, remontant la Sprengelstrasse tous feux éteints, les vingt-quatre policiers commandos bondirent de l'arrière des fourgons pour se regrouper en deux formations de douze. Un groupe déverrouilla l'atelier de réparation automobile avec un passe tandis que l'autre usait d'une échelle télescopique pour accéder à l'escalier de secours et de là gagner le toit, à pas de loup. À l'intérieur du garage, un chien qui aboyait fut réduit au silence par une fléchette anesthésiante, et puis le groupe gravit l'escalier pour accéder aux bureaux du premier étage.

En cet instant, Wilhelm, Ryan, Eastling et plusieurs agents de police en uniforme traversèrent la rue pour entrer à leur tour dans l'immeuble. Ils empruntèrent eux aussi l'escalier d'accès aux bureaux et, une fois parvenus à l'étage, ils se regroupèrent dans un couloir près de l'escalier menant à l'atelier d'artiste du deuxième étage. Juste devant eux, les hommes du GSG 9 attendaient ; au bout d'une minute, ils commencèrent à faire mouvement, disparaissant bientôt dans l'obscurité.

Ryan se pencha vers Eastling et lui susurra à l'oreille : « Ils savent qu'ils sont ici pour arrêter les terroristes, pas vrai ? Nous ne serons pas en mesure de faire le lien entre les attentats en Suisse et la RAF si on se retrouve avec un monceau de cadavres. »

Eastling répondit en chuchotant : « Vous seriez surpris de ce que peut révéler un monceau de cadavres. » Puis, avec un clin d'œil : « Pas de panique, les tireurs d'élite savent comment laisser aux militants armés toutes les chances de se rendre pacifiquement. » Il leva une main. « Bien entendu, si les méchants décident de déclencher une fusillade, ces commandos allemands tueront tout ce qui bouge. C'est leur méthode. »

Le commando du GSG 9 gravit les marches jusqu'à l'atelier d'artistes et ils y découvrirent un espace presque entièrement ouvert ; il y avait juste quelques cloisons restant çà et là. On voyait des étagères garnies de pots de peinture, des caddies remplis de fournitures de dessin et des chevalets portant des œuvres en cours étaient répartis un peu partout. De vastes baies sur les quatre murs laissaient la lumière du clair de lune et des lampadaires de la rue inonder la pièce, ce qui permit aux paramilitaires allemands de gagner l'escalier étroit menant au dernier étage sans avoir à faire usage de leurs torches. Plusieurs baies vitrées étaient restées ouvertes si bien que la pièce était glaciale et ventée.

Ils avaient traversé la moitié de l'atelier quand une transmission leur parvint du chef du commando qui avait rejoint le toit par l'escalier de secours. « *Mannschaft Eins, fertig.* » Équipe une, prête.

Le chef du groupe dans l'atelier répondit dans un souffle : « *Verstanden.* » Compris.

Arrivé au pied des marches, le chef du commando leva les yeux vers les ténèbres. La porte, en haut des marches, était ouverte et il aperçut une faible lueur vacillante, pareille à celle émise par un téléviseur, provenant de quelque part dans l'appartement au-dessus.

Il se retourna vers ses hommes pour leur signaler d'un geste de la main de se préparer à l'assaut, mais au moment où il levait le bras, un claquement sonore se répercuta dans la pièce et le chef du commando pivota sur la droite et chut, renversant un caddie chargé de fournitures de dessin.

Le claquement dans la vaste pièce presque vide avait évoqué l'explosion d'une petite bombe. Les hommes se jetèrent à genoux et scrutèrent la salle à l'aide des puissantes torches électriques fixées au-dessus du canon de leurs armes.

L'homme situé au plus près de leur chef se précipita et constata qu'on lui avait tiré dessus. Il gisait à plat ventre au pied des marches et ils supposèrent que la balle avait été tirée depuis l'appartement, du dessus, aussi deux hommes tirèrent-ils aussitôt au MP5 dans cette direction pour éliminer la menace pendant que leurs camarades extrayaient leur chef de la ligne de mire.

Ulrike Reubens bondit du canapé lorsqu'elle entendit quelque chose percuter un caddie à l'étage en dessous. Ce n'était sûrement pas un des rats qui la faisaient parfois sursauter la nuit. Non, le bruit était trop fort. Et personne ne l'avait prévenue de la présence tardive éventuelle d'un des locataires de l'atelier d'artistes ce soir.

Ulrike venait d'entrer dans la cuisine quand une fusillade se déclencha dans l'escalier devant elle. Elle recula d'un bond, surprise, hurla et rechercha à tâtons le MPL pendu à son épaule.

Une corne pneumatique se mit à hurler près des marches, signe que quelqu'un avait touché l'un des fils tendus en travers de celles-ci. Elle leva son arme et, à ce moment précis, se retrouva baignée d'une lumière éblouissante.

Le premier homme à franchir le seuil ouvrit le feu sur le sujet armé devant lui, perforant la femme de huit balles de neuf millimètres de dotation OTAN. Elle s'affala avant d'avoir pu tirer un seul coup avec son arme.

Jack Ryan s'était attendu à ce que l'investissement de la planque de la RAF débute par les bruits assourdis de grenades à concussion tirées deux étages plus haut. Au lieu de cela, le silence dans le couloir obscur où il patientait fut rompu par une succession de rafales d'armes automatiques tirées directement au-dessus de l'endroit où il était tapi. Aussitôt, les radios de la police se mirent à caqueter et les cris des commandos retentirent, venus de l'atelier par la cage d'escalier.

Ryan et les hommes autour de lui s'étaient aplatis instinctivement. Wilhelm se tourna vers Ryan et Eastling – il semblait se tâter pour décider s'il devait les raccompagner en bas, puisque l'affrontement se révélait plus proche que prévu.

À présent, il y avait des cris dans l'escalier et la fusillade s'amplifiait à l'étage supérieur. Dans la radio, des hommes s'étaient mis à hurler. Eastling empoigna Wilhelm. « Que se passe-t-il ? »

L'officier du Bundesgrenzschutz assigné à Ryan et Eastling répondit : « Le chef du commando au deuxième étage a été touché !

— Au *deuxième* étage ? »

Ryan entendit l'agitation des hommes qui s'interpellaient dans l'escalier, il vit les grosses torches montées sur le canon de leurs H&K alors qu'ils redescendaient ; puis un groupe d'agents du GSG 9 apparut dans le hall. Au début, Ryan crut que l'ensemble de la force battait en retraite mais, quelques secondes plus tard, il vit qu'ils transportaient une charge encombrante, évoluant avec difficulté dans l'espace de l'étroit couloir. Leurs armes et le reste de leur équipement s'entremêlaient, et ils se débattaient avec leur fardeau.

Il comprit qu'il devait s'agir de leur chef.

Ils les haranguèrent en allemand au moment de passer devant eux et Ryan et Eastling dégagèrent le passage. Ryan entraperçut l'officier tactique traîné par trois de ses collègues. Il était totalement inerte, mort apparemment.

Les hommes poursuivirent pour gagner l'escalier débouchant au rez-de-chaussée.

Il entendit une nouvelle détonation au-dessus de lui ; celle-ci évoquait une grenade à fragmentation – Ryan en avait entendu suffisamment chez les marines pour reconnaître le bruit. Des morceaux de plâtre au plafond du couloir du premier dégringolèrent sur Ryan, Eastling et Wilhelm, ainsi que sur les policiers en uniforme de la Landespolizei restés avec eux.

Les talkies-walkies tout autour de Jack crépitaient d'exclamations et d'ordres échangés ; il n'y entendait rien, bien sûr, mais il eut la nette impression que quelque chose avait très mal tourné et que la situation au-dessus avait dégénéré en chaos total.

Quelques secondes plus tard, un autre groupe d'agents vêtus de noir apparut dans l'escalier, traînant avec eux un blessé. À la lumière des torches, Ryan aperçut le sang qui brillait sur sa tunique.

Jack se plaqua contre le mur pour les laisser passer, mais les hommes trébuchaient sous le poids mort du blessé.

Ryan courut les rejoindre, puis il se pencha pour saisir ce dernier sous les aisselles. Il le souleva et entreprit de le tirer vers le bout du couloir ; ses bottes commando raclaient le lino du sol. Ryan n'était pas encombré par des armes et des munitions comme les paramilitaires allemands, aussi était-il capable de se mouvoir un peu mieux et un peu plus vite que les autres ; il leur dit de remonter à l'étage.

Qu'ils aient ou non saisi son ordre, ils avaient compris le danger que couraient leurs collègues, aussi tournèrent-ils les talons pour repartir au combat, rechargeant leurs armes en chemin.

« Nick ! s'exclama Jack. Aidez-moi ! »

Eastling s'approcha, saisit aux jambes le blessé pour le soulever et, ensemble, ils le portèrent vers l'escalier. Il était encore en vie, mais apparemment, il avait reçu un projectile au visage. Son MP5 pendait à son cou et une cartouchière et des grenades étaient attachées à son torse.

Encombrés par le poids de l'homme, Nick et Jack descendirent jusqu'au garage et là, une équipe de deux secouristes apparut avec une civière. Les quatre hommes s'entraidèrent laborieusement pour placer dessus le blessé. L'un des secouristes s'adressa à

Ryan ; ce dernier ne comprit pas mais il crut deviner que l'homme lui demandait de retirer le MP5, aussi défit-il la bandoulière pour récupérer le fusil.

Ryan accompagna le blessé et les secouristes jusqu'à l'ambulance garée à l'extérieur, mais Eastling reprit l'escalier, croisant un troisième homme qui redescendait avec une balle dans le bras, aidé par un agent de police en uniforme.

L'ambulance démarra sur les chapeaux de roue et Jack se retrouva tout seul dans la rue ; là-haut, dans l'appartement, il entendit une fusillade. D'autres ambulances étaient arrivées et les policiers dans la rue avaient dégainé leurs armes et levaient tous la tête pour regarder les éclairs au travers des fenêtres. Jack ne savait pas à qui restituer la mitraillette, aussi la mit-il en bandoulière en attendant de pouvoir la confier à Wilhelm.

Il vit des policiers en uniforme gravir l'escalier d'incendie au flanc sud du bâtiment ; ils avaient de toute évidence reçu l'ordre de donner un coup de main à cause de la fusillade qui se prolongeait de manière inattendue.

Ryan retourna vers l'entrée du garage, mais déjà une autre équipe de brancardiers était arrivée au pied des marches et ils étaient en train de prendre en charge le blessé au bras. Ryan voulait reprendre position au premier, aussi ressortit-il pour passer derrière le bâtiment et accéder à la sortie de secours, avec dans l'idée de suivre les flics sur un étage pour retourner dans le couloir où il se trouvait encore deux minutes plus tôt.

Il rejoignit donc l'escalier de secours auquel il accéda par l'échelle. Alors qu'il regardait à travers la fenêtre du couloir du premier, il entendit un sifflement aigu et sentit un impact juste devant son visage, puis les briques du mur explosèrent soixante centimètres devant lui. Le bruit et l'impact lui firent perdre pied et il s'aplatit sur le caillebotis humide.

Avant même d'avoir touché le métal humide et froid, il sut qu'il s'était fait tirer dessus et qu'en outre, d'après le bruit, ça ne venait pas de quelqu'un juste au-dessus. Il regarda sur sa droite ; un immeuble de trois étages se dressait de l'autre côté de la rue. Il y avait de la lumière derrière plusieurs fenêtres et Jack se plaqua contre le mur du palier tandis qu'il les étudiait une à une, cherchant à repérer d'où était venu le coup de feu.

Mais il y avait un bâtiment attenant et, comme ils se trouvaient au coin de la rue, Jack se rendit compte que sa position était exposée à toutes les fenêtres des immeubles d'en face jusqu'à deux rues plus haut.

Il y en avait trop à détailler, impossible de savoir d'où était parti le coup.

Il cessa de chercher. D'autant qu'aucun tireur embusqué ne ferait feu depuis une pièce éclairée, aussi se mit-il à scruter les fenêtres obscures. Une demi-seconde plus tard, il se rendit compte qu'il lui fallait repérer une fenêtre ouverte, ce qui réduisait encore les emplacements possibles.

Et pourquoi pas celle-là ?

Un éclair, dans une fenêtre d'angle au troisième, juste à côté de l'endroit où il regardait, attira son attention. Elle se trouvait au moins à quatre-vingts mètres de là, à un demi-pâté de maisons. Il n'avait pas entendu passer une balle, ce qui lui indiqua que le tireur embusqué à la fenêtre utilisait un fusil avec silencieux et, plus important pour Ryan, qu'il tirait à présent sur quelqu'un d'autre.

Jack tâtonna pour sortir de sa poche de blouson le talkie-walkie. Il ignorait combien de policiers alentour parlaient anglais mais tant pis, il tenta sa chance.

« Sniper ! Dehors, troisième étage de l'immeuble gris en haut de la rue. Deuxième fenêtre à partir du coin. »

Lui répondit un cri dans le micro.

« *Wer spricht denn ?* » Qui parle donc ?

Ryan ne comprit pas la question ; il répéta son avertissement, puis il rampa vers la fenêtre ouverte et plongea à l'intérieur. Il n'avait pas entendu d'autre balle tirée dans sa direction mais avec tout le fracas venant de l'étage supérieur, il n'en aurait pas juré.

65

Dans le séjour de l'appartement de quatre pièces, au dernier étage de l'immeuble, les agents du GSG 9 encore engagés étaient parvenus à la conclusion qu'ils essuyaient des tirs venant de la baie vitrée du côté du sud. Quand deux des leurs tombèrent, ils crurent au début que les tireurs de la RAF dans les chambres du fond tiraient à travers les cloisons en Placoplatre. De fait, ils purent constater grâce à leurs torches qu'il y avait des trous béants dans le mur, tandis qu'ils sentaient passer les balles et des éclats de plâtre. Aussi les membres du GSG 9 ripostèrent-ils en tir automatique, vidant chargeur sur chargeur en direction de la menace venue des chambres.

Ce n'est que lorsque le troisième homme dans le séjour s'effondra, blessé par balle à l'omoplate droite et qu'il piqua du nez sur une table au milieu de la pièce, qu'il devint évident qu'ils essuyaient des tirs non seulement de l'avant mais aussi de l'arrière, sur leur droite.

En cet instant, quelqu'un cria « Sniper ! » dans la radio, ajoutant quelque chose en anglais. « Sniper » était le terme universel parmi tous les services d'intervention pour indiquer un tireur embusqué, tous avaient reconnu le mot, même s'ils étaient incapables de saisir le reste de la phrase. Plusieurs hommes regardèrent sur leur droite et virent d'autres carreaux exploser alors qu'un nouveau projectile pénétrait dans le séjour.

Tous les hommes du GSG 9 se jetèrent au sol.

Ryan cria aux policiers en uniforme à l'autre bout du couloir de rejoindre sa position près de la fenêtre, mais ils étaient incapables de l'entendre à cause de la fusillade ininterrompue à l'étage supérieur. Dépité, il risqua un regard dans son dos vers la fenêtre et entraperçut du mouvement dans la pièce obscure d'où il avait vu jaillir l'éclair.

Sans considération pour le risque qu'il prenait en tirant à proximité de dizaines d'hommes armés, Jack leva le MP5 vers la fenêtre ouverte et visa en plaçant la fine lame à l'avant du canon au centre de la mire circulaire de l'œilleton à l'arrière de l'arme. Jack n'avait pas une grande expérience du MP5 – il ne l'avait pas utilisé chez les marines, après tout – mais il avait déjà tiré avec, et il en savait suffisamment sur ces mitraillettes pour savoir que c'était une arme merdique pour dégommer un tireur embusqué à quatre-vingts mètres.

Jack retint son souffle pour rester immobile, puis il pressa la détente.

Rien.

Prestement, il contempla le fusil, vit que le cran de sûreté était placé sur la position S pour *sicher*, et il bascula le sélecteur en position de tir coup par coup.

Il visa de nouveau et puis, au moment où il reposait le doigt sur la détente, il vit l'éclair d'un autre coup venir de la fenêtre à quatre-vingts mètres de là. Illuminés dans ce quart de seconde, Ryan découvrit un lit, un homme tapi derrière, de l'autre côté par rapport à la fenêtre, qui tenait un fusil braqué sur l'immeuble du garage. L'arme était dotée d'une lunette et montée sur un bipied mais Ryan ne put rien distinguer d'autre sur le tireur ou son flingue avant que la chambre ne fût de nouveau plongée dans l'obscurité.

Jack ajusta son tir, concentré sur l'emplacement où il avait localisé le tireur, retint de nouveau son souffle et pressa la détente.

Le petit H&K tressauta contre son épaule. Il tira une deuxième, puis une troisième fois. Il n'aurait su dire s'il avait ou non atteint le sniper mais il espérait qu'au moins il l'avait engagé à détaler.

Après le troisième coup de feu, Ryan se jeta au sol sous la fenêtre. Il n'avait pas envie de forcer sa chance face à un homme armé d'un fusil à lunette.

Deux policiers se précipitèrent vers lui et il leur cria de se baisser ; ils eurent le bon sens d'obéir à l'Américain ; ils se jetèrent au sol puis le rejoignirent en rampant, tout en lui criant dessus, le pistolet dégainé.

L'un des hommes releva la tête pour regarder dehors mais Jack le saisit par la manche pour le tirer violemment vers le bas. Il ne savait pas si le tireur embusqué était encore ou non en position, mais si oui, il devait sans aucun doute se concentrer sur cette fenêtre, celle d'où étaient venus les tirs contre lui.

L'air d'absolue conviction sur les traits de l'Américain laissa entendre aux deux agents de la Landespolizei qu'ils feraient sans doute mieux d'aller se positionner devant une autre fenêtre avant de jeter un œil dehors. Ils prirent leurs radios pour demander à un groupe de flics au rez-de-chaussée d'aller fouiller l'immeuble décrit par l'Américain de la CIA, et ils leur ordonnèrent, en outre, de bloquer les rues avoisinantes pour empêcher le sniper de s'échapper.

Puis ils désarmèrent l'Américain. En se demandant où il avait bien pu mettre la main sur un flingue.

La fusillade dans le quartier de Wedding à Berlin-Ouest avait duré six minutes en tout et pour tout mais, pour Ryan, cela avait paru une éternité. Les hommes du GSG 9 dans les étages avaient finalement déclaré que l'appartement était dégagé mais tout le monde resta tapi au sol durant plusieurs minutes encore jusqu'à ce que la police ait délogé le sniper planqué plus haut dans la rue et déclaré que la zone était elle aussi dégagée.

Jack était encore sur le sol du couloir quand Wilhelm vint le rejoindre quelques minutes plus tard. « On a trouvé la position du tireur embusqué de l'autre côté de la rue. »

Jack se releva prestement.

« Il y a du sang sur le tapis et trois trous dans la cloison en plâtre. Vous avez manifestement touché quelqu'un dans cette chambre, mais il était apparemment encore capable de récupérer ses armes et de s'échapper. »

Wilhelm tendit la main pour serrer celle de Ryan. « *Danke schön, Herr Ryan.*

— De rien », répondit Jack mais il avait encore l'esprit accaparé par la chronologie des événements. « Comment la RAF avait-elle prévu de placer un tireur embusqué ? Savaient-ils que nous avions prévu une descente sur leur appartement ?

— Je n'en sais rien.

— Se sont-ils déjà comportés de la sorte ?

— *Nein.* Rien de comparable. Ce soir, nous avons perdu deux GSG 9 et un agent de la Landespolizei. Trois blessés dans chacun des groupes. Jamais nous n'avons subi de telles pertes face à la RAF. »

Il s'écoula encore plusieurs minutes avant qu'Eastling et Ryan fussent autorisés à gagner l'appartement du troisième. Alors qu'ils traversaient l'atelier pour rejoindre l'escalier, ils passèrent devant un membre des commandos légèrement touché qui recevait encore les premiers soins de ses camarades, puis ils découvrirent le sang, les impacts de balles et le verre brisé jonchant tout l'étage.

En haut, les Allemands utilisaient les grosses torches montées sur le canon de leurs armes pour localiser un interrupteur électrique. Ils en trouvèrent enfin un près de la porte mais la lampe qu'il commandait avait été touchée par une balle ou pulvérisée par une grenade durant les combats. Eastling alla dans la cuisine attenante et y trouva une lampe de table qu'il orienta vers la salle de séjour, jetant dans la pièce des ombres allongées.

Ryan agita la main pour chasser la fumée qui planait encore et il put, enfin, avoir pour la première fois une vision correcte des lieux.

Le premier corps qu'il découvrit était celui d'une jeune femme. Elle se trouvait à trois mètres du débouché des marches et gisait sur le dos, défigurée par les impacts de balles à la tête et en haut du torse. Dans la lumière diffusée par la fumée, elle prenait des airs de fantôme. Une arme automatique gisait au sol à deux mètres d'elle. Jack estima que ce devait être la sienne et qu'elle avait été repoussée d'un coup de pied quand les commandos avaient investi l'étage.

Il suivit des hommes équipés de torches vers le bout du couloir desservant les chambres et là, il vit au total huit autres corps. Quatre avaient encore leur arme à la main ou près de l'endroit où ils gisaient, et quatre autres semblaient désarmés. Les murs d'une des chambres étaient tellement criblés d'impacts qu'à certains endroits on pouvait passer la main dans la salle de séjour voisine. Il était manifeste que le plus gros de l'accrochage s'était déroulé en tirant à l'aveuglette à travers la cloison.

Jack se tourna vers Eastling : « Aucun survivant parmi les membres de la RAF ? »

Eastling hocha la tête, déçu.

« Pas un seul.

— Merde. »

Tous les cadavres furent photographiés sur place avant d'être traînés dans le séjour où on les aligna sur le sol. Pendant ces opérations, les policiers de leur côté avaient déjà entamé leur enquête.

Jack et Nick se mirent à regarder autour d'eux, mais au bout de quelques minutes à peine, la radio crépita. « Herr Eastling ? Herr Ryan ? Pouvez-vous venir dans la dernière chambre au bout du couloir, s'il vous plaît ? »

Les deux hommes obéirent et se rendirent dans la chambre du fond, la plus petite de toutes. Aucun corps n'y avait été découvert, aussi l'avaient-ils négligée à leur première visite mais à présent, alors que Ryan y pénétrait et suivait l'itinéraire balisé par les torches électriques, il comprit pourquoi Eastling et lui avaient été invités à la visiter. Il y avait deux photos posées sur une petite coiffeuse ; leur cadre était brisé, l'une d'elles était criblée de balles, mais on reconnaissait clairement sur les clichés une jeune femme qui correspondait à la photo d'identité de Marta Scheuring.

« La chambre de Scheuring », indiqua l'un des hommes du BfV.

Une fouille de l'espace de trois mètres sur trois était déjà en cours. Il n'y avait toutefois pas grand-chose à inspecter : rien qu'un lit, quelques chaises, dans un angle, une pile de vêtements dans un panier à linge sale et un petit placard rempli de manteaux et autres habits.

Il ne fallut pas longtemps aux hommes du BfV pour découvrir une cache sous des lattes de parquet, sous le lit. Un enquêteur du BfV en tira une mallette en aluminium. Elle était fermée par un simple verrou à trois chiffres mais l'Allemand la déposa sur le lit et l'ouvrit avec un minuscule passe tandis qu'Eastling et Ryan observaient la manœuvre par-dessus son épaule.

À l'intérieur, ils découvrirent plusieurs calepins et dossiers. L'inspecteur balaya de sa torche le contenu pour bien le montrer à l'Anglais et à l'Américain.

« Eh bien, ça alors », s'exclama Eastling en considérant le document.

Ryan se pencha et dévia la torche de l'inspecteur vers un tas de photos.

La première chose que Ryan remarqua fut un cliché en noir et blanc de Tobias Gabler, le premier banquier tué à Zoug. L'image donnait l'impression d'avoir été prise de loin, mais c'était incontestablement celle de l'homme que Ryan avait vu dans les médias lors de son meurtre. Au-dessous, il y avait une photo de Marcus Wetzel. Ryan n'avait aucune idée de l'aspect de Morningstar, mais le cliché était par chance doté d'un autocollant sur lequel avait été imprimé son nom.

Et juste au-dessous, il y avait un plan de la ville helvétique de Zoug.

À côté, dans la mallette, un message dactylographié sur une simple feuille de papier blanc. En haut de la page, il y avait un logo montrant un fusil H&K plaqué sur une étoile rouge avec, au-dessus, les lettres RAF inscrites en blanc.

L'Allemand expliqua : « C'est un communiqué. Il a l'air officiel, j'en ai déjà vu de semblables.

— Vous voulez bien le traduire ? demanda Eastling.

— *Ja*. Voici : "La nature de ces attaques porte la signature de la réaction. Nous autres, dans la Fraction armée rouge, ne permettrons pas à ceux qui trafiquent l'argent sale, qui facilitent les guerres contre les peuples d'Amérique centrale et d'Afrique, de vivre libres et en paix. Nous manifesterons notre solidarité avec toutes les guérillas du monde et combattrons les banquiers qui profitent de ces guerres illégitimes au nom d'un système capitaliste en faillite." »

Quand l'homme du BfV eut terminé, il se tourna vers Ryan et Eastling. « Il va sans dire que Tobias Gabler et Marcus Wetzler ont été tués parce qu'ils étaient des banquiers de haut vol qui géraient les comptes d'industriels allemands.

— Et tout ça vous paraît réaliste ? » demanda Ryan.

L'Allemand haussa les épaules. « Ça le paraît, oui.

— Mais… ?

— Mais Herr Wetzel a été tué il y a plus de vingt-quatre heures. Herr Gabler, la veille. Normalement, ce tract aurait déjà dû être diffusé. Je ne comprends pas pourquoi il ne l'a pas été.

— Peut-être, intervint Eastling, Scheuring était-elle censée le distribuer elle-même, mais comme elle s'est fait carboniser en Suisse, elle n'en a pas eu l'occasion. »

L'inspecteur du BfV secoua la tête. « Si c'était une véritable opération de la RAF, un membre de leur division propagande l'aurait déjà transmis aux médias. Pas le poseur de bombe. »

L'Allemand se mit à discuter du communiqué avec certains de ses collègues, aussi Jack et Nick regagnèrent-ils le couloir.

« Tout bien réglé, emballé c'est pesé. »

Eastling pensait manifestement la même chose. Il chercha ses mots avant d'observer finalement : « J'admets que ça paraît si bien organisé à notre intention que c'en est suspect.

— Oui, un modèle de coup monté. »

L'agent du contre-espionnage britannique semblait avoir digéré ses doutes. Il s'arrêta dans le couloir étroit plongé dans l'obscurité pour se tourner vers Jack. « Avez-vous déjà été le témoin d'un tel cinéma ? »

Ryan dut admettre que non. Il n'avait pas pour habitude d'enquêter sur des scènes de crime, mais il était un analyste aguerri et il s'était déjà penché sur pas mal de campagnes de désinformation menées par l'adversaire. Et cette dernière « preuve » n'avait pas réussi le test du flair de Jack Ryan.

Ils retournèrent dans le séjour et contemplèrent les corps. Les inspecteurs essayaient de faire correspondre les visages avec les photos archivées des membres connus de la RAF. Jusqu'ici, ils avaient identifié cinq des victimes mais n'avaient pas de trace des quatre autres. L'un des flics envoya un de ses collègues dans les chambres pour y chercher sacs et portefeuilles afin de tenter une identification.

Alors que Jack et Nick examinaient de nouveau les cadavres alignés sur le sol du séjour, Jack remarqua : « Ces gens, avec en plus le type posté à la fenêtre de l'autre côté de la rue, ont réussi à descendre neuf flics et membres des commandos ? Je n'y crois pas une seule seconde. »

Eastling hocha la tête. « Ils sont tombés droit dans un piège. Peut-être une fuite dans les services de sécurité allemands.

— Il y a une autre possibilité.

— Laquelle ?

— Réfléchissez, dit Jack. Et si c'étaient les Russes ? Si la RAF avait été piégée pour être accusée à tort de ce qui s'est passé en Suisse, alors les Russes devaient s'assurer qu'aucun membre de la cellule ne soit capturé et donc susceptible de proclamer son innocence. Quel meilleur moyen pour s'assurer que nul ne parle à la police que de transformer une simple interpellation en bataille rangée ? Tout ce qu'il leur fallait, c'était un tireur embusqué ayant une vue directe sur la scène. Une fois que les commandos allemands auraient commencé à tomber, il n'y aurait plus aucun survivant parmi les militants de la RAF pour proclamer leur innocence. »

Eastling soupira mais Ryan voyait à présent des failles manifestes dans les certitudes exprimées avant que la mallette n'apparaisse. « Vous n'avez que des conjectures. Nous ignorons qui se trouvait dans la planque du sniper. Ça aurait pu être un tireur de la RAF qui, entendant la fusillade, a décidé de riposter depuis ce poste d'observation. »

Jack hocha la tête. Il ne pouvait rien prouver, mais son petit doigt lui disait qu'Eastling et lui affrontaient des forces autrement plus vastes qu'une petite cellule terrorise gauchiste ouest-allemande.

66

De nos jours

Jack Ryan Jr. et Victor Oxley regagnèrent Londres peu avant dix-sept heures. Bien sûr, Ryan se garda bien de regagner son appartement. À la place, il prit une chambre dans un motel de Wellesley Road à Croydon. Oxley le lui avait recommandé, expliquant que chaque fois qu'il avait l'occasion de venir à Londres, il y descendait toujours, et il assura à Ryan que c'était un endroit à la fois isolé et discret, idéal dans des situations telles que celle-ci.

Ils avaient marqué un seul arrêt en cours de route. Las des récriminations d'Oxley, Jack avait fait halte sur le parking d'un supermarché et sorti de son portefeuille quelques billets qu'il avait passés à l'ancien espion. Oxley s'était précipité dans le magasin pour en ressortir dix minutes plus tard, chargé de deux sacs de courses.

Ils reprirent la route pour gagner le motel et c'est là que Jack découvrit qu'Oxley avait acheté une mignonnette de whisky irlandais, un litre de Coca et deux bouteilles de bière. Quant à la nourriture, il avait acheté quelques sachets de biscuits-apéritif et un saucisson qui avait l'air aussi vieux que lui.

Comme Jack l'avait soupçonné d'après la description de l'agent britannique, le motel était un vrai trou à rats. La peinture s'écaillait, il y avait des brûlures de cigarettes dans la moquette et de la moisissure aux murs, mais chaque chambre surmontait son minuscule garage individuel, de toute évidence pour dissimuler les véhicules des clients.

Ils se garèrent donc à l'endroit prévu et refermèrent la porte, puis Jack et Victor s'échinèrent à extraire le mafieux russe du coffre de la Mercedes. Victor lui remonta sa veste par-dessus la tête pour l'empêcher de voir. Puis ils le hissèrent en haut de l'escalier du garage pour accéder à la chambre.

La salle de bains était minuscule et crasseuse mais c'était l'endroit idéal pour entreposer quelques minutes leur prisonnier. Il y avait des tuyaux le long des murs et Oxley, en expert, le ligota de telle manière qu'avec les mains serrées haut dans le dos, il ne pouvait bouger de plus de quelques centimètres sans déclencher une douleur à lui vriller les épaules. Oxley prit ensuite sur le lit un oreiller maculé d'une tache suspecte, en ôta la taie et la passa sur la tête de l'homme, en guise de cagoule.

Puis ils bouclèrent la salle de bains et Jack alluma la télé dans la chambre. Accompagné du presque sexagénaire britannique, Jack gagna le minuscule balcon qui donnait sur une six voies au trafic automobile intense.

Oxley était furieux de ne pas trouver un seul verre dans la chambre mais il fit sans, buvant directement au goulot de la bouteille de Coca, avant de remplir à nouveau celle-ci à ras bord avec le whisky irlandais.

Ils s'assirent alors sur les chaises en alu bon marché placées sur le balcon et Jack regarda l'homme boire et manger durant plusieurs minutes. Sa patience était usée jusqu'à la corde, mais il se dit que plus l'ex-espion anglais serait repu et pompette, plus il serait enclin à parler.

Finalement, Jack prit la parole. « OK, Oxley. Je veux interroger ce connard dans la salle de bains mais d'abord, j'aimerais que vous me donniez quelques réponses. Vous êtes en état de parler ? »

L'Anglais à la barbe blanche semblait détendu ; Jack était sûr que ce ne devait pas être sans rapport avec le whisky-coca. Il haussa les épaules et répondit : « D'abord, appelle-moi Ox. Ensuite, sache ceci. J'aimerais mieux ne pas te parler du tout, mais j'ai pas trop envie de voir des tueurs russes armés me poursuivre jusqu'à la fin de mes jours, alors je suis prêt à bosser avec toi pour régler cette histoire. Malgré tout, il y a des trucs que je peux dire, et d'autres que j'emporterai dans la tombe. »

Jack ouvrit une bouteille de bière et but une gorgée. « Pas de problème. Commençons par quelque chose de facile. Quand êtes-vous revenu de Russie ? »

Au bout d'un moment, Oxley répondit : « Je suis revenu de la mère patrie il y a une vingtaine d'années.

— Qu'avez-vous fait depuis tout ce temps ? Pouvez-vous en parler ?

— J'ai bourlingué. Ici et là. Vivant de l'assistance du gouvernement, la plupart du temps.

— Sans emploi ?

— Au chômage, souvent, oui. Ou faisant ce que je pouvais. » Il haussa les épaules. « Mais guère plus. »

Puis ce fut au tour d'Ox de poser une question : « Comment se fait-il que le fils de ce putain de président des États-Unis connaisse mon existence ?

— Mon père voulait des infos sur Bedrock, expliqua Jack, et il s'est dit que sir Basil Charleston devrait savoir des choses. J'étais déjà ici de toute manière, alors je suis allé l'interroger. Basil m'a dit que vous étiez Bedrock. Je vous ai recherché à partir de là en utilisant des contacts au SAS.

— Ce bon vieux Basil.

— Il pense que vous souhaitez sa mort. »

Oxley inclina la tête. « Pas possible ? » Il fit non de la tête avec un petit rire. « Non. Charleston n'avait rien à voir avec les sales plans dans lesquels j'ai été impliqué. Le vieux Basil ne m'a jamais rendu le moindre service mais je ne peux pas dire qu'il est entièrement mauvais.

— Il m'a dit que vous opériez derrière le rideau de fer. Que vous vous y trouviez comme un poisson dans l'eau.

— Ma mère était d'Omsk, en Sibérie. Elle a fui avec ses parents en passant par Berlin, avant la construction du Mur. Elle a rencontré un officier de l'armée britannique et ils sont venus en Angleterre. Ils se sont installés à Portsmouth. Papa est devenu pêcheur, il n'était pas souvent à la maison. Maman s'est intégrée à la communauté d'immigrés russes, de sorte que j'ai grandi en parlant plus souvent russe qu'anglais à la maison. »

Oxley but une lampée à sa bouteille. « Et pourquoi diantre ton père s'intéresse-t-il à une vieille histoire comme celle de Bedrock ? »

Jack avait pris avec lui la photocopie du rapport de la police suisse. Il la sortit de son blouson et la tendit à Oxley.

Oxley examina la page, puis il glissa la main dans sa poche et farfouilla un moment avant d'en sortir une paire de lunettes de lecture. Il les chaussa et examina de nouveau le document.

« C'est en allemand, merde.

— Oui. Mais votre nom de code y était marqué au crayon et quelqu'un l'a effacé. En marge d'un rapport de la police helvétique concernant un homme détenu après un attentat à la bombe contre un restaurant de Rotkreuz, au bord du lac de Zoug. »

Oxley opina très lentement, de manière presque imperceptible.

« Alors, vous vous souvenez. »

Le regard d'Oxley se perdit dans l'espace comme s'il se remémorait un moment du passé lointain. « J'avais ordre de pister une rumeur à l'Est concernant un tueur du KGB nommé Zénith. »

Jack se demanda si Basil avait menti sur l'absence d'implication de Bedrock avec Zénith, ou s'il avait simplement oublié. Ryan reprit. « Zénith était en Occident. Pourquoi êtes-vous parti à l'Est ?

— Les premières rumeurs le concernant provenaient des Tchécoslovaques. Deux de leurs enquêteurs chargés d'une affaire à Prague avaient été retrouvés flottant, morts, dans la Vlatva. Un Russe descendu dans un hôtel du quartier avait disparu précipitamment sans régler sa note. Une recherche dans sa chambre révéla des bagages intéressants. Entre autres, un livret de chiffres du KGB avec quelque chose d'inscrit au verso de la couverture. Les Tchèques réussirent à craquer suffisamment le code pour déchiffrer le mot “Zénith”. Qu’il s’agît ou non du nom de code du propriétaire du carnet des services russes, nul ne pouvait dire, mais ce nom de “Zénith” est resté néanmoins dans les mémoires. Les Tchèques s’adressèrent au KGB, mais les Russes répondirent qu’ils ne savaient rien d’un individu portant un tel nom, pas plus qu’ils n’admirent avoir le moindre agent à Prague.

— Ouais, fit Jack. D’un autre côté, le KGB mentait pas mal.

— Certes et je suis sûr que la police praguoise pensait de même, mais soudain les ruelles autour de la place Wenceslas se mirent à ressembler à un congrès du KGB. Des espions russes débarquèrent en masse, et tous étaient à la chasse au mystérieux personnage zurichois.

— Et le Royaume-Uni l’aurait appris d’une source à Prague ?

—Le MI5 en a eu vent. Ne me demande pas comment. Avant que tout soit terminé, il avait encore tué par deux fois en Tchécoslovaquie, puis quatre autres personnes en Hongrie.

— Tous des flics ?

— Non. À Budapest, il a tué des employés de la banque d’État, ainsi qu’un passeur.

— Un passeur ?

— Un gars qui aidait les dissidents à passer la frontière. C’était courant en Hongrie à l’époque, expliqua Oxley. Toujours est-il que, d’après nos informations, nous avons eu l’impression que Zénith n’appartenait pas au KGB. C’était une sorte d’électron libre. Le

KGB, quant à lui, pensait que c'était un ancien agent du GRU, désormais manipulé par une puissance occidentale. On redoutait de se trouver impliqués dans ses actions.

— Pourquoi le Royaume-Uni aurait-il été impliqué ? »

Le rire d'Oxley était bas et rauque : « Parce que nous avions nous-mêmes un élément actif derrière le rideau de fer, qui effectuait le même type d'opération. »

Jack haussa les sourcils. Des trucs commençaient à faire sens. « Vous ?

— Peut-être que tu n'es pas aussi crétin que je l'imaginais au début. » Oxley joua avec ses lunettes, les tournant lentement entre ses doigts. « Ouais, poursuivit-il. J'étais à Prague quand Zénith y était en activité. J'étais là-bas sous la couverture d'un Russe, seul, aussi, tout naturellement, les Tchèques m'ont-ils interrogé. J'ai réussi à les embobiner mais quand les meurtres se sont poursuivis en Hongrie, un quelconque bas-du-bulbe à Londres s'est dit que je pourrais bien être lié à ces crimes. Zénith risquait de nuire à nos relations, au moment même où l'on espérait un dégel. C'était au plus fort de la course aux armements, mais on aimait bien comment la situation prenait tournure. La Pologne était sur le chemin de la démocratie, Reagan et Thatcher étaient en train d'épuiser l'Union soviétique. Il y avait encore quantité de batailles à livrer mais c'était l'aube d'une époque nouvelle. Et Zénith était en train de renverser tout ça.

— Alors on vous a envoyé le tuer pour que le KGB ne puisse pas accuser l'Ouest d'avoir un assassin incontrôlable qui dézingue tout le monde de tous les côtés ?

— C'est cela.

— Et que s'est-il passé ?

— Je n'ai pas réussi à mettre la main dessus. Le KGB non plus d'ailleurs.

— Mais pourquoi se rendre en Suisse ?

— Je suivais à Budapest des mecs du KGB, eux-mêmes aux trousses de Zénith. J'espérais qu'ils me mèneraient à lui. Quelle ne fut ma surprise de les voir passer à l'Ouest, à Zoug en Suisse, pour visiter une banque.

— Et là, des gens ont commencé à se faire tuer à leur tour.

— Oui.

— Zénith les a descendus ? »

Oxley haussa les épaules, mouvement lent et las de sa grande carcasse ; un long souffle s'échappa de son nez. Il observa les voitures qui filaient sur la route sous le balcon. « Ça dépend de qui on veut croire. »

Ryan le regarda. « Dites-moi que je suis cinglé, mais là, en ce moment, je vous crois. »

Victor Oxley esquissa un sourire. « Eh bien oui. Zénith les a tous tués. »

L'Anglais quitta des yeux sa bouteille. « À ton tour de parler, à présent. Pourquoi ton père s'intéresse-t-il maintenant à cette histoire ? Tout ça remonte à trente ans. N'a-t-il pas créé assez de problèmes dans le monde pour ne pas enfin le laisser tranquille ?

— Je crois discerner que vous n'êtes pas d'accord avec sa politique…

— La politique ? Je ne suis pas assez patient pour ça. Je n'en ai rien à cirer.

— Dans ce cas, pourquoi détester mon père ?

— C'est personnel.

— *Personnel ?* Vous le connaissez.

— Non, et je m'en passe fort bien. » Ox écarta le sujet, d'un geste négligent de la main. « Je t'ai posé une question, gamin. Pourquoi maintenant ? Que me veut ton cher vieux papa ? »

Ryan haussa les épaules. « Votre nom de code a été retrouvé dans les dossiers relatifs à l'affaire Zénith. Personne ne les avait consultés depuis longtemps, j'imagine, mais une autre note, dans un vieux fichier poussiéreux, est apparue, qui suggère que Roman Talanov était Zénith. »

Oxley fixa Ryan. « Talanov ? D'accord. C'est bien le nom. Et après ? Encore une fois, c'était il y a un siècle. Quelle importance maintenant ? »

Jack était surpris. « Attendez. Vous *savez* que Talanov est Zénith ?

— Je suspecte que c'est moi qui ai glissé dans le dossier cette vieille note poussiéreuse. En quatre-vingt-douze, je crois bien. Après mon retour du goulag. Mais tu ne m'as toujours pas expliqué pourquoi tout le monde s'intéresse au nom d'un assassin dévoyé du KGB datant d'un quart de siècle. »

Jack réfléchit quelques secondes. « Je n'ai pas vu de télé dans votre appartement.

— Pas besoin. Pas de radio non plus. À l'occasion, je descends au pub regarder un match de foot mais les infos ne m'intéressent pas.

— Ça explique tout, dans ce cas. »

Oxley était perplexe. « Tu mijotes quoi, Ryan ?

— Ça n'a rien avoir avec ce qui s'est passé il y a un quart de siècle. Mais tout à voir avec ce qui se passe maintenant. Vous ne savez sûrement pas que Roman Talanov est l'actuel chef du FSB, n'est-ce pas ? »

Oxley regarda droit devant lui les voitures qui filaient sur Wellesley Road. Au bout d'un long moment, il avoua : « Non, je l'ignorais. » Il but, songeur, une lampée de whisky-Coca et laissa son regard se perdre sur la ville. « Sacré putain de merde. »

67

Trente ans plus tôt

Jack Ryan passa les toutes premières heures suivant la descente dans l'appartement de la RAF de la Sprengelstrasse dans un bureau vide et poussiéreux du consulat britannique à Berlin-Ouest.

Sitôt qu'il eut l'occasion d'utiliser un téléphone crypté, il appela le patron du renseignement de la CIA, l'amiral James Greer. Il le joignit chez lui – il était vingt et une heures sur la côte Est – et il le mit au fait des événements de ces dernières heures. L'amiral se montra abasourdi par la nouvelle de la fusillade, surtout avec la participation d'un de ses hommes.

Ryan souligna qu'il avait des doutes sur le fait que la RAF ait opéré seule, et qu'il était certain qu'il y avait d'autres forces clandestines impliquées dans toute cette opération.

Greer doutait de la théorie de Ryan d'une implication russe. « Mais Jack. Quid de Rabbit ? Vous savez aussi bien que moi que nous avons nous aussi un agent parfaitement informé des activités du KGB. Nous avons passé des mois à le débriefer. J'ai du mal à croire qu'il va juste se gratter le menton puis nous dire : “Ah ouais, j’avais oublié de mentionner qu’il y a un assassin qui opère en Europe.

— Nous devons revoir ça avec lui. Peut-être qu’il se souviendra ce coup-ci d’un détail pertinent.

— Écoutez, Jack, on va lui reparler, mais nous savons, vous et moi, qu’il ne nous a rien caché. S’il y a eu des mesures actives correspondant plus ou moins à votre description des événements, il nous en aurait parlé.

— Zaïtsev est resté durant des mois à l’écart de la salle des transmissions du KGB. Ça pourrait avoir commencé après son départ.

— Possible, mais peu probable, et vous savez pourquoi. Ces opérations prennent du temps à monter. Assassiner des banquiers d’Europe occidentale. Sélectionner et – si je vous ai bien compris – piéger des terroristes ouest-allemands. Tout ça ne m’a pas l’air d’une opération improvisée ces derniers mois, pas vrai ?

— Non », concéda Ryan. Il marqua un temps. « Je sais de quoi tout ça a l’air.

— Ça a l’air tiré par les cheveux, oui. Si ça venait d’un autre que vous, j’aurais écarté cette hypothèse d’un revers de main. Mais vous n’êtes pas n’importe qui. Vous êtes un sacré bon analyste et le moins que je puisse faire, c’est de vous dire de suivre votre flair.

— Merci.

— Mais quoi que vous fassiez, je veux que vous vous rappeliez bien ceci. Les Rosbifs excellent à ce genre de sport. S’ils disent qu’ils ont terminé leur enquête, vous vous retrouverez livré à vous-même. Vous pouvez puiser dans tous les services locaux susceptibles de vous aider, bien sûr, mais soyez prudent. Vous êtes déjà un peu trop près du danger. Je ne veux pas vous voir courir des risques inutiles.

— Dans ce cas, on est deux. »

Vingt minutes plus tard, Ryan retrouvait Eastling et ses hommes au bureau du premier et là, ils passèrent une nouvelle fois en revue tout le matériel récupéré dans la planque de la RAF. Le BfV allemand avait demandé à réquisitionner la mallette avec tout son contenu, aussi deux enquêteurs du service étaient-ils penchés au-dessus d'Eastling et Ryan, tandis que le Britannique et l'Américain examinaient à leur tour les articles.

Eastling et ses hommes passèrent les premiers. Ils avaient tout commencé, après tout, avec une opération du SIS. L'un des hommes d'Eastling avait un kit de prises d'empreintes et il talqua la mallette et son contenu, puis Eastling lui-même prit chaque indice pour le lire, examinant les filigranes sur le papier, les techniques utilisées pour imprimer les photos des banquiers, les caractéristiques typographiques de la machine utilisée pour rédiger les textes sur le manuel de confection des bombes et celui du communiqué.

La mallette fut examinée à son tour à la recherche d'un éventuel double fond ou de compartiments secrets, mais sans succès.

Jack était fasciné par la manière dont Eastling manipulait les preuves pour la simple et bonne raison que lui-même était un parfait béotien dans ces techniques d'enquête. Il n'était ni flic ni détective. Son père avait été inspecteur de police à Baltimore et il s'était toujours montré intéressé par le travail de la police, mais cela n'avait jamais été sa vocation.

Il était toutefois analyste, aussi quand vint enfin l'occasion pour lui d'examiner le matériel, il se polarisa d'abord sur les documents. Il portait bien sûr des gants en caoutchouc et l'un des inspecteurs du BfV se tenait à ses côtés pour traduire.

Jack essaya d'amener les policiers allemands à reconnaître qu'ils ne croyaient pas possible que les membres de la RAF présents dans l'appartement aient pu se défendre de manière aussi professionnelle contre le GSG 9, mais les Allemands n'en étaient pas aussi certains que lui. Il y avait eu neuf civils morts dans l'appartement de la Sprengelstrasse et jusqu'ici, seuls cinq corps avaient été identifiés. Les agents du BfV dirent qu'ils ne pouvaient pas évaluer les qualités des combattants de la RAF tant qu'ils n'auraient pas identifié tous ceux qui gisaient sur des dalles à la morgue.

L'examen des documents n'apprit pas grand-chose à Ryan. Il n'était en aucun cas un spécialiste de la RAF mais le communiqué ressemblait à la déclaration classique d'un groupe terroriste d'extrême gauche et tout le matériel en rapport avec les attaques contre les banquiers Gabler et Wetzel – photos, plans et instructions pour confectionner une bombe – lui semblait authentique.

Le seul élément douteux dans toute l'affaire était que pour admettre l'authenticité de la mallette et de son contenu, on devait imaginer que Marta Scheuring possédait les pires techniques d'espionnage, toutes catégories confondues, de l'histoire du terrorisme d'extrême gauche. Même si la RAF revendiquait de manière habituelle ses opérations, comme la plupart des groupes terroristes, le fait que la jeune Allemande eut gardé sur elle ses papiers d'identité pour effectuer son action était un peu difficile à avaler.

Ryan ne savait trop qu'en penser. Scheuring avait deux enlèvements à son palmarès, mais elle n'avait jamais été impliquée dans un meurtre. Ceci posé, deux des occupants de l'appartement avaient été recherchés pour une attaque à la roquette contre une base de l'OTAN quelques années auparavant, et bien que personne n'eût été tué ou sérieusement blessé, leurs intentions avaient été à coup sûr meurtrières.

Comme de juste, Eastling penchait pour clore l'enquête. Ryan, pour sa part, estimait que l'aspect téléguidé de cette preuve soulevait plus de soupçons que la preuve elle-même n'était censée en éclaircir.

Comme les Allemands étaient pressés de récupérer leurs indices, Ryan et le Britannique terminèrent leur inspection en moins d'une heure.

Jack était debout depuis plus de vingt-quatre heures, aussi aux alentours de neuf heures du matin, on lui proposa de s'étendre sur un divan dans un bureau inoccupé pour rattraper un peu de sommeil.

À onze heures trente, Eastling passa la tête dans le bureau. Ryan s'assit, se frotta les yeux, repoussa une couverture de laine sur ses chevilles.

Eastling entra et s'assit sur une chaise devant lui. Il avait les yeux injectés de sang et ses habits étaient fripés. Jack se demanda si lui-même avait l'air aussi épuisé que le Britannique.

« Que se passe-t-il ? demanda Jack.

— Nous avons tout repassé moult fois. Les documents que nous avons récupérés dans la chambre de Marta Scheuring semblent bien authentiques. Les Allemands ont finalement identifié les derniers corps trouvés dans la planque. C'étaient les trois petites amies et le copain des occupants. Aucun n'était connu pour appartenir à la RAF mais bien sûr, une enquête est en cours. Ils ont également fouillé l'appartement du tireur embusqué, de l'autre côté de la rue. Le studio avait été loué par Marta Scheuring il y a trois jours. »

Jack était perplexe. « Marta loue une chambre à deux pâtés de maisons de là où elle habite ? Pourquoi ferait-elle ça ? »

Eastling haussa les épaules. « Là, je n'ai pas de réponse. Son nom est sur le registre mais personne n'a pu identifier sa photo. Il s'agit en réalité d'un meublé, alors on ne prête pas trop attention aux allées et venues. Des immigrés turcs, irlandais, nord-africains, pour la plupart. Deux occupants sur son palier disent toutefois avoir vu un homme pénétrer dans la chambre hier, en fin de soirée.

— L'ont-ils décrit ?

— La vingtaine ou la trentaine. Blanc. Aurait pu être allemand. Ou pas. Nul ne l'a entendu parler. Nul n'a entendu non plus de coups de feu venant de la chambre.

— Merde, comment cela peut-il être possible ?

— Fusil de précision avec silencieux. Ça fait encore un putain de raffut mais, compte tenu du fait qu'à deux rues de là se déroulait une véritable bataille rangée avec deux douzaines de personnes qui se canardaient mutuellement et balançaient en prime des grenades, le *plop-plop* d'une arme munie d'un silencieux a pu aisément passer inaperçu. »

Jack soupira, puis une nouvelle idée lui vint. « Il faut qu'on retourne à Zoug pour montrer les photos de Marta Scheuring aux serveurs du bar où Penright a rencontré cette Allemande, le soir de sa disparition. »

Eastling hochait déjà la tête. « C'est fait, mec. Les Suisses l'ont fait hier en utilisant une copie de son permis de conduire.

— Et ?

— Tous ceux qui travaillaient ce soir-là sont d'accord. La femme qu'Eastling a essayé de séduire au bar n'était pas Marta Scheuring. »

Jack s'était cru si certain. À présent, il ne savait plus que dire. Il se contenta de marmonner : « Quelle est la prochaine étape ?

— C'est de cela que je suis venu vous parler. Je sais que vous redoutez l'implication du KGB et je ne suis certainement pas prêt à éliminer toutes les hypothèses mais je crois sincèrement que c'est cette cellule de la RAF qui a commis l'attaque qui a tué les deux banquiers suisses.

— Et Penright ? »

Eastling répondit par un discret sarcasme : « Je m'en tiens à mon assertion que le bus qui l'a écrasé n'était conduit ni par un militant de la RAF, ni par un agent du KGB. Sérieusement, Ryan, personne ne l'a poussé. Rappelez-vous, des témoins ont dit qu'il était ivre. Et on ne pense pas qu'il ait été drogué. Son corps n'a révélé aucune trace de poisons répertoriés, même si les résultats de l'examen toxicologique ne seront pas disponibles avant un certain temps. Si les rouges ont un nouveau poison dont nous ignorons encore la formule, eh bien dans ce cas, que Dieu nous garde. Mais cela dépasse les limites de mon enquête.

— Bref, qu'êtes-vous en train de me dire ?

— Je vous dis qu'on rentre au bercail. Cet après-midi. »

Jack se frotta les yeux. Il se surprit à vouloir lui aussi retourner au bercail, retrouver sa maison de Grizedale Close. Assis dans le canapé avec Cathy, Sally par terre en train de faire du coloriage et Jack Junior sur ses genoux – vu d'ici, c'était le paradis.

Mais il chassa de son esprit ce fantasme. *Pas tout de suite.*

« Eh bien, bon voyage. Moi, je reste », dit-il.

Eastling semblait s'y être attendu. Il répondit : « Vais-je devoir vous imposer la force ? »

Ryan plissa les yeux. « Vous n'avez rien à faire. Je ne travaille pas pour vous.

— Sacré bon Dieu, Ryan, nous sommes dans le même camp.

— Pas en ce qui me concerne. Vous êtes partant pour clore le dossier de la mort de Penright, moi pour découvrir ce qui a bien pu se produire en réalité. Il y a d'autres forces à l'œuvre dans cette opération. Est-il possible que David soit tombé pile devant un autobus ? J'imagine que oui, mais je pense qu'on se fait manipuler par l'autre camp.

— Comment puis-je vous convaincre ?

— Vous pouvez me donner tout ce que vous détenez sur Morningstar. Tous les dossiers menant au déplacement de Penright en Suisse, de même que les papiers trouvés dans le coffre de la planque à Zoug. Donnez-moi ces documents, laissez-moi les examiner, et je tirerai mes conclusions personnelles sur ce qui s'est passé.

— Je ne peux pas…

— Basil m'a mis sur cette enquête parce qu'il pensait que je pourrais donner un coup de main. J'ai une certaine expertise de ce monde – d'une manière détournée, en tout cas. Si j'étais au fait de ce que Penright savait, je pourrais en parler à Langley et tenter d'obtenir plus d'informations pertinentes auprès de Ritzmann Privatbankiers. Peut-être même que je pourrais aider à compléter le puzzle sur lequel travaillait Penright quand il a trouvé la mort.

— Vous êtes une espèce de fox-terrier, c'est ça ? Vous pensez avoir flairé une piste et, à présent, plus personne ne peut vous arrêter.

— J'ai flairé une piste, oui, affirma Ryan. J'en suis convaincu. »

Eastling s'abstint de répondre, aussi Ryan poussa-t-il le bouchon un peu plus.

« Qu'est-ce que vous en pensez ?

— Ce que j'en pense, moi ? Je pense que vous êtes un Yankee pontifiant qui ne sait pas se tenir. Vous avez descendu un Irlandais de l'Ulster l'an dernier et ça vous a valu un titre de noblesse, et ce matin, vous avez dégommé un sniper de la RAF et les Boches vont sans doute vous décerner le titre de Kaiser ou que sais-je d'aussi ridicule, mais votre bonne fortune vous a fait progresser plus vite que vos capacités à travailler en équipe. Si c'était à moi de décider, je vous sortirais du consulat américain à coups de pompe dans le cul pour vous réexpédier fissa en Amérique, là où est votre place, dans une malle de paquebot. » Il prit une profonde inspiration après cette tirade. « Mais ce n'est pas à moi de décider. »

Nouveau soupir. « Je vais en parler à Basil et c'est lui qui choisira si, à ce que Dieu ne plaise, vous pouvez examiner les fichiers Morningstar.

— Je n'en demande pas plus. »

68

De nos jours

Victor Oxley et Jack Ryan Jr. attendirent une heure avant d'entamer l'interrogatoire de l'homme de main des Sept Géants. Ryan avait plusieurs fois incité l'Anglais à s'y mettre mais Oxley ne cessait de répéter qu'il voulait laisser le jeune homme mariner dans la salle de bains quelques instants encore. Il se retrouvait détenu dans une position inconfortable, sans bien savoir où il était ou ce qui se passait et, expliqua Oxley, lui donner le temps de réfléchir à son sort était une procédure traditionnelle lors de l'interrogatoire d'un élément hostile.

Jack pensait qu'il était tout aussi probable qu'Oxley voulait rester peinard à déguster son whisky le plus longtemps possible, c'est pourquoi il essayait de gagner du temps avec tout son baratin sur les procédures.

Jack pour sa part se leva, déclarant qu'il allait ouvrir le bal en posant au gars deux ou trois questions, mais Oxley réussit à le persuader d'attendre encore un peu.

« Écoute, vieux, on ferait mieux de s'en remettre à la technique du “bon flic, sale flic” et pour ça, je veux débuter avec le sale flic, et en l'occurrence, ce sera moi. »

Oxley posa son mélange whisky-Coca sur le sol en béton de l'étroit balcon, se leva sans ajouter un mot et retourna à l'intérieur. Jack le suivit et il vit l'homme ôter son chandail, révélant un large dos couvert d'autant de tatouages que Jack en avait découvert sur son torse. Oxley jeta le chandail sur le lit, puis il prit quelques lentes inspirations comme s'il essayait de retrouver une posture mentale oubliée depuis longtemps. Ensuite, il se dirigea vers une petite table en bois installée dans le coin avec une chaise. Avec une aisance surprenante, ce presque sexagénaire cassa l'un des pieds de la chaise dans un craquement sonore, puis il se retourna vers Ryan.

« On a besoin de savoir qui l'a envoyé et pourquoi. Autre chose ?

— Vous ne voulez pas que j'entre avec vous ?

— Non, mec. J'y vais seul. »

Ryan devina ce qu'Oxley s'apprêtait à faire. Il observa : « Écoutez, je vous sais gré de vouloir me tenir à distance de tout ce qui pourrait nous compromettre, moi ou mon père, mais je peux vous assurer qu'au point où nous en sommes, j'y suis déjà jusqu'au cou. »

Oxley contempla Jack quelques instants, puis il répondit : « Mon gars, je me contrefous de vous compromettre, toi ou ton putain de papa. C'est vraiment une salle de bains riquiqui et si je dois commencer à bouger, il n'y aura pas de place pour nous deux.

— Oh, OK.

— Alors pourquoi ne serais-tu pas un gentil garçon en allant examiner son téléphone, voir s'il contient des réponses que je ne pourrais pas lui soutirer ? Et tant que tu y seras, monte le volume de la télé.

— OK, mais Ox… je me fiche que vous le tabassiez… mais ne le tuez pas. »

Oxley acquiesça ; son visage avait pris une expression neutre dès l'instant où il avait ôté son chandail pour dévoiler à nouveau l'ancien pensionnaire d'un goulag soviétique. Il remarqua : « J'ai appris quelque chose, il y a bien longtemps, un truc que tu ferais mieux de ne jamais avoir à apprendre par toi-même. Survivre est bien plus douloureux que la mort. Crois-moi, je ne rendrai pas à ce connard le service de lui rompre le cou. »

Oxley pénétra dans la salle de bains et referma la porte sur lui.

Il en ressortit vingt minutes plus tard. De son côté, Ryan avait occupé ce temps à retranscrire les numéros du téléphone mobile du Russe. Toutes ses communications étaient avec l'étranger mais Ryan ne les avait pas encore examinées en détail. Il n'avait pas non plus tenté d'appeler l'un des numéros. La liste de contacts était en cyrillique mais, même si Ryan pouvait aisément déchiffrer l'alphabet, ce n'était qu'une série de prénoms qui ne lui révélaient pas grand-chose.

Pendant que Ryan était occupé à recopier les numéros et à consulter l'historique des textos, il avait entendu plusieurs gémissements étouffés et deux cris stridents venir de la salle de bains.

Le front de Victor Oxley était couvert de sueur. Il avait une bonne trentaine de kilos en trop mais Jack nota pour la première fois que ses épaules, ses bras et ses pectoraux, bien que recouverts d'une épaisse couche de graisse, gardaient encore une impressionnante masse musculaire. Il évoquait pour Jack plus un boxeur vieillissant qui s'était laissé aller qu'un pilier de bistrot totalement sédentaire.

« Comment est-il ? » demanda Jack.

Oxley ne répondit pas d'emblée. Au lieu de cela, il gagna simplement le balcon, prit un peu l'air frais et récupéra sa bouteille. Il prit également une bouteille de bière, puis il réintégra la chambre, ouvrit la porte de la salle de bains et fit rouler la bouteille à l'intérieur.

Il referma la porte, se dirigea vers le lit et se laissa choir pesamment sur le dos.

Enfin il répondit à Ryan. « Il va bien. On s'est entendus comme larrons en foire. Il s'appelle Oleg.

— Vous n'avez pas eu à le tabasser ?

— Ben, juste pour les présentations. Après ça, il a chanté comme un canari.

— Et ?

— Il est membre des Sept Géants. Il n'est en Angleterre que depuis trois jours, il est arrivé avec un passeport ukrainien obtenu de contacts de sa mafia à Kiev.

— Kiev ?

— Oui. Il travaille pour un Russe dénommé Gleb la Balafre. Gleb est *vory*[1].

— L'équivalent russe d'un homme d'honneur, c'est ça ?

---

1. La dénomination complète est « *Vory v zakone* » qui signifie littéralement : « voleur suivant le code d'honneur ».

— Tout juste. Les copains de Gleb à Kiev avaient ordonné à d'autres collègues de te filer, ils étaient dessus depuis plusieurs semaines, dit Oleg. Il n'a pu les nommer ou les décrire. » Oxley haussa les épaules, but une lampée de bière. « Et je le crois volontiers. Il n'a rien caché. Toujours est-il que lui et les deux autres que nous avons rencontrés aujourd'hui dans mon appartement sont venus à Londres avec ordre de prendre le relais d'une autre équipe qui te filochait. Rien de plus. Mais juste après leur arrivée, tu les as surpris en te rendant à Corby. L'un des chauffeurs l'a signalé à sa hiérarchie à Kiev et, d'un seul coup, on a vu une autre bande de gros bras des Sept Géants débarquer de Kiev avec de nouvelles instructions.

— Quelles instructions ?

— Tu devais te prendre une bonne raclée, genre mâchoire fracturée, enfin de quoi te renvoyer chez toi en Amérique, la queue entre les jambes. Moi, de mon côté, ils savaient qu'ils n'allaient pas se débarrasser de moi aussi facilement. Alors ils avaient ordre de me liquider.

— Pourquoi ? »

Oxley ricana, un grondement sourd qui fit vibrer les ressorts du matelas bon marché. « Laisse-moi t'expliquer quelque chose, fils. Oleg n'est pas dans le secret des dieux. On lui donne une photo et une adresse, il y va et fait son boulot sans se poser de questions sur le pourquoi des choses. »

Jack rumina cette remarque. « Donc, ils en avaient après moi avant même que je fasse votre connaissance.

— Comme je le soupçonnais. C'est toi qui me les a mis sur le dos.

— Ça doit avoir un rapport avec Malcolm Galbraith.

— Qui c'est, ça ?

— Un gars qui s'est fait baiser d'un milliard de dollars en Russie. Je travaille pour lui. Enfin, jusqu'à ce qu'on me change de poste. »

Oxley but un coup sans répondre, allongé, la tête calée sur les oreillers.

Jack s'étonna : « Vous n'avez jamais entendu parler de Galbraith ? »

L'Anglais fit non de la tête.

« Et Gleb la Balafre ?

— Pas avant maintenant. »

Jack réfléchit encore. « Connaissez-vous un dénommé Dmitri Nesterov ? »

Il fit non de la tête. « Qui c'est, celui-là ?

— C'est l'escroc qui a détroussé Malcolm Galbraith. Il appartiendrait au FSB. »

Oxley haussa les épaules et but une nouvelle lampée. Le gros bonhomme avait l'air un peu parti, ce qui était prévisible. Jack n'était pas abstinent, mais il se rendit compte qu'il aurait piqué du nez depuis longtemps s'il avait descendu autant de gnôle.

« Il faut que je parle avec mon père, dit Jack, et aussi avec mon patron. Peut-être qu'ensemble on pourra reconstituer le puzzle.

— Qu'est-ce que ce cher vieux papa va dire quand il apprendra que t'as fait le coup de feu avec la mafia russe ? »

La perspective avait accaparé l'esprit de Jack ces dernières heures. C'était un problème, mais il avait largement passé le point où il pouvait encore protéger son père d'un éventuel scandale. Il répondit : « Il me demandera de rentrer aux États-Unis dès qu'il aura eu vent de ce qui s'est passé. » Jack marqua un temps pour réfléchir. « Je vais attendre pour le moment, et j'appellerai papa dès que j'en saurai un peu plus sur ce qui se passe.

— Il ne va pas être ravi. »

Jack se contenta de hausser les épaules. Ça le culpabilisait de devoir perpétuellement inquiéter ses parents avec l'existence qu'il menait mais, à coup sûr, il avait une certitude : celle de ne jamais laisser ce vieux Rosbif l'amener sur le terrain de discuter de ses relations familiales. Il changea donc de sujet : « Qu'est-ce qu'on va donc faire de votre vieux pote Oleg ?

— On va le laisser partir.

— Partir ? Vous êtes cinglé ?

— Peut-être bien, mais si tu y réfléchis, que peut-on vraiment faire de lui ? On est deux mecs qui viennent d'en refroidir quatre autres aujourd'hui, pas vrai ? »

Jack ne dit rien.

Oxley poursuivit : « Écoute, on le remet aux flics, et aussitôt, ça devient beaucoup plus compliqué pour toi. On le lâche dans la nature, et tu n'as pas besoin d'admettre que t'étais là-haut à Corby.

— Et la voisine de palier, dans tout ça ? Elle m'a vu.

— Myope comme une taupe, et à moitié sourde par-dessus le marché. Elle ne serait pas fichue de t'identifier comme blanc, noir, rouge ou vert, crois-moi.

— Mais si on laisse partir Oleg, comment être sûr qu'il ne va pas revenir et tenter à nouveau de nous tuer ? »

Ox rigola. « J'aimerais bien le voir essayer avec les deux bras cassés. »

Jack mit lentement la tête entre ses mains. « Vous lui avez cassé les bras ?

— Putain, j'suis pas un abruti, Ryan. Ce type est dangereux. Il ne va pas sortir d'ici en parfait état de marche.

— Et comment est-il censé boire cette bière que vous lui avez passée ? »

Nouveau rire de Victor. « Pas mon problème, pas vrai ?

— OK, dit lentement Jack. J'imagine qu'Oleg a son bon de sortie. Mais si ce Gleb la Balafre a envoyé une demi-douzaine de types à nos trousses, je suppute qu'il peut nous en expédier une demi-douzaine d'autres. »

Ox opina. « On peut parier sans grand risque que cette ville grouille de tueurs des Sept Géants.

— Pourquoi ne viendriez-vous pas avec moi ? Vous seriez en sécurité. Je peux en parler à Sandy et voir s'il a une idée sur l'identité de ce fameux Gleb la Balafre. Castor, aussi. Il est possible que leurs chemins se soient croisés dans le… »

Victor Oxley se redressa sur le lit. Ses yeux étaient redevenus brillants ; s'il avait été sous l'influence de l'alcool, celle-ci avait apparemment disparu. « Qu'as-tu dit ?

— J'ai dit qu'il faudrait que j'en parle à Sandy. Sandy Lamont. C'est mon patron.

— Non, l'autre mec.

— Oh… Castor ? Hugh Castor. Il dirige Castor and Boyle, le cabinet de consultants où je travaille. »

Oxley descendit du lit, se redressa et s'approcha de Ryan. Il le domina, menaçant.

« Qu'est-ce qui se passe ?

— Tu m'as demandé si je connaissais tout un tas de gens, tu ne m'as pas demandé si je connaissais Hugh Castor.

— OK. J'en déduis que vous connaissez Hugh Castor. »

Oxley serrait la bouteille de toutes ses forces. « Redis-moi, fils. Comment se fait-il que tu me connaisses ?

— Je vous l'ai dit. Votre nom de code. Je vous ai montré où Bedrock était inscrit dans le dossier.

— Ouais, tu l'as fait. Mais qu'est-ce qui me garantit que ce n'est pas Castor qui t'a envoyé ?

— Envoyé ? Pour quoi faire ? » Le jeune Américain voyait bien qu'en mentionnant le nom de Castor, la confiance d'Oxley, qu'il avait lentement commencé à gagner, était sur le point de s'effriter. « Que représente Castor pour vous ?

— C'est mon agent traitant au Cinq. »

Ryan fit des yeux ronds. « Oh, merde. »

Oxley se contenta de fixer Ryan sans rien dire. Jack voyait bien que son aîné cherchait dans ses yeux quelque signe de trahison.

« Je n'en savais rien. » Jack se leva. « J'ignore ce qui s'est passé entre vous mais il ne m'a jamais mentionné votre nom. J'ai essayé de trouver un lien entre mon travail chez C&B et vous, et maintenant, j'imagine que je l'ai trouvé. » Il passa une main dans ses cheveux coupés court. « Mais je ne sais fichtre pas ce que tout ça signifie. »

Oxley se détourna. « Moi non plus. »

Jack voyait bien que l'homme était sous le choc. Son visage avait rougi, mais Jack n'aurait su dire si c'était la colère ou le whisky.

« Qu'est-ce qui s'est passé entre vous, Ox ? »

Oxley se contenta de hocher la tête.

Ryan comprit que ce n'était pas le moment d'insister. « OK. Je comprends. Mais écoutez-moi. Je veux dévider cet écheveau. Mon père m'a envoyé ici pour en savoir plus sur vous, voir si ça pouvait nous aider à relier Talanov aux meurtres de Zénith. Vous avez vos théories, vos souvenirs à propos d'une histoire que vous avez entendue, mais ça ne constitue pas des informations exploitables. J'ai besoin de creuser un peu plus, et pour ça, il me faut vraiment votre aide. »

Oxley s'était rallongé sur le lit et remis à boire. Son regard était lointain, mais Ryan suspectait que c'était dû à l'afflux des souvenirs, pas à l'alcool. Oxley lui demanda : « Quelle aide ?

— J'ai besoin de savoir où vous avez pour la première fois entendu le nom de Talanov. »

Oxley cligna des yeux. Une fois encore, il apparut manifeste à Ryan qu'il y avait une douleur immense dans cette masse de souvenirs.

Il commença sa narration, lentement : « Ça doit remonter à 1989, dans ces années-là, j'imagine. Le temps ne signifiait rien. J'étais à Syktyvkar, un goulag dans la République des Komis. Personne là-bas ne savait que j'étais anglais. Et certainement pas que j'étais un agent du MI5. J'étais juste un *zek* parmi d'autres.

— *Zek ?*

— C'est l'abréviation de *zaklioutchonii kanaloarmeets*[1]. Un prisonnier du goulag. Toujours est-il que j'étais dans le système carcéral depuis déjà pas mal d'années. J'avais eu largement le temps de me faire des contacts. À vrai dire, j'étais même carrément populaire. Je m'y connaissais suffisamment en médecine de guerre pour maintenir quelques autres *zeks* en bonne santé, et de mon côté j'étais en assez bonne forme, malgré tout ce que j'avais subi, pour être le gars qu'on aimait bien avoir dans son équipe de travail. Là-bas, c'est sacrément important.

— J'en suis sûr.

— Cela dit, j'étais toujours en mission, pour ce qui me concernait. Tous les jours, j'essayais de soutirer des informations aux types autour de moi. Je pensais m'évader un jour, putain, j'y croyais vraiment, sans doute parce que je serais devenu cinglé si je n'avais pas gardé une lueur d'espoir. Quoi qu'il en soit, je travaillais tous les prisonniers sur qui je mettais la main comme s'ils étaient soit une source, soit un agent. Les détenus en savent, des choses, Ryan. Au bout de plusieurs années, j'avais déjà récupéré les noms et la situation géographique de la plupart des installations militaires secrètes d'URSS. Tout ça ne fit pas la moindre différence au bout du compte, mais comme j'ai dit, tant que je menais une existence d'agent opérationnel, même au goulag, j'avais une vie, j'avais de l'espoir. »

1. Littéralement « détenu du canal », parce que l'un des premiers goulags dans les années trente était celui des ouvriers du creusement du canal mer Blanche-Baltique.

Ryan acquiesça pensivement. « Je comprends ce que vous voulez dire.

— Un jour que je mange mon souper, je surprends une conversation entre deux *zeks*. Le premier type commence à raconter sa journée. Il dit qu'il passait la serpillière sur le sol de l'infirmerie quand on a amené un prisonnier d'un autre bloc. Le gars présentait les symptômes classiques de la typhoïde : saignements de nez, fièvre, délire. C'était un mec baraqué, encore en forme. Il n'avait pas de tatouages, donc il ne devait pas être au goulag depuis longtemps.

— Continuez.

— Ce type me dit que le gars s'est mis à délirer à propos du KGB.

— Comment ça, du KGB ?

— Qu'il était un agent du KGB… et voilà qu'il commence à dire au médecin de passer un coup de fil pour en avoir la confirmation, il lui donne son nom, qui ne correspondait pas à celui inscrit sur sa fiche.

— L'ont-ils cru ?

— Putain, non. J'ai probablement dû moi aussi dire à quelqu'un que j'étais du KGB, à un moment ou un autre durant ma détention. Les prisonniers mentent, Ryan. Une fois, j'ai croisé un gars qui prétendait être Youri Gagarine. Bien entendu, dans son cas, c'était moins un mensonge qu'un fantasme, car je pense qu'il le croyait.

— Revenez à votre gars du KGB, Ox.

— Oui, t'as raison. Donc ce mec en plein délire raconte qu'il est du KGB et qu'il est au goulag dans le cadre d'une mission. Tout le monde rigole, évidemment, puis il se met à raconter qu'il était para lors de la prise du palais présidentiel à Kaboul au premier jour de la guerre d'Afghanistan. Il prétend qu'il a ensuite intégré le GRU, le renseignement militaire, toujours en Afghanistan. Moi je continuais de manger ma soupe tout en écoutant le mec, bien sûr, mais ce n'est pas avant que ce type ait dit au docteur de contacter un numéro à Moscou pour signaler que Zénith réclamait une extraction d'urgence que j'ai compris que j'étais tombé par hasard sur un fragment de ma propre histoire. »

Ryan était fasciné par le récit. « Que lui est-il arrivé ?

— Comme je t'ai dit, personne ne l'a cru mais il s'est montré suffisamment persuasif pour qu'une des infirmières décroche le téléphone. Tu dois comprendre, chacun a dû se dire “C'est sans doute dû à la fièvre, mais s'il y a une chance sur mille qu'il soit ce qu'il dit, alors on ferait bien de téléphoner”, parce que tous ceux qui travaillaient à cette infirmerie seraient passés par les armes s'il s'avérait que l'histoire se tenait et qu'ils n'avaient rien fait.

— Exact.

— Donc, l'infirmière appelle, le gars à l'autre bout du fil dit qu'il n'a pas la moindre putain d'idée de ce qu'elle raconte, et il raccroche. Tout le monde se dit que c'est la fin de l'histoire. Ils décident que le gars sur la civière nageant dans son vomi, son sang et sa merde n'a qu'une maigre chance de survivre, et ils roulent le brancard dans un coin, comme ils l'auraient fait de n'importe quel autre *zek*. »

Ryan comprit que ce n'était pas la fin de l'histoire. Il attendit, le cœur palpitant, qu'Oxley lui raconte la suite :

« Cinq minutes plus tard, je suis dans la cuisine et me verse du sel dans un verre d'eau chaude. Je l'engloutis à toute vitesse et quelques secondes après, je dégobille dans le réfectoire. On m'emmène fissa à l'infirmerie. »

Ryan était impressionné. « Qu'est-ce que vous avez vu ?

— Je n'ai pas vu Zénith, hélas. J'étais entravé sur mon lit. mais j'ai parfaitement entendu ce qui se passait. Les camions sont arrivés aux alentours de minuit. C'était un transfert de prisonniers réguliers, ce n'était pas le KGB mais le ministère des Prisons. Ils avaient les papiers pour emmener l'autre *zek*. J'ai entendu le raffut quand ils ont poussé le brancard. Plus tard cette nuit, un type avec une serpillière s'est approché de mon lit. Je lui ai proposé toute la nourriture que j'avais réussi à accumuler dans ma cellule pour qu'il me raconte ce qu'il avait vu et entendu dans la journée. Il m'a dit que le *zek* malade de la typhoïde avait dit s'appeler Talanov.

— Oh mon Dieu, murmura Ryan.

— Le fourgon cellulaire s'était pointé avec des médecins à l'arrière, prêts à le prendre en charge. Ça ne ressemblait pas vraiment à un transfert de prisonnier ordinaire. » Oxley haussa les épaules. « Le temps que ce gars me narre ce récit, le *zek* nommé Talanov qui prétendait être un agent du KGB baptisé Zénith était loin de Syktyvkar. »

Ryan croyait à cette histoire, ou du moins, il croyait qu'Oxley y croyait.

Oxley le fixait maintenant avec insistance. Jack lut dans ses yeux encore un reste de défiance, mais il avait également l'impression qu'Oxley ne savait plus trop quoi faire. Il ne pouvait plus rentrer chez lui. Au bout d'un moment, il ajouta : « Je vais rester encore un peu dans le coin, Ryan. Mais je te surveille. Pigé ?

— Pigé.

— Quelle est notre prochaine étape, alors ?

— On libère l'autre connard dans la salle de bains, on le laisse là, on remonte en voiture et on file ailleurs. Je ne sais pas encore où, mais on improvisera. Une fois arrivés, j'appelle un pote qui pourra me dire tout ce que je veux savoir sur tous les numéros du téléphone d'Oleg. Ça devrait aider.

— Ça m'a l'air d'un pote rudement utile.

— Il a ses bons côtés. »

69

Eric Conway et Andre Page rejoignirent leur hélicoptère à cinq heures du matin. Ils étaient debout depuis plus d'une heure déjà, à boire du café tout en examinant les cartes météo au centre des opérations de vol. Conway avait passé un peu plus de temps que d'habitude au service météo parce qu'un brouillard épais était tombé sur Tcherkassy et des cellules orageuses menaçaient au nord. À surveiller, mais c'était les conditions du combat ; ça n'affecterait pas leur départ prévu pour six heures du matin.

Même s'il y avait une guerre qui se déroulait quelque part, ici, tout semblait calme et paisible. La plupart des forces terrestres ukrainiennes de la base étaient parties vers la ligne de front dès que les premiers combats avaient éclaté, laissant derrière elles la compagnie d'hélicoptères de reconnaissance multitâches américains, la force de sécurité des rangers et le centre opérationnel interarmes de Midas.

Quatre des huit Kiowa noir mat de la compagnie Bravo étaient déjà dans les airs en soutien des hélicoptères d'attaque ukrainiens Mi-24 engagés contre les unités d'infanterie proches de la base aérienne de Tchouhouïv, à une demi-heure de vol vers l'est.

Ces OH-58 seraient utilisés pour effectuer des tirs laser de guidage sur des cibles placées à des positions où les forces spéciales ou les commandos Delta n'étaient pas disponibles. Leur travail serait ni plus ni moins dangereux que le vol prévu aujourd'hui pour Conway et Page, excepté que les deux hommes traverseraient une zone de combat sans le moindre missile de défense.

Loup Noir Deux Six embarquait quatre missiles Hellfire sur ses pylônes latéraux, c'était tout. Ils avaient envisagé d'opérer avec une paire de Stinger sur un pylône et une de Hellfire sur l'autre, mais Conway décida de se fier aux systèmes de contre-mesures perfectionnés de sa machine en plus du radar et de renoncer aux capacités air-air pour s'offrir une double dotation air-sol.

Ils terminèrent la préparation pré-vol à l'extérieur de l'hélico et chaque homme longea de son côté la carlingue de l'appareil. Puis ils s'immobilisèrent devant les portes d'embarquement, coiffèrent leur casque, attachèrent leur kit de communications et décrochèrent les fusils M4 suspendus à leur cou. Il leur était impossible de voler avec un flingue ballottant sur la poitrine, aussi rangèrent-ils leurs armes sur le tableau de bord, au-dessus des panneaux d'instruments ; elles seraient ainsi en permanence à portée de main au cas où ils auraient à tirer par les flancs ouverts du petit hélico.

Deux carabines et quelques grenades à fragmentation, ce n'était pas grand-chose comparé aux quatre missiles anti-blindage chargés à l'extérieur, mais les fusils de combat leur avaient déjà été bien utiles. Deux ans plus tôt, en Afghanistan, ils étaient en mission de soutien aérien rapproché pour un groupe de fantassins néerlandais de la coalition en danger d'être submergés par les talibans sur un flanc de coteau. Ils avaient lancé toutes leurs roquettes Hydra de soixante-dix millimètres contre une position ennemie, éliminant la menace, mais presque aussitôt après, une roquette avait transpercé le pare-brise de leur OH-58. Conway avait repéré l'origine du tir, donné la position à son copilote, puis pivoté de quatre-vingt-dix degrés. Il avait alors continué à voler de biais vers la menace tandis qu'Andre visait avec sa M4 et vidait un chargeur entier sur les servants du lance-roquettes, tuant les deux hommes avant qu'ils aient pu tirer à nouveau, soit sur l'hélicoptère, soit sur les troupes néerlandaises dans la vallée.

Les deux jeunes adjudants regagnèrent Djalalabad en se congratulant mais Page avait presque déprimé au retour de la salle de préparation après qu'il fut manifeste que la caméra de tir du Kiowa n'avait pas enregistré l'exploit pour la postérité car, vu sa position, elle visait vers l'avant et non vers le flanc de l'hélico.

Les deux hommes savaient que cette campagne en Ukraine n'aurait guère de similitude avec ce qu'ils avaient pu vivre du côté de « Dja-bad ». L'armée russe, avec son aviation et ses missiles à longue portée, sans compter les hélicoptères d'attaque perfectionnés et les chars T-90 dernier cri, faisait passer les talibans pour des amateurs.

Alors qu'ils se préparaient à décoller en ce petit matin brumeux, chacun des deux hommes parcourut sa liste de contrôle, pour inspecter tour à tour les divers systèmes de leur machine ; Conway se concentrait sur l'avionique et son système de contrôle de vol Sperry, tandis que Page inspectait les caméras, l'ordinateur de conduite de tir, le dispositif de ciblage laser monté sur mât et les systèmes de sauvegarde.

Les deux hommes testèrent les communications, puis tous deux se palpèrent pour vérifier l'ensemble de leur équipement de survie.

Un peu avant six heures du matin, leur chef d'équipage leva le pouce dans leur direction et Conway fit démarrer la turbine Rolls-Royce. Il y eut un sifflement suraigu durant dix secondes avant que le rotor principal ne commence à tourner et il fallut plus d'une minute au moteur Allison pour transférer suffisamment de puissance au rotor principal et au rotor de queue pour permettre à l'appareil de décoller. Une autre liste de contrôle fut cochée ; à présent Page communiquait par radio avec le chef d'équipage, discutant des possibilités d'un retour précipité sur la plate-forme d'envol pour venir récupérer d'autres Hellfire en cas de grabuge.

Le chef lui garantit qu'il serait prêt à les accueillir à leur retour, que ce soit dans quatre heures ou dans quatre minutes.

À six heures pile, Eric Conway pressa la palette de son micro. « Loup Noir Deux Six, base Tcherkassy, à vous ?

— Base Tcherkassy, Loup Noir Deux Six.

— Loup Noir Deux Six, paré à décoller. »

L'officier de contrôle de vol donna le feu vert à l'OH-58 pour le décollage cap vers le sud et le zinc noir s'éleva lentement dans la brume du matin.

Ils n'étaient qu'à quelques centaines de pieds d'altitude quand parvint dans leurs casques une transmission du PC opérationnel, entité différente du PC de vol de la compagnie Bravo.

« Loup Noir Deux Six pour Warlock Zéro Un. Est-ce que vous copiez ? »

Conway et Page savaient que c'était Midas qui communiquait sur le réseau. Il dirigeait le PC op interarmes mais, dans la grande tradition d'obscurcissement de l'armée, son indicatif radio était différent de son indicatif hiérarchique.

« Warlock Zéro Un, je vous reçois cinq sur cinq. Nous sommes en vol vers le point de passage Alpha. Passage estimé à un-neuf, à vous.

— Compris, Deux Six. Dirigez-vous vers point de passage Golf et signalez-vous. À ce point, je n'ai pas de cibles pour vous, donc vous devrez rester en stand-by sur place, bien reçu ?

— Loup Noir Deux Six, copié cinq sur cinq. »

Conway poussa la manette de pas cyclique et augmenta le pas collectif ; l'appareil monta à travers le brouillard, cap sur la Crimée.

« Pas envie de raser les arbres dans cette soupe de pois ? plaisanta Page.

— Tu connais le dicton : "La vitesse, c'est la vie, mais l'altitude c'est l'*assurance*-vie." »

La mission d'aujourd'hui n'était pas définie. Leur tâche première était de recueillir des renseignements sur le champ de bataille pour le commandant de la force mais Conway savait qu'à tout moment Midas, alias Warlock Zéro Un, ou quel que soit son putain d'indicatif, pourrait leur ordonner de se porter en soutien de l'un ou l'autre parmi la douzaine de commandos d'opérations spéciales américains et britanniques engagés dans l'opération Tapis de charbons ardents.

Alors qu'ils sortaient de la couche de brouillard, ne voyant rien d'autre que le ciel bleu et de verts pâturages dans le lointain, une série de transmissions crépita dans leur radio. Deux des Kiowa proches de la BA de Tchouhouïv avaient localisé des cibles évoluant sur une route pavée reliant deux bourgades. Les Warrior étaient en cours de désignation laser pour un escadron de Mi-24 Hind ukrainiens et leurs échanges donnaient aux deux hommes de Loup Noir Deux Six envie d'entrer eux aussi dans la danse.

Le gros des combats s'était jusqu'ici déroulé dans les oblasts – les provinces – de Donetsk et Louhansk, et les hélicos américains avaient ordre de rester en dehors de ces zones, même si plusieurs commandos Delta opéraient à Donetsk, avec pour tâche unique de ralentir la progression des Russes.

Plus d'une heure après son envol, Loup Noir Deux Six survolait à basse altitude la nationale E50 à l'est de la grande ville industrielle de Dniepropetrovsk. La route était encombrée de véhicules civils qui quittaient Donetsk par l'est ; la plupart sinon tous semblaient être surchargés d'objets de valeur et d'effets personnels.

Conway parla dans l'interphone : « Eh, Dre, j'ai lu que plus de quatre-vingts pour cent des gens du coin sont, à un degré ou à un autre, alliés des Russes.

— Pas faux.

— Dans ce cas, pourquoi diantre tout le monde détale-t-il ? Ils devraient être contents de voir les Russes arriver, non ?

— Ils peuvent être ravis de les voir venir pour les libérer, ou que sais-je, mais ça ne veut pas dire pour autant qu'ils ont envie de rester à regarder quand ils vont en découdre. C'est qu'ils vont devoir s'empoigner un bout de temps avant que toute cette question soit résolue. »

Conway s'apprêtait à répondre quand le PC se manifesta dans leurs écouteurs pour les diriger vers un point situé à quinze minutes pile à l'est de leur position. Conway accusa réception et prit de la vitesse et de l'altitude, abandonnant le survol de la route surchargée pour se diriger vers des collines boisées.

Durant leur vol, Midas leur fournit un complément d'information :

« Loup Noir Deux Six pour Warlock Zéro Un, paré pour rapport de situation. » Il y eut une brève pause, puis Midas annonça : « Le commando Frito a repéré deux positions de BM-30 au sud-est de Mejhova. Ils n'ont pas réussi à trouver localement des forces ukrainiennes pour les engager et les forces rouges seront à portée de tir de centres de population importants d'ici une heure. »

Conway et Page savaient l'un et l'autre que le BM-30 était un lance-missiles russe capable de tirer simultanément jusqu'à une douzaine de roquettes de 300 millimètres avec une portée de quatre-vingts kilomètres. Chaque engin était normalement accompagné de plusieurs véhicules de soutien. C'était une arme puissante et le fait que désormais quatre d'entre elles aient été rassemblées à portée de tir de la ville de Dniepropetrovsk augurait mal du sort des forces ukrainiennes dans et autour de cette agglomération. Les militaires ukrainiens avaient également une base avancée d'hélicoptères à proximité, en plus de la plus importante base militaire de l'oblast, celle-ci située juste de l'autre côté de la ville, et l'un et l'autre site constitueraient des cibles parfaites pour les lance-roquettes multiples.

Page activa la radio pour avoir plus d'informations sur leurs cibles. « Pouvez-vous relever d'autres forces rouges aux abords du site ? » Andre voulait savoir s'ils allaient rencontrer des troupes au sol, des chars, des hélicos ou d'autres armes susceptibles d'abattre le Kiowa.

« Warlock Zéro Un. L'AWACS n'indique aucun ennemi dans le secteur. Frito indique des véhicules de transport de troupes et de multiples affûts mais aucune batterie anti-aérienne.

— Bien reçu, dit Page avant de se tourner vers Conway. Mec, quelles sont les chances que les Russkofs soient en train d'installer deux bonnes grosses batteries de missiles lents non guidés sans aucune protection contre une attaque aérienne ?

— Pas la moindre, confirma Conway. On va les engager à distance maxi et en nous exposant le moins possible.

— Ça me paraît un bon plan », dit Andre qui entreprit illico d'apprêter son système de visée multifonction en vue de l'engagement à venir.

Avant d'arriver en station huit kilomètres à l'ouest de l'emplacement du BM-30, Loup Noir Deux Six fut mis en contact radio direct avec Frito Actual, le chef du commando du 10e groupe de forces spéciales dans le secteur. L'ordinateur de conduite de tir de Page lui montra la position des forces amicales, dites « bleues », tandis que Frito lui livrait les toutes dernières informations sur les menaces dans le secteur.

Page et Conway examinèrent tous les deux l'affichage défilant de la carte alors qu'ils étaient encore à trente kilomètres de l'objectif, puis Page scruta devant lui avec son viseur monté sur mât, traquant tout signe anormal. Il y avait un certain nombre de petits villages et d'usines à l'écart des faubourgs de la ville mais, pour l'essentiel, la zone était recouverte de forêts. Page remarqua : « Je sais que Frito dit qu'on est tout bon pour ce coup-ci mais je te conseillerais une approche à basse altitude. En se guidant à l'optique. Histoire de les repérer avant qu'ils nous repèrent.

— Bien reçu », confirma Conway.

Loup Noir Deux Six descendit donc jusqu'à quinze mètres à peine au-dessus de la cime des arbres et Conway plongeait même encore plus bas à l'occasion du survol d'une clairière ou d'un cours d'eau. Page avait depuis longtemps l'estomac habitué à ces séances vomitives de montagnes russes dues au vol en rase-mottes, mais quelque part au fond de sa tête, il continuait de penser que Conway effectuait ses manœuvres dans l'unique but de lui retourner les boyaux.

Ils survolèrent une bourgade édifiée autour d'une usine de briques rouges, vaste mais déserte. Au vu de ses trois imposantes cheminées, Conway estima qu'il devait s'agir d'une fonderie. Il descendit jusqu'à dix mètres seulement au-dessus d'un chemin gravillonné passant derrière l'usine, interposant ainsi le bâtiment en briques de deux étages entre lui et la zone de la cible qui était séparée d'eux par près de huit kilomètres encore de forêts et de fermes.

Page était toujours en contact radio avec Frito et il alternait les vues multiples sur la zone de leur objectif. « Je ne suis pas un expert en BM-30, précisa-t-il, mais ces enculés m'ont tout l'air prêts au lancement. »

Conway avait passé son temps à surveiller l'extérieur en visuel. Il y avait suffisamment de gadgets et bidules divers à bord du Warrior pour faire courir le risque aux pilotes de se placer en vol stationnaire et perdre leur temps à absorber des informations au lieu de s'occuper de leur environnement immédiat.

Mais Conway était trop expérimenté pour tomber dans ce piège. Il laissa donc Page se livrer aux préparatifs de l'attaque, tandis que pour sa part il surveillait les champs, les routes, les bâtiments et la crête des arbres autour d'eux, sachant pertinemment qu'en restant en stationnaire au-dessus de ce chemin à bord d'un hélico à la cellule relativement mince, il suffirait de deux soldats russes dans une jeep équipée d'une mitrailleuse pour gâcher totalement cette matinée par ailleurs plutôt agréable.

Il baissa les yeux vers le moniteur de son copilote et reconnut le camions lance-missiles russes. Lui non plus n'était pas un expert en la matière mais ils avaient décidément l'air d'être sur le point de faire pleuvoir à tout moment leurs roquettes sur l'Ukraine.

Page bascula sur la vue de sa propre caméra, installée dans le mât qui surmontait le rotor principal. Le dispositif affectait la forme d'une boule munie de deux « yeux » de verre proéminents, et Andre l'avait surnommé « E.T. ». La nouvelle version du Warrior était en cours de livraison aux unités au pays et Conway avait hâte de mettre la main dessus, alléché qu'il était par tous les perfectionnements apportés à l'engin. Cela dit, le nouveau modèle avait son système de guidage laser et d'acquisition de cible installés dans un pod situé sous les pieds du pilote, ce qui donnerait à l'appareil un tout autre aspect. Eric volait sur E.T. depuis bientôt quatre ans et il regretterait l'allure caractéristique que lui donnait son mât.

Ils se trouvaient toujours derrière le bâtiment de l'usine et Andre ne pouvait donc voir la cible à travers sa propre caméra.

« Bien, Eric, dit-il. Allons jeter un coup d'œil. »

Conway tira le collectif sur la gauche et l'hélicoptère s'éleva lentement. À quinze mètres du sol, le viseur monté sur mât se retrouvait désormais au-dessus du toit du bâtiment en brique situé quarante mètres devant eux, prêt à lorgner leur cible au loin.

Quand Page eut aperçu ce qu'il désirait voir sur son écran, il dit à son pilote : « Bien. Parfait. »

Conway demeura en vol stationnaire.

Page vit les deux cibles installées dans deux champs séparés par un petit cours d'eau ; un pont reliait les deux rives. À côté des deux gros camions avec leurs tubes lance-missiles pointés vers les airs, il y avait une douzaine d'autres camions et de transports de troupes.

« Éléments de défense aérienne ? » demanda Conway.

Page ne pouvait rien distinguer de concluant à cette distance mais il avait la certitude de la présence d'une menace mortelle.

Andre Page savait toutefois qu'il avait une tâche à remplir et que le contribuable américain lui donnait plus de trente-huit mille dollars par an pour aller risquer sa vie à l'étranger, alors il s'efforça de mettre tous ces soucis de côté et répondit : « RAS au sol apparemment. Toujours pas de rouge dans les airs ?

— Négatif. Les menaces les plus proches sont à soixante-dix nautiques en Crimée. Tout est clair, bleu et vingt-deux aux alentours, frangin. »

C'était en jargon de pilotes d'hélico la façon d'annoncer de bonnes conditions de vol.

« Distance à la cible ? » demanda Conway.

Page tira le laser d'acquisition. « Illumination laser. Sept mille six cent quatre-vingt-un.

— Ça te va, comme distance de tir ? »

C'était proche de la portée maximale. Conway pouvait encore rapprocher l'hélico si Andre estimait que l'engagement l'exigeait.

« Mec, le chasseur en moi voudrait être pile au-dessus de la cible. Mais le survivant a tendance à apprécier de rester planqué derrière cette putain de grosse usine en briques.

— Je te reçois cinq sur cinq, frangin. On reste ici pour s'amuser. »

Page transmit dans son casque. « Warlock Zéro Un pour Deux Six. Requérons autorisation de tir de Hellfire. »

Midas répondit instantanément : « Loup Noir Deux Six pour Warlock Zéro Un. Je n'ai aucune force ukrainienne sur zone. Vous êtes clairs pour tirer les Hellfire, à vous.

— Compris, clairs.

— Allons-y », intervint Conway.

Page ignora le pilote ; il savait que les poussées d'adrénaline avaient ce genre d'effet sur son ami mais, pour sa part, il s'enorgueillissait de garder son calme. « Frito Actual pour Loup Noir Deux Six. Je vous signale que nous sommes parés à tirer.

— Bien reçu, Loup Noir. Sommes cent pour cent clairs. Zéro amical sur position cible. Dégommez ces camions lance-missiles et dégagez fissa avant que les hélicos ennemis se lancent à vos trousses.

— Bien reçu. »

Conway glissa le pouce sous le couvercle de l'interrupteur de tir à l'extrémité du manche cyclique.

« Tir dans trois, deux, une… » Il pressa sur le bouton de tir et envoya un missile air-sol vers le premier des deux énormes lance-roquettes mobiles.

« Hellfire tiré », annonça Conway, confirmant ainsi qu'il pouvait constater une bonne propulsion de son missile alors que celui-ci filait vers l'est.

« Soixante-cinq mille dollars partis en fumée », constata Page avec calme. La blague était de lui, pas de Conway, parce que Page était le plus détendu des deux hommes au combat.

Conway n'attendit pas pour observer l'impact sur la cible. À la place, il sélectionna un second missile qu'il tira sur le même objectif. Il aurait pu basculer d'une cible à l'autre mais additionner deux tirs empilés sur la même accroissait les chances de déjouer ses capacités antimissiles.

Le premier Hellfire fut détecté par les alertes laser installées sur le site et des contre-mesures furent aussitôt tirées. L'engin américain fut abattu à soixante-quinze mètres de l'impact par une batterie de défense antimissiles automatique que, ni Page ni Frito n'avaient détectée.

Mais le second Hellfire passa au travers et détona au-dessus du camion lance-roquettes, et même si Conway était au même moment occupé par le compte à rebours de son troisième tir, il s'interrompit quand l'engin disparut dans un éclair blanc.

Il crut d'abord avoir un problème d'affichage et voulut re-régler le moniteur.

Mais dans son casque, il entendit alors : « Deux Six pour Frito Actual. Tir au but. Tir au but. Multiples détonations secondaires. Putain, mec, tu l'as bien épinglé. »

Au même moment, il entendit Page à côté de lui : « Sacré nom d'une pipe. »

Conway leva les yeux. À huit kilomètres de là, une masse noire s'élevait en prenant lentement la forme d'un champignon. Quelques secondes plus tard, une détonation sourde se fit entendre à travers son casque, couvrant même le bruit des rotors au-dessus de lui.

Il lui fallut quelques instants pour réamorcer le tir mais il lança vers l'est son troisième missile.

À cet instant précis, une voix masculine numérisée tonna dans le casque des deux hommes. « Laser ! Laser ! Onze heures.

— Tir sur nous, précisa Page.

— Largage rapide ! » dit Conway et de tirer un autre missile, celui-ci vers le second BM-30.

Simultanément, Conway bascula vers la droite le cyclique tout en pressant sur la pédale gauche, faisant pivoter l'appareil de quatre-vingt-dix degrés. Il le plaça nez vers le bas et l'hélico plongea vers le chemin gravillonné derrière l'usine en briques.

« Contre-mesures », annonça Page ; le Kiowa tira automatiquement des fusées tout en poursuivant sa descente.

À quelques pieds au-dessus du sol, Loup Noir Deux Six se remit en palier et fonça à travers champs.

Moins de cent cinquante mètres derrière, une roquette tirée d'un bazooka percuta l'une des trois cheminées de l'usine, la pulvérisant et projetant des éclats de brique dans toutes les directions.

Conway ne ralentit pas tandis que le second missile atteignait à son tour l'usine dans leur dos. Alors qu'il se retournait sur la gauche pour regarder derrière lui, ses oreilles captèrent une transmission tout excitée de Frito.

« Putain, ouais ! Deuxième cible détruite ! Encore une putain de bombe à neutrons !

— Bien reçu », dit calmement Page.

Il regarda lui aussi de son côté par la porte ouverte. Les signaux d'alarme avaient cessé mais tous deux étaient encore aux aguets, parés à toute menace.

Warlock Zéro Un intervint à son tour sur les ondes : « Loup Noir, sacré beau boulot, mais ils connaissent maintenant votre position. Retournez à la base.

— Bien reçu, confirma Conway, RAB. »

Les deux jeunes gens avaient le cœur qui battait la chamade sous leurs gilets pare-balles alors qu'ils filaient au-dessus de la forêt de bouleaux en direction du nord-ouest. Normalement, ils se congratulaient d'abondance après un engagement réussi mais là, l'un et l'autre étaient perdus dans leurs pensées parce qu'ils étaient conscients d'avoir frôlé la mort.

70

John Clark et son groupe d'agents du Campus avaient consacré toutes leurs journées depuis leur retour de Sébastopol à photographier les gens qui visitaient le huitième étage du Grand Hôtel Fairmont.

Ils avaient recueilli de la sorte une assez spectaculaire galerie de portraits et, pour mettre des noms sur les visages, Gavin Biery avait passé les photos dans un logiciel de reconnaissance faciale, en exploitant les bases de données du SIPRNet de la CIA, les fichiers du service de sécurité ukrainien et des informations en libre accès.

Et pourtant, aucun membre de l'équipe n'avait encore vu Gleb la Balafre lui-même. Il était clair que c'était délibéré. Ils avaient balisé toutes les issues de l'hôtel pour ne pas voir leur échapper un accès clandestin à l'appartement du dernier étage, mais après avoir consacré une journée entière à passer les environs au peigne fin, à surveiller les entrées du personnel, les accès de livraison et l'héliport sur le toit, ils durent bien conclure que Gleb ne se montrait pas dans les parages. Et il ne résidait pas non plus sur place.

Clark avait transféré sa base dans encore une nouvelle planque. C'était un appartement plus petit, à deux rues seulement du Fairmont, qui appartenait à un ami d'Igor. Le propriétaire avait fui la ville avec femme et enfants quand la guerre avait débuté dans l'Est, par crainte de voir les Russes filer droit sur Kiev ; voilà qui donnait à Clark et compagnie un point de chute sûr avec une salle de séjour dont la fenêtre leur offrait une bonne vue sur l'hôtel et, avec leur équipement photographique, ils pouvaient obtenir des images exploitables de tous ceux qui entraient et sortaient de l'immeuble.

Un balcon du huitième était également dans leur champ visuel et ils pouvaient y voir deux vigiles armés, présents vingt-quatre heures sur vingt-quatre. Les hommes étaient dotés de fusils à lunette de précision Dragunov, mais aussi de jumelles. Ils surveillaient les alentours, cherchant des guetteurs, aux aguets d'une menace, mais ceux du Campus avaient masqué toutes les fenêtres de l'appartement de papier noir, à l'exception d'un petit trou à travers lequel positionner leurs appareils photo.

Clark et son équipe avaient fouillé les lieux à la recherche de micros cachés et n'avaient rien découvert de suspect. Le FSB n'avait pas placé sous surveillance tous les logements de la ville, bien entendu, et l'ami de Kryvov n'était pas classé comme un risque pour la sécurité, ni par les Ukrainiens, ni par les Russes.

Aussi en sécurité que pussent s'imaginer les personnels du Campus dans leur nouvel antre, ils se sentaient en revanche de moins en moins tranquilles dans les rues de la cité. Ces trois derniers jours, plusieurs agents de police ou fonctionnaires gouvernementaux, et même un espion du SSU, avaient été tués dans le rues de Kiev. Le programme d'une chaîne de télévision nationaliste avait été interrompu par l'explosion d'une bombe à la soude caustique qui avait rendu l'atmosphère des studios corrosive et une station de radio qui avait protesté contre l'agression russe dans l'est du pays avait été incendiée et contrainte de cesser d'émettre.

Il était presque huit heures du soir et Gavin était assis sur le divan dans la planque. Devant lui, sur la table basse, étaient posés plusieurs transmetteurs GPS auto-adhésifs, leur compartiment à piles ouvert. Clark et lui s'affairaient à remplacer celles-ci, une tâche ennuyeuse mais nécessaire, rendue un peu plus difficile pour Clark car presque tous les os de sa main droite avaient été brisés l'année précédente.

Alors qu'ils travaillaient en silence, le mobile de Gavin se mit à sonner ; il ne regarda même pas l'écran avant de répondre. « Ouais ?

— Eh, Gav, c'est Jack.

— Ryan ! Content de t'entendre. Comment ça se passe, dans la riante Albion ?

— Pas aussi riante que je le souhaiterais, pour tout te dire.

— Non ? Eh bien, tu devrais voir comment c'est par ici. Les rues à feu et à sang, des assassinats, des attentats à la bombe, des espions, des voyous, des mafieux, la totale. »

Il y eut un silence au bout du fil. « Gerry a transféré Hendley Associates dans la capitale ? »

Rire de Gavin. « J'imagine que t'es pas au courant. Nous sommes à Kiev.

— Vraiment ? Je n'avais aucune idée. Qu'est-ce que vous fichez là-bas ?

— Tu connais la rengaine. De l'espionnage.

— D'accord. Est-ce que tout le monde est OK ?

— Ouais. Ça a été chaud pour John, Dom et Ding l'autre jour mais là, tout va bien.

— Eh bien, j'aurais besoin d'un service. J'ai une liste de numéros de téléphone et j'espérais que tu pourrais m'aider à les identifier.

— Bien sûr. Envoie-les. »

Quelques secondes plus tard, un courrier électronique apparut sur le téléphone de Gavin. Il l'ouvrit et fit défiler la liste de numéros.

« Intéressant. La plupart sont d'ici, à Kiev. D'où les tiens-tu ?

— D'un des mafieux qui ont tenté de me tuer à Londres aujourd'hui »

Gavin regarda Clark, les yeux écarquillés. Clark nota sa mimique et tendit la main vers le téléphone.

Gavin ne le lui tendit pas aussitôt. « T'es sérieux ?

— J'en ai peur. C'est une information qui pourrait m'être utile sitôt que tu pourras me la fournir.

— Sûrement, dit Gavin. Je m'y mets de suite. J'ai déjà fait joujou avec les serveurs de leur réseau local de télécoms. Je peux te donner sans problème les noms et adresses des abonnés mais je peux également faire un truc sympa.

— Quoi donc ?

— Remonter la piste des balises GPS associées à ces numéros. Ça signifie que je peux te dire où s'est trouvé chacun de ces mobiles, physiquement, au cours des trente derniers jours. On appelle ça ramasser les miettes.

— Ça serait super. »

Clark claqua des doigts, la main toujours tendue vers le téléphone.

Gavin précisa : « J'ai là quelqu'un qui veut te causer.

— C'est ce que je craignais, bougonna Ryan. Il va me remonter les bretelles, hein ?

— Dis-toi que c'est pour ton bien, gamin », répondit Gavin Biery.

Clark saisit le téléphone et Ryan entreprit de lui répéter en détail tous les événements de la journée écoulée. Clark l'écouta attentivement, il se garda de l'interrompre, mais sitôt que Ryan eut terminé son récit, le silence à l'autre bout du fil révéla au jeune homme que son aîné n'était pas content.

« Gamin, commença Clark, sacré nom de Dieu, t'as réussi à te fourrer tout seul dans ce merdier, pas vrai ?

— Ma foi… ça m'a plus ou moins pété à la gueule.

— À la seconde même où tu as senti ce petit picotement dans l'échine qui te signalait que t'étais filé, t'aurais dû prendre ton putain de téléphone et m'appeler.

— Euh, John, d'après ce que Gav vient juste de me dire, vous êtes déjà pas mal occupés de votre côté.

— Tu vas pas t'en tirer comme ça. Tu sais que j'aurais pu te fournir des gardes armés en l'affaire de deux heures. Merde, je connais suffisamment d'anciens gars du SAS à Londres pour que tu aies des chaperons en moins de vingt minutes. Tu ne peux pas te balader en solo comme ça, sacré nom d'une pipe. Tu es le fils du président.

— Je sais. Je me suis juste dit que je devenais parano. Je n'ai pas jaugé le niveau de la menace avant qu'il ne soit trop tard.

— Ce Gleb la Balafre que tu as mentionné est une personnalité bien connue par ici.

— Vraiment ?

— Oui. Il appartient aux Sept Géants, la mafia de Saint-Pétersbourg. Nous pensons même qu'il pourrait bien être le numéro deux de l'organisation.

— Qui est le numéro un ?

— Nul ne le sait. Mais Gleb est ici pour faire le boulot du FSB.

— Intéressant, fit Ryan. Les gars qui m'ont agressé travaillent pour lui, et à mon boulot chez Castor and Boyle, j'ai découvert une arnaque pour escroquer un de nos clients et remonté la piste d'une commission payée par Gazprom, qui appartient à l'État russe, versée à un individu lié au FSB du nom de Dmitri Nesterov. »

Clark dit alors à Ryan de ne pas quitter, le temps pour lui de vérifier si c'était un nom sur lequel ils seraient déjà tombés, ici en Ukraine. Ce n'était pas le cas. Il demanda ensuite à son expert local, Igor Kryvov, si ça lui disait quelque chose, mais il lui était tout aussi inconnu.

Clark reprit la conversation, sur un ton rapide et avec une parfaite assurance : « Très bien, tu es apparemment au beau milieu d'un sérieux merdier à Londres, alors voici ce qu'on va faire : je t'envoie Ding, Dom et Sam, recta, ce soir, à bord du Gulfstream. Ils t'escorteront pour te rapatrier aux États-Unis. Si ton nouvel ami là-bas a un passeport, ils peuvent l'emmener également. S'il n'en a pas, on doit pouvoir arranger un truc. »

Ryan hésita un instant.

Clark sentit ses réticences et poursuivit : « Jack, t'es bien conscient que tu ne peux pas rester là-bas. D'accord ?

— John, je sais que ça donne l'impression que je cours de sacrés risques en restant ici, mais je suis au milieu d'une affaire que je ne peux pas lâcher. Les enjeux sont trop élevés. J'apprécierais volontiers des renforts pour surveiller mes arrières mais uniquement si ça n'est pas déshabiller Pierre pour habiller Paul.

— Je te les envoie d'ici une demi-heure. Es-tu au moins dans un endroit sûr ?

— Je reste mobile. J'ai laissé ma voiture dans un centre commercial, puis nous avons pris un taxi jusqu'à un loueur où j'ai emprunté un nouveau véhicule. Il est à mon nom, donc en théorie on pourrait me filer, mais les types des Sept Géants lancés à mes trousses n'ont jusqu'ici pas fait la preuve qu'ils utilisaient du matériel de surveillance perfectionné. J'ai quand même fait un test de filature, par mesure de sécurité, mais il n'y avait personne.

— Je me sentirais quand même plus rassuré, répondit Clark, si tu retournais aux États-Unis mais, pour l'instant, je mobilise l'avion et je t'envoie mes gars à Londres. D'ici là, on te rappellera dès que Gavin aura recueilli des infos sur les noms du répertoire téléphonique que tu lui as envoyé.

— Merci, John. »

Ryan et Oxley roulaient dans la campagne du nord de Londres en attendant que Gavin les rappelle. Ils n'échangeaient pas un mot. Oxley semblait perdu dans ses pensées et Ryan pour sa part songeait à la prochaine étape.

Il voulait parler avec Sandy Lamont mais n'était pas sûr de pouvoir lui faire confiance. Il était fort possible que Lamont ait balancé à quelqu'un que Ryan se rendait à Corby. Comme il était possible que Lamont fût au courant du lien entre Castor et Oxley, même si la nécessité que quelqu'un dût mourir pour ça demeurait pour Jack un insondable mystère.

Plus Jack songeait à Lamont, plus grandissaient ses soupçons. Il reconnaissait que son affable patron l'avait par deux fois dissuadé de creuser plus loin le marché Gazprom, avant, en définitive, de lui retirer entièrement le dossier. Pouvait-il y avoir à cela des raisons plus maléfiques encore que celles qu'il avait déjà établies ?

Jack savait que le seul moyen d'avoir une certitude à ce sujet était de le confronter et de juger alors sa réaction.

Ils s'arrêtèrent à un resto rapide et prirent un repas à emporter, puis ils allèrent se garer sur le parking derrière un motel pour manger. Ils venaient de terminer quand le téléphone de Jack pépia.

« Eh, Gavin. »

Ce fut John Clark qui s'exprima le premier. « En fait, c'est John et Gavin. On t'a placé sur ampli. »

Gavin prit le relais. « Ryan, tu as un problème.

— Explique.

— On a trouvé vingt-quatre contacts sur le répertoire téléphonique qui étaient éventuellement intéressants, mais j'ai réduit ce nombre à six qui nécessitent une enquête approfondie. Parmi eux, deux sont des personnalités sur lesquelles nous sommes déjà tombées ici même à Kiev.

— Vous plaisantez ?

— Nân, intervint Clark. Nous avons passé une bonne partie de la semaine écoulée à repérer des hommes qui ont rencontré Gleb la Balafre à l'Hôtel Fairmont. Ces deux gars sur l'agenda téléphonique de ton homme de main sont de toute évidence des mafieux. Je les classe comme des lieutenants. Ils sont restés en contact régulier avec ton Oleg depuis au moins un mois, et ils lui ont parlé au cours des dernières vingt-quatre heures durant son séjour au Royaume-Uni. »

Gavin enchaîna : « Deux autres sont apparemment dans le groupe que tu as refroidi. Leurs téléphones ont cessé de bouger juste après midi aujourd'hui dans la ville de Corby et à présent ils émettent des signaux depuis un commissariat de police. J'ai remonté la piste des miettes de pain du GPS jusqu'à plusieurs sites, tant au Royaume-Uni qu'en Ukraine. Chaque lieu n'est pas forcément intéressant en soi, mais leurs téléphones se sont retrouvés avant-hier dans le même hôtel borgne qu'un autre mobile de la liste, et ce dernier est de loin le plus fascinant de tous.

— Et pourquoi cela ? »

John Clark reprit alors la parole. « Parce que le propriétaire de ce téléphone a passé une partie du mois écoulé dans une maison de la banlieue de Moscou. Cette maison appartient à un certain Pavel Letchkov, et même si nous savons au moins qu'il est russe, nous ne savons rien d'autre. Nous avons essayé de trouver une photo de lui mais sans succès, ce qui m'amène à le suspecter d'être un espion. Mais il y a plus, Jack, ajouta Clark.

— Je suis tout ouïe. »

Gavin expliqua. « J'ai remonté la piste de son numéro de téléphone qui nous a ramenés sur deux hôtels situés à Londres. Mais vendredi soir, il s'est rendu dans une résidence privée d'Islington. »

Jack posa la question suivante avec une certaine excitation : « Vendredi soir, ça tombe juste après mon déplacement à Corby pour rendre visite à Ox. À quel endroit au juste Letchkov s'est-il rendu, à Islington ?

— Il a séjourné vingt-cinq minutes dans la maison de Hugh Castor, dit Clark.

— Pas possible ! grommela Jack.

— Si, confirma Clark. Savoir s'il y a ou non rencontré Castor, bien entendu, nous ne pouvons le dire. Néanmoins, je crains que ton employeur à Londres commence à donner l'impression de devoir être impliqué – de manière indirecte, tout du moins – dans ton agression.

— Ça fait deux points contre lui, constata Ryan. Il est déjà mouillé avec les Sept Géants et il connaît Oxley depuis un bail. Il semble que ce Letchkov aura rendu visite à Castor après ma rencontre avec Oxley, puis Letchkov a rencontré Oleg et les hommes de main des Sept Géants pour leur donner l'ordre de liquider Ox.

— Jack, dit Clark, j'espère que tu seras d'accord, cela me paraît le moment opportun pour retourner aux États-Unis. »

Ryan n'était pas d'accord. « J'ai quelqu'un avec qui je dois parler, ici à Londres. Après cela, je veux rencontrer Malcolm Galbraith. Il pourrait être capable de rajouter des pièces au puzzle. »

Clark resta silencieux.

Pour renforcer son argument, Jack ajouta : « John, je serai à Stansted quand l'avion se posera, et nous redécollerons pour Édimbourg. J'ai bien dit Édimbourg. Ce n'est ni Kiev ni Moscou. Sans compter que j'aurai Ding, Sam et Dom tout le temps avec moi. Adara pourra s'occuper de l'avion et d'Oxley. Tout ce que je veux, c'est prendre le thé avec un milliardaire et lui tirer les vers du nez – qu'est-ce que je risque à faire ça ? »

Soupir de Clark. « J'imagine qu'on ne tardera pas à le savoir. »

71

Trente ans plus tôt

Après son altercation avec Nick Eastling, l'agent du contre-espionnage britannique, Jack Ryan, l'analyste de la CIA, quitta le consulat britannique et prit un taxi pour le faubourg berlinois de Zehlendorf. Là, sur la Clayallee, un vaste ensemble d'immeubles connu sous le nom de « Clay QG » s'étendait sur plusieurs pâtés de maisons entourés d'une clôture. C'était le siège du commandement militaire américain à Berlin, alias la Brigade de Berlin, alias le Bureau du commandant américain, ou encore la Mission américaine à Berlin.

La Mission Berlin tenait lieu pour l'essentiel de point d'ancrage du ministère américain des Affaires étrangères dans la cité car l'Amérique n'y avait pas d'ambassade.

La CIA, sans surprise, possédait quantité de sites secrets à Berlin-Ouest, mais ses installations situées derrière les bureaux de la Mission Berlin étaient parmi les mieux gardées et les mieux équipées.

C'est le site que Ryan avait choisi pour pouvoir communiquer avec Langley.

Il fut fouillé par les sentinelles de l'armée à son arrivée devant l'accès principal sur la Clayallee, et les plantons passèrent plusieurs coups de fil pour établir son identité. Bientôt, il remontait une rue bordée d'arbres pour accéder à la Mission Berlin par une porte latérale. Il donna son nom à un homme derrière un guichet, fut de nouveau fouillé, puis enfin escorté jusqu'à un bâtiment isolé édifié derrière les installations des Affaires étrangères.

C'était l'antenne locale de la CIA, et il ne fallut pas longtemps à Ryan pour établir ses références et obtenir un petit bureau pour travailler, avec un téléphone crypté.

Il attendit quelques minutes que le téléphone fonctionne et sitôt qu'il eut la tonalité, il appela Cathy à l'hôpital de Hammersmith. Il fut dépité de tomber sur une réceptionniste qui lui annonça que sa femme était en salle d'opération, aussi laissa-t-il un message disant qu'il allait bien et qu'il essaierait de rappeler dans la soirée.

Puis il appela sir Basil Charleston à Century House, mais là aussi, il ne put joindre son correspondant. La secrétaire de Charleston lui indiqua toutefois que sir Basil était en communication avec les États-Unis et qu'il le recontacterait dès que possible.

Jack passa une heure de son après-midi à patienter, assis dans son bureau. Finalement, à seize heures, sir Basil Charleston rappela.

« J'ai tout appris par Nick, commença Basil.

— Eastling et moi n'avons pas de tête-à-tête sur ce sujet. Ou sur aucun autre, à vrai dire.

— C'est ce que j'ai cru deviner. Vous devez comprendre une chose, Jack. La nature du travail de nos équipes de contre-espionnage rend ces hommes un peu différents du commun des mortels. Je m'en vais prendre une analogie avec le football. J'espère que vous pourrez suivre.

— Je suppose que vous ne parlez pas du football américain, hasarda Jack.

— C'est vrai que vous appelez également football votre espèce de rugby, hein ? Quoi qu'il en soit, nous autres agents de renseignement sommes des attaquants. Des avants. Nous voyons le monde comme le terrain de l'adversaire et nous y passons à l'attaque, laissant aux autres le rôle de protéger nos buts. Le contre-espionnage, en revanche, ce sont les défenseurs, ils sont entraînés pour ça. Ils discutent avec nous quand nous remontons le terrain, les laissant tout seuls pour contrer l'adversaire. Pour eux, nous sommes un risque. Une équipe a besoin des deux, mais parfois, les attaquants n'apprécient pas la tactique des défenseurs.

— J'espère que vous me laisserez jouer un peu l'attaque, répondit Ryan. Morningstar est peut-être mort mais il y a encore plus à apprendre des comptes de la Ritzmann Privatbankiers.

— J'ai parlé avec le juge Moore et l'amiral Greer, cet après-midi. J'ai accepté de vous donner accès au dossier Morningstar et aux fichiers préliminaires de l'enquête Penright à condition que vous partagiez aussitôt avec nous toutes vos trouvailles. »

Une vague de soulagement inonda Ryan. « Bien entendu, sans problème.

— Comptez-vous revenir à Londres ?

— J'aimerais rester au cas où je pourrais déterrer quelque chose.

— J'étais sûr que vous diriez ça. Aussi vous ai-je fait tout parvenir depuis notre consulat à Berlin. Un courrier restera sur place pendant que vous examinerez les documents. Il vous expliquera le protocole.

— Je m'y mets tout de suite et je vous appelle si je découvre quoi que ce soit. »

Une heure plus tard, Ryan retrouvait le messager du bureau local du MI6 dans l'entrée de la Mission Berlin. L'homme s'appelait M. Miles et, après un bref coup d'œil, Jack décida qu'il devait venir de l'armée et qu'il travaillait pour le SIS depuis pas plus de dix minutes. L'homme était d'âge mûr mais il avait la mâchoire carrée, la carrure athlétique et il se tenait droit comme un I. Il portait une mallette dans laquelle, supposa Jack, devaient se trouver les dossiers. Jack tendit la main pour s'en saisir mais M. Miles remonta de quelques centimètres la manche de son pardessus pour révéler que la mallette était discrètement menottée à son poignet.

« Disons que nous allons avoir une petite discussion détendue avant que je vous confie cet objet. Cela vous convient-il, monsieur ?

— Bien sûr », répondit Jack.

Il apparut au jeune analyste américain que se voir confier des documents secrets sur le terrain était une procédure assez différente de celle consistant à se les faire envoyer à son bureau de Century House.

Ensemble, Jack et Miles gagnèrent la cafétéria et, sitôt qu'ils furent attablés, l'Anglais fit signer à Jack plusieurs feuilles de papier disant qu'il ne volerait aucun des documents qu'il s'apprêtait à examiner, qu'il n'en recopierait rien, n'en détruirait aucun, ou plus généralement ne ferait rien de susceptible de donner au coursier du SIS britannique la moindre raison de l'assommer avec une chaise.

Ryan jugea que ce bonhomme était l'un des Anglais les plus sérieux qu'il ait rencontré depuis son arrivée en Europe, mais il devait bien admettre que transmettre les fichiers par le biais de M. Miles avait incontestablement l'effet désiré. Ryan se dit qu'il ferait mieux d'éviter de faire ne serait-ce qu'une tache sur ces documents, parce que, décidément, il ne voulait avoir aucun ennui avec ce personnage.

Bientôt, tandis que l'homme restait assis à la cafétéria à boire du café en fumant des cigarettes, Jack retournait dans le minuscule bureau qu'on lui avait alloué pour se plonger dans les documents relatifs à l'affaire Morningstar.

Il constata d'emblée que le plus gros était constitué de notes manuscrites par David Penright et que d'autres papiers – tous ceux relatifs à la mort de Penright – avaient été rédigés, toujours à la main, par Nick Eastling et des membres de son équipe.

Sur tous les documents, la sortie d'imprimante à aiguilles des transferts de compte à compte au sein de la Ritzmann Privatbankiers était la plus curieuse aux yeux de Jack. Au premier abord, il n'y avait pas grand-chose à relever. Rien que des colonnes de comptes numérotés jouxtant d'autres colonnes qui représentaient, à première vue, des montants en francs suisses.

Attachée au document par un trombone, une fiche portait la traduction des quelques mots.

Il n'y avait rien d'apparemment crucial dans ce document. Si le KGB ou d'autres Russes utilisaient la RPB pour détenir des fonds, les transferts intérieurs à la banque vers le compte russe suspecté seraient en revanche bigrement importants, comme tout transfert extérieur vers d'autres banques internationales. Ce genre de transaction pouvait, en effet, aider le SIS et la CIA à suivre la piste de l'argent.

Mais les transferts internes ne semblaient pas terriblement utiles à Ryan. Il s'y connaissait suffisamment en gestion bancaire pour savoir que beaucoup de clients avaient des comptes multiples et procédaient de manière routinière à des transferts de l'un à l'autre. Certains comptes pouvaient être liés à un portefeuille d'investissement et d'autres utilisés pour des opérations de règlements commerciaux.

Cette liasse de papier avaient toutes les apparences de simples documents comptables.

Un autre problème avec ce listing était qu'il lui demeurait indéchiffrable, parce que si Penright lui avait bien donné la liste des clients, cette dernière n'était pas directement liée aux comptes numérotés.

Non, il n'y avait décidément aucune raison de voir le moindre intérêt à ce listing, hormis le fait que, pour autant qu'on sache, un cadre de la banque avait transmis ces documents internes à un espion britannique la nuit même où ce dernier allait être liquidé, et que ledit cadre avait été lui-même tué deux jours plus tard.

Ces seuls faits rendaient ce long listing sur papier accordéon digne d'un examen plus approfondi.

Ryan commença par examiner les dates des transactions listées. La sortie d'imprimante faisait cent vingt-deux pages, et, à première vue, elle semblait contenir tous les transferts internes effectués au cours des trente derniers jours.

Il se remit à réfléchir. Tobias Gabler avait été tué cinq jours plus tôt. Ryan fit rapidement courir son doigt au bas de la colonne des dates, feuilleta page après page et finalement tomba sur la date de la mort de Gabler.

Il commença par examiner les numéros de compte, puis sélectionna les transferts internes, puis les transferts multiples quittant le même compte. Il y en avait des douzaines dans ce cas, aussi se mit-il à sélectionner ceux de sommes importantes ou les cas où le même compte en avait effectué de nombreux mais sur un seul autre compte.

À l'aide d'un calepin, il consigna les sommes pour calculer combien avait été transféré de chaque compte. C'était un processus lent, laborieux, ennuyeux, mais au bout d'une heure et demie, il put commencer à s'intéresser à deux comptes numérotés bien spécifiques. En commençant par la veille de la mort de Tobias Gabler et en poursuivant sur trois jours, il releva plusieurs gros transferts depuis le compte 62775.001 vers le compte 48235.003.

Il lui fallut deux heures encore pour terminer. Au total, depuis la veille de la mort de Tobias Gabler, il y avait eu sept cent quatre transferts de fonds à l'intérieur même de la banque. Sur l'ensemble, douze provenaient du compte 62775.001 pour un total de quatre cent soixante et un millions de francs suisses. Jack vérifia le taux de change en consultant un quotidien financier trouvé sur le bureau ; puis il reprit sa calculatrice et entra quelques chiffres.

Le montant en dollars du transfert était de deux cent quatre millions. Penright lui avait dit que le compte en cours d'investigation par l'homme soupçonné d'appartenir au KGB contenait précisément cette somme. En réexaminant les sept cent quatre transactions, Jack ne vit pas d'autres comptes ayant transféré le dixième de ce montant.

Jack était certain que le compte en question et l'argent qu'il contenait avaient été intégralement transférés sur un autre compte au sein du même établissement. Jack n'avait aucun moyen de savoir si c'était juste une tentative maladroite pour dissimuler les fonds du premier compte ou si cela représentait un règlement adressé à un tiers qui se trouvait être lui aussi client de la RPB.

Mais quelle que soit l'hypothèse, Jack savait qu'il s'agissait d'un élément important, et il savait qu'il avait besoin de découvrir qui possédait le compte 48235.003, celui-là même qui avait reçu les deux cent quatre millions de dollars.

Jack mit de côté le listing imprimé et passa l'heure suivante à lire tout ce qu'il y avait de disponible sur Morningstar et l'enquête sur la mort de Penright. Il y avait des tonnes de données terre à terre : heures et lieux de rendez-vous entre Marcus Wetzel et David Penright, protocoles instaurés pour établir une boîte aux lettres morte, marque et modèles des véhicules vus dans le secteur. Tout cela ne lui apprit pas grand-chose.

Mais il découvrit toutefois un détail réellement intéressant. Lors d'une rencontre survenue trois jours avant la mort de Tobias Gabler, Penright avait poussé Marcus Wetzel à tenter d'obtenir plus d'informations sur le titulaire du compte aux deux cents quatre millions. Pour ce faire, il apparaissait, d'après les documents, que Morningstar s'était directement adressé à Tobias Gabler lors d'une rencontre dans un parc près du lac de Zoug.

Jack se demanda si c'était cette conversation qui avait abouti à la mort des trois hommes. Il semblait fort possible qu'une fois Gabler informé que Wetzel furetait pour en savoir plus sur le compte, il se soit adressé directement aux Russes pour les avertir qu'un cadre de la banque posait des questions.

Ensuite, c'était tout à fait concevable, les Russes avaient pu décider de transférer leur argent en lieu sûr, puis de tuer à la fois Wetzel, l'homme qui posait les questions, et Gabler, celui en possession des réponses. Et ensuite, sur la lancée – c'était une extrapolation, mais elle demeurait plausible –, les Russes avaient liquidé l'agent britannique responsable de l'opération les concernant.

Ryan massa ses paupières fatiguées.

Un peu après vingt et une heures, Jack appela sir Basil à son hôtel particulier de Belgravia. « Je ne sais pas au juste ce que j'ai trouvé, mais au moins, nous disposons maintenant d'un point de départ.

— Où ?

— Chaque chose en son temps. D'abord, merci de m'avoir permis de jeter un coup d'œil à ces dossiers.

— De rien. »

Jack expliqua alors qu'il avait épluché les opérations internes de transfert et qu'il était presque certain que l'argent repéré par Morningstar comme douteux avait bel et bien été transféré sur un autre compte.

« Il faut qu'on examine ce compte numéroté, poursuivit Jack. Si l'on peut identifier son titulaire, on pourra continuer à surveiller ces fonds.

— Comme à votre habitude, Jack, répondit Charleston, vous avez accompli un travail impressionnant. Mais je crains que ce que vous demandiez ne puisse être réalisé d'un claquement de doigts. Obtenir des informations sur ce nouveau compte exigerait de trouver un nouvel indic au sein de cette banque. Or, ça ne se trouve pas sous le sabot d'un cheval. J'ai bien peur que Morningstar ait été un cas unique.

— Alors il faut nous rendre à la banque. Que ce soit le SIS ou Langley. On peut faire pression sur eux.

— Faire pression sur une banque suisse ne peut réussir sans passer par le truchement du système légal helvétique et quand bien même nous recevrions l'autorisation d'obtenir des informations sur ce compte, cela prendrait des mois. Alors que le titulaire dudit compte, quel qu'il soit, peut le vider en l'affaire de quelques jours, si ce n'est de quelques heures. Non, je suis désolé, Jack. Nous avions un homme dans la place, oui, mais nous l'avons perdu et nous avons désormais perdu les moyens d'accès qu'il nous procurait. »

Jack savait que Basil avait raison. Morningstar avait travaillé comme informateur uniquement parce qu'il était allé de son plein gré contacter les Britanniques. Toute tentative de faire pression sur la RPB pour obtenir des informations sur ces comptes prendrait bien plus de temps à porter ses fruits que pour les Russes de transférer leur argent vers une autre banque.

Le travail de Ryan ces dernières heures avait été sinon une perte de temps, en tout cas, sans débouché concret sur des informations exploitables dans un avenir proche.

Dépité, Ryan dit à Charleston qu'il reprendrait l'avion pour Londres dès le lendemain, avant de lui souhaiter une bonne soirée. Puis il regroupa tous les dossiers et quitta le petit bureau.

Le porteur du SIS, le fameux M. Miles, l'avait attendu tout ce temps dans la cafétéria et, à présent, il s'attelait à parcourir page par page l'intégralité de tous les documents, comparant chaque feuille avec une photocopie qu'il en avait conservée. Enfin satisfait, il remit le tout dans la mallette, qu'il menotta à son poignet, puis après avoir souhaité à Jack une bonne soirée, il ressortit prendre sa voiture.

Les employés de la CIA encore présents dans le bâtiment offrirent à Jack un lit dans un des casernements réservés au personnel, en l'avertissant toutefois qu'il n'y aurait pas de douche chaude le soir et que la cafétéria était désormais fermée.

Jack n'était plus un marine ; il n'avait aucun penchant pour l'austérité et il avait envie de s'éclaircir les idées avec un repas et une douche bien chaude. Il saisit donc sa mallette, sortit du QG et héla un taxi. Le chauffeur ne savait pas beaucoup d'anglais mais il comprit toutefois quand Jack lui dit vouloir se rendre à l'hôtel.

« Quel hôtel ? » demanda le chauffeur.

C'était sans aucun doute une question sensée mais Ryan n'avait pas de réponse. Il ne connaissait pas assez bien Berlin. Il repensa au quartier où il se trouvait la veille au soir. Il hasarda : « Wedding ? Y a-t-il un hôtel à Wedding ? »

Le chauffeur le regarda dans le rétro, haussa les épaules, puis répondit : « *Alles klar.* »

Un quart d'heure plus tard, Ryan descendait du taxi sur la Luxemburger Strasse, devant l'établissement d'une chaîne hôtelière qui dominait la Leopoldplatz, un cube de béton cerné d'immeubles tous édifiés après la destruction du quartier par les bombardements de la Seconde Guerre mondiale. Jack y prit une chambre pour la nuit. Une fois installé, il voulut appeler Cathy mais il se rendit compte qu'il mourait de faim. Sans même ôter son écharpe ou son pardessus, il redescendit vers le hall, demanda à la réceptionniste un plan de la ville, emprunta au portier un parapluie, puis ressortit sous la pluie froide, en quête d'une bière et d'un petit quelque chose à grignoter.

72

De nos jours

Sandy Lamont vivait à Londres dans le quartier de Tower Hill, dans un appartement au huitième étage qui lui offrait une vue spectaculaire sur la Tamise et sur la Tour de Londres. Il résidait en fait au cœur d'un des endroits les plus animés la nuit et Sandy, étant célibataire, adorait passer ses soirées au pub avec ses potes. Ce soir n'était pas différent des autres et, comme d'habitude, il espérait bien finir la nuit en galante compagnie.

Et comme la plupart des soirées, également, Sandy se prit un râteau, si bien qu'aux alentours de minuit, c'est tout seul qu'il gravit les marches d'accès au hall de son immeuble avant de pénétrer dans la cabine de l'ascenseur désert.

Une minute plus tard, il entrait dans son appartement, jetait ses clés sur la petite table de l'entrée et accrochait sa veste à la patère près de la porte. Il alluma la télé, passa sur une chaîne de sports et s'assit dans le canapé.

Il commençait à regarder le tableau des résultats de foot quand une lumière s'alluma soudain à l'angle opposé du séjour, le faisant bondir dans son sofa.

Sandy découvrit un homme, assis près de la fenêtre donnant sur la rue dans une chaise qu'il avait manifestement apportée de la cuisine.

« Sacré nom de Dieu ! » s'exclama Lamont, surpris.

L'Anglais se pencha un peu, la main encore posée sur son cœur palpitant et s'étonna : « Ryan ? »

Jack Ryan regarda quelques instants dehors avant de répondre : « Il se pourrait que je commette une erreur. »

Lamont eut besoin de quelques secondes encore pour se remettre du choc de cette intrusion, puis il répondit : « Oui, je te garantis que tu fais une erreur ! Que fais-tu chez moi, d'abord ?

— Je veux dire, il se pourrait que je fasse une erreur en me fiant à toi.

— Et ça, c'est une manifestation de confiance ? Merde, comment as-tu fait pour rentrer ? Putain, tu as crocheté ma serrure ?

— Non, pas moi. Lui. »

Ryan indiqua l'autre coin du séjour. Là, dans le noir, Sandy put tout juste entrevoir la silhouette d'un homme à forte carrure, appuyé au mur, l'air désabusé.

« Qui… Putain, c'est quoi, ça ? »

Ryan poursuivit comme s'il ne l'avait pas entendu : « Si ça ne tenait qu'à moi, je ne te ferais pas du tout confiance, si tu n'avais pas été avec moi à Saint John. Tu n'avais aucune idée du danger que tu étais en train de courir, je le lisais sur ton visage.

— Où veux-tu en venir ?

— Si tu connaissais les hommes qui en ont après moi, tu n'aurais pas réagi de la sorte. Et même si tu m'as poussé avec insistance à laisser tomber Gazprom, ce n'est qu'après t'être fait incendier par Castor. Tu étais au début aussi va-t-en-guerre que moi, pas vrai ?

— Tu me flanques la trouille, Jack. Soit tu me dis ce qui se passe, soit j'appelle la police. »

Le grand type dans le coin s'exprima d'une voix rocailleuse : « Tu vas rester loin de ton téléphone, mec. »

Jack s'approcha pour s'asseoir à côté de Sandy. « Je te fais confiance, dit Jack, presque à voix basse. Je ne crois pas que tu fasses partie du plan de Castor.

— Castor ? Que fait Castor ?

— Hugh Castor travaille pour les Russes. »

Rire de Sandy. Il semblait nerveux, reconnut Jack, mais il ne détecta chez lui aucune duperie. Il vit encore plus de confusion. D'incompréhension.

« Foutaises.

— Réfléchis à tout ce qui se passe chez Castor and Boyle. Nous faisons partie du système que le Kremlin utilise pour rouer de coups ses ennemis. Tous nos succès en affaires sont remportés contre des oligarques opposés à Volodine. En revanche, tous les cas contre les holdings de *siloviki*, comme l'affaire Galbraith, traînent ou restent dans les limbes.

— C'est ridicule. Nous avons gagné des affaires contre des membres des *siloviki*.

— J'ai fait mes petites recherches personnelles. Les seuls cas sur lesquels nous avons obtenu une résolution favorable à nos clients étaient ceux contre des *siloviki* qui avaient un contentieux avec Volodine et ses proches au gouvernement. »

Lamont réfléchit quelques instants à cette explication. Il fit un lent signe de dénégation. « Tu as perdu la tête. » Il semblait toutefois ébranlé.

Jack se tourna vers la fenêtre pour contempler les eaux noires de la Tamise. « Castor a rencontré chez lui un Russe. Un certain Letchkov.

— OK. Et après ? Il connaît des tas de Russes.

— Connais-tu Letchkov ?

— Non. Qui est-ce ?

— Nous pensons que c'est un agent des Sept Géants. Il a dépêché ses gros bras pour me tabasser et tuer cet homme. »

Lamont semblait sincèrement abasourdi. « *Pourquoi ?*

— Oxley, ici présent, appartenait au MI5. Castor était son agent traitant. Je suis allé le rencontrer chez lui à Corby, et aussitôt après, tout a basculé. Les Russes, qui jusqu'ici me filaient passivement, m'ont attaqué. Ils s'en sont pris également à Oxley. »

Lamont les regarda tour à tour. « D'accord. C'est aux infos. Les meurtres de Corby.

— Ce n'était pas des meurtres. C'était de l'autodéfense », dit simplement Ryan.

Sandy Lamont se pencha vers l'avant ; Ryan crut qu'il allait vomir. Finalement, il grommela quelque chose mais Jack eut du mal à saisir.

« Quoi ? »

Sandy se répéta, plus fort : « Nesterov.

— Quoi, Nesterov ?

— Quand Hugh a découvert que tu avais Dmitri Nesterov dans le collimateur, il a pété un plomb. Il voulait te virer pour ton entêtement à poursuivre l'enquête sur Gazprom alors que je t'en avais dissuadé par deux fois. Et il voulait me virer moi aussi pour ne pas avoir insisté suffisamment auprès de toi.

— Pourquoi ?

— Je l'ignore. Il t'a dit qu'il avait découvert par le SIS que Nesterov appartenait au FSB, mais c'était faux – il avait reconnu le nom aussitôt, je l'ai bien vu. Je le soupçonnais d'en savoir déjà pas mal sur lui. Il y avait quelque chose de bancal dans ses agissements. Je m'en suis rendu compte tout de suite mais sans pouvoir le préciser.

— Donc, reprit Ryan, Castor connaîtrait plus ou moins Nesterov. Or le Kremlin lui a transmis largement plus d'un milliard de dollars. Pour quelle raison ?

— Je n'en sais rien. »

Il y eut quelques instants de silence, puis Jack reprit : « Il faut que j'en discute avec Castor.

— Pourquoi ne pas simplement aller voir la police ?

— Je ne veux pas qu'on l'arrête. Je veux des réponses.

— Castor a quitté Londres cet après-midi.

— Où est-il allé ?

— Pas la moindre idée. Il possède des résidences partout sur la planète. Il pourrait se trouver n'importe où. »

Merde, se dit Jack. Si Castor avait quitté la capitale après avoir appris l'évasion de Jack et d'Oxley, c'était probablement parce qu'il était en fuite.

Ryan et Oxley laissèrent un Sandy Lamont assez ébranlé seul dans son appartement, puis ils gagnèrent en voiture l'aéroport de Stansted. Là, ils retrouvèrent le G550 de Hendley Associates, garé au terminal d'aviation générale. Quand la porte de la carlingue s'ouvrit et que l'échelle se déploya, Adara Sherman inspecta le tarmac et repéra les deux hommes debout près de la voiture. Jack vit sa main bouger discrètement derrière son dos.

Ryan savait qu'elle gardait là un pistolet SIG Sauer dans son étui.

Il leva les mains. « Adara. C'est moi. Jack. »

Elle pencha la tête, puis se détendit. « Je suis désolée, Jack. Vous avez changé, non ? »

Jack sourit, ravi que ses efforts de déguisement soient couronnés de succès.

Ding, Dom et Sam descendirent de l'avion et chacun passa la main dans les cheveux en brosse de Ryan, lui tira sur la barbe et commenta la masse musculaire qu'il avait gagnée au cours des derniers mois.

Ryan éprouva un soulagement intense en embarquant dans l'avion. Être de retour parmi une partie de ses collègues lui procurait un renouveau d'énergie. Après avoir étreint Ding, Dom, Sam et Adara, il se demanda pourquoi diantre il était venu tout seul au Royaume-Uni.

L'équipe se présenta à Oxley sans trop savoir qui il était au juste. Du côté d'Oxley, ce dernier était surtout ébahi de se retrouver assis dans un Gulfstream à vingt-cinq millions de dollars avec un groupe de Yankees qui lui semblaient former une unité d'opérations spéciales mais qui néanmoins se comportaient avec le fils du président américain comme si c'était un simple collègue perdu de vue depuis belle lurette.

Adara demanda à Jack où il voulait se rendre. Elle lui précisa qu'ils pouvaient mettre le cap sur la France ou la Belgique sans avoir à ravitailler au départ mais que s'il désirait se rendre un peu plus loin, ils devraient refaire le plein de kérosène et que, par ailleurs, s'il était prêt à retourner aux États-Unis, il leur faudrait en outre obtenir une autorisation de départ.

Il lui dit qu'il voulait aller à Édimbourg. Maintenant que Castor s'était enfui, Jack savait qu'il allait devoir procéder autrement pour obtenir des réponses. Il avait besoin de rencontrer Galbraith.

Ils étaient dans les airs moins d'un quart d'heure plus tard.

73

À en juger aux seules pertes ennemies, les premières quarante-huit heures de l'opération Tapis de charbons ardents avaient été couronnées de succès. Douze unités d'opérations spéciales américaines et britanniques et huit hélicoptères éclaireurs avaient été déployés dans la zone de combat, chacun de ces appareils étant doté d'un système de désignation laser susceptible d'être connecté aux armes de l'aviation ukrainienne. Ces forces d'acquisition de cibles, couplées à l'unique Kiowa Warrior équipé d'armes et de quatre drones Reaper armés également, avaient enregistré cent neuf destructions d'armes et de matériel blindé ennemi. Parmi l'équipement, détruit, il y avait près de trente chars de combat russes T-90 et deux imposants lance-roquettes multiples BM-30.

Les cent neuf victoires représentaient près de cinquante pour cent de toutes les cibles détruites par les Ukrainiens, un chiffre remarquable si l'on considère que les États-Unis ne représentaient que moins d'un pour cent de l'ensemble des forces engagées.

Même si les Russes avaient entièrement occupé la péninsule de Crimée dès le deuxième jour de l'invasion, après s'être emparés des oblasts frontaliers de Louhansk et de Donetsk, leurs pertes s'étaient accrues en progressant vers l'ouest et, dès la fin de la journée, ils étaient de fait bloqués par les mauvaises conditions météo qui avaient cloué au sol la plupart de leurs hélicoptères. Les nuages avaient également causé des problèmes aux chasseurs-bombardiers car l'essentiel de leur armement était composé de bombes et de roquettes non guidées, exigeant donc une bonne visibilité pour être efficaces.

Mais les Américains et les Britanniques avaient eux aussi connu des pertes significatives. Quatre hélicoptères de transport MH-6 Little Bird utilisés pour les transports de troupes avaient été endommagés ou abattus, de même qu'un Black Hawk et un Kiowa Warrior. Cinq autres appareils avaient également été détruits au sol.

Neuf soldats américains et britanniques du SAS avaient été tués et l'on comptait vingt blessés.

Le PC installé sur la base militaire de Tcherkassy avait opéré vingt-quatre heures sur vingt-quatre depuis les toutes premières heures du conflit. La base avait été bombardée mais les Américains se trouvaient dans un bunker renforcé qui pouvait résister à tout, excepté les plus grosses bombes perforantes ou une charge nucléaire, et les bombes qui avaient touché la base étaient tombées assez loin pour ne pas inquiéter sérieusement Midas.

Même si l'ennemi était cloué au sol ce soir, le retour du beau temps était annoncé pour les trois prochains jours et tous les participants à l'opération savaient que les Russes en profiteraient inévitablement pour reprendre à nouveau leur progression vers l'ouest.

Certains avaient espéré qu'après s'être emparés de la Crimée, ils perdraient en partie leur esprit combatif mais, jusqu'ici, personne dans les réseaux de la défense et du renseignement américain n'avait pu vraiment le constater.

Les Russes arrivaient et ils semblaient bien décidés à pousser carrément jusqu'à Kiev.

Midas savait qu'il ne pourrait tenir beaucoup plus longtemps ; on parlait même de transférer le PC interarmes immédiatement vers l'ouest, mais il avait promptement fait taire cette rumeur. Toutes les unités avancées opérant encore sur le front avaient dû battre en retraite à plusieurs reprises au cours des deux derniers jours, pourtant elles se trouvaient encore à plusieurs dizaines de kilomètres plus à l'est. Midas décida de ne déplacer son PC que s'il y avait un compromis consécutif à un échec du renseignement ou s'il y avait un risque réel que les forces déployées sautent par-dessus sa position lors de leur repli continu afin de rester juste devant l'avancée des Russes.

Bien que son opération ait ralenti l'attaque russe de manière significative, le colonel Barry Jankowski n'avait pas l'impression que tout se passait si bien que ça, aussi décida-t-il de changer de tactique sitôt la nuit tombée. Ils avaient désespérément besoin de couvrir plus de terrain avant que les Russes ne consolident leurs positions après avoir balayé la Crimée et poussé les combats en direction de Kiev, aussi prit-il la décision de réduire la taille de chaque unité. Il fit passer de la sorte celles engagées sur le terrain de douze à dix-huit en envoyant quelques unités de reconnaissance de Delta sur deux nouvelles positions plus au nord, près de la frontière biélorusse, et en divisant plusieurs des groupes A les plus larges en unités de cinq, six ou sept hommes.

Cela n'affecterait en rien leur puissance de feu, puisque les hommes engagés n'utilisaient pas leurs armements personnels, fusils, grenades et pistolets, pour affronter l'ennemi. Mais Midas demeurait conscient que cela détériorerait la capacité de chaque élément à se défendre en cas d'attaque.

Il avait contacté par radio toutes les unités pour leur dire qu'elles seraient désormais allégées et plus rapides, et qu'elles devraient en tirer parti, considérer cela comme un avantage et non une faiblesse.

Midas s'était accordé une sieste de quarante-cinq minutes sur une couchette près du PC et il était à présent de retour au poste, debout derrière une rangée d'hommes assis devant des ordinateurs. Au mur devant eux était accroché un moniteur de la taille des téléviseurs à écran plat comme on en trouve dans tous les foyers américains, mais il leur convenait parfaitement pour afficher une simple carte numérique sur laquelle chacun pouvait pointer le laser qui équipait son poste de travail.

L'un des hommes chargés des communications avec la 5e unité d'observation du groupe des forces spéciales, indicatif Cochise, fit signe à Midas. « Eh, chef, Cochise signale qu'une longue colonne de T-90 a contourné les T-72 des forces de défense ukrainiennes dans leur secteur et qu'ils sont en ce moment même en train de dépasser leur position en remontant une bretelle d'accès à la M50. Ils ajoutent qu'il n'y a aucune autre force terrestre ukrainienne sur place pour les engager maintenant.

— Montrez-moi où ils sont. »

L'opérateur prit son pointeur laser pour indiquer sur le moniteur mural la position en temps réel de l'unité.

« Ces chars sont plus proches de Tcherkassy que n'importe quelles autres troupes, n'est-ce pas ? observa Midas.

— Ouais, et ils sont soutenus par des fantassins et un appui aérien rapproché. Le soutien aérien pourrait s'interrompre durant la nuit, surtout dans ces conditions météo, mais dès demain matin, Cochise signale qu'ils seront à moins de trente kilomètres du PC interarmes.

— Quelle est la force de la colonne rouge ?

— Après leur engagement avec les T-72, Cochise Actual évalue leur force à quinze T-90 avec plus d'une quarantaine de transporteurs de troupes blindés lance-roquettes motorisés et autres véhicules de soutien.

— Cochise a déjà perdu deux gars hier », observa Midas pour lui-même, mais le contrôleur prit sa remarque pour une question.

« Oui, chef. Leur capitaine a été tué au combat et ils ont un autre homme qui a été blessé à la tête lors d'un atterrissage en catastrophe durant l'insertion initiale par les hélicos. Il y a quatre hommes au total encore présents sur place, sous les ordres d'un lieutenant.

— Mais leur SOFLAM est toujours opérationnel ?

— C'est exact, mais pour engager cette nouvelle colonne ennemie, il faudrait qu'ils quittent leur couverture et se dirigent vers le sud-ouest. Ça va les éloigner de la M50 et qui sait qui d'autre pourrait emprunter entre-temps cette route et leur échapper. »

Midas voyait le problème. De la frontière biélorusse au nord à la Crimée au sud, il n'avait que dix-huit unités pour couvrir près de trente-cinq vecteurs d'attaque utilisables par l'ennemi. Il était impossible de les garder tous et, même si l'armée ukrainienne était bien présente sur le terrain avec ses soldats, leur technologie ne leur donnait pas l'impact nécessaire à ce genre d'affrontement, compte tenu de leur force inférieure et de leur entraînement médiocre.

Ce dont Midas avait besoin, c'était d'une autre unité pour assurer le guidage laser. Il baissa les yeux sur le contrôleur. « Vous avez contacté les forces spéciales ukrainiennes ? Ils ont des hommes capables de le faire ?

— Négatif, chef. Leur équipement est spécifique, et de toute façon, ils sont déjà tous déployés. »

On lui avait dit en termes non équivoques de ne pas engager les rangers de la base pour des opérations sur le front. Ils n'avaient tout simplement pas les effectifs suffisants pour protéger les hélicos américains et le centre opérationnel pour en plus manipuler le laser de conduite de tir.

Midas réfléchit au problème. « OK. Envoyez le Kiowa Loup Noir Deux Six et les drones qui sont à portée.

— Ça ne fera pas assez de Hellfire pour stopper la colonne.

— Je sais. Il faudra réussir du premier coup et filer, en essayant au moins de les ralentir assez pour que les Ukrainiens aient le temps de se ressaisir et envoient des chars dans la matinée.

— Bien reçu, chef », dit le contrôleur qui saisit aussitôt son talkie-walkie.

74

Malcolm Galbraith n'était pas un homme agréable.

Ryan en avait appris suffisamment sur le milliardaire écossais septuagénaire au cours des derniers mois pour savoir que, même s'il avait eu l'infortune de perdre dix milliards de dollars quand les Russes lui avaient volé sa société, sa fortune personnelle demeurait encore un peu supérieure à cinq milliards net.

Le scandale de Galbraith Rossiya n'avait pas non plus franchement fait de lui un sans-logis. Sa résidence principale était un château du dix-huitième siècle restauré, dans le village écossais de Juniper Green, et il possédait des demeures dans toute l'Europe, sans oublier les yachts, les jets privés et deux Eurocopter dernier cri.

Mais la fortune ne lui avait pas apporté le bonheur – c'était clair – et Ryan s'en aperçut aussitôt qu'il eut rencontré l'homme dans son bureau privé du château de Juniper Green.

Ryan ne détectait qu'amertume et défiance dans son comportement, et pourtant il ne lui avait même pas encore annoncé la mauvaise nouvelle.

Il avait demandé un rendez-vous surprise le matin même et sa requête lui avait été accordée aussitôt, même s'il avait précisé qu'il réclamait de la discrétion et exigeait donc que la rencontre eût lieu en tête à tête. Jack était donc arrivé seul – Sam et Dom l'avaient conduit dans une voiture de location et l'avaient déposé devant la grille d'entrée ; puis ils avaient remonté la rue pour se garer un peu plus loin, à portée de vue, moteur tournant.

Jack s'était attendu à la présence d'importantes forces de sécurité pour protéger l'hôte de ces lieux – qui pesait après tout plus que le PNB de certains pays – mais il n'y avait eu que deux gardes en uniforme à la grille et un détective privé qui le conduisit à bord d'une voiturette de golf, puis, une fois à l'intérieur, c'est un homme en costume – qui pouvait ou non dissimuler une arme – qui l'avait mené jusqu'au bureau de Galbraith.

Mais ça s'arrêtait là. Même ses chiens étaient des corgis. Pas des rottweilers, des dobermans ou des bergers allemands.

Ryan se fit la réflexion qu'un individu qui envisageait de poursuivre en justice le gouvernement russe aurait pu prendre des mesures un peu plus sérieuses pour assurer sa sécurité.

Il y avait chez cet homme quantité de traits que Jack trouvait bizarres. Il ne s'était pas vu offrir du café ou du thé à son arrivée, ce qu'il suspecta d'être une violation majeure du protocole pour un rendez-vous d'affaires dans un château britannique. Et quand Galbraith pénétra dans le bureau, Jack fut surpris de le découvrir vêtu d'un jean délavé et d'un tee-shirt blanc uni qui donnait l'impression d'avoir été utilisé pour nettoyer de la graisse de machine.

Galbraith passa sans broncher devant Ryan, la main tendue, il alla directement s'asseoir à son bureau, posa les coudes dessus et lui demanda : « Alors, de quoi voulez-vous me parler ? »

Soit le type ignorait que Ryan était le fils du président, soit il s'en contrefichait. C'était déjà dur à avaler qu'il n'ait même pas daigné lui serrer la main, mais, même s'il n'allait pas chipoter outre mesure sur son apparence extérieure, le type puait carrément.

Ryan s'assit. « Monsieur Galbraith, comme je l'ai expliqué à votre secrétaire, je travaille depuis quelques mois déjà sur votre affaire pour Castor and Boyle. »

Pas de réponse, aussi Ryan poursuivit-il : « C'est un puzzle compliqué et les méthodes de raid illégal utilisées par le gouvernement russe contre vous rendent presque impossible l'identification d'un responsable dans le secteur privé.

— C'est ce que Hugh Castor ne cesse de me répéter depuis près de six mois.

— Oui. Mais j'ai décidé de creuser un peu plus dans les autres transactions effectuées par certaines des sociétés impliquées dans cette prise d'intérêt sur vos biens et, ce faisant, j'ai pu identifier une compagnie qui a effectivement tiré profit de la vente de Galbraith Rossiya Energy. »

Le septuagénaire laissa échapper un grognement ennuyé. « Moi aussi. Gazprom. Pourquoi diantre est-ce que je vous paye si c'est pour que vous me disiez ce que je sais déjà ? »

Jack inspira un grand coup. « Non, monsieur. Une autre compagnie. Plus petite, et qui semble avoir été montée dans l'unique but de recevoir une commission sur les bénéfices de la vente.

— Une société-écran ?

— Oui, mais je sais qui siège au conseil d'administration. Le nom de Dmitri Nesterov vous dit-il quelque chose ? »

Galbraith fit non de la tête. « Qui est-ce ?

— On m'a dit qu'il appartient au FSB. »

Galbraith haussa les épaules comme si ce n'était en rien une surprise. « Et combien a-t-il ramassé ?

— Pour autant que je sache, monsieur Galbraith, il a remporté le tout. Un virgule deux milliard de dollars. »

Cette fois, Galbraith se pencha en avant. « Hugh Castor ne m'en a pas dit un mot. Comment se fait-il que vous déteniez toutes ces réponses ?

— C'est un peu compliqué à expliquer et le révéler impliquerait de… dévoiler certaines tactiques que Castor and Boyle n'approuvent pas entièrement.

— Et c'est pour cela que vous êtes ici, et pas votre patron ? »

Jack acquiesça. « J'ai identifié la banque européenne où l'établissement de Nesterov à Antigua blanchit l'argent.

— Où se trouve cette banque ?

— À Zoug, en Suisse. »

Galbraith réagit aussitôt. « Laissez-moi deviner… la RPB ? »

Jack était abasourdi. Il y avait une bonne douzaine de banques à Zoug. « Bien vu. »

Galbraith écarta d'un geste le compliment. « Il y a quantité d'argent sale à la RPB. De l'argent sale, ancien. De l'argent sale, ancien, et russe. »

Jack pencha la tête de côté. « Je dois vous poser la question. Comment savez-vous ça ? »

Avec un haussement d'épaules, l'Écossais répondit : « Il y a aussi pas mal d'ancien argent écossais.

— Vous avez des comptes à la RPB ?

— Certainement pas un sujet dont j'ai envie de parler. Pas même à un gamin qui se pointe ici en catimini, à l'insu de son patron, pour essayer de me soutirer un pourcentage.

— Un pourcentage ? Un pourcentage de *quoi* ?

— Je connais les types dans votre genre. Je peux même vous dire que j'en ai vu des centaines… c'est quoi, votre nom, déjà ? »

Donc, ce bonhomme ne le connaissait pas. Jack s'avoua surpris, mais plutôt agréablement. Il répondit simplement : « Jack. »

Galbraith étouffa un rire, mais il y avait dedans une touche de colère. « OK, Jack. Disons que voilà comment je vois les choses. Votre patron ne me donne pas ce que je réclame, alors vous vous pointez ici, jeune, affamé, avec une histoire comme quoi vous tenez absolument à servir au mieux ma société et ses résultats financiers et, si je vous en refile une petite portion, nous pourrions contourner votre patron et sa boîte et vous pourriez directement récupérer mes biens. C'est quoi le topo ? Du piratage informatique ? À vous voir, là, au premier coup d'œil, je serais partant pour le piratage informatique. Vous pouvez leur voler mon argent ou bien servir d'intermédiaire entre la mafia russe et moi. Le seul hic est que je dois vous refiler dix pour cent de rétrocommission, payés sur votre compte aux îles Vierges, à Luxembourg ou Singapour. C'est ça ? J'ai bon ? Pile dans le mille ? » Il se leva, déjà prêt à mettre fin à l'entretien.

« Écoutez, Malcolm », dit Jack, demeurant fermement assis tandis que le maître des lieux attendait, debout. Jack avait renoncé à la politesse respectueuse. « Je ne veux pas un sou de votre putain de fric. Hier, une bande de gros bras de la mafia russe a essayé de me tuer, bordel, à cause de ce que je sais de vos affaires foireuses, alors j'essaie juste d'obtenir des réponses.

— Vous tuer ? C'est vrai, ça ? »

Il ne croyait pas l'Américain.

« Vous ne regardez jamais les infos ? Corby ? À deux heures au nord de Londres ? Quatre Russes décédés. »

Cette fois, Malcolm Galbraith se rassit.

Jack poursuivit : « Ouais. Tout ça à cause de vous.

— Qu'avez-vous découvert ?

— J'ai creusé un peu trop votre affaire. J'ai découvert que ce Dmitri Nesterov avait maille à partir avec celle-ci, et puis soudain, un groupe d'assassins des Sept Géants est venu directement d'Ukraine pour m'arrêter et tuer l'un de mes contacts. »

Le ton du magnat du pétrole écossais se radoucit : « Vous êtes vraiment sérieux ?

— J'en ai bien peur.

— Pourquoi Castor ne m'en a-t-il rien dit ? »

Jack décida de jouer franc-jeu. « Monsieur Galbraith, je pense qu'il est fort possible que M. Castor soit plus ou moins… compromis avec M. Nesterov. »

Malcolm Galbraith toisa Jack durant un laps de temps interminable. Jack pensa qu'il allait réfuter sa théorie mais au lieu de ça, il l'entendit tonner : « Castor est un putain d'escroc. »

Jack leva les mains pour tenter de tempérer son commentaire. « Je ne peux pas dire avec certitude que… »

Mais l'Écossais l'interrompit : « Je savais qu'il travaillait avec des Russes puissants et pas trop orthodoxes. J'ignorais juste qu'il travaillait avec des Russes puissants, pas trop orthodoxes qui m'ont taxé mon fric. Qui est ce contact qu'ils voulaient éliminer ?

— Un ancien espion britannique. J'ignore quel est son rapport exact avec l'affaire, mais j'espérais que vous pourriez m'aider.

— Son nom ?

— Oxley. Victor Oxley.

— Jamais entendu parler, fit Galbraith, déçu.

— Il a trempé dans une affaire en Suisse dans les années quatre-vingt. Cette affaire, croyez-le ou non, impliquait la RPB.

— Les banquiers tués par Zénith ?

— C'est cela même. Personne n'a rien pu prouver.

— Oui, je me souviens maintenant. J'étais en affaires avec la RPB à l'époque.

— Je suis venu vous voir dans l'espoir que vous pourriez m'aider à faire le lien entre les meurtres commis là-bas et le détournement de votre propriété. Oxley et Castor sont liés mais ces mêmes gangsters des Sept Géants qui ont tenté de tuer Oxley me filaient déjà quand je travaillais sur votre affaire. Et là, j'ignore pourquoi.

— Le lien, gamin, ce sont les Russes.

— Que voulez-vous dire ? »

Malcolm Galbraith pressa un bouton sur son bureau et une voix féminine se fit entendre dans l'interphone.

« Monsieur ?

— Thé pour moi et café pour mon nouvel ami.

— Tout de suite, monsieur. »

Galbraith et Ryan s'étaient déplacés dans un salon ; devant eux, un service à thé et café, dont Ryan profitait avec délices. Il avait peu dormi ces dernières vingt-quatre heures et il ne savait pas encore quand il aurait une autre occasion de récupérer.

L'humeur de Galbraith avait changé du tout au tout depuis qu'il avait appris que Jack n'était pas venu pour lui soutirer son argent. Le vieil homme s'excusa même pour sa mise, expliquant qu'il travaillait dans son garage sur une de ses voitures de collection et n'avait pas pris la peine de se changer parce qu'il s'attendait tout au plus à la visite d'un jeune analyste stagiaire intimidé.

Alors qu'ils dégustaient leur breuvage, Galbraith aborda son récit sur la RPB. Jack aurait voulu prendre des notes mais il ne voulait pas l'interrompre en demandant un crayon et du papier, aussi écouta-t-il religieusement son interlocuteur.

Galbraith expliqua. « Peu après son décès, Toby Gabler – ce fut le premier des deux banquiers à mourir – était venu voir un mien ami qui détenait quelques avoirs à la RPB. Gabler lui a dit qu'il avait un client désireux de racheter des biens matériels que l'homme détenait dans un coffre.

— Quel genre de biens matériels ?

— De l'or. J'en ignore la valeur mais ce gars avait liquidé ses titres sur le marché et tout converti en lingots. Le deal ne s'est pas fait, je ne me souviens plus pourquoi, mais aussitôt après – quelque chose comme le lendemain –, Toby vient me voir et me sert la même histoire. Il me dit qu'un de ses clients avait un problème. Le client avait de l'argent sur un compte numéroté mais il n'avait plus confiance dans le système. Il devait sortir ses fonds au plus vite, mais ne pouvait les transférer vers une autre banque, à cause de je ne sais trop quel différend commercial. Toby me laissa entendre que ces hommes venaient d'Europe de l'Est. Il ne m'a pas dit qu'ils étaient soviétiques, sinon, je m'en serais souvenu. À l'époque, j'avais plusieurs sites de forage en activité en mer du Nord, j'avais assez bien réussi quand le prix du baril s'était envolé dans les années soixante-dix, et j'étais en négociations avec un jeune prince saoudien pour étendre mes activités au Moyen-Orient. Pour ce faire, j'avais mis de côté certaines valeurs matérielles.

— De quel genre ? »

Il haussa les épaules. « Le prince aimait l'or. Il se trouvait que c'était un bon investissement. J'ai pensé qu'il était cinglé. Quoi qu'il en soit, j'ai commencé à en accumuler en vue de la transaction et j'ai gardé plusieurs coffres remplis de lingots à la RPB.

— OK », dit Ryan. Il se rendit compte que son interlocuteur évoquait une forme de rétrocommission mais il en parlait sans aucune vergogne. « Et qu'a dit Gabler ?

— Toby m'a dit qu'il opérait en qualité d'agent pour son client. Qu'il paierait bien au-dessus du cours en dollars pour l'ensemble de mon or. C'est que j'en avais pour plus de cent millions, fiston. Au prix qu'il me proposait, j'aurais été idiot de ne pas accepter le marché.

— Que s'est-il passé ensuite ? »

Galbraith leva sa tasse de thé et rigola : « J'ai été idiot. Je n'ai pas pris le marché. Je savais ce que le contrat saoudien me rapporterait pour des dizaines d'années, alors j'ai gardé mon or, malgré l'offre. Hélas, le prince s'est fait arrêter par ses frères et je n'ai pas gagné un centime.

— Et là-dessus, Gabler s'est fait tuer ?

— Oui. Et Wetzel, l'un des vice-présidents de la banque. Lui, je ne le connaissais pas. On a fait porter le chapeau aux Allemands, comme vous le savez, et l'affaire en est restée là. Je n'en ai plus entendu parler avant le début des années quatre-vingt-dix, quand j'ai reçu la visite d'un groupe de Russes.

— Du KGB ?

— Non, non. Du tout. Ces gars étaient de simples experts-comptables. À l'époque, la Russie était au fond du trou et ils cherchaient de mystérieux fonds secrets ayant appartenu à l'ex-KGB, détournés des coffres russes. Ils s'étaient montrés très directs, expliquant qu'ils étaient venus me voir uniquement parce que j'avais mentionné l'affaire de l'offre d'or par la RPB, à deux ou trois reprises, lors de soirées ou autres cocktails. L'histoire était revenue aux oreilles de ces fameux comptables. » Il rit. « Je me rappelle avoir pensé que la nouvelle Russie n'avait pas une chance de s'en sortir si le KGB avait été remplacé par ces comptables amicaux posant des questions amicales. Pour peu que j'en sache, le KGB allait dévorer tout cru ces rigolos sitôt revenu aux manettes.

— Avez-vous appris d'eux quelque chose concernant ces fonds secrets ? »

Galbraith se pencha en avant. « Non. Rien de concret, en dehors du fait évident qu'ils ne pensaient pas la RAF responsable de l'assassinat des banquiers suisses dans les années quatre-vingt. Au lieu de cela, il m'apparut manifeste que quelqu'un au KGB avait dérobé l'argent, l'avait déposé sur un compte numéroté à la RPB et, d'une façon ou de l'autre, le KGB avait découvert où il se trouvait.

— Une idée où ?

— Non, mais je peux deviner. Je suis prêt à parier que le KGB était déjà infiltré dans la RPB. Celui, quel qu'il soit, qui a dérobé l'argent et l'a placé là, soit ignorait ce détail, soit s'est cru plus malin qu'eux. Le bruit est venu aux oreilles du KGB que d'autres Russes déplaçaient vers l'Occident d'importantes sommes d'argent. Le KGB est venu chercher des réponses. Quand cela s'est produit, le détenteur du compte a contraint Gabler à découvrir parmi tous ses clients qui aurait des valeurs matérielles à échanger pour pouvoir récupérer physiquement l'argent et filer.

— Mais nous ne savons toujours pas s'ils ont trouvé preneur pour réaliser la transaction, dit Jack.

— Non, en effet, convint Galbraith avec un sourire. Mais je soupçonne quelqu'un de le savoir.

— Qui ça ?

— Hugh Castor. Hugh et moi nous connaissions depuis nos études à Eton. Nous n'étions pas copains mais j'en savais suffisamment sur lui pour savoir qu'il travaillait dans la sécurité. Quand les comptables russes sont venus me voir avec toutes leurs questions, je lui ai transmis les informations. Il était tout excité à l'idée de traquer le trésor disparu du KGB. Il me demanda même de le présenter au président de la RPB. J'ai découvert par la suite que Castor était lui-même devenu client de la banque. Il s'est beaucoup enrichi dans les années qui suivirent – on était dans les années quatre-vingt-dix. Il avait des liens dans la Russie nouvelle et a quitté le MI5 pour travailler dans le renseignement privé. Je savais qu'il trafiquait dans l'information et c'est pourquoi, quand j'ai perdu mon entreprise là-bas, l'an dernier, je suis allé directement le voir. J'ai pensé qu'il serait à même de régler cette histoire grâce à ses relations sur place. »

Galbraith regarda Ryan, soupira, poursuivit : « Ce salopard protégeait ses amis au pouvoir à mes dépens, n'est-ce pas ? »

Ryan opina. « J'ai comme qui dirait l'impression que c'est exactement ce qu'il a fait.

— Cette crapule a même acheté une maison à Zoug, histoire d'être plus près de ses sous, j'imagine.

— Castor a une maison à Zoug ?

— En effet. Un chalet au bord du lac. J'y ai dîné avec lui deux ou trois fois. » Ryan voyait les mâchoires de Malcolm Galbraith se crisper de colère. « Et puis, voilà qu'il m'arnaque au profit de ces salauds de Gazprom. Combien le paient-ils, à votre avis ? »

Ryan admit qu'il n'en avait aucune idée.

« Monsieur Galbraith, dit Jack, je vais être parfaitement honnête avec vous. Je ne suis pas sûr de ce qui va se passer, mais je n'imagine pas vraiment le FSB vous signer un chèque d'un virgule deux milliard de dollars quand tout cela sera terminé.

— Je ne sais plus quand j'ai utilisé cette phrase pour la dernière fois, observa Galbraith, mais au point où j'en suis, ce n'est plus une question d'argent. »

Ryan était heureux de voir un interlocuteur compréhensif.

Galbraith reprit : « Vous êtes un jeune homme courageux, pour un analyste. »

Jack sourit, songea quelques instants à son père, puis il répondit : « J'ai des hommes avec moi.

— Quel genre ?

— Des hommes chargés de surveiller mes arrières si les Russes s'avisent de s'en prendre encore à moi.

— Ces gars, ce ne sont pas des employés de Castor, n'est-ce pas ?

— Non, pourquoi ? »

Le milliardaire écossais se dandina sur son siège, soudain mal à l'aise. « Parce que je crains qu'il y ait une complication. »

Ryan inclina la tête. « Quelle complication ?

— J'ai appelé Hugh ce matin pour lui demander ce que son analyste stagiaire venait faire à Édimbourg, et pourquoi il me réclamait un rendez-vous. »

Jack grogna. « Quand j'ai insisté pour que ce rendez-vous soit discret, juste entre nous, c'est très précisément parce que Castor me posait problème. »

Galbraith leva les mains en l'air. « Tout est clair, à présent, n'est-ce pas ? Ça ne l'était pas à l'époque. »

Jack se demanda ce que cela signifiait, mais à tout le moins, il savait que ça voulait dire qu'il avait intérêt à repartir vite fait, désormais.

Il ajouta : « Juste encore une question. Quel numéro de téléphone vous a-t-il donné pour le joindre ? »

L'Écossais sortit de sa poche son téléphone mobile. Il fit défiler quelques instants des numéros, puis passa l'appareil à Ryan. « Vous songez à l'appeler ?

— Non. Mais j'ai un pote qui pourrait bien être capable de le trouver via son téléphone. » Jack regarda Malcolm Galbraith. « À ce point de la partie, je préférerais de beaucoup une rencontre en tête à tête avec Hugh Castor. »

75

Trente ans plus tôt

Après s'être aventuré sous la pluie au sortir de son hôtel berlinois, Jack Ryan trouva un petit restaurant encore ouvert à onze heures du soir où il prit un repas consistant en une *Bratwurst* avec des frites arrosées d'un grand verre de Pilsner. Il alla s'asseoir près de la devanture et dégusta son en-cas en contemplant le temps maussade. Au bout de quelques minutes, il déplia son plan de la ville pour s'orienter et se rendit compte qu'il n'était qu'à quelques rues de la Sprengelstrasse, là où la fusillade avait eu lieu, très tôt le matin même.

Même s'il était vingt-trois heures trente passées quand il quitta le restaurant, il décida qu'il pouvait marcher le long de cinq pâtés de maisons pour repasser devant l'appartement de la RAF.

Il lui fallut moins de dix minutes pour arriver au coin de la rue et il fut aussitôt surpris de découvrir à quel point le quartier semblait mort. La veille au soir, il avait supposé que le cordon de police bloquait la circulation au carrefour mais ce soir, sans la moindre présence policière, l'activité dans le coin était quasiment la même. En dehors d'un taxi en maraude et d'un ou deux retraités sous leur parapluie promenant leur chien, Ryan ne vit pas un chat sur la Sprengelstrasse.

La pluie froide redoubla à l'approche de l'intersection et c'est alors qu'il remarqua une voiture de police garée au pied de l'immeuble, tournée dans l'autre direction. Il ne pouvait voir personne à l'intérieur du véhicule mais le moteur tournait, aussi soupçonna-t-il la police d'avoir posté un garde pour éloigner de la scène de crime d'éventuels curieux.

Jack battit en retraite dans l'obscurité d'un seuil d'immeuble à l'angle nord-est de la Sprengelstrasse et de la Tegeler Strasse ; de là, il pouvait embrasser toute la scène.

Les portes à rideau coulissant de l'atelier de réparation automobile étaient fermées, ce qui n'avait rien de surprenant. Aucune lumière ne provenait de l'immeuble en briques et les fenêtres des étages supérieurs, qui avaient été brisées lors de la fusillade près de vingt-quatre heures auparavant, étaient à présent masquées de bâches de plastique brillant noir.

Ryan s'avisa alors qu'il aimerait bien jeter un nouveau coup d'œil à l'intérieur du logement. Même s'il était certain que le BfV avait dû déjà prélever tout ce qui pouvait avoir un intérêt manifeste pour l'enquête, Jack se demanda si quelque part ils n'auraient pas laissé échapper quelque détail, quelque minuscule indice susceptible de relier Marta Scheuring, la fille morte en Suisse, avec les Russes.

Il ne savait pas ce que ça pourrait être. Il n'était pas flic comme son père, les enquêtes criminelles n'étaient pas son fort, aussi reconnut-il qu'il lui faudrait tomber sur une preuve aussi évidente qu'une photo de Marta sur la place Rouge pour savoir qu'il détenait ce qu'il cherchait.

Ça ne risque pas, se dit-il.

Il en était là de ses ruminations quand une autre voiture de police s'arrêta à la hauteur de la première garée dans la rue. Les deux chauffeurs descendirent leur vitre et entamèrent la conversation. À trente mètres de là, Jack percevait leurs voix assourdies et il vit l'éclair d'un briquet puis la lueur d'une cigarette.

Jack sortit de l'embrasure et traversa la Tegeler Strasse pour longer l'immeuble. Là, il découvrit avec surprise que l'échelle de l'escalier de secours qu'il avait escaladée la veille au soir n'avait pas été complètement remontée. Il se rendit compte que, si l'envie lui prenait, il pourrait sauter et la tirer vers le bas en se servant du manche de son parapluie.

Il était certain que les voitures de patrouille garées à l'angle ne pouvaient pas le voir, sans compter que les flics étaient distraits par leur conversation, aussi, sans plan préétabli, Jack décida-t-il d'escalader l'escalier d'incendie pour se glisser à l'intérieur de l'immeuble. Il savait que la police pouvait à tout moment patrouiller aux alentours, mais il doutait sérieusement qu'ils quittent le confort douillet de leurs voitures dans les prochaines secondes.

Malgré tout, il n'essaya pas tout de suite d'atteindre l'échelle ; au lieu de cela, il continua de marcher, abrité sous son parapluie et son imper, même s'il s'était mis à transpirer à l'idée d'aller jeter un nouveau coup d'œil à l'intérieur de l'appartement du troisième ayant servi de planque à la Fraction armée rouge. Par deux fois, il se dissuada de poursuivre ce projet, mais par deux fois également, il raisonna que, dans l'hypothèse improbable où la police le surprendrait sur le fait, il ne risquerait pas grand-chose. Il pourrait évoquer le nom de quelques agents du BfV rencontrés la veille, et il serait bon pour des remontrances désagréables de la part des Allemands, mais cette perspective ne pesait guère en comparaison de la possibilité de satisfaire sa curiosité lors d'une nouvelle visite de l'appartement.

Tout en envisageant la conduite à suivre, il avait remonté la rue sur un demi-pâté de maisons. Il s'arrêta, fit demi-tour, revint vers l'escalier d'incendie et, une fois arrivé là, étudia tous les autres immeubles alentour pour s'assurer que personne n'était susceptible d'observer ses faits et gestes.

Toujours pas un chat.

Parvenu au pied de l'escalier de secours, Ryan tendit son parapluie pour accrocher l'échelle et la tirer lentement et presque sans bruit vers le bas, puis il lança le parapluie dans un bosquet proche, le long de l'immeuble, avant d'entamer son escalade.

La vitre du premier avait été brisée la nuit précédente ; c'est là que Ryan avait tiré sur le sniper embusqué deux pâtés de maisons vers l'est sur la Sprengelstrasse. À présent, une plaque de contreplaqué emballée d'une feuille de plastique noir obturait l'emplacement de la fenêtre. Ryan n'eut aucun mal à repousser celle-ci pour pénétrer à l'intérieur du bâtiment. Il se retourna pour contempler la rue déserte battue par la pluie, puis remit en place la feuille de contreplaqué.

Et voilà, il était dans la place. Tout était calme, comme prévu, et même si le couloir avait été plongé dans l'obscurité la veille, il n'y avait rien de comparable avec aujourd'hui : à présent, il n'y avait plus la moindre source de lumière.

Avoir peur du noir est un comportement naturel, et Jack n'avait aucune raison d'avoir peur car il était certain que le bâtiment était vide et protégé par la police, mais son cœur se mit néanmoins à battre la chamade alors qu'il se dirigeait à tâtons vers l'escalier du deuxième.

Comparée à l'obscurité totale du hall et de l'escalier, cet étage était relativement bien éclairé par les larges baies vitrées sur tous les côtés. Plusieurs avaient été brisées et, ici aussi, remplacées par les mêmes plaques de contreplaqué bâché de plastique, mais la majorité était toujours intacte et Jack n'eut aucun problème à trouver son chemin au milieu de l'atelier pour rejoindre l'autre escalier menant à l'appartement du troisième.

Jack se risqua à le visiter. Comme dans le couloir deux étages au-dessous, c'est tout juste s'il devinait ses mains devant son visage. Par chance, il se souvenait que, la veille, toutes les fenêtres de l'appartement avaient été détruites par la fusillade et les tirs de grenades assourdissantes. Il présuma qu'on les avait donc masquées comme celles des étages inférieurs, aussi tâtonna-t-il jusqu'au moment où il trouva une petite lampe de bureau posée sur une tablette. Il tira le cordon d'allumage et découvrit sans grande surprise que la lampe ne fonctionnait pas.

Il lui fallut plusieurs secondes pour trouver à tâtons un autre fil électrique ; celui-ci menait à une autre lampe dont l'ampoule, elle, n'avait pas été endommagée dans le chaos de la mêlée de la veille.

Il récupéra un plaid posé sur une chaise contre le mur et recouvrit partiellement la lampe, ne laissant qu'un rai de lumière lui permettant de s'orienter.

Le séjour semblait plus petit maintenant qu'il s'y retrouvait seul. Une douzaine d'inspecteurs de police, de policiers-commandos et d'agents britanniques avaient donné une impression de volume à cet espace mais à présent, ce n'était plus qu'une pièce de cinq mètres sur cinq encombrée de trop de meubles bon marché, pour la plupart démolis et transpercés de balles, et aux murs criblés de trous. On voyait dessiné au sol le contour d'un corps gisant sur le côté, les bras tendus dans une direction et le bas des jambes dans l'autre, formant un S. C'était la femme qui avait été tuée ; Jack avait lu son nom dans le rapport d'enquête cet après-midi. Ulrike machin. Il se souvenait d'avoir vu son corps criblé de balles, la veille au soir, une arme automatique gisant à ses côtés.

La fille et l'arme avaient disparu mais demeurait sa silhouette et une tache de sang large d'un mètre.

Il resta un moment immobile au milieu de la pièce à repenser à la scène. Il aurait juré qu'il pouvait encore sentir de la fumée et il crut même détecter l'odeur de la mort.

Au bout d'une minute, il éteignit la lampe et gagna le couloir à tâtons pour se diriger vers les chambres.

La chambrette de Marta Scheuring semblait encore plus obscure que le couloir. Il sonda le mur un bon moment à la recherche d'un interrupteur, mais n'ayant rien trouvé, il se mit à genoux, la main tendue, pour tâtonner dans toutes les directions. Il tomba sur un fil électrique qu'il suivit jusqu'à une sorte de lampe décorative renversée dont il bascula l'interrupteur. C'était une lampe à lave bleue ; apparemment, elle avait été disposée sur une tablette télé pliante dont Marta s'était servie comme table basse. Le plateau gisait, renversé au sol près de la lampe.

Jack saisit la lampe et s'en servit comme torche improvisée. Il examina le mobilier cassé, les trous dans la cloison. Il regarda les habits dans le placard, le miroir brisé sur une petite commode.

Tout était calme, le seul bruit était le cliquetis des intempéries sur le plastique et le contreplaqué masquant les fenêtres.

Jack embrassa du regard la pièce désormais teintée de bleu pâle. Personne n'était mort dans cette chambre ; il n'y avait pas de sang au sol ou sur les murs. Mais il régnait une atmosphère mortifère parce que la jeune femme qui avait vécu dans cet espace minuscule avait été tuée deux nuits plus tôt, à quelques centaines de kilomètres de là vers le sud, en Suisse. Ses quelques effets personnels étaient tout ce qui restait d'elle. Il y avait du linge sale dans un panier dans le coin. Un torchon élimé, une paire de blue jeans. Un chandail noir et un ensemble slip soutien-gorge beige uni posés sur le dessus de la pile.

Soudain, Jack eut l'impression que sa présence était déplacée.

D'un point de vue intellectuel, Jack savait que le BfV avait dû tout fouiller mais il avait tenu à fouiner de son côté. Pourtant à présent, il ne voulait plus toucher ses habits, fouiller dans ses tiroirs ou sa penderie.

Il se rendit compte qu'il avait commis une erreur. Il était parvenu au bout de son enquête, et la logique avait laissé place à l'émotion.

Jack poussa un gros soupir. Son esprit se remit en branle et il se mit à songer à la façon dont ses pairs allaient juger sa visite nocturne clandestine sur cette scène de crime. Devrait-il même mentionner cette petite balade non autorisée à sir Basil ou à Jim Greer ? Sans doute pas. Cela le ferait passer pour un homme impétueux, indiscipliné.

Il ne pouvait pas non plus en parler à Cathy, mais c'était somme toute sans doute mieux pour tout le monde. Il se dit qu'il n'avait plus qu'à s'éclipser et ne plus jamais dire un mot de cette…

Jack entendit un bruit, un craquement de lattes de parquet quelque part au loin. Il passa la tête dans le corridor. Le bruit se poursuivit et, au bout d'un moment, il comprit qu'il entendait les pas de quelqu'un en train de gravir l'escalier menant à l'appartement.

Il éteignit prestement la lampe à lave, la reposa au sol et battit en retraite à l'intérieur de la penderie, se tassant entre les habits accrochés à la tringle.

Et merde, Jack. Il était certain que c'était la police. Il savait qu'on ne l'avait pas vu monter, et il savait également qu'il n'avait pas fait de bruit. Il supposa que les satanées lampes qu'il avait allumées avaient dû filtrer par quelque impact de balle dans le mur et alerter les flics.

Les pas approchaient lentement, gagnant à présent le couloir. La porte de la penderie était ouverte. Jack ne voulait pas la rabattre, de peur que les charnières grincent, aussi se tassa-t-il lentement encore plus loin vers le fond, entre les robes et les manteaux que Marta avait laissés accrochés. Il se dit qu'il avait une chance de rester invisible si les flics se contentaient de passer devant la chambre en n'y jetant qu'un simple coup de torche en passant, puisque la penderie n'était visible que si l'on entrait dans la pièce.

Et là tout d'un coup, ça le frappa : il n'y avait pas de torche électrique. Sinon il aurait vu la lumière au moment où le visiteur entrait dans le corridor, or il continuait de régner une obscurité complète.

Le fait qu'il n'y eût pas de faisceau lumineux était déconcertant. Il n'avait aucune idée de qui pouvait se trouver dans l'appartement avec lui, mais il suspectait l'inconnu d'avoir aussi peu de justifications que lui à sa présence ici.

Le plancher du couloir craquait à chaque pas. Les gouttes de l'averse sur les feuilles de plastique continuaient sans interruption tandis que les pas se rapprochaient.

Ils s'arrêtèrent au seuil de la chambre de Marta Scheuring. Le visiteur n'était plus qu'à deux mètres de Jack, toujours partiellement dissimulé dans la penderie.

Une silhouette s'avança dans la chambre devant lui. Il pouvait sentir la présence plus que voir quoi que ce soit dans le noir. Il songea à sortir d'un bond, prendre l'intrus par surprise ; son esprit calcula à toute vitesse et il se demanda si ce pouvait être l'individu qui avait tiré sur lui et sur les hommes du GSG 9, vingt-quatre heures plus tôt.

Il n'avait aucune arme sur lui ; son seul espoir était de rester caché. Il ne bougea pas. Il retenait maintenant son souffle et se força à garder les yeux écarquillés pour absorber le plus possible de lumière ambiante.

Il entendit un frottement ; le bruit de la lampe d'ambiance raclant le sol.

Merde. Il se prépara à bondir sitôt que la lumière jaillirait.

Soudain, la chambre fut baignée d'une pâle lueur bleue. Une silhouette vêtue d'un grand manteau noir à capuche était agenouillée sur le sol, puis elle se releva, lui tournant le dos. Ryan serra le poing droit ; il ne lui fallait que deux pas pour être à distance de frappe, mais il se rendit vite compte que la silhouette s'éloignait de lui, en direction du lit.

L'individu s'agenouilla et se mit à fouiller dessous. Jack entendit grincer les lattes du parquet et comprit aussitôt de quoi il retournait.

Après avoir tâtonné quelques secondes, la silhouette s'immobilisa, comme si elle renonçait, et posa la tête sur le lit. Qui que soit l'inconnu, il avait manifestement cherché la mallette et manifestement découvert que la police l'avait découverte.

Jack comprit qu'il devait désormais prendre l'initiative, pendant que l'inconnu était agenouillé, la tête tournée de l'autre côté.

Jack sortit de la penderie et se mit à traverser la chambre. Il était seulement au milieu quand le craquement des lattes sous ses pieds le trahit.

L'étranger se leva d'un bond en pivotant sur lui-même. Dans la lumière bleue, Jack vit une main plonger dans une poche intérieure du pardessus puis en émerger de nouveau rapidement, serrant quelque chose de petit et de noir. Jack ignorait si c'était un flingue ou un couteau, mais peu importait. Il avait de l'élan et continua sur sa lancée, les yeux rivés sur l'arme, puis il serra le poing et prit son élan pour frapper.

Il vit briller la pointe d'acier au même moment où il entendait le déclic du cran d'arrêt. L'étranger donna le coup de couteau au moment où Ryan lui décochait un direct du droit. Son poing s'écrasa contre la mâchoire de l'homme, un coup presque parfait, et sa tête fut projetée vers l'arrière.

Le couteau vola dans les airs tandis que le corps basculait à la renverse sur le lit pour y demeurer, inconscient.

Jack sentit une douleur à l'avant-bras et se rendit compte qu'il avait été blessé par la lame ; il ne pouvait jauger de la gravité de la blessure dans cette faible lumière mais il tâta à travers la déchirure de son blouson et, quand il retira sa main, il sentit du sang humide au bout de ses doigts. Il ne pensa pas que c'était bien grave mais ça piquait vachement.

« Putain de merde ! » s'exclama-t-il en ôtant son écharpe pour la draper autour de la blessure.

Il lui fallut un moment pour l'attacher et pendant tout ce temps, il ne quitta pas de l'œil la silhouette étendue sur le lit devant lui. Il ne pouvait voir son visage, aussi s'avança-t-il pour se pencher au-dessus de la forme inconsciente. Il s'approcha encore, se pencha et rabattit en arrière la capuche, puis écarta les cheveux humides pour pouvoir distinguer son visage.

Il se redressa brusquement, abasourdi.

C'était une femme.

Il regarda son poing ; ses phalanges l'élançaient par suite de la violence du coup qu'il lui avait porté au visage.

« Oh, mon Dieu. »

Il fallut cinq minutes à la femme pour reprendre ses esprits. Dans l'intervalle, Jack lui avait lié les mains dans le dos en se servant du soutien-gorge récupéré dans le panier de linge sale au coin de la pièce, puis il l'avait étendue par terre, assise adossée au lit. Il l'avait en outre méticuleusement fouillée. Elle ne portait pas d'autres armes, pas de papiers non plus, et n'avait sur elle qu'un porte-clés avec quelques clés et deux petites liasses de billets. Ryan nota avec intérêt qu'il s'agissait à la fois de Deutsche Marks occidentaux et d'Ostmarks est-allemands, mais ce n'était pas là le détail le plus intéressant chez elle.

Après s'être assis par terre en face d'elle, la lampe à lave entre eux deux, il étudia son visage. L'éclairage était médiocre, ses boucles blondes retombaient sur ses yeux avec sa tête penchée vers l'avant, et il y avait une ecchymose violacée sur sa mâchoire, à la suite de son coup de poing, aussi était-il difficile de bien la distinguer, mais Ryan commença à se dire qu'il la connaissait.

Et quand elle s'éveilla, qu'elle rouvrit les yeux et se mit lentement à balayer du regard la chambre, Jack en fut certain.

Il parla. « Je peux vous bâillonner. Si vous criez, c'est ce que je ferai. Me comprenez-vous ? »

Il nota que sa respiration s'accélérait. Elle le regarda, ses yeux s'agrandirent de terreur et les larmes ruisselèrent sur ses joues.

« Vous parlez anglais, n'est-ce pas ? »

Au bout d'un moment, elle demanda : « Qui êtes-vous ? » Elle avait un fort accent allemand mais Ryan n'avait aucun mal à la comprendre.

Dans la douce lumière bleue, il étudia ses yeux. Il y lut de la terreur mais aussi de l'épuisement. Ses cheveux mouillés collaient à son front.

Il reprit : « Vous pouvez m'appeler John. Et moi, si je vous appelais Marta ? Marta Scheuring ? »

76

Jack n'avait pas la moindre idée du pourquoi, ni du comment, mais il avait, assis devant lui, le membre de la Fraction armée rouge dont le corps avait été identifié sur la scène de l'attentat à la bombe de Rotkreuz, en Suisse.

« Ce n'est pas mon nom », lui dit-elle.

Ryan aurait voulu avoir sous la main Nick Eastling. L'agent du contre-espionnage avait ses défauts, mais il avait aussi le chic pour faire parler les gens.

« Il est inutile de nier », dit Jack, tout en scrutant la chambre à la recherche d'un portrait d'elle. Il ne put rien trouver mais il se dit que les hommes avaient pu les emporter à titre de preuves.

« Cochon de flic », lâcha-t-elle. Elle détourna la tête, fixant le mur opposé. « T'es américain ?

— Oui.

— FBI ? CIA ?

— Et si c'était moi qui posais les questions ? »

Elle secoua la tête. « Pas envie d'écouter tes questions de merde. T'es qu'un imbécile. Vous l'êtes tous. Vous croyez qu'on était en Suisse, vous croyez qu'on était impliqués dans les attentats là-bas. Mais ce n'était pas nous. Aucun de nous. Tes cochons de flics ont tué tout le monde ici pour rien, pour rien. »

Jack hocha la tête. « Non, pas pour rien. Tes amis ont été tués parce que vous appartenez à la RAF et que tes papiers ont été retrouvés dans un endroit où quatorze personnes sont mortes brûlées vives. Quand le GSG 9 est venu investir cet appartement, quelqu'un s'est mis à les canarder depuis ta chambre meublée en haut de la rue. »

Elle secoua de nouveau la tête. Ses boucles humides tombèrent sur ses yeux et elle les chassa en soufflant dessus. « *Was meinst du denn ?* » Qu'est-ce que tu racontes ? « Quelle chambre meublée ?

— Tu n'as pas loué une chambre dans un foyer d'immigrés, deux rues plus haut sur la Sprengelstrasse ?

— Pourquoi j'aurais fait un truc pareil ? »

Sa voix était pleine de dérision, mais il y avait dans son ton, indubitablement, des accents de vérité.

Jack n'en fut pas si surpris. Il reprit : « Je ne te connais pas, Marta, mais pour ton bien, j'espère que tu es assez intelligente pour te rendre compte qu'on t'a manipulée. Toute ton organisation s'est fait manipuler. »

La jeune Allemande inclina la tête et, à nouveau, ses boucles retombèrent. Elle les laissa pendouiller. « Tu me crois ? Tu crois que je n'ai tué personne ?

— Je te crois, oui. Mais pour l'instant, je suis le seul à croire que la Fraction armée rouge n'est qu'un pion dans toute cette histoire. Dès que le BfV aura découvert que tu es encore en vie, tu deviendras la personne la plus recherchée de toute l'Allemagne. »

Jack crut que la fille allait se remettre à pleurer mais au lieu de cela, elle bougonna simplement : « Putains de cochons de bourgeois. Tous autant que vous êtes.

— Qui était la fille morte en Suisse qui avait tes papiers ? »

Pas de réponse.

« Marta, personne au monde ne sait que je suis ici en ce moment. Si tu veux, je peux redescendre aller raconter aux flics en bas, devant, que tu es ici. Ou bien tu peux me parler un peu, et on peut tous les deux s'éclipser en catimini, ni vu ni connu. »

Marta marmonna quelque chose.

« Quoi donc ?

— Ingrid Bretz. Elle s'appelait Ingrid Bretz.

— Appartenait-elle à la RAF ? »

Marta fit juste non de la tête. « Elle était serveuse dans un bar de l'Alexanderplatz, à Berlin-Est.

— *Berlin-Est ?* Elle venait de l'Est ?

— *Ja.*

— Que faisait-elle avec tes papiers sur elle ?

— Je les lui avais donnés. Il y a une semaine, je suis allée à l'Est. Elle m'a dit qu'elle avait besoin de venir à l'Ouest pour quelques jours. Pour ça il lui fallait un *Ausweis*. On se ressemblait pas mal, alors je lui ai donné le mien.

— Vous étiez amies ? »

Marta hésita. « Oui, mais elle m'a payée. Elle m'avait payée pour que je vienne à l'Est et lui donne mes papiers ; je devais ensuite attendre sur place son retour.

— Qui avait arrangé ça ?

— Personne. C'était juste une idée qu'elle avait eue. »

Jack n'y croyait pas une seconde. « Si tu n'avais plus tes papiers, comment as-tu fait ton compte pour repasser à Berlin-Ouest ? »

Martha haussa les épaules. « Il y a des moyens.

— Quels moyens ? Un tunnel ?

— Ha, ha. Un tunnel. Quel idiot. »

Jack n'insista pas. Il demanda plutôt : « Alors pourquoi Ingrid n'est-elle pas rentrée à l'Ouest en douce, comme tu l'as fait ? »

Marta le fusilla du regard. Le regard qu'une terroriste gauchiste pouvait adresser à un employé de la CIA. Rempli de dédain moralisateur et de supériorité intellectuelle. « Elle devait se rendre en Suisse. Il n'y a pas de tunnel pour entrer en Suisse. »

Jack comprit que Marta lui expliquait qu'Ingrid aurait eu besoin de papiers non seulement pour passer à l'Ouest mais aussi pour passer d'Allemagne en Suisse.

« Sais-tu pourquoi elle voulait s'y rendre ?

— Elle m'a dit qu'elle avait un petit ami qui y avait immigré.

— Et tu l'as crue ?

— Pourquoi pas ? Elle m'a montré un collier qu'il lui avait envoyé. C'était un gros diamant. Elle n'osait même pas le porter. Il n'y a pas beaucoup de filles en Allemagne de l'Est qui portent un diamant en sautoir.

— T'a-t-elle donné le nom de son ami ?

— Non.

— Mais vous étiez pourtant copines ? » insista Jack, incrédule.

Il n'avait pas l'habitude des interrogatoires. Il se demanda si sa nature inquisitrice ne l'amenait pas à brûler les étapes. Avant qu'il pût songer à une autre façon, moins directe, de l'interroger, Marta se mit à parler, d'elle-même :

« Ingrid n'était jamais encore allée en Suisse. Alors, tu l'imagines, se débrouiller pour y entrer toute seule, puis se mettre à descendre les gens à la mitraillette et à faire sauter des immeubles ? *Das ist verrückt.* »

C'est insensé, traduisit-elle en anglais.

« Ils raconteront qu'elle n'a pas agi seule. Que d'autres membres de la RAF collaboraient avec elle. Même toi, qui sait ? »

Marta fit non de la tête. « Ingrid n'appartenait pas à la RAF. Et de toute façon, qu'est-ce qu'on en a à cirer des banquiers suisses ? On a déjà des banquiers ici. Des industriels. L'OTAN. » Elle leva les yeux vers Jack, qui s'était rassis au-dessus d'elle sur le lit étroit. « Des espions capitalistes, ici aussi…

— Comment la mallette a-t-elle atterri sous le lit ? »

Marta retomba dans le silence. Cette fois, Jack répondit à sa place.

« Voici ce que je pense. Je ne crois pas que tu as prêté tes papiers à cette serveuse en échange de quelques marks de l'Est. Je pense que tu as reçu l'ordre de les lui donner, de ces mêmes individus qui ont caché les preuves sous ton lit. »

Son rire lui parut sonner faux. « Reçu l'ordre de qui ? »

Jack haussa les épaules. « De la Stasi, peut-être ? Ou bien était-ce du KGB ? Je n'en sais rien. Ce que je sais, c'est que ton organisation travaille avec l'un et l'autre. Qui que ce soit, ils t'ont dit qu'ils avaient besoin de planquer quelque chose ici. Tu as dû leur parler de la cachette sous le lit. Une fois que tu as découvert que ton appartement avait été visité par la police, tu as compris que tu t'étais fait doubler. »

Elle secoua de nouveau la tête. « Mensonge typique de la CIA. »

Ryan serra le foulard passé autour de son avant-bras ; il sentait qu'il était imbibé de sang. Il reprit : « Écoute, Marta, ceux qui ont fait cela, quels qu'ils soient, se sont servis d'Ingrid parce qu'ils ne pouvaient pas faire entrer un vrai membre de la RAF en Suisse pour poser la bombe. Alors ils ont récupéré tes papiers et les lui ont donnés pour que votre groupe se voit attribuer les victimes de l'attentat. Et résultat, tes amis sont morts à cause de cela. Tu sais manifestement que tu t'es fait piéger, puisque tu es revenue ici, dans l'espoir insensé que les preuves soient encore sous le lit et que tu pourrais t'enfuir avant que toi et tes paumés de camarades gauchistes vous retrouviez impliqués un peu plus.

— Je n'ai rien de plus à te dire.

— Ne veux-tu pas que le monde sache que la Fraction armée Rouge n'a rien à voir avec la mort de tous ces innocents en Suisse ? C'est quand même ce qui a pu arriver de pire à ton organisation. »

Elle ne dit rien. Se contenta de hocher la tête.

« Tu ne veux pas parler, alors si tu m'écoutais pendant quelques instants ? Au cas où tu l'ignorerais, tes copains sont morts pour une vulgaire question de fric. Oui, tout ça pour un compte bancaire. Un compte dans une banque suisse avec dessus plus de deux cents millions de dollars. Pour planquer cet argent, des gens devaient mourir, aussi les Russes ont-ils décidé de vous utiliser, toi et tes amis, pour porter le chapeau de leur meurtre. »

Ryan lui sourit. « Ce n'est rien de plus qu'une question de gros sous, ma petite. Vos idéaux socialistes, votre lutte pour les droits des travailleurs, rien de ces conneries n'avait à voir avec cette histoire. Les Russes voulaient garder leur argent planqué, et la RAF leur a servi de bouc émissaire. »

Jack poursuivit : « Ils sont tous morts, Marta. Tous tes amis. Il n'y a personne à protéger, sinon l'homme qui t'a infligé ça. Si tu le protèges… » Jack indiqua l'appartement vide et dévasté. « Alors tu es encore plus complice et responsable de ce qui leur est arrivé à tous. »

Elle pleurait carrément désormais, tête basse, et les larmes tombaient sur le parquet devant elle. Mais elle ne dit rien.

« Tu ne veux pas parler. Fort bien. Je respecte ton silence. Mais je vais te dire une chose. Si tu peux répondre encore à une question, je défais tes liens et te laisse partir. »

Elle releva la tête. Une lueur d'espoir dans les yeux, maintenant. « Quoi ?

— Une seule question, Marta. Promis. »

Son nez coulait ; elle ne pouvait pas l'essuyer avec les mains liées dans le dos, alors elle renifla bruyamment. « OK. Quelle question ?

— Pourquoi es-tu en vie ? »

Elle pencha lentement la tête sur le côté. « *Was meinst du*[1] ?

1. « Que veux-tu dire ? »

— Ces gens ont jusqu'ici parfaitement réussi à effacer leurs traces. Ils ont tué Ingrid qui venait d'Allemagne de l'Est et qui ne manquerait à personne ici. Et ils ont tué les hommes qui étaient au courant de l'existence des fonds amassés par les Russes à la banque. Je suis à peu près sûr qu'ils ont tué un de mes amis qui essayait de révéler leurs manœuvres. Et ils ont pris grand soin de liquider tout le monde dans cet appartement pour que plus personne ne reste pour prouver qu'ils n'avaient rien à voir avec l'attentat. »

Jack se rapprocha d'elle. Son ton n'était pas menaçant mais implorant :

« Mais toi, Marta, toi, tu es le seul maillon faible encore en vie. Te balader dans Berlin-Ouest pourrait réduire en miettes tout leur plan. Penses-tu qu'ils vont rester les bras croisés et te laisser faire ? »

Les muscles du cou de la jeune femme se crispèrent. Son visage traduisait parfaitement la sensation d'avoir perdu l'un des piliers de son système de croyance.

Jack avait envie de ressentir cette joie maligne que suscite le malheur d'autrui, en voyant une terroriste se rendre compte soudain que sa cause était entièrement bâtie sur du sable et soutenue par une organisation de tueurs inhumains. Mais au lieu de cela, il se surprit à avoir pitié d'elle.

Le regard lointain de ses yeux humides était presque catatonique. Elle répondit : « Je ne suis pas censée être ici. J'étais à l'Est. Je suis venue tôt ce matin quand j'ai appris ce qui s'était passé.

— Venue ? Comment ?

— Il y a effectivement un tunnel. Il est utilisé par les espions est-allemands. J'en ai connaissance parce qu'il m'arrive de les aider à transporter des trucs à l'Ouest.

— Personne n'est au courant de ta présence ici ? »

Nouveau signe de dénégation.

Il s'approcha d'elle, à quelques centimètres de son visage et risqua le tout pour le tout. « Même pas ton agent traitant du KGB ? »

Marta Scheuring hocha lentement la tête. Les larmes se mirent à ruisseler. « Je n'ai pas d'agent traitant. Le Russe qui m'a fait connaître Ingrid était un parfait étranger. Je ne l'avais jamais vu avant, mais il connaissait d'autres membres de mon organisation. Ils m'ont dit que je pouvais lui faire confiance. Je suppose qu'il était du KGB. Je veux dire… comment sinon aurait-il connu notre existence ? Il m'a dit qu'il nous soutiendrait si je faisais ce qu'on me disait. Je ne pouvais pas refuser. Nous avons besoin d'aide. » Elle regarda autour d'elle, comme si elle venait soudain de se rappeler que tous ses camarades de guérilla urbaine étaient morts. « Nous *avions* besoin d'aide.

— Quel était son nom ? »

Elle secoua la tête. « Il ne m'a pas donné son vrai nom. Juste un nom de code.

— Qui était ?

— *Zenit.*

— Zénith ?

— Vous le connaissez ? demanda-t-elle.

— Non. Mais je crois connaître son travail. »

Les larmes coulaient à flots maintenant, et la morve dégouttait de son nez. Son corps était secoué de hoquets. « Il va me tuer, n'est-ce pas ?

— Si tu étais restée à l'Est, reprit Jack, comme tu étais censée le faire, tu serais *déjà* morte. Ce Zénith et d'autres dans son genre vont se mettre à ta recherche. Tu dois nous laisser te protéger.

— Mais tu es seul, n'est-ce pas ?

— Pour l'instant, oui, mais je peux te ramener au QG de Clay où tu seras protégée par toute la Brigade de Berlin. On peut te faire quitter Berlin-Ouest et te trouver un endroit sûr.

— En échange de quoi ? »

Ryan se rendit compte qu'il se faisait vraiment du souci pour la jeune Allemande. Même si elle s'était fourvoyée, pour dire le moins, même si c'était fort probablement une dangereuse terroriste, son instinct de protection des plus vulnérables était bien réel.

Il avait cessé de penser à une quelconque tractation désormais. Il ne songeait plus qu'à garder en vie la jeune femme de vingt-cinq ans.

Il se demanda si cela voulait dire qu'il n'était plus assez dur et cynique pour être réellement opérationnel.

Il repoussa l'idée dans un coin de sa tête et se leva. « Ce n'est pas à moi de le dire. D'abord, tirons-nous d'ici, et tâchons de t'obtenir une protection. Ensuite, on pourra toujours se soucier du reste.

— Tu mens. Jamais le gouvernement américain ne m'aidera.

— Eh bien, déjà, nous, on ne va pas te tuer. Vois les choses ainsi, Marta. Nous sommes des capitalistes. Tu nous donnes quelque chose, et on te donne autre chose en échange. Tu nous procures des informations et on t'offre la protection dont tu as besoin. Cette relation n'a pas besoin d'être plus compliquée que cela.

— Pourquoi devrais-je te faire confiance ? »

Jack se fendit d'un demi-sourire. « Parce que l'Amérique travaille avec des gens qu'elle n'aime pas, à peu près tout le temps. »

L'argument parut porter. Visiblement, Marta était à présent bien consciente d'être dans de mauvais draps. Elle n'accepta pas de vive voix, elle semblait encore être au bord de la panique, mais elle opina.

Ryan défit ses liens. Ce faisant, il lui demanda : « Pourquoi la Fraction armée rouge n'a-t-elle pas publié un communiqué disant qu'elle n'avait rien à voir avec tout ça ?

— Ce n'est pas moi qui dirige la RAF, répondit-elle. Si le KGB nous a trompés, s'est servi de moi pour endosser la responsabilité des événements en Suisse, jamais la RAF ne s'opposera publiquement à l'Union soviétique. Ce serait le dernier clou dans notre cercueil. Nous n'aurions plus le soutien d'aucun autre parti communiste. »

Cela parut logique à Ryan. Ils étaient, jusqu'à un certain point, les vassaux du renseignement russe. Ils pourraient se plaindre en interne de cette affaire, mais jamais ils ne pourraient le faire en public et admettre qu'ils avaient été exploités par le KGB.

Ryan aida Marta à se relever. « Tu passes devant, je te suis.

— Pourquoi ?

— Parce que je ne vais pas te tourner le dos. Tu m'as déjà poignardé une fois. »

77

Marta et Jack progressèrent ensemble avec lenteur dans l'immeuble plongé dans l'obscurité. Arrivé au premier, Jack dit à Marta de tourner pour rejoindre l'escalier de secours mais Marta lui répondit : « Non. Suis-moi. »

Jack la suivit donc par un autre escalier menant au garage occupant le rez-de-chaussée. Il y avait là quelques ampoules de faible intensité, mais suffisantes pour leur permettre de gagner aisément un atelier situé à l'angle nord-ouest du bâtiment. Un escalier de bois très étroit menait au sous-sol. Marta tira un cordon au centre de la pièce et une ampoule nue révéla un lave-linge et un séchoir. À côté des appareils, il y avait une trappe métallique encastrée dans le mur.

« C'est quoi ? demanda Jack.

— C'était une trémie à charbon, dans le temps, avant guerre. On s'en sert à présent pour aller et venir quand la police surveille le devant de l'immeuble. »

Marta ouvrit la trappe ; elle fit un bruit de raclement étouffé mais Jack était certain que la police, tout à fait à l'autre bout du bâtiment n'avait rien entendu. Elle s'enfonça la première en rampant et Jack la suivit.

Jack se retrouva dans une étroite allée pavée entre deux immeubles. Il y avait tout juste la place de marcher.

Marta expliqua. « Notre immeuble a survécu à la guerre mais celui-ci, sur la gauche, a été bâti par la suite. Ils l'ont construit si proche que, sur les plans, ils donnent l'impression d'être contigus. Ces connards de flics n'ont même pas connaissance de ce passage. »

Ils progressèrent dans l'espace étroit et sombre, se faufilant pendant une bonne minute entre des immeubles avant de déboucher sur une allée proche de la Sparstrasse.

Sitôt dans la rue, Jack expliqua : « Il faut qu'on hèle un taxi.

— Un taxi ? s'exclama Marta. T'as même pas de voiture ?

— Non. Je suis venu à pied.

— Tu parles d'un espion !

— Je n'ai jamais dit que j'étais un espion. »

Marta parut de nouveau terrifiée. Il était clair pour Ryan qu'elle redoutait d'être à découvert en pleine rue. « Il est une heure du matin. Ici, à Wedding, à une heure pareille, la seule chance d'en trouver un, ce sera sur la Fennstrasse. C'est à trois ou quatre rues d'ici.

— Eh bien, allons-y. »

Elle hésita. Ryan vit ses mains trembler. Finalement, elle dit : « Par ici. »

Jack maintenait avec la main gauche son avant-bras droit douloureux tandis qu'ils longeaient tous les deux un petit parc désert. Ses yeux ne cessaient d'aller et venir des immeubles sur sa droite à la femme qui marchait à sa gauche. Il avisa une cabine téléphonique et songea à appeler quelqu'un de la Mission Berlin pour venir les récupérer mais il se ravisa, estimant qu'ils pourraient rejoindre le complexe plus vite en taxi, et puis il ne voulait pas devoir attendre trop longtemps par ici qu'une voiture arrive.

Il faisait une nuit d'encre sur la Sparrplatz, l'espace vert grand comme un pâté de maisons que longeaient Jack et Marta sous une pluie glaciale, aussi ne purent-ils voir l'homme isolé qui les observait depuis le couvert des arbres, près du terrain de basket abandonné. Il se tenait parfaitement immobile et silencieux jusqu'à ce qu'ils prennent à droite dans la Lynarstrasse et disparaissent à sa vue ; il quitta alors le parc, en évitant la lueur d'un réverbère quand il rejoignit le trottoir qu'ils avaient parcouru trente secondes plus tôt.

L'homme portait un blouson d'aviateur, une casquette et des gants de cuir. Quiconque l'aurait vu depuis la rue aurait pu noter que, malgré la pluie battante, il n'avait pas de parapluie, mais en dehors de ce détail, il n'avait rien de remarquable et restait impossible à identifier.

L'homme tourna dans Lynarstrasse juste comme Jack Ryan et Marta Scheuring prenaient à gauche sur Tegeler Strasse, devant lui.

L'homme pressa aussitôt le pas et enfonça un peu plus le cou dans le col de son blouson pour se protéger de la pluie et du froid.

Jack commençait à se faire du souci pour Marta. Elle était près de craquer alors qu'ils continuaient de marcher seuls sous la pluie, comme si l'obscurité entre les réverbères la terrorisait à nouveau. Et chaque fois qu'un véhicule les dépassait, elle reculait terrorisée et se tournait vers Jack, en quête de réconfort.

Ils avisèrent un taxi qui passait sur la Fennstrasse, mais il fila sans s'arrêter alors qu'ils essayaient de le héler. Un second passa, mais il était déjà pris. Jack commençait à se sentir agacé ; il n'aimait pas marcher dans ces rues presque désertes, plus à cause du danger que courait Marta que par crainte pour sa propre sécurité.

Marta vit les phares d'un véhicule qui approchait avant Jack, pour la bonne et simple raison que ce dernier était trop occupé à la surveiller du regard pour avoir les yeux braqués sur la rue.

Quand Jack regarda, il ne put distinguer de quelle sorte de véhicule il s'agissait. « Est-ce un taxi ? » Il se tourna vers Marta et s'aperçut alors qu'elle s'était arrêtée.

« *Das weiss ich nicht* », fit-elle – Je n'en sais rien. Elle avait les yeux rivés sur les phares, ils étaient agrandis de terreur.

« Marta, du calme », dit Jack qui descendit du trottoir, prêt à héler la voiture.

Mais ce n'était pas un taxi. C'était une grosse camionnette blanche.

Qui se mit à ralentir à leur approche. Elle s'arrêta le long du trottoir au milieu du pâté de maisons, à moins de quinze mètres d'eux.

Une porte latérale coulissa bruyamment.

« C'est lui ! » s'exclama-t-elle, sur un ton paniqué.

Et Marta Scheuring tourna les talons et partit en courant.

Jack allait faire de même mais alors qu'il allait lui emboîter le pas, il se retourna pour regarder par-dessus son épaule. Une grosse liasse de journaux, emballés sous du plastique transparent et liés par une ficelle jaillit de la porte ouverte de la camionnette. Les quotidiens atterrirent sur le sol devant la porte d'une supérette ouverte toute la nuit.

Un instant plus tard, un homme sortit du magasin, adressa un petit salut à la camionnette puis récupéra les journaux et réintégra la chaleur douillette de sa boutique.

La camionnette repartit sur les chapeaux de roue.

Jack lança à Marta : « Tout va bien ! » Il poussa un soupir de soulagement mais ce n'est qu'à cet instant qu'il se rendit compte que Marta Scheuring avait disparu.

Il vit la porte d'un immeuble se rabattre à quelques mètres de là ; il fonça pour essayer de la suivre à l'intérieur mais la porte s'était déjà refermée et ne se rouvrit pas.

Marta l'avait verrouillée de l'intérieur.

Jack voulut faire le tour de l'immeuble, à la recherche d'une autre entrée mais alors qu'il tournait au coin, il vit que Marta était ressortie par une porte latérale et courait maintenant de l'autre côté de la rue.

« Marta ! » s'écria-t-il alors qu'elle filait sous la pluie, mais elle ne se retourna pas, courant toujours.

Jack la poursuivit alors qu'elle disparaissait au fond d'une rue sombre baptisée Am Nordhafen. Elle avait au moins cinquante mètres d'avance sur lui et il avait l'impression qu'il n'arriverait pas à la rattraper avant qu'elle n'ait atteint son but.

Le mur de Berlin n'était plus qu'à deux rues de distance.

Il la héla une fois encore, cette fois alors qu'il la poursuivait le long du canal Berlin-Spandau, une voie d'eau étroite bordée de béton qui courait sur sa droite alors qu'il s'approchait du Mur.

Marta obliqua pour filer maintenant entre des immeubles sur sa gauche, Jack la suivit dans le noir, à travers un terrain vague mais, alors qu'il contournait une ouverture dans une clôture métallique, il glissa dans une flaque de boue. Il lui fallut quelques instants pour se relever et, dans l'intervalle, il découvrit qu'il avait perdu de vue la jeune Allemande. Plusieurs bâtiments longeant le terrain vague étaient vides et sombres, et il nota plusieurs fenêtres obscures et béantes au rez-de-chaussée par lesquelles elle aurait pu s'introduire.

Il l'appela de nouveau et sa voix se répercuta en écho sur les immeubles déserts : « Marta ? Ne fais pas ça. Il faut que tu me fasses confiance. On peut t'aider. »

Pas de réponse. Il se précipita vers une fenêtre, regarda à l'intérieur d'une pièce sombre qui sentait la sciure et le plâtre frais, mais il ne vit nulle trace de la jeune femme.

Elle avait évoqué un tunnel pour circuler entre l'Est et l'Ouest ; il n'aurait su dire s'il se trouvait à proximité, mais ce dont il était sûr, c'était qu'il ne risquait pas de le découvrir par cette nuit noire.

Il ne voulut pas l'admettre tout de suite, mais dut lentement se rendre à l'évidence : la jeune Allemande avait disparu.

Jack resta les bras ballants dans le terrain vague une bonne minute et il nota pour la première fois ses cheveux trempés, ses jambes de pantalon couvertes de boue et l'air glacial. Il retourna vers la rue et s'arrêta sous un réverbère.

Le mur de Berlin se dressait juste un pâté de maisons plus loin au bout de la Boyenstrasse ; derrière le mur extérieur, on voyait les projecteurs illuminant le « couloir de la mort », une bande dégagée entre le mur extérieur et celui dressé côté Est. À l'intérieur de la bande, il y avait des mitrailleuses automatiques et des hommes armés avec des chiens, et des projecteurs étaient positionnés du côté opposé.

Jack, toujours immobile, se rendait lentement compte qu'il venait de perdre la preuve de sa théorie concernant l'affaire Morningstar. Une voiture se présenta dans la Sellerstrasse et puis, juste un instant plus tard, les lumières d'un autre véhicule apparurent sur Am Nordhafen. Une troisième paire de phares progressait sur le pont franchissant le canal sur sa droite.

Il ne lui échappa pas qu'il n'avait aperçu que trois véhicules au cours des dix dernières minutes, et voilà tout soudain que trois autres voitures convergeaient vers le coin de rue où il se tenait.

Il s'éloigna du cône de lumière du réverbère et s'enfonça dans le terrain vague.

Une fourgonnette descendit vers le sud Am Nordhafen, et prit à gauche à l'intersection en dérapant. Un second véhicule, celui qui avait traversé le pont, fonçait également vers l'intersection que venait de quitter Ryan. Il put entrevoir l'intérieur de la berline lorsqu'elle passa sous un lampadaire et il compta quatre hommes à bord. Il ignorait qui ils étaient mais avait la nette impression que les deux véhicules se ruaient dans le secteur à la recherche de Marta Scheuring.

Ryan fit demi-tour pour regagner Am Nordhafen, mais il vit alors une silhouette sur le trottoir à quelque soixante-quinze mètres de là. L'homme – il décida que c'était un homme parce que la silhouette portait un blouson d'aviateur et une casquette – se tenait près d'un atelier de ferronnerie. Il demeurait parfaitement immobile et regardait en direction de Jack.

Jack traversa la rue pour rejoindre l'abri relatif d'une rangée d'arbres longeant Nordhafen, une zone élargie du canal Berlin-Spandau servant à amarrer les péniches ou leur faire opérer un demi-tour. Avant de s'engager sous les arbres, il se retourna et constata que l'homme avait disparu. Jack se dit qu'il pouvait être entré dans l'atelier, même si celui-ci devait être certainement fermé à cette heure de la nuit.

Où que soit l'homme, Jack était certain qu'il n'avait en tout cas pas traversé la rue.

Jack marcha vers le nord sur le petit sentier entre les arbres, sur sa droite, et le canal sur sa gauche. Son plan pour l'heure était de regagner la Fennstrasse, l'artère principale du quartier, pour y trouver un taxi. De là il se rendrait directement à l'antenne de la CIA, à

Mission Berlin, où il s'adresserait au chef d'antenne. Il espérait que ce dernier pourrait mobiliser suffisamment de forces en ville pour sortir dans le quartier chercher Marta avant que les Russes ne mettent la main sur elle, ou les Allemands de l'Est, ou quiconque était désormais à ses trousses.

Jack se mit à courir, sachant que le temps était compté.

Mais il n'alla pas bien loin. Deux hommes en trench-coat apparurent de sous le couvert des arbres devant lui et lui bloquèrent le passage.

Ryan s'arrêta net.

Il faisait noir mais il pouvait constater que ces hommes avaient la trentaine ; ils avaient les cheveux taillés en brosse et portaient la moustache. L'un d'eux lui demanda : « Qui êtes-vous ? »

Il avait un fort accent allemand, mais il s'était adressé à lui en anglais, ce que Ryan trouva étrange, même s'il savait qu'il était possible qu'ils l'aient entendu appeler Marta une minute auparavant.

« Et vous, qui êtes-vous ? insista Jack.

— *Polizei* », répondit l'autre mais aucun n'était en uniforme et aucun n'exhiba d'insigne.

« Bien sûr », dit Jack tout en regardant autour de lui. Il était tout seul, dans un endroit isolé. Derrière lui, il y avait une balustrade métallique au-delà de laquelle, deux mètres plus bas, coulaient les eaux glacées du canal.

Il n'allait pas échapper à ces types par la fuite. Il allait devoir les doubler.

« Montrez-moi vos papiers », reprit le même prétendu flic.

Merde, c'est quoi, cette histoire ? Il était à Berlin-Ouest, pas à l'Est. Ryan n'avait pas l'intention de leur montrer quoi que ce soit, mais il glissa la main dans sa poche de pardessus comme pour obtempérer.

Sa main se referma autour du stylet de dix centimètres qu'il ouvrit d'un déclic.

Il sortait le couteau de sa poche quand les deux hommes se jetèrent sur lui ; le premier fit voler le couteau de sa main et le second passa derrière lui en essayant de lui bloquer les mains derrière le dos.

Ryan lui flanqua un coup de coude, l'homme s'effondra, puis il tenta de donner un coup de pied à son complice resté devant lui. Son pied frappa dans le vide mais il réussit à se dégager quelque peu ; il en profita pour pivoter et charger l'assaillant derrière lui, le percutant, et tous deux se cognèrent contre le garde-corps longeant le canal. Jack expédia un coup de poing à l'Allemand ; le coup lui effleura le menton sans grand dégât, mais au moins suffit-il à tenir à distance son assaillant durant quelques secondes. Jack avança sur lui, il l'avait à présent acculé contre la balustrade, sans possibilité de manœuvrer. Il lui donna un autre coup de poing qui cette fois le cueillit au nez et l'Allemand moustachu s'effondra en tas le long du sentier.

Ryan se retourna aussi vite que possible parce qu'il savait qu'il avait laissé le second agresseur quelque part derrière lui. Il vit aussitôt que l'autre était bien sur le sentier, à trois mètres de lui, maximum, et qu'il était en train de lever droit vers sa tête un petit pistolet noir.

Ryan se figea en fixant les yeux froids de son adversaire. Ils lui disaient, sans le moindre doute, que le type était prêt à le descendre.

Il songea à sa famille.

Alors que Jack se crispait en prévision du coup de feu, il vit du mouvement sur la gauche du tireur – une ombre qui avait jailli d'entre les arbres, déboulant sur le sentier à une vitesse incroyable. L'homme armé nota le mouvement du coin de l'œil et il se mit à faire pivoter son arme dans la direction de la silhouette mais il n'était pas assez rapide.

L'homme à la casquette et au blouson d'aviateur percuta l'agresseur allemand ; son bras armé fut projeté sur le côté et un coup partit, provoquant un éclair dans la nuit. Jack Ryan recula d'un bond pour se protéger de la détonation mais il trébucha sur les jambes du type étendu, inconscient, derrière lui. Il tomba à la renverse, ses reins heurtèrent le haut de la rambarde et, emporté par son élan, il bascula par-dessus.

Jack poussa un cri dans sa chute, il essaya vainement de se raccrocher à quelque chose mais il finit par toucher l'eau noire deux mètres plus bas. Dès qu'il plongea dedans, le froid le saisit. Il se débattit ; il ne reconnaissait plus le haut du bas, désorienté par le choc thermique.

Sa tête jaillit à la surface ; il cracha de l'eau, aspira une goulée d'air glacé. Il était prêt à plonger à nouveau pour éviter les balles mais en levant les yeux, il ne vit personne au niveau de la rambarde.

Puis, l'espace d'un instant, il entrevit l'homme au blouson d'aviateur. Il avait perdu sa casquette mais tout ce que Jack pouvait distinguer, c'était qu'il s'agissait d'un type blanc, barbu et moustachu. L'homme posa le pied sur la barre inférieure de la balustrade, comme s'il s'apprêtait à l'enjamber pour plonger à côté de Jack.

Un second coup de feu retentit. L'homme sur la balustrade s'immobilisa, leva les mains et fit demi-tour, puis il disparut à sa vue.

Ryan sentit ses membres s'engourdir ; il fit des ciseaux frénétiques, agita les bras pour tenter de regagner la berge du canal. Très vite, il se rendit compte que le courant l'entraînait vers le sud. En l'espace de quelques secondes, il avait déjà dérivé de dix mètres. Il regarda devant lui et avisa un pont, cinquante mètres en aval. L'une des banquettes près de la culée serait à sa portée quand les flots l'entraîneraient à sa hauteur, aussi fit-il de son mieux pour ne pas se noyer et laissa le courant l'emporter.

Il fallut cinq minutes à Ryan pour remonter au niveau de la rue. Entre-temps, des voitures de police avaient envahi Am Nordhafen, après que maints résidents des immeubles proches eurent signalé la fusillade. La plupart avaient supposé logiquement que quelqu'un s'était fait surprendre dans le couloir de la mort et descendre par les gardes-frontière est-allemands, mais bien vite on se rendit compte que le bruit était venu de deux pâtés de maisons situés du côté ouest de la frontière.

Ryan rejoignit en titubant la première voiture de patrouille garée près du pont. Sans cesser de claquer des dents, il dit aux policiers qu'il était un diplomate américain et qu'il avait été agressé par deux hommes, dont l'un armé d'un pistolet.

Pour autant qu'il sache, un bon Samaritain l'avait sauvé mais quant à savoir ce qu'il était advenu de l'homme au blouson d'aviateur, il n'aurait su dire.

On lui fournit une couverture, lui dit qu'on allait le conduire à l'hôpital, mais Jack insista pour qu'on le ramène plutôt sur les lieux de l'agression.

Là, ils ne trouvèrent nulle trace du bon Samaritain ou des agresseurs et bientôt, la police insista de nouveau pour l'emmener se faire examiner par du personnel médical. Il réussit à les convaincre de le conduire directement au QG de Clay, où il pourrait avoir accès aux équipements médicaux américains pour faire soigner son entaille à l'avant-bras, mais c'était uniquement parce qu'il désirait alerter au plus tôt la CIA de tous les événements survenus au cours de l'heure écoulée.

Jack voulait qu'ils lui fournissent toute l'aide possible, tant pour Marta que pour l'homme qui lui avait sauvé la vie parce que, redoutait-il, ils se trouvaient désormais tous deux aux mains des Allemands de l'Est.

78

De nos jours

La journée avait été longue pour Jack Ryan Jr. Sitôt après avoir quitté la demeure de Malcolm Galbraith, il était remonté à bord du Gulfstream, direction la France. Le but du voyage était simplement de s'éloigner de l'Écosse parce qu'il était clair que Hugh Castor était au courant de sa présence là-bas et qu'il y avait de grands risques qu'il envoie d'autres tueurs russes à ses trousses.

Ils atterrirent près de Lille et là ils patientèrent, tandis que Gavin Biery, resté dans l'appartement de Kiev, passait des heures à pirater les compagnies de téléphonie mobile britanniques pour tenter de géolocaliser l'appareil utilisé par Castor pour converser avec Galbraith. Il devint manifeste après une recherche prolongée que Castor utilisait sur son téléphone un système de cryptage très performant qui masquait ses connexions aux antennes-relais de sorte que Gavin s'avéra incapable de le localiser ou de remonter sa piste via les signaux GPS.

Ils allaient admettre leur défaite quand Ryan, toutefois, eut une autre idée. Il appela Sandy Lamont et lui demanda lequel des membres du personnel de

Castor avait également quitté le bureau. Sandy semblait réticent à s'impliquer mais finalement, il accepta de vérifier et dit à Ryan qu'un des deux agents de sécurité de Castor, lui-même ancien membre du MI5, était parti lui aussi. Ryan trouva son numéro de mobile en effectuant une recherche via les réseaux sociaux, et bientôt Biery avait localisé le signal de son téléphone mobile.

Il était à proximité d'un relais situé à Küssnacht, une commune du canton helvétique de Schwyz. Küssnacht était située au sud-ouest de Zoug ; le chalet de Castor était situé au bord du lac à Baumgarten, un hameau proche de la commune de Küssnacht.

Ryan en discuta avec Ding et les autres et, en milieu d'après-midi, le Gulfstream avait repris l'air, cap au sud-est.

À une heure de l'atterrissage à Zurich, Adara Sherman était assise juste derrière le poste de pilotage, tandis que dans son dos, Caruso, Chavez et Driscoll faisaient la sieste dans les fauteuils inclinables de la cabine. Quant à Oxley et Ryan, tout au fond de la carlingue, ils étaient les seuls réveillés et en pleine conversation.

Ryan essayait d'obtenir des renseignements sur leur destination. « Castor avait-il un point de chute à Zoug, du temps où vous étiez là-bas ? »

Oxley fit un signe de dénégation. « Pas que je sache. Nous n'étions pas amis, tu dois comprendre. C'était mon agent traitant. Lui était à Londres, moi, sur le terrain, ce qui généralement signifiait de l'autre côté du rideau de fer. Quand je me rendais à Zoug, jamais Castor ne m'a lancé d'invitation du genre : "Pourquoi ne pas passer à mon chalet au bord du lac prendre le thé, dès que t'auras réglé ce merdier à Zurich." »

Ryan rigola. Puis il dit : « Un fait que Galbraith ignorait, c'est que le KGB avait été prévenu. Quand vous avez filé les Hongrois jusqu'à la Ritzmann Privatbankiers, étiez-vous au courant de la piste qu'ils suivaient ?

— Pas la moindre idée. Je n'étais pas dans la confidence. J'étais plus engagé dans la filature à pied. J'avais mes instructions et je les suivais. Enfin, j'essayais. Ton vieux se débrouillait mieux que moi. »

Ryan n'était pas sûr d'avoir correctement entendu la fin de sa phrase. « Mon vieux ? »

À présent, le gros Anglais à la barbe argentée se tourna vers le jeune Américain. « Ton père. Il était là-bas. Mais tu le savais, bien sûr. »

Jack hocha la tête. « En Suisse ?

— Et à Berlin.

— Berlin ? »

Oxley secoua la tête, il n'en croyait pas ses oreilles. « Ça vous arrive de causer de quoi que ce soit, tous les deux ?

— Ox, mon père appartenait à la CIA. J'en ai appris pas mal avec le temps, le plus souvent via d'autres personnes, mais il ne peut pas me raconter grand-chose sur ce qu'il a fait à cette époque. »

Puis Jack reprit : « Vous êtes bien sûr ? Vous êtes certain qu'il était là-bas au moment des faits ?

— Bien sûr que j'en suis bougrement certain.

— Comment pouvez-vous être aussi sûr ?

— Parce que je ne l'oublierai jamais. » Oxley marqua un temps avant de poursuivre : « C'est le dernier visage que j'ai vu avant de plonger dans le noir. »

Il était midi à la Maison-Blanche. Le président Jack Ryan avait passé la première demi-heure de la journée à prendre part à une succession de réunions concernant la situation en Ukraine et, à présent, il allait être en retard à un déjeuner ici même dans la capitale. Il signait quelques documents à son bureau quand la voix de sa secrétaire jaillit de l'interphone :

« Monsieur le Président ? »

Ryan répondit sans lever la tête. « Dites à Arnie de retenir ses chevaux. J'ai fini dans une seconde.

— Désolé, monsieur. C'est Jack Junior sur la une. »

Ryan posa son stylo. « Bien. Passez-le-moi. »

Jack saisit rapidement le combiné. Comme toujours, il faisait de son mieux pour garder un ton léger afin de masquer son inquiétude pour son fils. Même maintenant, alors qu'il n'avait aucune raison de penser que Junior courût un quelconque danger, il avait si rarement des nouvelles de lui que son imagination prenait souvent le dessus et il ne pouvait s'empêcher de se faire du mauvais sang.

« Eh, gamin. Tout baigne ?

— Eh, p'pa… il faut que je te mette sur haut-parleur. »

Jack Senior fut déçu que son fils fût accompagné. Il imagina qu'on allait lui demander de saluer un étranger et même si ça ne l'embêtait pas vraiment, il aurait quand même préféré entendre simplement Jack Junior lui raconter sa journée. Il répondit : « En fait, je vais devoir te rappeler. Je dois me dépêcher de rejoindre le Hilton pour une allocution sur les affaires étrangères. Comme tu peux l'imaginer, on court après l'emploi du temps depuis le début de la journée. »

Il n'y eut pas de réponse immédiate.

« Qui se trouve avec toi, fils ?

— Un certain Victor Oxley. »

Avant que Ryan Senior ait pu dire quoi que ce soit, Junior précisa. « C'est lui Bedrock, p'pa. Il a une histoire incroyable à raconter, et tu en fais partie.

— J'en fais partie, moi ? »

Un accent anglais grave et bourru intervint alors dans le combiné de Jack : « Alors, elle n'était pas trop froide, cette eau, Ryan ?

— Je vous demande pardon ?

— Elle devait être glaciale, oui. J'étais là-bas. À Berlin. Vous preniez un bain de minuit. J'allais vous y rejoindre quand d'autres messieurs m'ont fait comprendre que je ferais mieux de les accompagner. »

Le président Jack Ryan ne dit rien.

« Ça titille la mémoire, pas vrai ? »

Doucement, Ryan avoua : « En effet. »

Arnie Van Damm entra pile à ce moment dans le Bureau ovale, décidé à presser Jack de l'accompagner dans la limousine. Mais Jack lui indiqua la porte et Arnie nota le geste impérieux, le regard soudain vitreux de son ami, et il se précipita. En quelques secondes, il était lui-même au téléphone pour annoncer que le président serait légèrement en retard au déjeuner.

79

Trente ans plus tôt

Debout entre des arbres sous la pluie froide, l'homme au blouson d'aviateur regardait le drame qui se déroulait. Dans son dos, il y avait Am Nordhafen, une rue sombre. Devant lui, le canal, et le longeant, un sentier. Il vit l'homme de la CIA se faire accoster par deux types sur le sentier, et il les identifia d'emblée comme des agents de la Stasi.

Ça n'allait pas être joli-joli. Au début, il crut qu'ils allaient se contenter de passer à tabac le Yankee, mais quand ils se mirent à regarder alentour pour s'assurer que les parages étaient déserts, Bedrock comprit qu'ils s'apprêtaient à tenter de l'enlever et probablement à le traîner de force de l'autre côté de la frontière.

Sauver la vie d'un gros bras de la CIA n'était pas sa mission, aussi se contenta-t-il d'abord d'observer la scène depuis le couvert des arbres, songeant déjà à le signaler à Castor, son officier traitant, après les faits.

Il avait passé la soirée caché au pied de la planque de la RAF, dans l'espoir que la vraie Marta Scheuring pointe son nez. Il n'avait pas gobé l'histoire de la terroriste morte laissant ses papiers à l'extérieur du restaurant avant de le faire sauter. Il savait que les papiers ne correspondaient pas au corps, aussi en avait-il déduit que Marta était toujours en vie. Si tel était le cas, il paraissait logique qu'elle vienne au moins à l'appartement jeter un coup d'œil.

Mais alors qu'il attendait Marta, Bedrock vit l'agent de la CIA qui se trouvait déjà à Zoug avec l'équipe du MI6 pour enquêter sur la mort de Penright. Il supposa que l'Américain était venu à Berlin pour le raid organisé la veille au soir, mais Bedrock ne voyait pas du tout pourquoi il était sorti seul sous la pluie pour se faufiler à l'intérieur du bâtiment. Sur le coup, Bedrock se demanda si l'homme avait un plan bien défini, vu qu'il parut hésiter et tourner en rond plusieurs minutes avant de se décider à escalader l'escalier d'incendie.

Au début, Bedrock prit le Yankee pour un type un peu bas du bulbe. Il se contenta de l'observer et de patienter, se préparant à profiter du spectacle quand les flics allemands arrêteraient un espion américain pour effraction.

Et puis Marta arriva. Il l'avait vue en haut de la rue juste au moment de disparaître entre deux immeubles et il comprit aussitôt qu'elle allait se glisser par une entrée latérale.

Bedrock se demanda si l'homme de la CIA et la femme de la RAF allaient se bagarrer là-haut dans l'appartement, et puis, alors qu'ils étaient à l'intérieur depuis ce qui lui parut une éternité, il en vint à se demander s'ils n'étaient pas plutôt en train de faire un bébé.

Finalement, ils ressortirent, par la porte dérobée que Bedrock avait pu localiser quelques minutes auparavant lors de sa reconnaissance des lieux. Il les suivit, dans l'espoir que Zénith en personne allait se pointer à son tour pour chercher à régler son sort à Marta.

La mission de Bedrock était de trouver et tuer un Russe qui se faisait appeler Zénith, et la terroriste allemande n'était, pour ce qui le concernait, qu'un simple appât.

Bedrock en savait plus que quiconque sur les activités à Zoug et les actions d'un Russe nommé Zénith, parce qu'il couvrait cette opération depuis déjà plus d'un mois. Il avait dûment rapporté ses actions à Hugh Castor qui, supposait Bedrock, avait scrupuleusement gardé pour lui ces informations sans en transmettre le moindre fragment au MI6.

Et il avait raison.

Après avoir suivi l'improbable duo dans les rues balayées par la pluie de l'ancien secteur français de Berlin-Ouest, Bedrock vit la jeune Allemande prendre la fuite, puis l'Américain rapidement perdre sa trace. C'est à ce moment-là qu'il avait remarqué deux hommes qui traînaient dans les parages et il vit le bel athlète ricain tomber pile sur eux.

Il étiqueta les deux types comme des agents de la Stasi, ce qui voulait dire que l'adversaire avait un tunnel à proximité, ce qui était parfaitement logique, puisque Marta Scheuring venait de s'évaporer.

Bedrock était sous les arbres à moins de vingt-cinq mètres alors que l'homme de la CIA se battait contre les deux agents de la Stasi. L'Anglais fut surpris de voir que l'Amerloque n'avait pas froid aux yeux : il neutralisa le premier gars de la Stasi avec un assez judicieux droit dans le museau de sorte que, alors qu'il avait le dos tourné, lorsque l'autre dégaina un Walther PA-63, Bedrock jugea qu'il était mal barré et décida aussitôt d'intervenir.

Enfreignant ses paramètres de mission, il sortit du couvert et courut sur le sentier en se disant qu'il avait une chance sur un million d'empêcher un enlèvement ou un meurtre.

Il descendit le second Allemand mais l'autre satané Yankee tomba dans le canal. Bedrock venait de se relever et scrutait les fenêtres des immeubles alentour pour s'assurer que personne ne regardait quand quatre autres types surgirent de sous les arbres.

Le voisinage était envahi d'Allemands de l'Est. Ceux-là aussi devaient appartenir à la Stasi, ce qui était très mauvais pour Bedrock.

Il se tourna pour piquer du nez dans le canal, son unique moyen de s'échapper.

« *Halt !* » entendit-il crier dans son dos. Il savait que si ces types venaient eux aussi du tunnel, il était également probable qu'ils portaient des Walther PPK ou PA-63 ou quelque autre arme de poing, puisqu'ils avaient les mains totalement libres.

Le claquement d'un coup de feu le lui confirma, et il s'arrêta net. Il se retourna et vit trois hommes qui le mettaient en joue et un quatrième avec son pistolet encore braqué vers le ciel, un fin panache de fumée s'échappant du canon dans la nuit pluvieuse.

Bedrock savait qu'il n'arriverait jamais à plonger dans le canal.

On lui mit une cagoule sur la tête, il entendit parler allemand tandis qu'on le repoussait vers la rue et bientôt, on lui fit passer la porte d'un des immeubles à un pâté de maisons de la section du Mur longeant la Boyenstrasse.

On lui fit descendre un escalier étroit et puis, encore plus bas, entrer dans une sorte de panier métallique.

Il leur fallut ensuite un quart d'heure pour lui faire parcourir les cent mètres de tunnel. Bedrock avançait à genoux, les mains liées dans le dos et quand ses genoux furent tellement éraflés et sanguinolents qu'il ne pouvait plus tenir dessus, il roula sur le dos et poursuivit sa progression en poussant avec les pieds, s'éraflant à présent les coudes, l'occiput et le dos.

Quand enfin les quatre hommes et lui eurent gagné l'autre côté du Mur et qu'ils eurent rejoint la surface, on le fit monter à bord d'une camionnette. Pendant que celle-ci roulait, les quatre types lui flanquèrent des coups de pied pendant quelques minutes, juste pour s'amuser, avant que le véhicule ne stoppe net.

Victor Oxley, vingt-neuf ans, nom de code Bedrock, se prit un autre coup de botte dans la nuque – ce devait être le cinq ou sixième, il avait perdu le décompte. Ce dernier coup projeta violemment son visage contre le flanc de la camionnette. Il sentit le sang humecter ses lèvres, couler de son nez.

Si douloureux que ce fût, il savait que ce n'était qu'un début parce qu'il était désormais à l'Est et l'adversaire pouvait foutrement bien faire de lui tout ce qui lui plaisait.

La porte s'ouvrit. Bedrock crut avoir atteint sa destination mais, au lieu de cela, quelqu'un d'autre monta dans le véhicule.

Il y eut une longue conversation, plutôt animée, en allemand, et même si Bedrock était incapable de comprendre ce qu'ils se disaient, il eut l'impression que c'était en relation avec le sort qu'on lui réservait. Il semblait que les Allemands avaient pris l'ascendant et, durant un bref instant, il crut que les hommes au-dessus de lui allaient en venir aux mains, mais finalement la situation s'apaisa.

Un homme se pencha, tout près de son visage ; l'Anglais pouvait sentir une odeur de tabac et de sueur. Quand il parla, ce fut en anglais, mais il n'y avait aucun doute. L'homme était russe.

« J'ignore qui tu es, mais je pense que tu es l'un de ceux qui nous ont considérablement compliqué la vie, moi et mes associés. Si je pouvais, je te ferais descendre d'ici et te tuerais sur-le-champ ». Il marqua un temps. « Quand la Stasi en aura terminé avec toi, il se peut que tu le regrettes. »

Et ce fut tout.

La camionnette s'arrêta peu après, la porte s'ouvrit et quelqu'un descendit sans un mot. Bedrock entendit des pas s'éloigner sur le gravier et il fut surpris de déceler, à leur rythme saccadé, que l'individu qui s'éloignait claudiquait fortement.

Bientôt, ils s'ébranlaient de nouveau ; l'espion anglais se dit que c'était le Russe qui était descendu parce que presque aussitôt, on s'était remis à parler allemand autour de lui. Oxley perçut un certain soulagement dans la voix des hommes de la Stasi.

Ce soulagement ne le gagna pas, cependant. Les coups de botte se remirent à pleuvoir, plus forts encore.

Ils roulèrent durant plus de deux heures mais Oxley connaissait suffisamment les tactiques de la Stasi pour savoir qu'ils avaient fort bien pu tourner en rond, un petit cinéma pour le laisser se perdre en conjectures sur leur destination exacte.

Quand enfin ils s'arrêtèrent de nouveau. Oxley fut extrait de la camionnette et ses bras furent ligotés aux poignets et tenus relevés, le forçant à se plier en deux. Il était encadré de deux hommes qui le poussèrent vers l'avant, dans des couloirs, des escaliers qui montaient et descendaient, puis dans des cabines d'ascenseur, pour le désorienter au point qu'il ne savait plus s'il était au tréfonds d'un silo nucléaire ou au sommet d'une tour de télévision.

Finalement, il fut conduit dans une pièce, on lui ôta sa cagoule et ses menottes furent attachées à un crochet fixé à une table.

Il n'avait pas ouvert la bouche jusqu'ici et il prit une décision, sur-le-champ, qui allait à la fois lui sauver la vie mais le condamner à d'insupportables épreuves.

Il décida de parler russe.

Il n'avait aucun papier sur lui, il avait laissé toutes ses affaires à l'hôtel, aussi pouvait-il raconter tout ce qu'il voulait sans preuve manifeste de ses mensonges.

Aussi longtemps qu'il pourrait maintenir sa couverture.

Trois jours durant, on le maintint éveillé à coups de seaux d'eau froide et de décharges électriques destinés à le faire craquer, mais il continua de ne s'exprimer qu'en russe, dit aux Allemands qu'il ne savait pas ce qu'ils lui voulaient, et qu'ils n'avaient pas le droit de se comporter ainsi avec un citoyen de l'Union soviétique.

Oxley avait entendu parler de la façon particulièrement vicieuse qu'avaient les agents de la Stasi de traiter les gens qu'ils avaient interpellés. Ils les asseyaient devant ce qui ressemblait à une sorte de gros appareil photo, puis leur disaient de patienter pendant qu'ils chargeaient la pellicule.

Mais ce n'était pas un appareil photo. C'était un appareil de radiographie et tout le temps que l'infortuné restait assis devant, il était bombardé de rayons X.

Le processus leur garantissait que chaque fois que le sujet passerait ensuite l'un des *checkpoints* avec l'Ouest, qui tous étaient équipés de compteurs Geiger, il serait repéré comme ayant été déjà interpellé par la Stasi.

Leur existence pouvait bien être réduite de plusieurs dizaines d'années à cause du cancer induit par l'empoisonnement radioactif, mais peu importait.

Mais Oxley ne fut pas irradié par la Stasi parce que Oxley n'était pas destiné à regagner l'Ouest.

Non, l'Est était sa destination.

Les Allemands de l'Est le remirent au KGB.

80

De nos jours

Le président Jack Ryan se rendit compte que sa main libre étreignait le bord de son bureau, alors qu'il écoutait l'Anglais à la voix rocailleuse lui narrer une histoire qui avait tourné si bien pour Ryan et si mal pour lui.

Quand il eut terminé son récit, Jack comprit que ce devait être loin d'être fini, bien loin, mais il comprit que son interlocuteur attendait d'entendre un mot de sa part, ne fût-ce que pour s'assurer qu'il était toujours là.

« Je ne sais pas quoi dire, fit simplement Ryan.

— Avez-vous donné l'alerte ? Avez-vous signalé ce qui s'était passé ?

— Ai-je donné l'alerte ? J'étais avec la police allemande cinq minutes après les faits, en train de vous chercher. Une heure plus tard, j'avais mis toutes les forces du renseignement américain à vos trousses dans toute la ville. Le lendemain, j'étais à Londres dans le bureau du directeur du SIS. Bien sûr que je vous ai cherché. J'ignorais que vous étiez un agent britannique mais j'avais malgré tout lancé tout le monde à votre recherche et à celle de Marta.

— D'accord, Ryan, convint Oxley. J'ai des raisons de vous croire, maintenant, grâce à votre fiston, à côté de moi, mais j'ai néanmoins passé trente ans avec l'impression que vous étiez resté bouche cousue sur toute cette putain d'affaire. J'en ai conçu une certaine rancune, pour être franc. À l'époque, je ne vous connaissais ni d'Ève ni d'Adam. Mais des années plus tard, alors que j'étais assis dans mon pub habituel, je vois votre visage apparaître à la télé et une voix vous présenter comme le président américain. »

Jack Junior reprit alors le relais : « P'pa, Ox était l'homme qui a fourni au SIS l'information comme quoi Talanov était Zénith. Il était dans un goulag en même temps que Talanov. Il ne l'a pas rencontré mais il avait recueilli l'histoire.

— Est-il crédible ? »

Cette fois, ce fut Oxley qui reprit : « Il semblerait, mais ça remonte à bien longtemps. Ma mémoire n'est plus ce qu'elle était.

— Je comprends, monsieur Oxley. »

Jack Junior intervint : « Il faut qu'on y aille. Je m'en vais quérir pour toi des réponses au sujet de Zénith, car je ne les ai pas encore.

— Dis-moi juste que tu vas bien. »

Jack Junior percevait l'émotion dans la voix paternelle. Son père était perdu dans le passé, et il n'avait aucune idée de ce que vivait son fils.

« Je suis avec Ding, Dom et Sam à bord de l'avion de Hendley.

— L'avion de Hendley ? Tu n'es pas à Londres ?

— Nous allons vérifier une ou deux pistes sur le continent. Je te rappelle dès que j'en sais plus. Tu en as déjà suffisamment sur les bras en ce moment avec l'Ukraine.

— C'est une situation difficile, convint Jack Senior, mais tant que je saurai que tu n'es pas pris en plein milieu, je me sentirai un petit peu mieux.

— Je m'en vais très loin de l'Ukraine, p'pa. »

Ryan, Chavez, Caruso, Oxley et Driscoll arrivèrent à Zurich en début de soirée, ils louèrent deux gros 4x4 Mercedes et prirent la route du sud en direction de Zoug. Il pleuvait à verse, il y avait du brouillard – Ryan espérait que ces conditions joueraient à leur avantage, car ils n'avaient aucune idée de qui les recherchait.

Les quatre Américains étaient désormais armés. Avant de descendre du G550, Adara leur avait passé des pistolets, cachés dans une trappe d'accès du poste de pilotage. Jack et Ding choisirent tous les deux des Glock 19 tandis que Driscoll et Caruso prenaient des SIG Sauer P229. Les hommes savaient que si Castor était protégé par un contingent de sécurité de bonne taille, ils ne seraient pas en mesure de déclencher une quelconque attaque avec leurs seules armes de poing mais au moins, les flingues planqués dans leurs blousons leur permettraient de se défendre contre la plupart des menaces.

Ils avaient peu d'informations sur la propriété de Castor, sinon quelques notes sur la disposition des lieux rédigées pour Jack par Galbraith. Partant de là et d'une recherche scrupuleuse sur des cartes en ligne, les hommes décidèrent que leur meilleure chance d'y pénétrer sans être détectés serait par le lac, à l'arrière de la demeure.

Ils louèrent donc dans la marina un bateau et de l'équipement de plongée et, dès dix-neuf heures, ils étaient à quatre cents mètres au large de la maison de Castor au bord du lac et inspectaient aux jumelles l'hectare de terrain. Ils pouvaient remarquer une certaine activité derrière les hautes baies vitrées allant du sol au plafond, ainsi que la présence de vigiles armés de mitraillettes en patrouille à l'extérieur, autour du bâtiment et au pied de la pente, près du mouillage et de l'abri à bateaux au bord du lac.

Les vigiles avaient l'air de professionnels et cela renforça Ryan dans sa conviction que Castor était bel et bien dans les lieux.

« Je vois huit à dix gusses, nota Ding. On ne va pas passer entre eux sans se faire détecter et on ne va pas non plus déclencher une fusillade avec des privés suisses. »

Ryan était d'accord. « On va devoir trouver une autre façon d'entrer. »

Les Américains s'assirent et discutèrent du meilleur moyen d'accéder discrètement chez Castor sans être repérés par ses vigiles.

Jusqu'ici, Oxley était demeuré silencieux, assis isolé à l'avant. Finalement, il remarqua : « Messieurs, je ne voudrais pas empiéter sur vos prérogatives, mais j'aimerais vous proposer une suggestion.

— Je vous en prie, fit Ding.

— Et si on remontait carrément son allée principale pour aller lui causer ?

— Lui causer ? répéta Ryan.

— Bien sûr. Castor croit en l'instinct de conservation. Il croit au double jeu. Il n'est pas cinglé. Il ne va pas tuer le fils du président quand d'autres savent que vous êtes avec lui. Il est possible que ça ne se passe pas comme nous le voulons, alors peut-être que tes amis pourront tenter de se rapprocher le plus possible, mais je suis d'avis que toi et moi confrontions seuls le gaillard, voir ce qu'il a à dire pour sa défense. »

Ryan consulta Chavez du regard. « À toi de décider, fiston », dit ce dernier.

Jack haussa les épaules. « Je n'ai pas de meilleure idée.

— On peut te déposer un peu plus haut sur la berge, suggéra Sam, puis on ira mouiller huit cents mètres plus loin, passer nos scaphandres et revenir pour entrer discrètement par l'arrière. On devrait pouvoir profiter de ton arrivée en fanfare pour nous rapprocher un peu plus de la maison qu'on aurait pu l'espérer.

— Ça me plaît bien, commenta Chavez. Mais n'oublie pas, Jack. Ils te fouilleront avant que tu voies Castor. Alors pas question de prendre avec toi une arme ou un quelconque moyen de communication qui leur révélerait que tu n'es pas seul.

— Je comprends. »

Jack voulait qu'Oxley reste à bord. Il savait que l'ex-espion de cinquante-neuf ans avait les meilleures raisons du monde de vouloir une confrontation avec Hugh Castor. Il pressentait que leur relation était plus complexe que ce qu'avait bien voulu en dire Ox, mais il n'en avait rien mentionné. Jack ne voyait pour l'instant rien de bon émerger d'un face-à-face entre Oxley et Castor. La menace qu'Oxley le démasque comme un espion russe, raisonna Jack, serait bien plus utile que voir Oxley venir fouler les plates-bandes de Castor, où il serait vulnérable.

Mais Victor Oxley ne voulait rien entendre. Il fit bien comprendre qu'il participerait à la rencontre, et que Jack et ses potes devraient le ligoter aux accastillages s'ils voulaient l'empêcher d'y aller.

Les Russes arrivèrent à Zoug à bord d'un hélico Mi-8, ce qui n'avait rien d'inhabituel, car les opérations bancaires offshore faisaient toujours florès en Suisse, et de nos jours, seuls les Russes les pratiquaient.

Cependant, quiconque aurait examiné les hommes qui descendaient de l'hélico aurait pu noter que la plupart portaient des costumes tout neufs achetés au décrochez-moi-ça, que leur âge moyen était autour de la trentaine, ce qui était bien jeune pour le banquier d'investissement russe moyen ou le criminel en col blanc.

Ce n'étaient pas des gros bras de la mafia des Sept Géants. C'étaient des *spetsnaz*, les forces spéciales du FSB, mais leur chef faisait le lien entre les deux organisations. Son nom était Pavel Letchkov et il appartenait tant aux Sept Géants qu'au FSB et, comme le reste des hommes de son unité, il était armé d'un petit pistolet-mitrailleur rétractable Brügger & Thomet MP9 dans un étui d'épaule sous sa veste, et d'un couteau à lame recourbée glissé dans un fourreau au creux des reins.

Les Russes avaient un plan de la maison de Hugh Castor au bord du lac, plan qu'ils avaient étudié dans l'hélicoptère et lorsqu'ils arrivèrent à Zoug et montèrent dans la camionnette qui devait les conduire à destination sur la rive ouest du lac, chaque membre de l'unité connaissait le rôle qu'il allait jouer dans l'opération à venir.

Dans un petit chalet au bord de l'eau, en lisière de la forêt, les hommes se changèrent, troquant les costumes qui leur avaient servi de couverture contre des collants de coton noir et des blousons de couleur sombre qui les aideraient à se fondre dans la nuit.

Même s'ils étaient huit en tout et savaient qu'ils risquaient de se confronter à une force légèrement supérieure en nombre, Pavel Letchkov savait également qu'ils auraient pour eux l'effet de surprise et le métier.

Ils descendirent vers le rivage où les attendait un Zodiac rigide à huit places.

Juste après vingt-trois heures, Jack Ryan Jr. et Victor Oxley remontaient côte à côte une rue sinueuse non pavée. Il régnait un silence presque total, le seul bruit venait des gouttes de condensation tombant des arbres bordant le chemin et, toutes les deux ou trois minutes, du passage d'un véhicule, en général une Porsche, une BMW ou une Audi.

Comme ils devaient parcourir près de quinze cents mètres depuis l'endroit le plus proche où Ding avait pu accoster avec le bateau, ils eurent tout le temps voulu pour discuter de leur plan destiné à mener Castor à leur révéler des informations. Jack savait que sa meilleure option était de lui faire comprendre d'emblée que quantité de gens étaient au courant de sa présence ici. Il espérait que leur homme serait assez désespéré pour parler afin de sauver sa peau, mais pas au point de loger une balle dans la tête de ses deux visiteurs avant de tenter de filer vers un pays sans traité d'extradition avec les États-Unis ou la Grande-Bretagne.

Tout cela semblait tiré par les cheveux mais Jack était quelque peu enhardi par le fait que trois hommes fort capables guetteraient dans le noir à l'extérieur de la maison du lac.

Tout en marchant, Ryan demanda à Oxley de lui parler de ce qui s'était passé après son enlèvement à Berlin-Est. Oxley lui dit qu'il avait passé des journées dans des voitures de chemin de fer sous bonne garde pendant qu'à l'extérieur défilaient les paysages d'Allemagne de l'Est, puis de Pologne et de Biélorussie. Il passa en Russie et poursuivit directement jusqu'à la gare moscovite de Leningradskaïa, où il fut placé à l'arrière d'un camion. Ils lui firent traverser la ville et il put apercevoir les environs par une fente dans la bâche. À travers, il découvrit aussi une pancarte qui le fit défaillir. Rue Energetitcheskaïa. Il sut dès lors qu'on le conduisait à la prison de Lefortovo.

Oxley devait y passer plusieurs semaines dans une petite cellule au sol asphalté, éclairée par une unique ampoule de vingt-cinq watts allumée jour et nuit.

Quotidiennement, on l'emmenait subir un interrogatoire. Il prétendait qu'il n'était rien d'autre qu'un simple transfuge vers l'Ouest qui était par hasard tombé sur une bagarre entre des types en civil et qu'il était intervenu. Il expliqua qu'il avait pensé qu'un des hommes était agressé par des policiers ouest-allemands et s'il était intervenu, c'était uniquement parce qu'il n'appréciait pas les gouvernements occidentaux.

Le KGB ne croyait pas à son histoire mais ils ne purent pas non plus le prendre en flagrant délit d'affabulation. Après plusieurs semaines de privation de sommeil, de positions de stress, de torture et de menaces d'exécution, rien n'avait pu lui faire changer ce récit, simple quoique douteux.

Ils furent incapables de le briser.

Normalement, le KGB aurait émis des menaces explicites contre ses proches, mais cette flèche avait été ôtée de leur carquois, vu qu'ils ne purent jamais le lier à une quelconque famille.

Il aurait été facile d'emmener ce transfuge russe de vingt-neuf ans dans un champ pour l'abattre, mais on était au milieu des années quatre-vingt. Le KGB tuait encore des gens – il devait continuer d'exécuter ses prisonniers jusqu'aux derniers jours de son existence, en 1991 – mais à l'époque déjà, une liquidation exigeait quantité de paperasse et de signatures, plus une évaluation ultérieure.

Il était par conséquent plus facile et plus propre de le garder bouclé et de laisser la nature suivre son cours.

Oxley fut donc placé au goulag et expédié par train dans l'Oural et la République des Komis.

Ryan voulait en savoir plus ; il n'était pas encore parvenu à faire expliquer à son compagnon comment il avait réussi à regagner la Grande-Bretagne après sa sortie du goulag, mais ils étaient presque arrivés à la maison de Hugh Castor. Ils tournèrent pour emprunter la longue allée et ils n'avaient pas couvert le tiers du chemin qu'un homme surgit de l'obscurité et braqua sur eux une torche. « *Halt !* »

La main en visière pour se protéger de l'éblouissement, Jack répondit : « Nous venons voir Castor.

— Vos noms ?

— Ryan et Oxley.

— *Ja.* Nous vous attendions. »

Ryan était suffoqué. Il avait espéré désarçonner Castor par cette visite surprise, mais manifestement, c'était raté.

Le vigile parla dans son talkie-walkie et un gros 4x4 descendit l'allée. Des hommes en descendirent et fouillèrent entièrement les visiteurs plaqués sur le capot du véhicule, puis l'ensemble du groupe remonta l'allée à pied.

Sam Driscoll sortit lentement des eaux noires et froides du lac de Zoug, centimètre par centimètre, pour que l'eau sur sa combinaison isolante retourne au lac sans faire de bruit en s'égouttant. Il avait déjà ôté sa bouteille et ses palmes ; il les tenait d'une seule main, car il avait son pistolet dans l'autre, et scrutait les ténèbres vers le nord de l'appontement.

Bientôt Ding Chavez surgit des eaux noires du côté sud de l'appontement, lui aussi tenait à la main son équipement. Il le déposa contre un muret de soutènement en lisière de la propriété en s'assurant qu'il resterait invisible de la maison car il ne voulait pas que le faisceau d'une torche se reflète sur la bouteille ou le masque.

Dominic Caruso surgit pour sa part directement sous l'appontement, il attacha aux pieux son équipement, puis sortit de l'eau en escaladant les rochers derrière le hangar à bateaux en bois.

Une patrouille de sécurité composée de deux hommes vint peigner le secteur moins d'une minute après que Dom eut pris position. Il roula sous le hangar à bateaux monté sur pilotis, replongeant dans l'eau, et se protégea des aspérités des rochers en faisant la planche jusqu'à ce qu'ils fussent passés.

Au bout d'une autre minute, la patrouille avait terminé son circuit à l'arrière de la propriété et disparaissait au coin de la maison un peu plus haut sur la colline. Ding, Dom et Sam sortirent de leur étui étanche des oreillettes Bluetooth qu'ils mirent aussitôt. Ils se connectèrent tous ensemble. Puis tous sortirent également des jumelles pour scruter les fenêtres de la maison à la recherche de Ryan.

Hugh Castor se tenait devant le feu qui ronflait dans la cheminée du séjour, et il accueillit Ryan et Oxley, toujours escortés par ses gorilles. L'homme de soixante-huit ans portait un chandail noir et un pantalon de velours ; ses lunettes et ses cheveux argentés taillés court brillaient à la lueur des flammes.

Oxley et Castor échangèrent des regards mais Ryan fut surpris par leur silence réciproque. Il s'était plus ou moins attendu à voir Oxley s'élancer à travers la pièce pour saisir leur hôte à la gorge, mais rien de tel ne se produisit.

Non, à la place, Castor invita simplement Oxley et Ryan à s'asseoir dans un canapé, tandis qu'il prenait place dans un fauteuil à oreilles en face d'eux.

Deux vigiles suisses se trouvaient déjà dans le séjour mais une fois Ryan et Oxley installés, ils émigrèrent dans la cuisine adjacente. Ryan pouvait parfaitement les entendre discuter, juste derrière le mur, et il suspecta que c'était délibéré.

Trois verres de vin rouge avaient été déjà servis et les attendaient sur la table basse disposée entre les sièges. Castor prit son verre et but lentement une gorgée. Oxley et Ryan ne touchèrent pas aux leurs.

Aucun des deux hommes n'avait été menotté, ce qui surprit énormément Jack. Jusqu'ici, rien ne s'était déroulé comme il l'avait imaginé. On aurait presque cru que Castor était ravi d'avoir de la visite.

« Jack, commença-t-il, vous n'allez peut-être pas le croire, mais j'ignorais absolument tout de ce qui s'est produit à Corby jusqu'à ce que Sandy m'en parle ce matin. Je suis allé vérifier dans la presse et la seule conclusion à laquelle j'ai pu aboutir est qu'à l'évidence, certains de mes associés m'ont trahi, tout comme ils l'ont fait avec vous.

— Sandy vous a dit que je suis allé le voir hier ?

— En effet. » Castor haussa les épaules. « Non, non. Je sais ce que vous pensez. Sandy n'est absolument pas conscient de toute cette histoire. C'est juste un agréable employé dévoué, un gentil toutou. C'est un domestique fidèle depuis bien des années. Il sait qu'il ne faut pas se fier aux apparences mais il n'a pas vraiment de curiosité pour mes petits arrangements privés avec l'élite russe en dehors de Castor and Boyle. »

Castor désigna Ryan en pointant vers lui son verre de vin. « Vous, d'un autre côté, jeune Ryan. C'est vous, le petit curieux. Je dois avouer que j'ai été fort impressionné par tous vos récents exploits. De toute évidence, j'avais sous-estimé vos aptitudes.

— Et moi, j'ai surestimé votre personnage. »

Castor haussa les sourcils et il se tourna vers Oxley. « Tu as parlé, je vois.

— C'est toi qui as parlé, mon salaud. Merde, je ne te dois rien.

— J'aurais pu te laisser pourrir, bougre d'imbécile ! Ou les laisser t'abattre !

— C'est exactement ce que tu aurais dû faire, vieille ganache.

— Il n'est pas trop tard, Bedrock. Ils pourraient bien encore te rattraper. »

Jack était totalement décontenancé par cet échange.

Castor regarda Ryan, puis de nouveau Oxley. « Que sait-il ?

— Il sait que j'ai été enlevé par la Stasi alors que je tentais de venir en aide à son père. Il sait qu'ils m'ont ensuite refilé aux Russes. Il sait que je suis allé au goulag et il sait que j'en suis ressorti seulement au bout de quelques années.

— Et manifestement, il pense que quelque part, c'est ma faute. »

Oxley ne releva pas.

Castor croisa les jambes. Pour Jack, c'était une posture affectée. L'homme n'était pas aussi détendu qu'il voulait bien le laisser paraître. Ce bref échange acerbe avec Oxley en était la preuve.

Castor reprit : « Jack, je n'avais rien à voir avec l'enlèvement de notre ami Victor par les Allemands de l'Est à Berlin. Ce fut juste de la malchance. C'est tout. J'ai passé des années, littéralement des années, à essayer de découvrir ce qui lui était arrivé. »

Ryan regarda Oxley et ce dernier concéda la véracité des remarques de Castor avec l'esquisse d'un hochement de tête.

Oxley expliqua : « Castor était encore propre à l'époque. Il n'a commencé à se salir les mains qu'après la chute du rideau de fer, quand ont commencé à se déverser des masses d'argent. C'est à ce moment qu'il est devenu l'un des leurs. »

Castor secoua vigoureusement la tête. « Je n'étais pas un des leurs, Jack, mon garçon. J'étais un opportuniste. J'avais passé des années à enquêter sur la disparition d'Oxley – une mission personnelle en quelque sorte – parce que le MI5 l'avait classé comme mort. Dans cette quête, j'ai noué des contacts dans toute la région. En Hongrie. En Tchécoslovaquie. En Russie. Ici même à Zoug. À la chute du rideau de fer, je me suis trouvé en position de faire pression sur certains individus puissants. J'en ai profité. Pas plus compliqué que ça.

— Malcolm Galbraith vous a parlé de l'argent volé au KGB dans lequel était impliqué Zénith, remarqua Jack.

— Il m'en a en effet narré des fragments. D'autres ont complété la description. Mais quand Galbraith m'a enfin parlé du compte russe, l'argent avait depuis longtemps disparu de la RPB. Zénith l'avait fait sortir via des diamants.

— Des diamants ?

— Oui. L'officier traitant de Zénith a transféré la totalité des deux cent quatre millions sur un autre compte de la même banque, un compte appartenant à un diamantaire anversois. Philippe Argens. Ce dernier a rencontré Zénith ici à Zoug, lui a passé la valeur de deux cents millions en diamants non taillés, et Zénith est retourné en Russie.

— Qu'est-il advenu des pierres ?

— Les Russes qui contrôlaient ces fonds secrets les ont conservés jusqu'en 1991, et puis ils les ont revendus à Argens. Lentement, ils ont liquidé la somme recueillie. Quelques millions par-ci, quelques millions par-là. C'était à l'avantage des deux parties. Argens était à même de dissimuler les transactions, il a pu ainsi blanchir l'argent pendant des années. Et, de leur côté, les Russes disposaient des moyens nécessaires pour racheter des entreprises d'État quand les oligarques se mirent à tout s'approprier en soumissionnant pour des clopinettes à des appels d'offre truqués.

— Un quart de million de dollars, ça fait un sacré lot de clopinettes, admit Ryan. Qui a volé l'argent, en début de course ? »

Sourire de Castor. « C'est là que le marchandage commence, mon garçon.

— Quel marchandage ?

— Je te raconterai ce que je désire dans un moment mais pour l'instant, je vais aiguiser ton appétit. » Il but une gorgée de vin, puis considéra le verre. « Il est français, pas suisse, alors il est plutôt bon. »

Ni Ryan ni Oxley ne manifestèrent le moindre intérêt pour le vin.

Castor haussa les épaules. « Avant même que Gorbatchev n'accède au pouvoir et entame la libéralisation, le KGB se rendit compte qu'il avait un problème. Des membres de la direction du Premier Directorat principal commencèrent à se réunir en secret pour discuter de ce fait inéluctable : leur modèle ne pourrait pas se prolonger bien longtemps. Ils désiraient un plan B. Il avaient vu la potentialité d'un effondrement complet du système dès le milieu des années quatre-vingt. Ils se mirent dès lors à sortir de l'argent des comptes ouverts à l'origine pour soutenir les révolutions communistes en Amérique latine ou financer des dictateurs rouges déjà au pouvoir. Plus tard, mon contact dans ce groupe m'a dit que dix pour cent de tout cet argent réservé par le Kremlin pour Cuba et l'Angola sur une période de deux ans avait été écrémé par un seul et unique jeune agent du KGB travaillant pour les dirigeants. Il avait créé ce fonds secret, prêt à les soutenir au cas où ils auraient à fuir. Ils étudièrent ce que les nazis les plus malins avaient fait à la fin de la Seconde Guerre mondiale, et ils en avaient tiré la leçon, mais le KGB devait voir plus loin et il disposait de plus de ressources. Le Troisième Reich n'avait duré qu'une dizaine d'années. À la fin des années quatre-vingt, les Soviets étaient au pouvoir depuis déjà soixante-dix ans. »

Jack s'était penché vers l'avant, absolument fasciné. Castor semblait sûr de son information, même si Jack savait qu'il avait également sa petite idée derrière la tête.

« Qui était Zénith ? » demanda-t-il.

Castor répondit volontiers. « Pour permettre aux vieux barbons du KGB de protéger leur petite cuisine, on préleva du personnel dans la hiérarchie du renseignement, pour l'atteler à créer leur propre organisation privée. Un jeune agent fut chargé de placer, puis de protéger les biens à l'Ouest, et il embarqua pour cela un assassin issu du renseignement militaire, un homme qui avait une bonne expérience des exécutions, après ses années de guerre en Afghanistan.

— Roman Talanov, dit Ryan.

— *Le* Roman Talanov, confirma Castor en acquiesçant gravement. Bien sûr, je n'avais jamais entendu parler de lui avant qu'Oxley me signale son existence après sa sortie du goulag.

— Comment savez-vous le reste ?

— Le jeune agent du KGB chargé de protéger les placements se rendit compte que contrôler Zénith lui procurait plus de pouvoir que les dirigeants du KGB chargés de l'opération, aussi quand vint le moment de distribuer les fonds aux hommes à l'origine du plan, l'agent du KGB envoya Talanov les éliminer. C'était une traîtrise à double détente, pourrait-on dire. Il y eut une période de deux ans au tout début des années quatre-vingt-dix où l'on vit d'anciens pontes du KGB et du GRU tomber par la fenêtre, passer sous des autobus, se retrouver dans la Moskova ou se suicider avec des armes curieusement disparues de la scène à l'arrivée de la police. Tout cela, c'était l'œuvre de Talanov et de son officier traitant occupés à régler les derniers détails. »

Castor poursuivit : « L'un de ces hommes est venu me contacter, en désespoir de cause, sachant que j'appartenais au renseignement britannique et que je pouvais le protéger. Le général Mikhaïl Zolotov, du GRU, le renseignement militaire russe. Misha me parla du plan, des fonds secrets, et il me narra la trahison perpétrée par le jeune officier chargé de superviser les comptes. Il me dit tout, sauf les noms. Nous travaillions sur ce point quand il est mort lors d'une mésaventure dans le golfe de Finlande.

— Une mésaventure ?

— Oui. Apparemment, il est parti en mer en oubliant de prendre avec lui son embarcation. On l'a retrouvé flottant à trois kilomètres au large de Saint-Pétersbourg.

— Pourquoi n'avez-vous pas contacté le MI5 quand il vous a parlé de ça ? »

Castor haussa les épaules. « Je voulais une partie de l'argent. Alors, j'ai contacté les Russes.

— Quel connard, bougonna Oxley. Il connaissait par moi le nom de Talanov, et il a pu le retrouver à Saint-Pétersbourg. Il lui a raconté ce qu'il savait, lui a dit qu'il resterait bouche cousue s'il pouvait avoir une part du gâteau.

— Pourquoi Talanov ne vous a-t-il pas tué, tout simplement ?

— Parce que j'avais un atout dans ma manche et qu'il le savait. Je lui ai parlé de son séjour au goulag. Vous auriez vu sa tête quand je lui ai dit qu'il existait une vidéo de lui, en plein délire de fièvre typhoïde, en train de parler de Zénith et du KGB. »

Ryan se leva. « Il y a une vidéo ? »

Oxley répondit pour Castor : « Il n'y a pas de putain de vidéo. Il a juste raconté ça à Talanov pour faire pression sur lui. »

Ryan se rassit. « Vous lui avez dit que vous en aviez fait des copies, que vous les aviez planquées ici et là, et que si jamais il vous arrivait quelque chose, elles sortiraient.

— C'est exact. Il m'a versé l'argent, mais ce qui suivit était encore mieux. Nous nous sommes mis en affaires. Il m'a refilé des tuyaux pendant plus de vingt ans, tandis que de mon côté, je lui donnais un coup de main pour ses entreprises financières.

— Quelles entreprises financières ? »

Castor ne répondit pas. À la place, il précisa : « Ce qui est important pour vous de savoir, mon garçon, c'est ceci : je n'ai commis aucune trahison. »

Jack n'en croyait pas ses oreilles. « Putain, comment pouvez-vous prétendre une chose pareille ?

— Facile. Victor Oxley n'était pas employé par le MI5. C'était un civil. Totalement en dehors de la hiérarchie. Quand il est revenu du goulag et s'est signalé à nous, j'ai simplement pris l'avion pour Moscou et je lui ai parlé, puis j'ai confirmé nettement à la direction du MI5 que l'homme n'était pas un de nos agents et qu'aucune autre action n'était donc nécessaire. Nulle assistance officielle ne lui serait procurée. »

Ryan avait envie de tuer l'homme assis en face de lui. « Même si ç'avait été vrai, vous étiez un agent du MI5 qui collaborait avec le KGB.

— Nouvelle erreur, jeune Ryan. Les hommes que j'ai démasqués à la faveur de mon enquête ne travaillaient certainement pas selon les désirs du KGB. Ils avaient pu être d'anciens employés, mais ils étaient devenus des citoyens privés. Qui avaient dérobé des fonds au KGB. Ils n'étaient même plus en connexion idéologique avec le service. » Castor agita la main pour souligner le point suivant. « Je n'ai vendu aucun secret à une quelconque agence étrangère, à aucun moment, pendant que j'appartenais au Cinq. Quand j'ai appris les détails par Oxley après sa libération, j'ai donné ma démission du service, puis je suis allé contacter Talanov, alias Zénith. J'ai simplement conclu un accord avec ces hommes qui voulaient garder leur secret contre rétribution. Je n'ai certainement pas dit aux Russes qu'un *zek* tout juste libéré avait été agent du MI5. Je savais qu'ils tueraient Victor si jamais ils apprenaient qui il était et ce qu'il savait sur Zénith, mais je l'ai évité en restant bouche cousue. »

Ryan se tourna vers Oxley. « Comment êtes-vous sorti du goulag ?

— À l'époque, ils libéraient quantité de prisonniers politiques comme moi. J'ai pris un train pour Moscou, j'ai failli mourir de faim pendant le trajet. Je n'avais pas un rouble en poche, même pas un oignon à manger. J'ai gagné en titubant le consulat britannique. Il était pourtant à deux pas. J'ai dû faire la queue presque toute la journée avant de voir quelqu'un. J'ai dit à la femme à l'accueil que j'étais citoyen britannique, ce qui a provoqué un sacré remue-ménage. On m'a conduit dans une pièce où j'ai été interrogé par un employé du SIS. Je lui ai dit que j'étais traité hors du cadre officiel par le MI5, mais je leur ai fourni un nom. »

Ryan regarda Castor et ce dernier leva la main. « Je me suis retrouvé dans le premier avion. »

Oxley enchaîna. « J'avais également parlé à la femme de Zénith, et elle a reçu un fax de Londres. Le document évoquait l'explosion au restaurant Meisser à Rotkreuz. Je lui dis que j'avais été ramassé par la police sur les lieux et elle a aussitôt noté au crayon mon nom de code à côté de la mention de l'attentat sur le rapport, dans l'intention d'étudier ultérieurement la question.

— Donc, quand je vous ai montré le fichier…, commença Jack.

— Je savais très exactement de quoi il retournait. J'étais assis en face de cette femme quand elle a couché cette annotation. Marrant comme on se souvient des petits détails. »

Oxley poursuivit : « Quand Castor s'est présenté, il m'a dit que j'avais de la chance d'être en vie. Les Américains m'avaient carrément lâché. Le KGB m'avait pourchassé mais sans savoir que j'étais en fait au goulag. Il me dit qu'il avait besoin de rester anonyme, à jamais, parce que si l'on commençait à ressortir les opérations clandestines des années quatre-vingt, quantité de gens allaient souffrir ». Oxley haussa les épaules. « Moi le premier. »

Castor reprit à ce point le récit : « Oxley voulait juste finir sa vie en paix. C'est ce que je lui ai permis. Je n'ai pas pipé mot aux Russes de son existence, et je n'ai pas pipé mot au MI5 de sa réapparition. Nous avions un accord, tous les deux. Je lui envoyais de l'argent tous les ans, de quoi lui permettre de conserver le train de vie auquel il s'était habitué et, en contrepartie, il gardait le silence. Il savait qu'il y avait en Russie des gens puissants qui auraient pu à tout moment le liquider. Ça aussi, je l'ai empêché. »

Oxley intervint : « Et j'apprends maintenant que personne en Russie ne savait la moindre chose à mon sujet. Toute cette histoire n'était qu'un fichu mensonge. »

Castor hocha la tête. « Au moins, je ne t'ai pas balancé, misérable connard. » Il se tourna vers Ryan. « Victor et moi vivons dans un état de destruction mutuelle assurée depuis, quoi ? Vingt ans ? »

Oxley bougonna : « Moi, je voulais juste rentrer chez moi et qu'on me laisse tranquille. »

Il y avait un point que Jack ne saisissait pas. Il s'en ouvrit à Oxley : « Pourquoi avez-vous accepté de venir m'aider dans toute cette histoire si votre seule intention était qu'on vous laisse tranquille ?

— Parce qu'une fois que les Sept Géants m'ont attaqué, j'ai su que les Russes étaient après moi, et j'ai alors compris que Castor était revenu sur sa parole. Notre accord était caduc. Je devais riposter. »

Castor contemplait le feu. « Ce qui m'amène à vous, Ryan. Les Sept Géants vous avaient suivi durant votre enquête sur Gazprom. J'ai essayé de vous éloigner de cette affaire, en douceur, via Lamont, puis un peu plus vigoureusement, quand je vous ai convoqué dans mon bureau pour vous ordonner d'abandonner l'enquête. Mais les Sept Géants savaient que vous étiez trop proche du but pour laisser tomber. Là-dessus, l'autre nuit, un de leurs agents à l'international est venu chez moi et m'a dit que vous aviez rendez-vous avec un homme à Corby. Ils m'ont donné l'adresse et j'ai compris que vous aviez rencontré Oxley. Je leur ai dit qui il était. Ce que je savais.

— Et c'est à ce moment qu'ils ont décidé de le tuer, compléta Jack.

— Bien évidemment, cette idée ! » Castor se pencha en avant ; ses verres reflétèrent la lueur du feu, dérobant ses yeux au regard de Ryan. « Même après tout ce temps, avec ce satané Bedrock, il n'est jamais trop tard pour tout gâcher. »

81

Trente ans plus tôt

Quand Jack Ryan retourna à Londres, un orage d'après-midi secoua en tout sens son 727 de Lufthansa à l'approche de Heathrow. Jack se crispait, balançant son corps de gauche à droite comme s'il essayait lui-même de piloter l'appareil avec les muscles de ses jambes et de son dos, et il étreignait les accoudoirs, même si la brûlure de son avant-bras sous le pansement rendait ça épouvantablement douloureux.

L'avion finit par piquer et vibrer jusqu'à ce qu'il ait touché la piste, quand les ailes se stabilisèrent grâce à l'effet de sol et Jack fut soulagé de trouver l'atterrissage d'une douceur bienvenue.

Il avait envie de gagner directement Chatham pour retrouver sa famille, mais ce n'était pas une option. Il savait qu'il devait d'abord se rendre à Century House et il se douta qu'il y resterait jusque très tard dans la soirée.

Il eut tout juste le temps de déposer sa valise et d'ôter son imper avant que Simon Harding n'entre dans son bureau. « Bienvenue parmi nous, Jack. Alors, comment ça s'est passé ? Attends une seconde ! Qu'est-ce que tu t'es fait au bras ? »

Jack s'était débarrassé de son pardessus à l'antenne berlinoise de la CIA. La déchirure à la manche était irréparable et la tache de sang n'était pas le genre d'indice qu'il voulait ramener à la maison après avoir assuré Cathy d'éviter tout danger durant ce voyage.

Sans le manteau, sa manche de chemise relevée jusqu'au coude rendait bien visible son avant-bras, enveloppé dans une épaisse couche de gaze. Ce n'était pas non plus un indice qu'il pourrait dissimuler à Cathy.

Merde, il n'avait même pas été fichu de le cacher à Simon.

Jack s'expliqua : « J'ai eu un petit accident. » Ce n'était pas surprenant que Harding ignorât tout de ce qu'il était advenu à son collègue, mais ça faisait quand même bizarre de dissimuler une information à un membre du SIS au sein même du siège du service.

« Laisse-moi deviner. Un coup de fer malencontreux ? Chaque fois que je m'aventure sans madame, j'ai deux mains gauches quand il s'agit de repasser mes chemises. J'ai fini par remplir de vapeur la cabine de douche avant de les… »

Le téléphone sur le bureau de Jack se mit à sonner. Avec un sourire d'excuse, il décrocha prestement le combiné. « Ryan.

— Oh, Dieu merci, vous avez réussi à rentrer. » C'était Basil. « Montez vite me voir. »

Jack était assis dans le canapé du bureau de Charleston ; en face de lui, il y avait Nick Eastling et sir Basil. On lui avait proposé du thé ou du café mais il avait décliné l'offre. Son estomac s'était noué lorsqu'il était dans les cieux au-dessus de Londres et cela n'avait fait que s'additionner aux autres stress qu'il avait endurés ces derniers jours. Il ne voulait pas rajouter de café à l'acide qui gargouillait dans son estomac.

Il passa plusieurs minutes à récapituler ses faits et gestes depuis qu'Eastling l'avait laissé à Berlin. Son résumé se déroula sans encombre au début ; il voulait avant tout bien faire comprendre aux deux hommes que les deux cent quatre millions de dollars de virements internes qu'il avait découverts à la Ritzmann Privatbankiers exigeaient un examen plus approfondi, même s'il ignorait comment on pouvait y parvenir concrètement.

Quand il en vint à sa décision de retourner voir l'appartement occupé par la cellule de la RAF dans la Sprengelstrasse, son explication devint bien moins détaillée et en grande partie dénuée d'émotion. Il ne savait toujours pas précisément ce qui l'avait conduit là, à part une ultime tentative de la dernière chance pour recueillir quelque chose d'exploitable dans ce qui s'était jusqu'ici révélé comme un déplacement à l'étranger désastreux, au vu des résultats. Ni Eastling ni Charleston ne s'appesantirent sur la question ; c'était plus pour lui affaire de se justifier à ses propres yeux.

Puis il aborda sa rencontre nocturne avec Marta Scheuring à l'appartement des terroristes. Eastling lui posa alors quelques questions spécifiques sur le fait de savoir comment il pouvait être sûr qu'il s'agissait bien de la vraie Marta et pas d'un imposteur. Comme toujours, le cheminement des pensées d'Eastling irritait Ryan mais il essaya de s'expliquer du mieux qu'il put. Eastling consigna par écrit le nom d'Ingrid Bretz et promit d'enquêter sur elle.

« J'ai déjà vérifié auprès de mes sources, observa Jack. Langley n'en a jamais entendu parler. Idem avec le BfV. Si elle vient de l'ex-Allemagne de l'Est, c'est prévisible.

— Et votre Marta, intervint Nick, la vraie Marta. Elle n'a pas évoqué David Penright, correct ? »

Jack vit ce que Nick essayait de faire. Son boulot était d'enquêter sur la mort de Penright, point barre. Pour lui, le reste de l'intrigue était dépourvu d'intérêt. « Comment diable Marta aurait-elle pu connaître Penright, Nick ? Elle n'était pas en Suisse. C'est Ingrid qui était en Suisse, elle avait usurpé l'identité de Marta.

— Je cherche juste à clarifier, Ryan. Pas besoin de monter sur vos grands chevaux. »

Sir Basil se tourna vers Eastling. « Nick, allez-y mollo. Jack en a vu des vertes et des pas mûres. »

Jack sauta quelques détails désormais, pour aller directement au point où il avait perdu la trace de Marta dans la rue. Puis il leur parla des voitures qui avaient brusquement surgi dans le quartier et des deux hommes qui lui avaient sauté dessus.

Finalement, il évoqua le bon samaritain qui s'était interposé et lui avait littéralement sauvé la vie.

Quand il eut terminé, Charleston marmonna : « Une histoire incroyable. »

Quant à Eastling, il observa : « Le BfV a découvert le tunnel cet après-midi. Ils se sont servis de votre déposition pour visiter tous les immeubles vides, mais il s'est avéré que le tunnel se trouvait sous le plancher du cabinet d'un oto-rhino de la Boyenstrasse. C'est à une centaine de mètres de là que la fille vous avait échappé. Difficile de dire depuis combien de temps l'ouvrage était en service mais, d'après ce qu'elle vous a dit, c'était la Stasi elle-même qui s'en occupait, avec le docteur comme agent de ce côté du Mur. »

Ryan acquiesça avant d'ajouter : « Marta insistait sur le fait que la RAF n'avait strictement rien à voir avec les attentats en Suisse. Elle disait qu'ils avaient été piégés par un Russe connu sous le nom de code de Zénith. Je n'en ai pas parlé au BfV, mais sitôt que j'ai regagné l'antenne berlinoise de la CIA, j'ai appelé Jim Greer. Il n'avait jamais entendu ce nom de code, et il a procédé à des recherches. On n'a jamais rien relevé à ce sujet. Est-ce que ce nom vous dit quelque chose ? »

Nick Eastling fit non de la tête mais Basil se tourna vers lui. « Nick, puis-je vous demander de nous excuser quelques minutes, je vous prie ? »

Eastling parut perplexe. Basil se contenta d'un signe de tête et, à regret, l'agent du contre-espionnage se leva pour quitter le bureau.

Dès que la porte se referma sur lui, Basil reprit. « Il y a eu de nouveaux développements cet après-midi. Des détails que je préfère cacher à Nick. Pour être franc, je ne suis pas non plus habilité à vous mettre dans la confidence mais je pense que vous méritez de savoir.

— Savoir quoi ?

— Chaque chose en son temps. Des soldats allemands gardant la frontière près de Göttingen ont entendu ce matin sauter une mine antipersonnel dans le no man's land qui sépare les deux Allemagne. Bien entendu, le secteur est truffé de mines – c'est comme ça que l'Est garde ses citoyens sur son territoire. Les soldats ouest-allemands dépêchés sur place ont découvert le corps d'une jeune Allemande gisant au milieu du no man's land, à l'instant précis où il était récupéré par les Allemands de l'Est. »

Jack se prit la tête entre les mains. « Marta. Putain, ils l'ont tuée.

— Je pense que c'est ce qui s'est effectivement produit mais vous savez comment ce sera rapporté aux infos, n'est-ce pas ? »

Jack répondit, toujours tête baissée. « Que la citoyenne est-allemande Ingrid Bretz a tenté de fuir à l'Ouest et qu'elle a été tuée par une mine antipersonnel.

— Oui, dit sir Basil. Et en apporter une contre-preuve sera impossible. »

Jack releva la tête. « Pourquoi Eastling ne pouvait pas entendre ça ?

— Ce n'est pas ça que je voulais lui cacher. C'est Zénith. J'ai entendu pour la première fois prononcer ce nom aujourd'hui lors d'une réunion que j'ai eue au 10, Downing Street. Mme le Premier ministre n'y assistait pas mais tous ses principaux collaborateurs étaient présents, y compris sir Donald Hollis, le directeur du MI5.

— Le MI5 ? Le renseignement intérieur ?

— Oui. La réunion était destinée à m'informer que le Cinq mène une opération parallèle en Europe. C'était la première fois que j'en entendais parler. Elle impliquerait l'agent russe baptisé Zénith, ce qui n'est, à ce point, qu'une rumeur.

— Pourquoi cet intérêt du MI5 pour Zénith ?

— Ils ont un homme sur le terrain qui essayait de débusquer Zénith. Apparemment, leur agent a disparu quelque part derrière le rideau de fer ; aux dernières nouvelles, il serait en Hongrie.

— Je ne comprends pas. L'étranger est de la responsabilité du MI6.

— Tout à fait, convint Basil. Vous ne serez donc peut-être pas surpris d'apprendre que je leur ai passé un sacré savon pour avoir appris seulement maintenant l'existence d'un programme qui venait piétiner nos plates-bandes. Je n'ai aucun détail sur les raisons pour lesquelles ils ont décidé d'en confier la responsabilité au MI5. Peut-être que déjà, si nous en avions su plus sur cet agent, si nous avions eu un minimum d'influence opérationnelle sur lui, il serait encore en vie et en activité, au lieu d'être porté disparu.

— Et maintenant, ils veulent que vous les aidiez à le retrouver ?

— C'est exact. Le MI5 s'est adressé directement à Downing Street qui nous a alors contactés. Maggie Thatcher en personne demande à être tenue au courant de l'affaire heure par heure.

— Pensez-vous que Zénith aurait vraiment pu être l'assassin en Suisse ?

— Jack, vous savez mieux que personne que le KGB utilise normalement des intermédiaires pour s'acquitter de leur sale boulot à l'étranger. Des Bulgares, par exemple.

— C'est en effet le mode opératoire que nous avons constaté, reconnut Jack. Mais il s'est passé quantité de choses au cours de la semaine écoulée qui dévient sérieusement du manuel soviétique.

— J'admets que ce n'est pas faux, reconnut Basil. Cela dit, nonobstant ce que Marta Scheuring vous aura raconté, nous pensons qu'il était probable que le KGB ordonne à la RAF d'effectuer les meurtres en Suisse. Peut-être que ce n'était pas Marta en personne, peut-être que ce n'était même pas sa cellule, mais nous croyons qu'Ingrid Bretz travaillait malgré tout avec la RAF. On a connu un certain nombre de cas de collusion entre organisations, tout particulièrement au profit du KGB.

— Donc, vous ne croyez pas à Zénith ?

— Je peux seulement dire que nous n'avons trouvé aucune preuve manifeste qu'un quelconque assassin du KGB parcourt l'Europe occidentale, semant la terreur sur son passage. Vous ne savez même pas si le KGB était à l'origine de tout ça. Réfléchissez. Pourquoi assassineraient-ils Tobias Gabler ? D'après Morningstar, il gérait leur compte. Il était leur pote.

— Peut-être qu'il s'apprêtait à parler.

— À qui ? Pas à Langley. Pas à nous. Et je doute qu'il se soit adressé à un autre service de renseignement occidental.

— Et si Gabler était en liaison avec le KGB ? »

Sir Basil cligna des yeux de surprise. « S'il était en liaison avec le KGB, pourquoi auraient-ils voulu le tuer ?

— J'ai une théorie, Basil. Mais je ne peux pas la prouver.

— Jack, je veux l'entendre. Je veux savoir comment vous débrouillez cet écheveau.

— J'y ai réfléchi toute la journée, expliqua Ryan. Considérez les preuves. L'assertion de Penright selon laquelle il y avait deux groupes de Russes en jeu à la RPB. Tous les efforts déployés pour tuer quiconque avait connaissance de l'existence de deux cent quatre millions de dollars sur un compte numéroté. Les mesures extraordinaires prises pour faire porter le chapeau à la cellule de la RAF, puis l'élimination de celle-ci pour l'empêcher de clamer son innocence. »

Jack poussa un grand soupir. Il avait presque peur d'aborder la partie suivante parce que, en bon analyste, il était conscient d'aborder le terrain dangereux de la conjecture.

« Je crois en une lutte interne au sein du KGB.

— Pourquoi ?

— Pour l'argent. Les deux cent quatre millions. Ça au moins, c'est clair.

— Pour autant que je sache, si le KGB voulait tuer les banquiers suisses et, éventuellement, l'agent britannique, ils auraient pu confier la tâche à la RAF ou à un quelconque autre groupuscule gauchiste. Ils n'avaient pas besoin de les piéger. Le fait qu'ils les aient piégés, avant de les tuer pour dissimuler leur ruse, me porte à penser que ce n'était pas une opération classique du KGB. Cela dit, les hommes qui y ont pris part devaient appartenir au KGB, parce que sinon, comment auraient-ils pu avoir tous ces contacts à la Stasi indispensables à sa réalisation ? »

Et Charleston de demander : « Pourquoi, selon vous, des agents du KGB ont-ils de l'argent planqué à l'insu du reste du service, et pourquoi est-ce sur un compte bancaire en Europe occidentale ?

— N'est-il pas possible que certains puissent collaborer juste pour puiser un pourcentage sur d'autres opérations, en prévision des mauvais jours ? Mettre à gauche une petite fortune sur un compte numéroté – en Suisse par exemple – au cas où ils auraient besoin de ressources pour une fuite précipitée ? Songez aux nazis à la fin de la guerre. Ceux qui avaient accès à des fonds ont eu le moyen de s'échapper.

— Tout cela est pure spéculation, Jack, contra Charleston. Je ne voudrais pas stériliser votre cerveau fertile, il est ma foi bien utile, mais envisagez les choses selon ma perspective. M'avez-vous apporté quelque élément exploitable ? »

Ryan laissa échapper un discret mais long soupir.

« Non. Absolument aucun. »

Charleston leva les mains. Il avait pris une décision. « Eastling veut clore l'enquête sur la mort de David Penright. Je m'en vais lui refuser sa demande mais, sans nouvel élément, j'imagine qu'elle sera enterrée. Je vais en outre laisser la question de l'agent Zénith au MI5, puisqu'ils semblent déjà se débrouiller très bien sans notre aide. Nous ferons ce que nous pourrons pour eux en Europe centrale, enquêterons sur leur disparu, mais j'ai bien peur que s'ils viennent nous voir la queue basse, c'est qu'il est fort probable que leur homme a de gros soucis. Il est sans doute déjà trop tard pour lui. »

Une idée vint soudain à Jack. « Depuis combien de temps ce type a-t-il disparu ? Se pourrait-il que ce soit l'homme qui m'a aidé hier soir ? »

Charleston hocha la tête. « Ils me disent qu'il ne s'est plus manifesté depuis plusieurs semaines et, souvenez-vous, c'était un agent infiltré de l'autre côté. En Hongrie, ont-ils précisé. Berlin-Ouest n'était pas son terrain de chasse.

— Je n'ai pas des masses d'expérience sur l'aspect opérationnel des choses, mais ces gars ne restent-ils pas durant de longues périodes sans se signaler ? Je veux dire, s'il était en activité sur le terrain, il n'allait pas forcément sauter dans chaque cabine téléphonique pour donner à Londres de ses nouvelles. Et ne font-ils pas des actions autonomes, de temps en temps ? Qui peut affirmer qu'il ne s'est pas rendu en Allemagne de l'Ouest à la recherche de Zénith ? »

Charleston soupesa l'hypothèse. « Je peux recontacter Hollis et lui faire part de vos préoccupations mais, comme je l'ai dit, le disparu n'est pas un de mes hommes, aussi je ne peux guère donner d'avis éclairé sur ses méthodes de travail. »

Nouveau soupir de Jack. « Alors, on fait quoi ? »

Charleston compatissait mais il ne pouvait guère en dire plus. « Vous rentrez chez vous retrouver femme et enfants et vous les serrez bien fort dans vos bras. Vous avez poussé Eastling quand il avait besoin d'être poussé, en Suisse, et sauvé des vies à Berlin, de justesse et au risque de la vôtre. Soyez fier de ce que vous avez accompli. Tant que l'agent du MI5 reste porté disparu, toutefois, nous devons garder à l'esprit qu'il se trouve derrière le rideau de fer. Ce serait mieux pour lui – “crucial” serait sans doute un mot plus approprié – qu'aucune rumeur ne se répande au sujet de la disparition d'un espion britannique.

— Vous me demandez de dissimuler cela à Langley.

— Si le MI5 veut demander officiellement à Langley son aide, laissez-les faire. Mais en tant qu'agent de liaison du MI6, je requiers votre totale discrétion en la matière. Nous ne voulons pas voir notre gaillard se faire tuer parce qu'on aura jasé sur lui. »

Jack hocha la tête. « Toute cette opération n'est qu'une longue suite d'occasions manquées.

— Le travail de renseignement est parfois ainsi, mon garçon. L'adversaire a tout autant que nous son mot à dire sur le déroulement des événements.

— Ça me donne l'impression qu'on a perdu, Basil. »

Sir Basil Charleston posa la main sur l'épaule de Jack. « Nous n'avons pas perdu, Jack. Nous n'avons simplement pas gagné. »

82

De nos jours

Driscoll et Chavez avaient progressé à travers les arbres aux extrémités nord et sud de la propriété de Castor au bord du lac ; ils n'étaient plus qu'à vingt-cinq mètres de l'arrière du chalet et ils étaient bien cachés. Chavez avait Ryan dans son champ visuel grâce à une large baie vitrée. Aux jumelles, il le voyait clairement, installé sur le divan avec Oxley, et en face d'eux un homme plutôt âgé se tenait assis près d'une cheminée.

Un binôme de gardes privés faisait des allers et retours sur la terrasse arrière de la propriété, de sorte que Ding et les autres n'avaient aucun moyen de se rapprocher sans risquer d'être détectés.

Il se rendit compte que même s'il pouvait voir Ryan, ce dernier était malgré tout livré à lui-même.

Dom Caruso se trouvait plus près du lac, planqué derrière deux fûts d'huile le long du hangar à bateaux près de l'appontement. Alors qu'il observait aux jumelles le chalet au sommet de la colline devant lui, il entendit un grondement sourd sur l'eau. Le moteur d'un canot, d'après le bruit. Il scruta le brouillard et l'obscurité mais ne vit aucune lumière approcher.

Peu après, le bruit sourd disparut, comme si l'on avait coupé le moteur.

Il murmura dans son oreillette Bluetooth : « Dom en fréquence. J'ai une embarcation non identifiée qui approche de l'appontement. Elle navigue tous feux éteints et vient de couper son moteur. »

Chavez répondit : « Ça sent le roussi. Je veux que tout le monde se planque. Préviens-moi de la conduite à tenir aussitôt que possible, Dom.

— Bien reçu. Un moyen de prévenir Ryan si ça se gâte ?

— Ouais, dit Chavez. Je peux me mettre à canarder. À part ça, je ne vois pas trop, non. »

Pendant que Hugh Castor bavardait, Jack ne pouvait s'empêcher d'imaginer cet homme de soixante-huit ans en jeune espion actif. Il était intelligent, plein d'assurance ; il évoquait pour Jack une sorte d'oncle depuis longtemps perdu tant la conversation était confortable, même si le sujet évoquait ses propres tromperies qui avaient abouti à l'agression contre Jack.

Il se rendit compte que l'homme s'était pour ainsi dire absous de toute conduite inappropriée. Il ne savait pas s'il y croyait vraiment lui-même, ou s'il était juste un menteur incroyablement doué. Jack se dit qu'il en allait souvent ainsi dans le monde de l'espionnage où jamais rien n'est tout blanc ou tout noir.

« Tout ce que vous faites chez Castor and Boyle est destiné à protéger le gouvernement russe », dit Ryan, cherchant à amener son interlocuteur à reconnaître qu'il était, sinon un espion, du moins un larbin.

Castor fit non de la tête. « Pas du tout. Suis-je rémunéré en échange de la transmission d'informations à d'importants capitaines d'industrie de temps à autre ? Oui. Je plaide coupable, j'en ai peur. Coupable d'espionnage industriel.

— Des capitaines d'industrie qui se trouvent diriger le FSB et le gouvernement.

— Serait-ce Dieu possible ? rétorqua Castor avec un sourire matois. Certes, je collabore étroitement avec des responsables officiels de Gazprom et de ses filiales. Ce qu'ils font quand ils ne sont pas réunis en conseil d'administration ne me concerne aucunement. »

Ryan posa la question qui lui était venue aussitôt à l'esprit : « Où voulez-vous en venir en me racontant tout cela ?

— Très bientôt, répondit Castor, des personnages clés en Russie vont avoir vent que l'homme que tu as rencontré à Corby se trouvait dans le même goulag où Roman Talanov, dans son délire dû à la typhoïde, s'est confessé alors qu'il était à l'infirmerie. Dès lors, ils en déduiront que j'ai mal évalué la force de mes moyens de pression sur eux. Ils pourraient fort bien décider qu'il n'y a finalement jamais eu de preuve, que tout cela n'était que des rumeurs. Aussitôt qu'ils auront conclu qu'Oxley et moi-même sommes les seuls à détenir l'information susceptible de prouver leurs malversations, ils n'auront plus aucune raison de nous laisser plus longtemps la vie sauve. »

Ryan traduisit le jargon juridique de son interlocuteur : « Maintenant que Talanov connaît le fin mot de l'histoire, il va finir par conclure qu'Ox et vous l'avez mené en bateau au sujet de la possession d'une cassette. Quand ça se produira, il enverra des hommes de main vous liquider.

— C'est, hélas, le sort qui m'attend. Il n'est pas le genre de bonhomme à s'esclaffer du bon tour qu'on lui a joué. Il est en général celui qui joue des tours. Je peux m'entourer de gorilles, tôt ou tard, Talanov m'aura comme il a eu Golovko, Zueva, Birioukov et tous les dirigeants du KGB et du GRU dont il s'est débarrassé il y a vingt ans.

— Que voulez-vous ?

— Je veux troquer des informations que j'ai collectées au cours des années en échange de l'immunité contre toutes poursuites et de la protection de votre gouvernement.

— Le gouvernement américain ?

— Oui. J'ai commis, comme je l'ai dit, une forme d'espionnage industriel. Mais je ne suis pas un espion, je ne suis pas un traître. Je peux faire plus que me racheter avec les informations dont je dispose. À l'évidence, ton père n'ira pas contre la volonté du Royaume-Uni, mais je suis certain qu'il pourrait l'encourager à laisser tomber une enquête éventuelle à mon endroit.

— Et vous lui raconterez quoi, au juste, à mon père ?

— Je prouverai que Dmitri Nesterov, l'homme qui a fait passer un virgule deux milliard de dollars au gouvernement russe, n'est autre qu'un parrain de la mafia des Sept Géants qui opère sous le nom de Gleb la Balafre. »

Jack regarda Oxley, puis revint à Castor.

« Vous en êtes sûr ?

— Tout à fait sûr.

— C'est bien mais ça risque de ne pas suffire.

— Ce n'est que la face émergée de l'iceberg, mon garçon. L'agent traitant de Talanov se balade toujours dans la nature et il n'est pas sorti du jeu. » Castor sourit, l'air d'être l'homme le plus confiant au monde. « Mais ça, c'est mon atout. Je le dirai à ton père, de vive voix, quand je serai en sûreté aux États-Unis. »

Jack allait répondre mais, au moment où il allait ouvrir la bouche, un des agents de sécurité surgit de la cuisine. Dans un anglais au fort accent germanique, il annonça : « *Herr* Castor. On nous signale que des hommes s'approchent du chalet depuis le lac. Nous devons vous faire monter à l'étage ! »

Caruso regarda les hommes en noir quitter le Zodiac le long de l'embarcadère, puis courir vers le hangar à bateaux, enjamber le petit mur de soutènement et gravir la colline vers l'arrière du chalet. Ils se dispersèrent petit à petit, restant penchés et progressant par binômes se protégeant mutuellement.

Dom présuma qu'il s'agissait de Russes ; il ne voyait pas d'autre scénario crédible. S'ils venaient pour Ryan, Oxley, Castor, voire les trois, il n'aurait su dire avec certitude. Mais ce qu'il vit en tout cas, c'est qu'ils étaient armés de pistolets-mitrailleurs et qu'ils évoluaient avec l'assurance d'une force militaire bien entraînée.

Dom chuchota dans son oreillette : « Ils ont dépassé ma position. Si vous voulez, je peux ouvrir le feu sur eux de là où je suis.

— Négatif, répondit Ding. On entame une fusillade avec ces enculés ici, à l'extérieur, à découvert, et les Suisses n'auront plus qu'à nous dégommer depuis le chalet. Il leur suffira de cibler un par un les éclairs des tirs dans le noir pour descendre tout le monde. »

Chavez était protégé de la maison par un bosquet de pins. Il indiqua : « Je m'en vais tirer un coup en l'air pour avertir Ryan. N'engagez pas le feu. Je répète, n'engagez pas le feu. »

Chavez leva son arme pour tirer, en prenant garde que l'éclair du canon restât invisible du chalet. Au moment précis où il posait son doigt sur la détente, le crépitement d'une rafale d'arme automatique déchira la nuit.

C'était un vigile isolé, dans l'allée menant latéralement au chalet, qui venait d'ouvrir le feu sur les agresseurs qui s'étaient maintenant largement dispersés sur la pente.

Ding rabaissa son arme. « Bon. Si les Russes réussissent à entrer, on leur colle aux basques et on engage tous les hostilités jusqu'à ce qu'on ait tiré de là Ryan. D'ici là, on reste en position. »

Sam et Dom répondirent par l'affirmative à la radio mais Chavez avait à présent des difficultés à les entendre parce qu'une fusillade enragée venait de débuter entre pas moins de deux douzaines d'armes automatiques.

L'agent de sécurité précéda Castor, Ryan et Oxley dans un escalier puis, à l'étage, dans une chambre au fond. Une fois qu'ils furent installés, il confia un pistolet à Castor avant de redescendre.

Castor tenait le pistolet par le côté et il regarda Ryan. La confiance de l'Anglais, si manifeste une minute plus tôt, semblait défaillir. « Vous avez convié des amis ?

— Ces types ne sont pas avec moi, répondit Jack, ce qui me porte à croire que ce sont sans doute des Russes. Talanov a dû conclure que vous lui mentiez encore plus vite que vous l'aviez imaginé. »

Les traits de l'Anglais se décomposèrent lorsqu'il se rendit compte que le jeune Ryan disait vrai.

« Mes hommes les arrêteront.

— Bien sûr, railla Jack. Vos gorilles suisses sont bien supérieurs à une unité de *spetsnaz* du FSB. »

Oxley avait dû se rendre compte que sa propre vie était également en danger mais il ne put que rire du sort de Castor.

« Aidez-moi », implora ce dernier.

Sa terreur était manifeste.

« Donnez-moi le flingue, répondit Ryan.

— Non.

— Vous ne m'avez pas l'air de savoir par quel bout tenir ce pistolet, aussi je suppose que vous allez devoir vous reposer sur vos talents oratoires pour vous en sortir. »

Castor considérait Oxley à présent, espérant que celui-ci lui lancerait une bouée, quelle qu'elle soit.

Mais Oxley continuait de sourire. « Fais ce qu'il dit, connard. »

À cet instant précis, une fenêtre donnant sur l'arrière de la propriété se brisa. Les trois hommes étaient dorénavant bien à l'écart de la ligne de tir au rez-de-chaussée, toutefois Castor pivota brusquement en direction du bruit. Ryan fit mine de s'emparer de l'arme mais le vieil homme se reprit rapidement et se retourna vers le jeune Américain.

« Écoute, Jack. Je peux te dire tout ce que tu désires savoir. Tout. Appelle ton père. Demande-lui de nous envoyer des forces.

— Envoyer des forces ? » Jack se contenta de hocher la tête. « Putain, vous croyez que vous pouvez marchander votre vie quand des tueurs sont déjà à votre porte ? »

Une fusillade assourdissante émanait à présent de la cuisine, juste au-dessous d'eux. Castor sursauta et pointa son arme vers la porte. Jack s'apprêtait à revenir à l'attaque, mais une fois encore la main tenant l'arme se retourna en tremblotant vers lui.

Oxley intervint : « Hugh. Pose ce satané flingue avant de blesser quelqu'un. Passe-le à qui tu voudras et on s'en sortira, tous. »

Castor hocha la tête. « Je garde l'arme. S'ils réussissent à passer, j'en aurai besoin. »

Oxley grommela, furieux : « Alors, tu ferais mieux de te fourrer tout de suite le canon dans la bouche, putain de merde.

— Si je meurs, tu meurs, Ox. »

Chavez, Driscoll et Caruso avaient quitté leur cachette et progressaient maintenant. Chaque homme se dirigeait vers une entrée différente du chalet. Driscoll arriva devant celle desservie par l'allée latérale ; elle était ouverte et un agent de sécurité suisse gisait sur le dos, mort, sur la chaussée, son arme automatique à côté de lui. Driscoll la récupéra et la rechargea avec des munitions récupérées sur le cadavre, puis il pénétra dans le bâtiment.

Chavez se trouvait du côté opposé et il avait suivi un binôme de tireurs russes le long des arbres ; il les vit entrer dans une des chambres par une porte vitrée coulissante. Il faisait sombre, aucun agent de sécurité n'avait engagé les Russes durant leur approche, mais une fusillade retentit d'un bout à l'autre du rez-de-chaussée sitôt que les commandos eurent mis le pied à l'intérieur.

Ding allait se précipiter à son tour vers la porte coulissante mais une rafale de mitraillette venant de l'avant de la propriété se répercuta dans la nuit et, aussitôt, il entendit les balles siffler autour de sa tête. Il plongea vers l'intérieur, évitant de justesse d'être tué par l'un des Suisses.

Caruso avait le trajet le plus long à parcourir avant d'entrer dans le chalet, mais il arriva finalement devant la porte donnant sur la terrasse à l'arrière. Ses carreaux avaient été déjà dégommés, comme ceux de toutes les fenêtres alentour, aussi enjamba-t-il le verre brisé et tomba instantanément sur deux Russes qui venaient de traverser la cuisine, l'arme haute.

Dom les avait vus le premier ; ils pivotèrent pour engager le feu avec lui, mais il tira d'abord, les abattant tous les deux. Au même instant, il entendit une fusillade dans la pièce voisine, puis des cris en allemand. La riposte d'un pistolet retentit et de la poussière de plâtre se mit à jaillir du mur proche de Dom. Il plongea au sol derrière un canapé.

À l'étage, Castor se tenait près du lit. Le canon de son pistolet oscillait entre d'un côté, Ryan et Oxley, qui se tenaient trois mètres sur sa droite et, de l'autre, la porte sur le palier, qui se trouvait devant lui, à trois mètres environ.

Jack lut la terreur dans les yeux de l'homme et redouta que sa main tremblante se mît à presser la détente par inadvertance.

Castor en était encore à tenter de monnayer son importance pour se mettre hors de danger. « Ton père a besoin de moi vivant. Je détiens des informations. »

Oxley intervint : « Tu as passé ta vie à marchander tes putains d'informations. Mais dans la situation présente, ça ne te servira à rien. Alors, tu la fermes et t'attends que les Russes montent l'escalier. »

Mais Jack essaya de le calmer. « Écoutez, Castor. J'ai trois gars à l'extérieur qui vont nous aider, on a juste à tenir jusqu'à ce qu'ils aient pris le contrôle de la situation. Je vous promets une chose, toutefois : s'ils franchissent cette porte et voient quiconque à part moi avec un pistolet dans les mains, alors ils tireront sans une hésitation. »

Castor répondit à cette sortie en précisant : « C'était Volodine. Je peux prouver que c'était Volodine. »

Jack ne comprenait pas. « Quoi, Volodine ?

— Je peux prouver que Valeri Volodine était l'agent traitant de Roman Talanov. Il gérait déjà Zénith dans les années quatre-vingt. Il a volé l'argent de la direction du KGB. Puis il les a fait liquider à la chute du rideau de fer. »

Jack secoua la tête, incrédule. « C'est de la daube.

— Ce n'est pas de la daube. Du tout. Faites-moi sortir d'ici et je vous en fournirai la preuve. »

Ryan consulta Oxley et ce dernier se contenta d'un haussement d'épaules. Il était incapable de dire si l'information était véridique ou non.

Castor ajouta : « Volodine savait qu'après la dissolution de l'Union soviétique, c'est la pègre qui prendrait en réalité les rênes du pouvoir. Et il savait que les bandes de mafieux qui peuplaient les goulags et dirigeaient déjà les prisons avec leur propre hiérarchie seraient aux commandes. Talanov et lui conçurent donc un plan. Il avait envoyé Talanov au goulag dans l'idée en fait de lui permettre de se faire accepter par la mafia russe. Il fut conduit dans la prison de la République des Komis, près de Syktyvkar, et là, il contracta la typhoïde. Le plan fut laissé au placard pendant plusieurs mois, le temps qu'il se rétablisse, mais alors il fit une nouvelle tentative. On le mit dans un autre goulag et là, il passa quatre années à accroître son influence au sein de la mafia des Sept Géants. »

Une fusillade à l'arme automatique faisait rage partout au rez-de-chaussée du chalet sous leurs pieds.

« Quand il fut libéré, on le bombarda au sommet de la hiérarchie. Devenu *vory v zakonye*, il se retrouva à la tête d'une petite armée d'hommes qui lui avaient juré fidélité, et dès lors, il se servit de ce pouvoir pour aider les *siloviki* à reconquérir le gouvernement. Et il les protégea à mesure qu'il développait son organisation. Ils assassinaient les adversaires de Volodine, déstabilisaient les hommes politiques au pouvoir pour lui ouvrir le passage à force de prébendes. Talanov prit en secret la tête des Sept Géants, ce qui lui permettait d'accéder lui-même au gouvernement. Il débuta comme commissaire de police à Novosibirsk et puis, quand Volodine entra au Kremlin comme Premier ministre, ce dernier plaça Talanov à un poste de chef régional du FSB. »

Ryan enchaîna : « Et maintenant, Valeri Volodine dispose de Roman Talanov à la tête de l'ensemble du renseignement russe. »

Oxley se mit à agiter la tête. Il regarda Ryan. « Impossible. Cet enculé nous ment pour sauver sa peau. Il te raconte des bobards.

— Comment savez-vous qu'il ment ?

— Jamais Talanov n'aurait été désigné *vory v zakonye*. Tu dois comprendre comment s'organise la pègre en Russie. On ne peut être adoubé dans la mafia russe si on a travaillé un jour pour le gouvernement soviétique. Fais-moi confiance. C'est une organisation avec des masses de lois de fer, mais celle-ci vient en toute tête de liste. On ne peut pas être simple facteur chez les Soviets et devenir *vory*, encore moins travailler pour leurs putains de service de sécurité.

— Mais si Talanov a été envoyé au goulag pour jouer les taupes, observa Jack, alors peut-être qu'il leur aura caché sa vie antérieure. »

Castor acquiesça vigoureusement : « C'est tout à fait ça, mon garçon. C'est comme ça que ça s'est passé !

— Ox, reprit Jack, qu'arriverait-il si les Sept Géants venaient à découvrir que Talanov a appartenu au KGB et qu'il a menti pour devenir le chef de leur organisation ? »

Oxley le regarda un long moment avant de répondre. Lentement, un sourire rusé se dessina sur ses traits : « Ils liquideraient ce foutu connard. »

La porte devant eux s'ouvrit à la volée, échardes de bois et baguettes d'encadrement volèrent en tout sens et Castor se retourna vivement en direction du bruit. Il leva son pistolet mais Jack saisit l'occasion pour se jeter sur lui. Il prit l'arme à pleine main et l'arracha d'une torsion vicieuse. Tout en se reculant en vitesse, il gardait l'œil sur le seuil. Un homme vêtu de noir leva vers lui une arme automatique. Jack se rendit compte que l'agresseur avait le champ libre pour tirer ; il pivota et leva l'arme mais le temps de la mettre en position de tir, il avait déjà compris qu'il ne serait pas en mesure de faire feu le premier.

Victor Oxley apparut alors sur sa droite et, d'un bond, il s'interposa entre Ryan et le Russe au seuil de la chambre. Une salve d'arme automatique retentit et le grand Anglais tressauta sous les impacts multiples avant de s'effondrer au sol.

Hugh Castor était à présent désarmé ; alors qu'Oxley tombait, il leva les deux mains pour se protéger mais le Russe lui tira une rafale qui lui cribla le torse et l'abdomen, l'envoyant valdinguer.

Puis le Russe fit pivoter le canon vers la dernière cible encore debout et il pressa la détente mais sa main se détendit et lâcha l'arme quand une balle unique lui transperça le front.

Jack l'avait tué sur le coup d'une distance de quatre mètres.

Jack Ryan enjamba Oxley et se rua en avant, il chassa d'un coup de pied l'arme du Russe, puis il sortit en direction de la cage d'escalier. Un autre Russe s'apprêtait à le mettre en joue.

Ryan ouvrit le feu, tirant à répétition jusqu'à ce que l'homme tombe tête la première et que son corps glisse jusqu'au bas des marches.

Jack retourna précipitamment vers Oxley. Le sexagénaire avait pris trois balles de neuf millimètres dans la poitrine. Il haletait et ses yeux papillonnaient.

« Merde ! s'écria Ryan. Tenez bon, Ox ! »

Oxley serra le bras de Ryan et du sang macula la chemise de l'Américain. Oxley toussa et du sang humecta ses lèvres et sa barbe.

Jack pressa fortement sur la poitrine de l'homme mais les blessures étaient trop sérieuses, l'hémorragie trop importante. Il regarda autour de lui, à la recherche de quelque chose pour l'aider à contenir celle-ci. Une serviette, un vêtement, un drap.

Là. Il avisa un édredon au pied du lit.

Il tendait la main pour l'atteindre mais Oxley serra son bras un peu plus fort.

Il parla mais sa voix était si basse que Jack dut se pencher pour l'entendre : « Ça va, camarade. C'est bien comme ça. Fais attention à toi, maintenant. Fais bien attention. »

Son étreinte se détendit et ses paupières battirent une dernière fois avant de se refermer.

Jack ne voulait pas détourner les yeux d'Ox, mais le bruit en provenance de l'escalier le força à diriger son pistolet vers l'ouverture donnant sur le palier.

Une silhouette apparut en haut des marches.

C'était Caruso.

Dom abaissa aussitôt son arme et Ryan fit de même. Dans son oreillette, Dom annonça : « J'ai trouvé Jack. À l'étage. Ici, c'est dégagé. »

Dom se précipita vers Oxley et s'agenouilla près de Ryan mais il vit aussitôt qu'il n'y avait plus rien à faire.

83

Des corps gisaient partout, à l'intérieur du chalet comme dehors sur le terrain. Sam, Dom et Ding inspectèrent rapidement la propriété pour s'assurer qu'il ne restait plus de menace et, ce faisant, ils dénombrèrent dix-huit cadavres.

Le chalet était isolé au milieu d'une épaisse forêt mais les hommes savaient que le bruit de la fusillade avait dû porter loin sur le lac, aussi Ding prévint-il tout le monde qu'ils devaient quitter les lieux avant l'arrivée de la police. Driscoll se dépêcha de traverser les décombres, photographiant le visage des Russes décédés en vue de les transmettre à Biery pour qu'il les passe dans son logiciel de reconnaissance faciale, tandis que, dans le même temps, Dom récupérait tous les téléphones mobiles et vidait les poches.

Bientôt Chavez avait conduit Ryan au pied de la pente, jusqu'au Zodiac russe. Dom et Sam embarquèrent d'un bond et ils s'éloignèrent à toute vitesse pour s'enfoncer dans le brouillard, avec quelques minutes d'avance seulement sur l'arrivée des premiers secours.

Ils redécollèrent de Zurich soixante minutes plus tard. Ils avaient déposé un plan de vol pour Paris, ce qui signifiait qu'ils n'avaient pas de contrôle douanier à subir au départ, même s'ils ne savaient pas vraiment quelle destination choisir en définitive.

Ryan était encore en état de choc après la mort d'Oxley. Il ne pouvait surmonter le fait que l'homme avait délibérément pris les balles qui lui étaient destinées. Il savait qu'il devait appeler son père pour lui raconter tout ce qu'il avait appris de Hugh Castor, même si ce qu'il avait dit n'était pas la même chose que ce qu'il pouvait prouver. Mais il se sentait encore incapable de décrocher le téléphone de cabine et de composer le numéro. Alors il resta inerte, la tête posée sur la table, pendant que les hommes autour de lui travaillaient, discutaient du combat qu'ils venaient de livrer et, à l'occasion, le gratifiaient au passage d'une petite tape dans le dos, histoire de se rassurer sur son état.

Après un coup de téléphone à Clark, on prit la décision de rallier Kiev, même si Clark insistait pour que Ryan ne sorte même pas de l'avion. Les autres descendraient pour rejoindre la planque afin de pouvoir poursuivre l'enquête sur Gleb la Balafre, tandis que Jack retournerait aux États-Unis à bord du Gulfstream.

Ils étaient en vol depuis moins d'une heure quand Clark rappela. Sam bascula la communication sur le haut-parleur de cabine.

« Quoi de neuf ?

— J'ai une grande nouvelle, les gars. Vous avez touché le jackpot.

— Comment ça ? demanda Chavez.

— Les cadavres que vous avez photographiés sur les lieux. Gavin n'a rien trouvé sur sept d'entre eux, mais le numéro huit a décroché le gros lot.

— Qui est-ce ?

— On l'a photographié ici même à Kiev, au Fairmont lors de la réunion avec Gleb la Balafre, la semaine dernière. Sur le coup, Gavin avait déjà comparé sa trombine avec toutes nos sources de reconnaissance faciale sans trouver la moindre correspondance. Mais on a repassé au filtre la photo de ce soir, par acquit de conscience. Et cette fois, bingo. Il y avait un avis de recherche émis sur sa personne par le FBI. Ils ont une photo de lui et ça colle.

— La photo du cadavre a mieux fait réagir le logiciel que celle du type de son vivant ? C'est bizarre.

— Non. La précédente n'avait rien donné parce que aucun cliché de lui n'avait encore été mis en ligne. L'avis de recherche est tout récent. Notre gusse est recherché en rapport avec l'empoisonnement au polonium de Sergueï Golovko. »

Les hommes dans la cabine du G550 échangèrent des regards interloqués. Il y eut un moment de silence avant que Chavez observe : « Ah ben, ça alors. »

Gavin intervint alors : « Ouaip. Et il y a mieux. Il avait sur lui le téléphone que nous avons mis en rapport avec la villa de Hugh Castor à Islington. Celui qui appartenait à Pavel Letchkov. On suppose que c'est son nom.

— Donc, fit Caruso, Letchkov est un membre des Sept Géants et un associé de Gleb la Balafre, et il est lié à l'assassinat de Golovko.

— T'as tout bon, Dom », constata Gavin.

Ryan s'était redressé à présent. Il précisa : « Et d'après Castor, Talanov, le chef du FSB est également le chef des Sept Géants. Cela met le meurtre de Golovko sur les bras du Kremlin. Je vais appeler mon père. À tout le moins, il a besoin de lancer une équipe à Kiev avec pour mission de récupérer Nesterov, alias Gleb. »

Clark reprit à présent la communication. « Envoyer une équipe au Fermont, même le groupe 6 des SEAL, ne va pas être une sinécure. Gleb a une mégachiée de gorilles pour garder sa suite, et l'hôtel tout entier grouille d'hommes armés fidèles aux Russes. Plus important, l'armée russe elle-même est à soixante kilomètres à l'est de la ville et elle progresse toujours.

— Si les États-Unis n'interceptent pas Nesterov tout de suite, remarqua Ryan, ils rateront leur chance. Une fois les Russes sur place, ou une fois qu'il aura réussi à s'enfuir vers la Russie, il sera inaccessible.

— Et maintenant que Letchkov a disparu, ajouta Driscoll, Nesterov doit se faire un sang d'encre à l'idée que son homme a été capturé et chante comme un rossignol. »

La voix de Clark se fit entendre dans le haut-parleur : « Tâchez de vous dépêcher, les enfants. De mon côté, je vais essayer de vérifier la situation à l'hôtel afin que nous ayons des renseignements fiables au cas où notre pays décide de se lancer dans une opération de nettoyage. Je vous retrouve à l'aéroport pour vous ramener en voiture à la planque. »

84

Les hommes du 75e régiment de rangers étaient arrivés à l'aéroport international de Boryspil en début d'après-midi à bord d'hélicoptères Chinook. Sitôt débarqués, ils s'étaient dispersés vers les constructions situées à l'extrémité de l'aéroport au trafic dense, pour assurer la sécurité du site et vérifier que les clôtures, portes et autres installations étaient en bon état.

En moins d'une heure, le site était sécurisé et d'autres hélicos américains se mirent à atterrir.

Les pilotes se posèrent sur une zone herbeuse. Ce n'était pas l'endroit optimal ; ils étaient dans l'enceinte d'un grand aéroport international, après tout, aussi aurait-on pu imaginer qu'il y avait un bout de tarmac libre pour les Chinook des rangers, les Black Hawk des secouristes de l'armée de l'air, les Little Bird de la force interarmes et les Kiowa Warrior de l'armée de terre. Mais l'armée ukrainienne présente sur place avait expliqué aux forces américaines que la partie nord des installations était l'endroit le mieux protégé d'une intervention potentielle de sapeurs du génie, aussi est-ce là que le nouveau poste de commandement interarmes américain devait s'installer.

Les quatre drones Reaper avaient décollé de cet aéroport depuis le début du conflit. À présent que l'ensemble de la force d'intervention avec tous ses appareils volants était arrivée, les quatre Reaper devaient partager un hangar avec les troupes et le matériel, mais les équipes de la CIA étaient contentes de se retrouver désormais sous la protection des forces américaines et non d'unités de l'armée ukrainienne dont la loyauté avait été plus d'une fois mise en doute ces derniers jours par le président en personne.

Le nouveau PC était opérationnel dès vingt heures et à vingt heures trente, les forces de commandement lançaient des missions de désignation laser vers l'est du pays.

Le colonel Barry Jankowski, nom de code Midas, traversa l'ensemble du dispositif, s'interrompant pour s'entretenir avec les agents de renseignement en liaison radio avec les équipages qui continuaient à faire du guidage laser pour les Ukrainiens. Les forces américaines et britanniques se repliaient, toujours en bon ordre, mais, à mesure que les Russes poursuivaient leur avance dans l'est du pays en direction de Kiev et du Dniepr, Midas était conscient que son parti pris d'action de groupe en douceur s'était déjà mué en une série de frappes bien moins coordonnées, un peu au petit bonheur la chance, et que, d'ici peu, l'ensemble ne serait guère plus qu'une succession ponctuelle d'opérations de harcèlement marquant une retraite en bonne et due forme.

Cela dit, les garçons étaient toujours sur le terrain, ils continuaient de détruire l'armure ennemie, et s'il n'y avait pas eu cette petite coalition de personnels des forces spéciales, les chars russes paraderaient déjà sans doute dans les rues de Kiev.

Alors que Midas allait puiser une cannette de Coca dans une glacière en polystyrène expansé, une voix se fit entendre dans son oreillette. « Midas, un appel du Pentagone. Le ministre de la Défense. »

Midas oublia le soda et rejoignit son bureau. Quelques instants plus tard, il avait en ligne Robert Burgess et, dix minutes après la fin de leur conversation, il décrochait son téléphone-satellite et sortait du PC. Il gagna un carré d'herbe dégagé près des Black Hawk des secouristes et passa à son tour un appel.

Après plusieurs sonneries, il entendit : « Clark. »

Midas poussa un soupir de soulagement. « Midas en ligne. Vous êtes toujours à Kiev ?

— En effet. Et vous ?

— Je suis à l'aéroport de Boryspil. Nous y avons transféré notre base.

— C'est encore à quarante kilomètres à l'est de Kiev. Vos gars y sont-ils en sûreté ?

— On le serait davantage dans l'Idaho, mais je n'ai pas réussi à convaincre mon commandement d'approuver un tel transfert. »

Clark rigola. « Je suis impressionné par un homme capable de conserver son humour en de telles circonstances.

— C'est à peu près tout ce qui me reste.

— Qu'est-ce que je peux faire pour vous ?

— J'ai besoin de savoir si vous maintenez toujours une surveillance au Fairmont.

— On l'a. Pas le site idéal, mais au moins on aperçoit la façade depuis notre planque. On peut apercevoir aussi les balcons du dernier étage où notre cible reste terrée. Pourquoi ?

— Pouvez-vous voir le toit ?

— Affirmatif.

— Qu'y a-t-il, là-haut ?

— La dernière fois que j'ai vérifié, il y avait quelques gorilles et deux Eurocopter. Des modèles civils, mais ils ont l'air robustes.

— C'est ce que je craignais, dit Midas.

— Pouvez-vous m'éclairer sur ce qui se passe ?

— Vous auriez l'occasion de faire un saut jusqu'à Boryspil pour en discuter ?

— J'allais y partir d'ici dix minutes, répondit Clark, pour retrouver un appareil avec certains de mes gars à bord. Ils doivent se poser dans une heure et se diriger vers le hangar d'aviation générale du côté sud de l'aéroport. Où êtes-vous installés ? Je passerai vous voir.

— Vous savez quoi, Clark ? Vous êtes un peu comme un squelette dans mon placard. J'aimerais autant que le moins de gens possible soient au courant de votre existence. C'est moi qui vais vous retrouver au terminal d'aviation générale. Disons dans vingt minutes ?

— Bien reçu », répondit Clark en étouffant un rire.

Clark était assis, seul, sur un banc dans l'air froid de la nuit. Il n'y avait pas un chat alentour même si la piste de l'aéroport, à quatre cents mètres de là, était en activité constante avec un flot ininterrompu d'avions qui décollaient ou se posaient à moins de trente secondes d'écart.

La moitié des vols étaient composés des appareils civils remplis d'habitants pressés de quitter la capitale, l'autre de cargos militaires et d'avions de combat.

Clark commençait juste à réfléchir aux autres aéroports civils pris dans des zones de guerre qu'il avait pu connaître de par le monde au cours du temps quand Midas apparut au coin d'un appentis métallique adossé au hangar d'aviation générale. Il était en jeans et blouson de nylon, sous lesquels Clark le soupçonna de porter pistolet et gilet pare-balles. Il était seul, ce que Clark trouva fascinant, compte tenu que cet homme était en charge des opérations de combat américaines pour l'ensemble du pays.

« Merci de me rencontrer, dit Midas alors qu'ils échangeaient une poignée de main.

— Ravi de voir que vous êtes toujours en un seul morceau, répondit Clark. Comment puis-je vous aider ? »

Midas ne perdit pas de temps. « J'ai reçu l'ordre d'envoyer une unité au Fairmont pour arrêter Dmitri Nesterov, alias Gleb la Balafre. Apparemment, il a quelque chose à voir avec l'attentat au polonium contre Golovko. »

Clark le savait déjà mais il ne se fatigua pas à le mentionner. Au lieu de cela, il demanda : « Pourquoi le commandement interarmes n'envoie-t-il pas plutôt des SEAL faire le boulot ? »

Dans la nuit qui était tombée, Midas gratifia Clark d'un regard chagriné. Clark savait qu'il y avait une légère friction entre SEAL et Delta, quoique généralement plutôt du genre bon enfant. L'une et l'autre force voulaient être sur les gros coups, et c'en était un assurément. « Vous avez été SEAL, n'est-ce pas ?

— Je plaide coupable, avoua Clark. Cela dit, on n'avait pas d'Unité Six à l'époque.

— Ouais, eh bien, le Six ne sera pas de la partie ce coup-ci. Le problème est qu'ils ont des raisons de croire que notre cible est sur le point de filer à l'anglaise. Peut-être même dès ce soir. Si nous n'alpaguons pas Nesterov tout de suite, il peut foncer, soit vers le nord et la frontière biélorusse, soit vers l'est pour se réfugier derrière les premières lignes ennemies. Qu'il fasse ça et le seul moyen pour l'Unité Six des SEAL de lui mettre la main dessus serait de pénétrer en zone interdite.

— Donc, vous devez l'intercepter tout de suite. »

Midas regarda, au loin dans la nuit, deux MiG ukrainiens décoller. « Comme si je n'avais pas déjà assez de trucs sur les bras.

— De combien d'hommes pouvez-vous disposer pour cette opération ?

— J'ai des unités-A à bord de malheureux pick-up qui zigzaguent au milieu des embouteillages pour tâcher d'affronter les chars russes. J'ai tous mes ODA[1] qui se retrouvent réduits de moitié, et si j'en extrais un seul du théâtre, il sera ensuite impossible de le réinsérer. Les gars de mon unité doivent déjà également se diviser. J'ai même dû rapatrier une douzaine de troupes d'assaut et d'éléments de reconnaissance ici

1. *Operational Detachment-Alpha*, unité classiquement de douze hommes composée d'éléments des forces spéciales de l'armée de terre américaine.

même au PC parce que leur position s'est trouvée submergée cet après-midi, mais on n'avait pas le choix.

— Pourriez-vous utiliser vos rangers ?

— Non. J'ai besoin qu'ils restent en stand-by en cas d'urgence à l'est et le reste s'acquitte ici des missions de sécurité. Je suis sûr qu'ils pourraient accomplir le boulot, mais c'est pour ce genre de merdier que l'armée nous paie, nous autres de l'Unité.

— Une douzaine de gars ne peuvent pas s'emparer de la place, nota sèchement Clark.

— On ne leur demande pas de s'en emparer, juste de s'emparer de Nesterov. »

Clark siffla. « Bon sang, Midas. Je ne sais pas si vous envisagez d'attaquer cet hôtel avec une douzaine de gusses mais j'espère que je vais pouvoir vous en dissuader. Delta ou pas, une douzaine de tireurs, ça va se traduire par une douzaine d'Américains sur le carreau.

— J'ai une ou deux idées, rétorqua Midas. Il se trouve que je suis à la coule avec un colonel de l'armée ukrainienne. Son bataillon a mission de protéger les bâtiments du gouvernement, c'est un nationaliste et il a nettoyé son unité de tous les éléments qui ne pensent pas comme lui. Il collabore avec la CIA depuis des années et j'ai fait sa connaissance dès mon arrivée ici l'an dernier. Je ne me fierais pas à lui pour entrer dans l'hôtel et capturer Nesterov – il essaierait plutôt sans doute de le raser avec ses T-72 –, mais je lui fais confiance pour ne pas en dire un mot aux Russes. Je pense pouvoir lui demander d'envoyer des troupes au Fairmont, les garer au pied du bâtiment, comme s'ils s'apprêtaient à frapper depuis le rez-de-chaussée, peut-être envoyer quelques blindés légers jusqu'à la porte pour occuper les gars dans le hall, bref, histoire de distraire la majorité des forces des Sept Géants.

— Si vous faites ça, Gleb s'enfuira par les airs à bord d'un des Eurocopter.

— Pas si on attaque par le toit, qu'on neutralise les hélicos et qu'on lui coupe cette route d'évasion. Personnellement, je me contenterais d'envoyer un Little Bird tirer des roquettes sur le toit et pulvériser les Eurocopter, mais nous courons alors le risque de tuer le mec qu'on a reçu pour mission de capturer vivant. Sa suite est située juste sous le toit, donc pas question de faire sauter les hélicos. Nous devons faire une descente in extremis et l'exfiltrer avant l'arrivée des Russes. »

Clark opina et il comprenait maintenant pourquoi Midas était venu lui parler. Il indiqua : « J'ai trois tireurs d'élite de niveau un. Les deux que vous avez rencontrés l'autre jour et un autre gusse, un ancien ranger. Vous pouvez introduire vos hommes pour capturer Nesterov pendant que mes gars se chargeront des hélicos et seront prêts à soutenir les éléments de Delta dans l'hôtel si nécessaire.

— Je vous remercie. Une question : où en sont vos hommes question armement ?

— Eh, chef, répondit Clark. Je fournis la main-d'œuvre. L'armée, c'est vous. Vous pouvez fournir les flingues et les munitions.

— Pas faux. Je vais voir ce que je peux grappiller pour vous rendre service. »

Quand le Gulfstream atterrit vingt minutes plus tard, John monta à bord pour expliquer à ses hommes la situation. Sam, Dom et Ding étaient prêts à foncer tout de suite, bien sûr, mais Clark savait qu'il allait devoir régler une autre question auparavant.

« John, dit Jack Ryan, une arme de plus sur ce toit pourrait faire toute la différence.

— Désolé, Jack, je ne peux pas te laisser y aller.

— Et pourquoi cela ?

— Tu sais fort bien pourquoi. Tu ne peux pas compromettre ton père en t'exposant de la sorte. Même avec ta barbe, tu pourrais être reconnu par les gars de Delta. C'est une chose d'opérer pour le Campus, mais tu ne peux pas côtoyer des militaires, même des éléments clandestins comme les Delta. »

Ryan se tourna vers Chavez, en quête d'un complice pour l'aider à défendre sa position.

Mais Ding répondit : « John a raison et par-dessus le marché, on s'entraîne depuis plusieurs mois. Toi, t'étais à l'écart du groupe. Ça va être une mission sur le fil, et on aura besoin d'être solidaires et fluides quoi qu'il arrive. »

Dom se pencha pour serrer l'épaule de Jack. « Reviens aux États-Unis avec nous quand ce sera terminé. On t'aura formé en un rien de temps. »

Ryan opina. Il n'était pas satisfait de devoir rester sur la touche ici, à l'aéroport, pendant que l'opération se déroulait en ville, mais il se résigna.

Tandis que Clark retrouvait ses hommes, Midas arriva devant la rangée de Kiowa Warrior garés dans l'herbe parmi la longue file d'hélicos. Il y trouva Conway et Page étendus sur des sacs de couchage dans un coin de la réserve de produits secs jouxtant la cafétéria. Les deux hommes étaient déjà en tenue de combat, ils avaient même chaussé leurs bottes mais ils essayaient de grappiller une heure de sommeil avant leur prochaine mission.

Ils étaient toutefois réveillés maintenant et tous deux se levèrent à l'entrée de Midas.

« Bonsoir, chefs, dit le colonel. Question idiote : avez-vous la capacité de transporter des troupes ? »

Conway se frotta les yeux. « Oui. On a un truc appelé *Multi-Purpose Light Helicopter Kit*, un kit d'adaptation polyvalent pour hélico léger. On peut démonter nos pylônes d'armements et attacher à la place des banquettes nous permettant d'emporter jusqu'à six gusses à l'extérieur du fuselage.

— L'avez-vous déjà fait ? »

Les deux hommes s'entre-regardèrent. Conway secoua la tête. « Non, jamais.

— Eh bien, ce sera une expérience inédite pour tout le monde, j'imagine. Nous allons vous demander d'insérer ces hommes sur un toit. Nous ne pensons pas que l'opposition dispose d'une défense aérienne digne de ce nom, en dehors de fusils d'assaut et peut-être de lance-roquettes, mais nous devrons intervenir sans grande connaissance du terrain. »

Il s'assit alors avec les hommes et leur dit précisément ce dont il avait besoin. Quand il eut terminé, il observa : « Je ne peux pas vous forcer à le faire, et l'opération va être en gros la définition du mot danger, mais voilà le marché. »

Page et Conway échangèrent un regard et Conway parla pour eux deux, sachant qu'il exprimait les sentiments d'Andre Page aussi bien que les siens : « Nous sommes prêts à y aller, Midas. On fait équiper l'hélico pour l'opération. »

Midas serra la main des deux hommes puis retourna sans tarder au PC opérationnel. C'est qu'il avait encore tout un tas de choses à régler.

85

Une heure du matin. L'alignement d'hélicoptères garés dans l'herbe sur la base du PC opérationnel interarmes à la lisière nord de l'aéroport international Boryspil de Kiev débordait d'activité.

Les rotors de deux MH-6 Little Bird étaient déjà en marche et Loup Noir Deux Six, le Kiowa Warrior de Conway et Page, avait déjà terminé sa liste de contrôle pré-vol, même si les pilotes étaient encore en salle de préparation à recueillir les infos de dernière minute.

Ding Chavez et Sam Driscoll s'étaient déjà installés à l'extérieur d'un hélicoptère en vol. Pour Dominic Caruso, en revanche, c'était une première, et il n'était pas trop chaud pour essayer.

Il avisa la banquette minuscule boulonnée au flanc du Kiowa et se rendit compte que c'était là qu'il était censé s'installer. Puis il remarqua la petite élingue qui s'attacherait à son gilet pare-balles pour l'empêcher de plonger dans le vide vers une mort certaine et sa première pensée fut : *Jamais de la vie.*

Il regarda Ding. « J'ai une meilleure idée. Si je prenais un bus et vous retrouvais sur place ? »

Ding tapota le paquetage de son ami. « Mano, j'ai appris un truc, il y a bien longtemps. Je m'assure sur mon siège, puis je me dis que je suis en train de mater un film époustouflant sur une télé grand écran époustouflante dotée d'un équipement audio époustouflant. »

Caruso le considéra, dubitatif. « Et ça marche ? »

Chavez haussa les épaules, évasif. « Ça marchait quand j'étais jeune et con. » Puis, avec un clin d'œil, d'ajouter : « Mais ça coûte rien d'essayer. »

Alors que les trois hommes se harnachaient sur la banquette, deux silhouettes en uniforme sobre et portant gilet pare-balles s'approchèrent, sortant du hangar abritant le PC. Au vu des HK416 qu'ils portaient en bandoulière, c'étaient manifestement des membres de la force Delta.

L'un des hommes regarda le Kiowa. « On a tiré à la courte paille, alors il semblerait qu'on est sur l'autre côté de ce vieux tas de boue. » Il serra de sa main gantée les mains également gantées de Ding, Dom et Sam, et son collègue fit de même.

« Vous êtes qui, les mecs ? » s'enquit l'un des Delta en regardant Chavez.

Ding sourit. « Vous avez sans doute plus l'habitude que ce soient les gens qui vous posent cette question.

— Vous n'avez pas répondu à la mienne.

— Et vous, ça vous arrive des fois de répondre ? »

L'homme secoua la tête. « Négatif.

— Eh bien voilà, fit Ding. Tout pareil. »

Il était manifeste pour les membres de la force Delta que Ding et ses hommes étaient des agents de la division actions spéciales de la CIA, ce qui était très précisément l'attribution habituelle de Clark et Chavez. Ce dernier ne fit rien pour les en dissuader et Clark avait même mentionné que Midas était partant pour entretenir cette supercherie auprès de ses hommes.

Avant que les agents de Delta n'aillent s'installer sur l'autre flanc de l'hélico, Conway et Page étaient sortis de la salle de préparation aux vols et se présentaient aux hommes qu'ils s'apprêtaient à emmener jusqu'au site de l'opération.

Conway expliqua : « Nous allons décoller vers le sud-ouest, à l'écart de l'agglomération. Nous serons juste derrière deux MH-6. Nous rejoindrons ensuite le Dniepr et obliquerons vers le nord, à basse altitude, pour filer droit sur Kiev. Avec cet itinéraire, cela fait trente et un nautiques jusqu'à l'objectif. Nous allons devoir faire tout notre possible pour empêcher quiconque de nous identifier, savoir notre destination et ce que nous préparons. Cela veut dire que nous allons devoir voler vraiment bas et vraiment vite. Je veux juste vous faire comprendre, les mecs, que ça va être un trajet mouvementé. Vous noterez des ponts et des lignes à haute tension sur notre trajectoire, vous avez tout lieu de croire que je les ai vus moi aussi, alors pas de panique. »

Les cinq hommes accueillirent ces propos par un signe d'assentiment. Le hochement de tête de Dom Caruso était le moins convaincu du lot.

Conway poursuivit : « Comme j'ai dit, nous serons derrière les Little Bird mais je ne suis pas un Night

Stalker[1] et cet appareil n'est pas un Little Bird, donc s'ils arrivent à empêcher les gusses à l'extérieur de leur zinc de chier dans leur froc et de dégueuler leurs rations, alors les gars à bord des autres hélico seront mieux lotis que vous parce que, pour être franc, je n'ai encore jamais effectué ce genre de vol. »

Caruso avait déjà verdi à l'idée de ce qui s'annonçait.

Ding répondit : « Ne vous faites pas de souci pour nous. Nous serons harnachés. Tant que vous ne nous envoyez pas dans un mur ou au tapis, ben, on sera OK. »

Conway hocha la tête. « Quand on sera sur zone, les gars dans les autres hélicos descendront en rappel sur les accès au toit et les Little Bird dégageront. J'atterrirai ensuite sur le toit et, à ce moment-là, je veux que vous débarquiez fissa. Je redécollerai alors pour rejoindre le fleuve et j'attendrai là-bas que vous me demandiez par radio de revenir vous récupérer.

— Ça me paraît bon », commenta Ding.

Ils passèrent encore une ou deux minutes à discuter de la possibilité de repartir avec un prisonnier, et aussi de celle d'avoir à évacuer des blessés après le raid. Ding crut déceler qu'on n'imaginait pas quantité d'options réalistes pour évacuer de cet hôtel, par le toit, un blessé par balles, et il eut la nette impression que chacun estimait qu'un Américain abattu aurait de bien meilleures chances de

1. Ces « rôdeurs nocturnes » désignent les membres du 160e régiment aérien d'opérations spéciales, une unité de l'armée de terre américaine chargée du soutien aérien des forces terrestres.

survie en se contentant d'attendre l'arrivée d'une ambulance ukrainienne.

Il fit de son mieux pour évacuer de son esprit ces préoccupations, se dit qu'il vaudrait mieux qu'il ne se prenne pas une balle ou laisse un de ses potes s'en choper une, et là-dessus il finit de se harnacher sur l'étroite banquette.

Cinq minutes plus tard, le Kiowa Warrior avait décollé et survolait lentement à basse altitude le terrain de l'aéroport. Il grimpa bientôt dans le ciel nocturne, à la suite des MH-6 qui volaient quelques centaines de mètres devant.

Pour Dom, les deux premières minutes ne furent pas aussi terribles qu'il l'avait redouté. Ses bouchons d'oreilles réduisaient au minimum le bruit du rotor et le fait qu'il se retrouve pris en sandwich entre Sam et Ding signifiait qu'il n'était pas ballotté autant qu'il l'avait craint. Non, alors qu'ils filaient au-dessus d'une plaine agricole, son principal souci était le froid incroyable provoqué par le vent. Il avait beau porter plusieurs couches de vêtements et d'équipement de protection, sans compter les lunettes et le casque en Kevlar, il avait pourtant l'impression que ses joues allaient se transformer en blocs de glace.

Alors qu'il venait de décider que le vol proprement dit ne serait finalement pas si effrayant, le Kiowa fit une embardée aussi soudaine que violente. Le casque de Dom heurta celui de Sam et celui de Ding vint heurter le sien.

Ils volèrent de justesse au-dessus d'une ligne à haute tension passant à travers champs, si près que Dom crut un instant que ses bottes allaient toucher un câble.

Puis ils replongèrent aussitôt l'obstacle franchi, se rétablissant à moins de sept mètres de haut. Dom sentit ses vertèbres dorsales se tasser et, dans le même temps, remonter l'acidité dans son estomac.

Il se pencha pour regarder devant lui et son cœur défaillit. Il y avait encore une tripotée de buttes et de lignes électriques entre eux et le fleuve.

Merde.

Caruso avait à présent l'impression de revivre à répétition le même crash épouvantable. Le Kiowa Warrior s'élevait de quelques dizaines de mètres pour survoler câbles électriques, bâtiments ou reliefs, puis il replongeait aussitôt après, piquant du nez pour reprendre de la vitesse. Même si Dom était solidement harnaché sur l'étroite banquette, il avait l'impression d'être en apesanteur, ses jambes se redressaient devant lui et il devait serrer le 416 tout contre sa poitrine pour à la fois maintenir ses bras baissés et son fusil en place.

Puis l'apesanteur cessait et il sentait à nouveau la traction sur son harnais, la pression au bas des reins contre l'assise de la banquette quand le Warrior atteignait le bas de sa courbe et poursuivait en rase-mottes, si près du sol que, lorsque Dom osait rouvrir les yeux, il découvrait les toits de petites maisons juste à hauteur de regard et la cime des arbres plus haut que l'hélicoptère à bord duquel il se trouvait.

Il n'eut aucun mal à se convaincre que ce pilote était cinglé et il le soupçonna même d'avoir personnellement décidé de lui flanquer une crise cardiaque.

L'hélicoptère survola en rase-mottes une sorte de mine à ciel ouvert au milieu d'une forêt. Il y avait assez de lumière pour distinguer des pyramides de déblais partout alentour.

Sans avertissement, l'appareil vira sur son axe vertical, la queue chassa sur le côté et Dom et ses deux compagnons se retrouvèrent attirés vers la droite. Sur une centaine de mètres, Dom eut l'impression qu'il était désormais aux commandes à l'avant alors que le Kiowa progressait en crabe avant enfin de ralentir et de reprendre son vol rectiligne.

Ce n'était qu'un changement de direction soudain mais les hommes sur la banquette avaient été secoués, ballottés et retournés en tout sens par la manœuvre. Dom regarda sur sa droite juste à temps pour voir Sam Driscoll se pencher légèrement, puis vomir violemment dans le vide du ciel noir.

Caruso s'écarta de son collègue. Récupérer le dégueulis de Sam sur ses bottes ne serait pas la pire chose à lui arriver ce soir, certes, mais il tendit néanmoins les pieds devant lui pour éviter l'accident.

Quand Sam eut terminé de se vider l'estomac, il lâcha d'une main son fusil pour s'essuyer la bouche et la barbe d'un revers de bras. Puis il se tourna vers Dom, vit qu'il avait assisté à toute la scène et haussa les épaules, l'air de dire que ce n'était pas la fin du monde.

L'hélicoptère plongea de nouveau sur l'autre flanc de la colline et Dom se mit à son tour à dégueuler.

L'adjudant-chef Eric Conway filait à dix mètres au-dessus des eaux glacées du Dniepr, les yeux passant rapidement des deux zincs qu'il suivait en direction de leur objectif, à la surface de l'eau, aux bateaux qui naviguaient dessus et aux divers capteurs qui lui indiquaient la distance jusqu'au prochain point de repère et l'état de tous les systèmes de bord.

Le mât d'un navire apparut droit devant, aussi tira-t-il sur le pas cyclique pour l'éviter. Il savait qu'il secouait comme des pruniers les hommes installés à l'extérieur du fuselage, mais pour l'heure, il n'était pas en mesure de se concentrer sur un détail aussi trivial que le confort matériel de ses passagers.

Bientôt, il vit apparaître le Fairmont devant lui sur sa gauche ; c'était le bâtiment le plus haut sur la rive droite du Dniepr. Le pilote du Little Bird ouvrant la marche annonça dans la radio « Une minute », et Page signala qu'il n'avait jusqu'ici aucun signal d'alerte d'ennemis en approche sur son radar.

Conway regarda les deux petits hélicos noirs s'élever au-dessus des eaux et ralentir, puis décrire rapidement un cercle autour du toit de l'hôtel. Il vit les éclairs de tirs sur le toit et aussitôt d'autres éclairs venir en réplique des Little Bird.

Il se mit à prendre de l'altitude en s'éloignant du fleuve à son tour et releva le nez pour ralentir.

Dans sa radio, il entendit : « Tirs depuis le toit et le balcon sur le flanc sud du bâtiment. »

Conway ralentit encore tandis qu'il se calait au niveau du haut de l'immeuble. Il pouvait à présent entendre les gars de la force Delta sur son flanc de l'hélico tirer vers des cibles en contrebas, à proximité de leurs appareils. En quelques secondes, tous les adversaires étaient abattus et puis, sur l'ordre d'un des autres pilotes, les deux Little Bird descendirent juste au-dessus du toit. Le regard de Conway ne cessait d'alterner entre son affichage multifonction et l'environnement extérieur, mais il entraperçut des hommes qui descendaient en rappel des hélicoptères.

En quelques secondes, ils étaient dix sur le toit et progressaient vers les trémies d'escaliers tandis que les MH-6 reprenaient de l'altitude. Conway ne perdit pas de temps et vint à son tour se mettre en position pour débarquer ses passagers.

Il y avait assez de place pour trois hélicos. Les gros Eurocopter étaient sur l'aire dédiée mais il y avait une zone dégagée juste assez grande pour y poser son appareil, légèrement en contrebas de l'héliport surélevé.

Il s'y rendit aussi vite que possible et, tout en surveillant ses rotors durant la descente, Page s'était penché à l'extérieur de la cabine pour décompter la distance en mètres jusqu'au toit.

« Cinq, quatre, trois, deux… un… » Ils se posèrent et Page se tourna pour lancer aux hommes installés sur le côté du fuselage : « Go ! Go ! Go ! »

Conway se tourna pour faire de même mais les hommes de son côté s'étaient déjà précipités vers l'escalier, rejoignant ceux descendus en rappel des Little Bird.

Les hommes du côté de Page quittèrent prestement leur banquette et Page dit à Conway qu'ils étaient clairs pour redécoller. Le Kiowa s'éleva dans la nuit et mit le cap au sud, prenant soin d'éviter les MH-6 déjà en train de se positionner du côté nord.

86

Ding Chavez mena ses deux compagnons jusqu'au premier Eurocopter. Alors qu'il grimpait sur l'aire d'atterrissage, il vit le dernier des hommes de la force Delta disparaître dans la cage d'escalier qui menait vers la suite de Nesterov à l'étage inférieur, mais il ne s'attarda pas dessus. Il écoutait dans son oreillette les échanges des assaillants pour être prêt quand ils remonteraient mais, pour l'heure, il allait ignorer leurs transmissions pour se concentrer sur sa partie de la mission. Dom lui avait donné deux petites charges de plastic confiées par un sapeur des Delta et il en sortit une de son paquetage. Sam et Ding hissèrent Dom sur leurs épaules, il plaqua les mains sur le fuselage de l'hélico pour assurer son équilibre, puis il posa les bottes sur leurs épaules et se redressa debout afin d'atteindre le rotor. Il colla le plastic à la base de l'axe du rotor, puis se laissa de nouveau couler au sol.

Il lui fallut une minute de plus pour reproduire la manip sur l'autre hélico. Après que Dom eut retrouvé le sol de l'aire d'atterrissage, les trois hommes en redescendirent rapidement pour courir à leur tour vers l'une des trémies d'escalier.

On avait conseillé à Ding d'intervenir le moins possible sur le réseau de communications des Delta pour éviter toute interférence inutile. Mais quand ses deux camarades et lui eurent gagné l'abri sûr de la cage d'escalier, et que Dom eut pris le détonateur dans sa main, Ding émit toutefois : « Unité d'attaque, ici Équipe toit. Charges en position.

— Reçu, Équipe toit. Confirmons avons tous dégagé le site. Faites-les sauter.

— Bien reçu », répondit Ding et Dom tourna un bouton sur sa télécommande radio.

Au-dessus d'eux, deux violentes détonations leur confirmèrent la destruction des rotors des deux hélicos.

Chavez savait que sa partie de la mission était terminée, en dehors de l'extraction, mais il pouvait entendre un intense échange de coups de feu, deux étages au-dessous. Dans la radio, il entendit l'appel « Aigle blessé », qui signifiait qu'un des attaquants de Delta venait d'être touché.

Ding intervint sur la fréquence déjà pas mal encombrée. « Ici Équipe toit. Nous sommes dans l'escalier Bravo. On peut descendre récupérer le blessé si vous avez besoin de nous, à vous.

— Équipe toit, faites-le. Descendez jusqu'au huitième. On vous y attendra. Ne quittez pas la cage d'escalier. Nous avons une force de blocage au niveau du septième pour contenir l'ennemi au-dessous de nous et tous les individus présents dans le corridor du huitième doivent être considérés comme hostiles et devront être engagés.

— Compris », répondit Ding et Sam. Dom et lui dévalèrent les marches.

Au bruit de la fusillade, Ding comprit que la force de blocage deux étages en dessous subissait un violent accrochage. Sitôt arrivés au point de rendez-vous pour récupérer le premier agent blessé un second message « Aigle blessé » retentit, cette fois juste à l'étage inférieur. Ding envoya Sam essayer d'aider leurs camarades à remonter l'homme sur le toit pendant que Dom et lui attendaient que le premier blessé arrive du corridor.

Alors que le trafic radio se poursuivait sur un rythme calme mais soutenu, Dom se pencha vers Ding. « Trop nombreux, ces putains de Russes.

— Ouaip », fit Ding.

La porte du palier s'ouvrit et deux hommes de Delta apparurent, traînant par son gilet pare-balles un homme à la jambe ensanglantée. Dom et Ding le redressèrent et passèrent ses bras sur leurs épaules pour le soutenir.

Les deux hommes de Delta retournèrent vers la suite mais Ding leur lança : « On dirait bien que ça tourne mal dans l'escalier. »

Une explosion violente, sous leurs pieds, le confirma.

L'un des agents de Delta répondit : « Pas que dans l'escalier. Montez-le sur le toit et puis redescendez nous filer un coup de main.

— Compris », fit Ding, et Dom et lui commencèrent à gravir péniblement l'escalier jusqu'au toit.

Au bout de cinq minutes de fusillade ininterrompue dans les deux étages supérieurs de l'hôtel, Delta annonça par radio qu'ils s'étaient emparés de Dmitri Nesterov dans la suite mais qu'ils y étaient désormais bloqués. Dans l'escalier, Sam et deux survivants de Delta avaient battu en retraite jusqu'au huitième, juste avant de se retrouver submergés par des dizaines de tireurs des Sept Géants, mais à présent, ils lâchaient des grenades à fragmentation et des grenades aveuglantes dans la cage d'escalier pour tâcher de repousser la horde.

Dom et Ding avaient été extraits de la cage d'escalier par le chef de l'unité Delta qui leur dit d'aller se poster dans le couloir pour couvrir la batterie d'ascenseurs. En arrivant sur place ils découvrirent un assaillant, mort, gisant dans une cabine ouverte, entouré des cadavres de quatre mafieux. La seconde cabine d'ascenseur arriva et ils relevèrent leurs armes juste à temps pour découvrir une demi-douzaine d'hommes armés à l'intérieur.

Les deux Américains se jetèrent au sol et ouvrirent le feu, chacun vidant un chargeur entier sur les adversaires. Quand tous furent abattus, Dom se précipita pour tirer un des corps et le mettre en travers de la porte afin de la bloquer et ainsi empêcher la cabine de redescendre récupérer d'autres ennemis.

Une porte au bout du couloir s'ouvrit soudain et Chavez pivota dans cette direction en dégainant son pistolet car son chargeur était vide. Il vit deux hommes de Delta pousser devant eux un homme cagoulé aux mains ligotées dans le dos par des liens en plastique.

Les quatre hommes présents dans le couloir se mirent en joue réciproquement. Ding fut le premier à rabaisser son arme. Dans son micro, il s'exclama : « Amis ! »

Les hommes de Delta reçurent aussitôt le message cinq sur cinq. Ils abaissèrent à leur tour leurs armes automatiques et continuèrent de pousser devant eux leur prisonnier. Ding constata qu'un des assaillants avait été blessé. Son épaule droite était maculée de sang et recouverte d'un pansement ensanglanté.

Dom récupérait déjà l'équipement de l'agent Delta mort dans la cabine. Bientôt il avait chargé son corps sur son épaule et regagnait tant bien que mal la cage d'escalier.

Les quatre hommes n'avaient parcouru que quelques mètres quand Sam et deux hommes de Delta apparurent à la porte palière. Une fois encore, tout le monde leva son arme vers des cibles potentielles, mais rapidement ils s'identifièrent tous comme des forces bleues.

« Nous sommes débordés dans cette cage d'escalier, annonça Sam. Il faut qu'on trouve un autre passage pour remonter. »

Le petit groupe battit en retraite vers l'entrée de la suite. Ding et Sam continuaient de garder leurs armes braquées sur la porte palière et bientôt celle-ci s'ouvrit à la volée. Les deux Américains descendirent les mafieux des Sept Géants qui venaient d'apparaître, tandis qu'un Delta balançait une grenade fumigène pour masquer leur retraite.

Une fois dans la suite, le chef de l'unité lança un appel radio. Le reste de la force avait réussi à garder dégagée la cage d'escalier arrière, aussi tout le monde gagna les pièces du fond de la suite, se dirigea vers l'escalier réservé au personnel et fit sa jonction avec les agents de Delta déjà présents sur place.

Il leur fallut près d'un quart d'heure pour ramener tout le petit groupe sur le toit. Les Delta avaient deux morts et six blessés. Sam Driscoll avait le visage et les bras entaillés à la suite d'une explosion dans l'escalier. Mais Dmitri Nesterov était entre leurs mains.

Le premier Little Bird arriva et les deux blessés les plus gravement atteints furent harnachés à bord entre les quatre blessés plus légers. L'hélico bondit dans les airs pour rejoindre l'abri relatif du fleuve.

Le Kiowa fut le deuxième à se présenter. Les hommes du Campus et les agents de Delta couvraient les deux cages d'escalier sur le toit en attendant que l'appareil se pose.

Alors que Conway descendait vers le toit, Page s'écria dans sa radio : « À droite ! À droite ! »

Conway ne savait pas ce qui se passait mais il suivit les instructions. Ce faisant, il se rendit compte que Page s'était emparé de son fusil posé sur le tableau de bord pour viser une cible par l'ouverture de la cabine de l'hélicoptère.

Andre Page cria : « Fais un cent quatre-vingts et maintiens ! »

Conway obtempéra. Il n'était qu'à huit mètres du sol et en regardant dehors, par-dessus Andre, il vit qu'un groupe d'hommes s'était servi d'une corde pour gagner le toit à partir du balcon du huitième. À l'évidence, s'ils procédaient ainsi, c'est qu'ils n'avaient pu emprunter les escaliers qui devaient sûrement être couverts par les forces américaines.

Andre leva son M4 et ouvrit le feu sur les quatre hommes du petit groupe. L'un d'eux bascula à la renverse et dégringola pour s'écraser dans la rue, plus de trente mètres plus bas. Un autre s'effondra sur place, tué sur le coup. Les deux derniers plongèrent se réfugier derrière le rebord de l'aire d'atterrissage mais les assaillants de Delta déjà sur le toit, voyant ce qui se passaient, les accrochèrent aussitôt.

Conway se posa un instant plus tard et un prisonnier cagoulé fut attaché sur sa banquette bâbord. Des agents se harnachèrent prestement ; deux des gars paraissaient blessés mais Conway se concentrait surtout sur son radar et sur la sortie de la cage d'escalier pile devant le nez de son hélico. Il savait qu'à tout moment elle pouvait s'ouvrir pour livrer passage à des ennemis armés.

Quelqu'un annonça par radio : « Il nous faut trente secondes !

— Trente secondes, mon cul ! rétorqua Conway. Faut qu'on se tire, maintenant ! »

Il regarda par-dessus son épaule et vit des hommes en train de tirer sur l'autre trémie d'escalier. Il savait qu'à tout moment des balles pouvaient commencer à déchiqueter sa carlingue. Pendant qu'il attendait, il empoigna son fusil et se pencha, visant derrière lui.

Avant toutefois de localiser la moindre cible, il entendit Page dans ses écouteurs. « On est bons de mon côté. Trois passagers harnachés et prêts. »

Conway en vit deux de son côté. L'un d'eux était le prisonnier. Il contacta le chef de l'unité Delta. « Loup

Noir Deux Six. Prêt au départ avec cinq pax[1], y compris prisonnier. Confirmez que c'est correct.

— Vous êtes correct, Deux Six. Dégagez de ce fichu toit.

— Bien reçu. »

L'hélicoptère s'éleva dans la nuit. Des hommes sur le fuselage ouvrirent le feu sur d'autres agresseurs qui déboulaient depuis le balcon. Conway prit soin de voler dans la direction opposée à l'origine des tirs, aussi survola-t-il le mur ouest de l'immeuble, puis plongea comme une pierre vers la rue avec l'espoir qu'aucun homme armé sur le balcon n'aurait le temps de leur tirer dessus.

Dom Caruso s'accrocha à la sangle qui l'attachait à l'hélico et ferma les yeux. Il était certain qu'ils allaient se fracasser dans la rue mais, comme toutes les fois précédentes, le Kiowa se rétablit et ce furent ses vertèbres qui payèrent la note. Il compta trente secondes avant d'ouvrir les yeux et, quand il le fit, ce fut pour constater avec soulagement qu'ils avaient rejoint le fleuve.

Le vol de retour vers Boryspil se déroula sans encombre mais fut aussi inconfortable que le trajet aller. À maintes reprises, Dom crut toutefois qu'ils étaient poursuivis par d'autres hélicoptères parce que le Kiowa effectua toutes sortes de manœuvres d'évitement.

---

1. *Pax* : pour *passengers*, passagers.

Nesterov lui-même dégueula juste à côté de Dom. Le vomi suinta de sous sa cagoule et Caruso glissa sa main gantée sous celle-ci pour nettoyer le visage et le nez du prisonnier pour ne pas qu'il suffoque.

Cela donna à Dom envie de vomir à nouveau, mais il n'avait plus rien à offrir à la forêt en bas.

87

John Clark était tout seul dehors sur l'herbe quand les hélicoptères arrivèrent. Il regarda les agents de Delta gravement blessés être descendus en premier et transférés vers des ambulances, puis les deux Américains tués furent évacués sur des civières.

Les hommes qui n'étaient que légèrement blessés furent conduits un peu à l'écart où des secouristes de l'armée de l'air leur prodiguèrent les premiers soins.

Finalement, les autres, rompus, crevés et couverts d'ecchymoses, descendirent à leur tour, plusieurs encerclant leur précieuse prise, le Russe à la cagoule maculée de vomi.

Pendant ce temps, Midas avait retrouvé Clark, toujours seul dans son coin. Il lui serra la main. « Vos gars ont à coup sûr réussi leur coup. Je ne sais pas trop comment je vais pouvoir vous remercier. »

Clark sauta sur l'occasion. « Moi, je sais. Nous voulons parler à Nesterov. Accordez-nous cinq minutes. »

Midas pencha la tête. « Si ça ne tenait qu'à moi, vous pourriez le récupérer et le tabasser à coups de matraque en caoutchouc. Pourquoi tenez-vous tant à lui parler ? »

Clark expliqua succinctement que lui et son équipe possédaient des informations sur le prisonniers qui pouvaient être exploitées pour compromettre d'autres membres du gouvernement russe. Il n'entra pas dans les détails, mais il conclut son esquisse d'explication sur ces mots : « Nous y voyons un moyen possible d'amener la Russie à quitter l'Ukraine. Ce n'est pas couru d'avance mais ça vaut le coup d'essayer.

— Je suis à cent pour cent pour, commenta Midas. Merde, j'ai déjà pas mal contourné les règlements lors de cette opération. Je peux bien continuer et confier mon prisonnier à deux civils pour une petite conversation. Cinq minutes maxi, toutefois, il faut que je le prépare à être évacué d'ici une heure. »

On conduisit Nesterov dans un petit bureau au fond d'un hangar occupé par le commandement interarmes et là on l'enchaîna à une chaise. Il garda sa cagoule maculée de vomi, sauf quand un secouriste vint vérifier ses signes vitaux et lui donna un verre de whisky. Deux rangers montaient la garde dehors et Nesterov crut qu'on l'avait laissé seul dans la pièce vide, aussi sursauta-t-il en entendant le déclic d'un interrupteur. Clark et Ryan entrèrent, approchèrent des chaises devant le prisonnier encagoulé et s'assirent.

Le silence se prolongea quelques secondes encore. Nesterov tourna la tête de droite et de gauche mais, à cause de sa cagoule, il ne pouvait rien voir.

Clark s'adressa à lui en russe : « Dmitri Nesterov. Enfin nous nous rencontrons. »

L'intéressé ne réagit pas.

Clark poursuivit : « Je sais qui tu es. Tu es Gleb la Balafre, *vory v zakonye* et membre des Sept Géants et, dans le même temps Dmitri Nesterov, président de la banque Shoal à la Barbade, et P-DG d'IFC Holdings. »

Nesterov s'exprima d'une voix faible et hésitante : « Faux, mais continuez, je vous prie.

— Pavel Letchkov est aux mains des Américains.

— Qui est-ce ?

— C'est l'homme qui a fait entrer le polonium aux États-Unis le mois dernier. C'est surtout l'homme qui a comploté pour agresser le fils du président américain et qu'on a également photographié ici même à Kiev, en ta compagnie. Il a tenté en Suisse d'assassiner l'homme d'affaires britannique Hugh Castor. Il a échoué et à présent, Hugh et lui nous ont balancé tout ce qu'ils savaient sur toi. »

Clark espérait que ces mensonges fondés sur des vérités pèseraient sur le Russe.

Mais Nesterov répondit : « Je ne vois pas de quoi vous parlez.

— Tu travailles ici pour le FSB, poursuivit Clark, mais le vent va tourner avant que la Russie ne parvienne à Kiev, alors ce n'est pas ça qui t'aidera. Nous allons de toute façon te transférer dans un site clandestin, alors, peu importe ce qui se passe ici. » Clark se pencha pour regarder de près le prisonnier. « Tu es à nous, maintenant, Dmitri. Tu es foutu. »

Nesterov ne répondit pas.

Clark se redressa et changea de ton. Il était devenu moins grave, plus terre à terre. « Je veux savoir comment tu peux travailler pour Roman Talanov.

— Talanov ? Je ne comprends pas. Il y a une minute, vous disiez que j'étais de la mafia, et maintenant vous dites que je travaille pour les services de renseignement ? Vous pourriez mettre au point votre histoire et recommencer du début ? »

Clark ne perdit pas une seconde. « Talanov est le chef des Sept Géants. On en a eu la confirmation.

— La confirmation ? » Nestarov rit. « Vous l'avez lu sur Facebook ? »

Clark rit de conserve, en lui flanquant une grande tape dans le dos. Puis sa voix se fit grave : « On a eu une autre confirmation, Dmitri. Roman Talanov était au goulag – de la fin des années quatre-vingt au début des années quatre-vingt-dix. C'est là qu'il est entré dans la mafia des Sept Géants. Comme membre de plein droit. »

La cagoule de Nesterov demeura parfaitement immobile.

« Mais Roman Talanov n'avait pas passé toute sa vie au goulag, Dmitri. Il y est entré après avoir travaillé au KGB. »

Nesterov se remit à rire. « Qui que vous soyez, vous tablez sur des suppositions tellement délirantes qu'il est évident que vous êtes juste à la pêche, à essayer de me soutirer des bribes d'information.

— Dis-moi à quel point je me trompe, Dmitri ?

— L'accusation que vous venez de porter est tout bonnement impossible.

— Comment cela ? »

Nesterov se contenta de pouffer sous sa cagoule.

Clark poursuivit : « Tu penses que c'est impossible parce que tu sais que Talanov est *vory v zakonye* et qu'il l'était avant d'entrer au FSB. Cela lui a été permis par accord de la direction à cause des circonstances de l'époque et parce que cela procurait aux Sept Géants un accès direct à la véritable source du pouvoir en Russie. Le Kremlin. »

Nesterov ne dit rien.

« Mais il s'est servi de toi, tout comme il se sert de tous les autres. »

Après un instant de silence, Nesterov répondit : « Il ne se sert pas de nous. Il est l'un des nôtres.

— Comment peut-il être *vory* s'il était capitaine du GRU puis assassin du KGB dans les années quatre-vingt ? Vos gars ont-ils changé leurs critères d'admission ? » Puis, d'un ton glacial, Clark ajouta : « Ton organisation n'était qu'un tremplin vers le pouvoir. Devenir *vory* était à leurs yeux une opération du KGB. Et particulièrement réussie, du reste.

— Tout cela n'est que mensonge, protesta Nesterov. Et même si c'était vrai, ça remonte à bien longtemps.

— Non, pas du tout. Je sais comment fonctionnent les organisations comme la tienne. Vous n'allez pas lui pardonner juste parce que quelques années ont passé. Chacune de ces années où il était honoré comme un authentique *vory* ajoutait une insulte au caractère sacré de votre code d'honneur. Il vous tournait tous en ridicule. »

Puis Clark se pencha de nouveau. « Et ça, tu ne peux pas le laisser passer, pas vrai ? »

Cette fois, le silence se prolongea. Finalement, la voix sous la cagoule demanda : « Que voulez-vous ?

— La nouvelle que je viens de te donner est sur le point d'être rendue publique. Talanov pourra toujours la nier, mais tu sais comment vont les choses. Des gens qui le connaissaient vont commencer à se manifester. Tout le monde saura désormais que le chef du FSB est aussi le chef des Sept Géants. Ça va créer des remous au pays. Des remous pour tout le monde, excepté peut-être pour celui directement au-dessous de lui dans la hiérarchie de l'organisation.

— Comment cela ?

— Quand le bruit va se répandre que les Sept Géants n'étaient rien d'autre qu'un autre paravent travaillant en sous-main pour le Kremlin, alors ton organisation n'aura d'autre choix que de procéder à certains changements.

« Tu peux y survivre, Dmitri. » Clark se pencha de nouveau, collant presque sa bouche contre l'oreille de Nesterov. « Mais pas Talanov. » Il marqua un temps. « Pas vrai ? »

88

Le président Jack Ryan était installé à son poste de travail dans le Bureau ovale. Sur le sous-main posé devant lui, un calepin portait sur plusieurs lignes des points cruciaux écrits de sa main. Il jeta un rapide coup d'œil sur la pendulette, puis sur son téléphone et fit de son mieux pour maîtriser ses pensées qui se bousculaient.

C'était l'un de ces moments cruciaux de l'exercice du pouvoir suprême où il savait que les actes qu'il allait accomplir dans les toutes prochaines minutes pouvaient décider de la vie ou de la mort de milliers, voire de dizaines sinon de centaines de milliers de personnes.

Il avait passé des heures en réunion la nuit précédente ; avec Scott Adler, avec Mary Pat Foley et Jay Canfield, avec Bob Burgess, Mark Jorgensen et Dan Murray.

Tous avaient repris avec lui la même conversation, mais plus important que les avis qu'avaient pu lui donner tous ces professionnels avisés, c'étaient les quatre-vingt-dix minutes d'entretien téléphonique avec son propre fils qui avaient mis la machine en branle.

Jack Junior avait commencé par l'annonce que Bedrock avait été tué par les Russes. La première question de son père avait été sur la sécurité de son propre fils ; Jack Junior n'avait alors pu le convaincre qu'il était sain et sauf qu'après avoir passé le combiné à Domingo Chavez.

Ceci réglé, et le président Ryan encore ébranlé par la nouvelle que l'homme qui lui avait jadis sauvé la vie avait trouvé la mort en sauvant celle de son fils, Jack Ryan se mit alors à bombarder son père d'informations, de chiffres et de détails. Des histoires concernant Roman Talanov, Valeri Volodine et l'homme qui avait empoisonné Golovko, ou celle de ses relations avec un caïd de la mafia en Ukraine.

Jack Senior avait griffonné quelques notes, demandé des éclaircissements, puis rajouté sous ses notes d'autres notes à propos des éléments qu'il serait en mesure de recouper de son côté.

La nouvelle que le compte chez Ritzmann Privatbankiers avait été liquidé sous forme de diamants détenus par un autre titulaire lui avait paru intéressante au plus haut point. Ryan avait le vague souvenir qu'à l'époque il avait été, en effet, question de diamants, même s'il ne pouvait se souvenir de détails précis trente ans plus tard.

Quand il eut raccroché, il convoqua tout le monde au PC de crise et leur expliqua tout en détail. Foley, Canfield et Murray sortirent précipitamment pour vérifier tout ce qu'ils pouvaient. Adler avait conseillé le président sur ce qu'il allait devoir faire.

Ryan prit la décision d'ordonner l'arrestation immédiate de Dmitri Nesterov. Burgess suggéra dans la foulée que les agents présents sur zone à Kiev pourraient s'en charger et Ryan donna son accord.

Maintenant que Nesterov était entre leurs mains, et même s'il n'avait pas encore dit un mot, l'idée générale était que le président Ryan devait décrocher son téléphone, contacter Volodine et tout mettre à plat. Ce n'était guère plus qu'un vœu pieux pour tenter de marginaliser le dirigeant en le menaçant de révéler tout ce qu'ils détenaient ou tout ce qu'ils pourraient le convaincre de détenir, ce qui était considérablement moins que ce qu'ils pourraient réellement prouver.

Le voyant du téléphone clignota, avertissant Jack que la communication avec Moscou avait été établie. Il prit une profonde inspiration, disposa ses notes devant lui et décrocha le combiné.

La voix de Volodine se fit entendre. Il s'exprimait en russe, bien entendu, mais Ryan reconnut le débit rapide, la confiance en soi. La voix de l'interprète dans la salle des transmissions était plus forte que celle de son homologue russe pour lui permettre d'entendre plus aisément la traduction.

« Monsieur le Président, commença Volodine. Enfin nous nous parlons. »

Ryan répondit en anglais, qui était traduit à la volée par l'interprète de Volodine au Kremlin. « Président Volodine, je dois entamer cette conversation par une suggestion que j'espère vous voir considérer sérieusement.

— Une suggestion ? Peut-être allez-vous me suggérer de démissionner. Est-ce cela l'idée ? »

Il rit de sa bonne blague.

Ryan ne rit pas. Il poursuivit : « Ma suggestion est que vous demandiez à votre interprète de quitter la conversation. Ce que j'ai à vous dire est pour vous seul et mon propre interprète peut s'en charger. Si vous le voulez, quand j'aurai fini, vous pourrez à nouveau faire participer le vôtre à la conversation.

— Comment cela ? commença Volodine. Ce n'est pas à vous de fixer les règles de nos entretiens. Ce n'est qu'encore une de vos ruses pour mieux contrôler le dialogue. Je ne me laisserai pas intimider, président Ryan. C'était bon pour mon prédécesseur, pas pour moi. »

Jack patienta quelques secondes, le temps que se poursuive le même genre de litanies relayées par son interprète, puis il dit simplement : « C'est au sujet de Zénith. »

L'annonce fut traduite par l'interprète de Volodine, puis s'ensuivirent plusieurs secondes de silence au bout du fil.

« J'ignore ce que c'est, dit Valeri Volodine.

— Eh bien dans ce cas, je m'en vais vous éclairer. Jusqu'au moindre détail. Numéros de compte, noms, dates, victimes, conséquences. Voulez-vous que votre interprète se retire ou dois-je continuer ? »

Jack ne s'attendait pas à une réponse quelconque au bout du fil quand Volodine réagit : « Je veux bien vous laisser quelques minutes. » Il semblait déjà sur ses gardes.

Quand il n'y eut personne d'autre au bout du fil au Kremlin, Ryan changea le cours de la conversation : « Monsieur le Président, j'ai des preuves qui vous impliquent directement dans l'empoisonnement au polonium de Sergueï Golovko.

— Je m'attendais même à entendre ça un peu plus tôt. J'ai déjà dit devant l'opinion internationale que vous disposiez de toutes sortes de mensonges pour mettre en cause la Russie.

— Pavel Letchkov, un agent de l'organisation criminelle des Sept Géants, a transmis le polonium aux Vénézuéliens qui à leur tour ont empoisonné la victime. Nous avons des photos de Letchkov sur le sol américain.

— Personne ne se fie aux photographies. De surcroît, si cet homme était un criminel, qu'a-t-il à voir avec moi ? Votre propre pays a des problèmes de criminalité, non ? Vais-je vous faire porter le chapeau pour les activités de vos gangs ?

— Letchkov a été également photographié en compagnie de Dmitri Nesterov, un autre membre des Sept Géants.

— Je rappelle mon interprète. Vous n'avez rien qui ne puisse être entendu par tout citoyen russe, quand bien même cela ne fera que leur prouver l'absurdité d'un ancien espion de la guerre froide.

— Le lien de Roman Talanov avec les Sept Géants a été décidé par vous-même dans le cadre d'une opération de renseignement et l'homme a fait ensuite son chemin jusqu'au sommet de l'organisation, tout comme, de votre côté, vous l'avez fait jusqu'au sommet du gouvernement russe. Mais Roman Talanov est à présent grillé. Nous avons déjà informé des membres influents de sa mafia qu'il appartenait au KGB avant d'intégrer leurs rangs et d'être adoubé, et cela constitue pour eux un signe manifeste de manque de respect envers l'organisation. »

Et Ryan d'ajouter : « J'ose estimer que cela pourrait bien lui compliquer la vie très sérieusement. »

Volodine reprit alors la parole et Jack releva aussitôt qu'il n'avait finalement pas demandé à son interprète personnel de reprendre la ligne. Il répondit simplement : « Ce ne sont là que des mensonges.

— Monsieur le Président, Hugh Castor nous a fourni des preuves. Des preuves dont vous savez qu'elles existent. Nous avons capturé Dmitri Nesterov, vivant, hier soir. Nous lui avons présenté ces preuves, et il est suffisamment furieux pour nous avoir déjà révélé pas mal de choses. Une fois que nous l'aurons montré à la télévision pour qu'il explique comment le FSB lui a versé un virgule deux milliard pour déstabiliser l'Ukraine, empoisonner Sergueï Golovko et faciliter des transactions financières frauduleuses pour permettre aux *siloviki* de continuer à dévaliser les biens publics du peuple russe, alors votre situation deviendra… critique. Président Volodine, même si cela doit détruire Talanov, vous avez une porte de sortie, si vous en faites le choix. Nous révélerons nos découvertes dans l'enquête sur le polonium. Elles mettront en cause les Sept Géants. Cela, conjugué au fait que Talanov est devenu aussi nocif que l'était Golovko, vous fournira l'occasion de prendre publiquement vos distances avec lui, avant que la révélation de votre complicité ne vous détruise.

— Quel est votre objectif dans tout cela ? »

Jack savait ce qu'il voulait dire. Volodine lui demandait ce que voulaient les États-Unis en échange de la non-divulgation du financement par le gouvernement russe de la mafia des Sept Géants.

Ryan répondit : « C'est tout simple. Votre armée interrompt immédiatement son avance et retourne en Crimée. Vous aurez remporté une victoire modeste, mais toute victoire vaut mieux que ce vous méritez. Si cela se produit, nous n'établirons pas le lien entre vous et Zénith.

— Je ne peux pas céder au chantage !

— Mais vous pouvez vous laisser détruire. Pas par moi. Je ne veux pas de guerre. Mais vous pouvez être détruit de l'intérieur. La Russie a besoin de savoir qui est réellement à la barre. Personne dans votre pays ne me croira. Mais il y a des preuves. Des preuves fournies par Nesterov, Castor et les autres, et ces preuves seront éloquentes, et elles se répandront chez vous.

— Si vous croyez me faire peur avec votre propagande, vous vous trompez.

— Président Volodine, la vieille garde du KGB, toujours bien vivante, examinera les dates. Les banquiers vérifieront les numéros de comptes. Le bureau des prisons cherchera des informations sur Talanov. Plusieurs pays européens rouvriront des enquêtes sur des crimes passés. Si c'est ma propagande qui ouvre les vannes, qui sait jusqu'où le flot dévalera. Tout ce que j'avance pourra être prouvé dès lors que chacun saura où chercher. »

Valeri Volodine raccrocha.

Un collaborateur vint au bout du fil une seconde plus tard. « Monsieur le Président, dois-je essayer de le recontacter ?

— Non, merci, dit Ryan. J'ai transmis mon message. Désormais, je n'ai plus qu'à attendre sa réaction. »

Roman Talanov démissionna du FSB deux jours après que la Russie eut interrompu son offensive en Ukraine et retiré ses forces en Crimée. Dans la droite ligne de sa carrière passée au service du gouvernement, Talanov ne fit lui-même aucune annonce ; à la place, Valeri Volodine se présenta devant sa présentatrice de JT préférée et, après avoir accepté ses louanges pour ses succès dans l'éradication du terrorisme dans l'est de l'Ukraine, il annonça qu'il était porteur d'une bien triste nouvelle.

« J'ai décidé de retirer ma confiance à Roman Romanovitch Talanov. Des faits troublants ont été mis en lumière concernant ses liens avec le crime organisé, et en tant que responsable de l'intégrité de tous les citoyens russes, je dois admettre que Talanov n'est pas l'homme qui convient à ce poste. »

Volodine désigna pour le remplacer un personnage dont personne n'avait jamais entendu parler – il l'avait choisi personnellement parmi un groupe de conseillers de confiance, même si l'individu n'avait aucune expérience en matière de renseignement – et, dans la foulée, il ordonna que le nom de Talanov fût effacé de toute correspondance officielle.

Roman Talanov savait ce que signifiait pour un *vory* d'être en disgrâce. Il n'y avait pas de situation pire dans toute la Russie, parce que tous les membres de son entourage depuis les tout débuts devinrent en un clin d'œil ceux-là mêmes qui étaient les plus dangereux pour lui. Il se retira dans sa datcha de Krasnodar Kraï, sur les bords de la mer Noire, entouré d'une garde de sécurité forte de vingt hommes de confiance, qu'il équipa tous avec les armes dérobées à une unité de *spetsnaz* du KGB.

Valeri Volodine envoya un émissaire – il n'était pas question pour lui de s'adresser à Talanov en personne – pour lui assurer qu'il bénéficierait de la protection gouvernementale et de tous les revenus tirés de la revente de ses actions Gazprom, en échange de l'abstention de toute déclaration publique.

Talanov accepta. Cela faisait plus de trente ans qu'il suivait les ordres de Valeri Volodine ; du reste, il ne savait pas trop quoi faire d'autre.

C'est un membre de son propre personnel qui le tua. Six jours après que Talanov eut été viré pour avoir été un agent du KGB qui avait eu l'indignité de devenir un *vory v zakonye*, l'une des jeunes recrues de sa garde personnelle, un civil qui aspirait à un grand avenir parmi les Sept Géants, attendit qu'il sorte de sa douche et le tua d'un coup de poignard en plein cœur. Il prit avec son téléphone mobile des photos du corps qu'il posta sur les réseaux sociaux pour se vanter de son acte.

Il y avait une certaine ironie dans le fait que la première image que la plupart des Russes découvrirent de leur ancien patron du renseignement fût celle d'un corps nu et couvert de sang, gisant à plat dos sur du carrelage, les yeux écarquillés, figés dans la mort.

Jack Ryan Jr. appela son père depuis la cabine de l'avion de Hendley Associates dès qu'il fut au-dessus de l'Atlantique. Son père s'était fait du souci à son sujet depuis une semaine pour la bonne et simple raison que Jack s'était rendu à Londres pour déménager, et même avec la présence de Dom et Sam pour lui donner un coup de main, il avait quand même trouvé le temps long.

Jack, de son côté, n'avait pas voulu rappeler son père tant qu'il était encore en Angleterre. À la place, il appela sa mère et envoya des courriers électroniques pour les rassurer tous les deux et leur promettre d'être de retour très bientôt.

Dom et Sam adoraient le Royaume-Uni et Jack dut admettre qu'il regrettait vraiment de partir. Il reconnut que c'était sa propre mélancolie qui, à son arrivée dans ce pays, lui avait donné l'impression première que son séjour allait être tristouille, bien avant même que la mafia russe ne rende l'expérience encore moins joyeuse.

Mais à présent que Jack Junior était sur le chemin du retour, cela voulait dire qu'il pourrait parler avec son père sans avoir à déceler dans sa voix cette inquiétude qu'il avait si souvent perçue ces dernières années. Il se rendit compte qu'il avait rendu la vie paternelle, déjà difficile, encore plus ardue à cause de ses choix professionnels, mais il prit conscience dans le même temps d'un autre élément.

S'il y avait quelqu'un sur terre capable de comprendre le besoin de servir un idéal qui vous transcende, malgré le danger pour sa personne, c'était bien son propre père.

Après avoir eu la preuve que le prochain arrêt de son fiston serait le sol américain, Jack Senior lui dit : « Fils, je n'ai pas encore eu l'occasion de te remercier pour tous les renseignements que tu m'as transmis la semaine dernière. Tu as fait tourner le vent. Tu as bel et bien sauvé quantité de vies humaines. »

Jack Junior ne fit pas dans l'autocongratulation : « Je n'en sais rien, p'pa. Volodine est toujours en vie et toujours au pouvoir. On festoie dans les rues des régions de l'Ukraine où il est maintenant devenu le grand manitou. Ça n'a pas vraiment l'air d'une victoire.

— Ce n'est certes pas la fin que nous espérions tous. Mais nous avons stoppé une guerre.

— Es-tu sûr de ne pas l'avoir simplement remise à plus tard ? »

Soupir de Jack Senior. « Non. Je n'en suis pas sûr du tout. En fait, par certains côtés, un Volodine affaibli est encore plus dangereux. Il pourrait bien se comporter comme un animal blessé. Prêt à mordre n'importe quoi. Mais je suis dans le métier depuis un moment, et j'ai le sentiment que nous avons maximisé le profit tout en minimisant les inconvénients. Nombre de gens bien ont perdu la vie au passage : Sergueï, Oxley, des civils et des militaires qui servaient en Europe orientale. C'est toujours bien de souhaiter en tirer un peu plus, mais la réalité du monde nous rattrape toujours.

— Ouais, fit Jack Junior. C'est vrai. »

Son père reprit. « Nous n'avons pas perdu, Jack. Simplement, nous n'avons pas gagné. »

Il fallut un moment à Jack pour digérer la sentence paternelle. « Okay.

— Quels sont tes projets, maintenant, fils ? demanda Ryan.

— Je veux retourner au bercail. J'en ai déjà parlé à Gerry. Il a trouvé un nouveau bâtiment dans le comté de Fairfax et Gavin a concocté une nouvelle technologie pour nous aider à progresser encore.

— C'est bien. Je sais que ça te manque de travailler avec la bande. Cela dit, je dois reconnaître que j'aimerais mieux te voir mener une existence moins risquée.

— Tu as vu ce qu'il arrive quand j'accepte un boulot ennuyeux garanti sans le moindre risque.

— Oui, j'ai vu. Mais enfin, j'ai ma petite part de responsabilité dans tout ça, pas vrai ?

— Tu m'as fait confiance. Je t'en suis reconnaissant. Merci.

— Passe dès que possible quand tu rentres. Tu me manques.

— Sans faute, p'pa. Tu me manques aussi. »

Épilogue

Trente ans plus tôt

Jack Ryan descendit du taxi devant son logement de Grizedale Close. Il avait emprunté un pardessus à un collègue de Century House et il s'en félicitait parce que la nuit était froide du côté de Chatham. La rue était vide et il estima qu'il devait bien être minuit passé, mais il avait ôté sa montre à Berlin quand le docteur avait soigné sa blessure et il l'avait jetée dans sa valise par la suite.

Il s'était avisé au départ de la gare de Victoria qu'il aurait dû appeler chez lui depuis le bureau. Mais sir Basil avait insisté pour qu'il se fasse examiner par leur médecin et, par la suite, il avait passé des heures à relire la photocopie d'un exemplaire du compte rendu de contact qu'il avait rédigé le matin même à la Mission Berlin. Son premier jet faisait onze pages et, après l'avoir relu à Century House, il en avait encore ajouté cinq d'informations, en s'aidant d'un plan de Berlin et de quelques autres documents de référence pour vérifier la parfaite exactitude du moindre détail.

Il avait ensuite été trop distrait pour appeler Cathy et, le temps d'y songer, il était déjà dans le train.

Il franchit la porte de la maison avec le plus de discrétion possible ; il ne voulait pas réveiller les enfants. Il posa son bagage dans l'entrée et se mit à ôter ses chaussures pour marcher encore plus silencieusement mais il entendit Cathy venir par le couloir, dans le noir.

Elle se jeta quasiment dans ses bras. « Tu m'as manqué, tu sais.

— Tu m'as manqué aussi. »

Moment plein de tendresse, rompu seulement par : « Tu t'es acheté un nouveau pardessus ?

— Oh, je l'ai juste emprunté. C'est une longue histoire. »

Ils s'étreignirent et s'embrassèrent sans interruption jusqu'au séjour, où Cathy se laissa tomber sur le divan. Il la trouvait magnifique, même en robe de chambre. Jack ôta son pardessus, oubliant que son avant-bras droit avait l'air momifié.

« Oh mon Dieu. Qu'est-ce que tu as fait ? »

Jack haussa les épaules. Il ne pouvait pas mentir à Cathy, parce qu'elle était sa femme mais aussi parce qu'elle était chirurgienne. Elle ne pourrait s'empêcher de jeter un œil sur sa blessure et saurait aussitôt qu'il avait reçu un coup de couteau.

En quelques secondes, le pansement était enlevé et il tenait son bras sous la lumière de la lampe posée sur la table basse. Elle examina l'avant-bras d'un œil expert. « Tu as eu de la chance, Jack. L'estafilade est longue mais tout à fait superficielle. Il semble que quelqu'un a déjà traité la blessure avec soin.

— Oui. »

Elle entreprit de remettre le bandage. « Je la nettoierai de nouveau et referai le pansement dans la matinée. Que s'est-il passé ?

— Je ne peux pas le dire. »

Elle examina de nouveau la partie de la blessure encore visible, puis le fixa droit dans les yeux, avec une expression à la fois soucieuse et blessée. « Je savais que tu allais me répondre ça.

— Je ne peux pas », répéta-t-il, l'implorant de ne pas insister.

Et cela suffit à lui révéler tout ce qu'elle avait besoin de savoir. « La seule raison pour te retenir de me parler est que c'est en rapport avec la CIA. On t'a agressé ? »

Tu pourrais au moins l'admettre, se dit-il. *Mais il n'y a pas eu que le terroriste allemand armé d'un couteau. Il y a eu également le petit détail du tireur embusqué et des autres voyous non identifiés près du mur de Berlin.* Il n'en révéla rien, bien sûr. À la place, il se contenta de dire : « Je vais bien, mon cœur. Promis. »

Elle ne le croyait pas. « J'ai regardé les nouvelles. Le restaurant en Suisse. La galerie d'art à Berlin. Seigneur, Jack, dans quelle affaire étais-tu ? »

Ryan aurait pu répondre « les deux » ou il aurait pu faire le cuistre et souligner que ce n'était pas vraiment une galerie d'art. Au lieu de cela, il répondit : « Tu dois me croire, Cathy. Je ne suis pas allé courir après les ennuis.

— Non, jamais. Tu ne peux simplement pas t'en détourner quand ils se présentent. »

Jack contempla le salon. Il était trop crevé pour une dispute et, de toute façon, il ne pouvait pas dire grand-chose. Elle avait raison. Elle n'avait pas épousé un soldat ou un espion. Elle avait épousé un courtier en Bourse et un historien. C'était lui qui allait se fourrer tout seul dans des problèmes à Berlin. Il n'avait aucun argument crédible pour dire que c'était Berlin qui était venu le chercher.

Il dit la seule chose qui lui vint à l'esprit et c'était sincèrement celle qui importait pour lui maintenant : « Je t'aime et je suis heureux d'être de retour.

— Je t'aime aussi, Jack, et j'aime bien t'avoir auprès de moi. Raison pour laquelle c'est si difficile quand tu pars plusieurs jours et reviens à la maison avec une blessure au couteau. S'il te plaît, dis-moi au moins que tu peux le comprendre.

— Bien sûr que je le comprends. »

Ils s'étreignirent. Rien n'était vraiment résolu mais elle lui montrait ainsi qu'elle allait laisser passer, pour cette fois.

Elle reprit : « Je suis désolée, mais j'ai une opération à neuf heures. »

Jack regarda la pendule. Une heure du matin. La veille, au même moment, il était assis avec Marta Scheuring, et deux nuits plus tôt, il était à quelques minutes d'une fusillade. Trois nuits avant, il était à Zoug, en Suisse, à regarder un bâtiment brûler.

Jack embrassa sa femme et elle se dirigea vers la chambre. Il lui lança : « J'arrive, sitôt que j'aurai fait la bise aux enfants. »

Ryan contempla la petite Sally. Elle dormait comme un loir, en serrant très fort son lapin en peluche. Il s'approcha sans bruit et l'embrassa sur le front.

Puis il se rendit dans la chambre du petit Jack et il fut surpris de voir le bébé debout dans son berceau. Sous une touffe de cheveux bruns, il y avait de grands yeux bleus et un énorme sourire pour son papa.

Ryan étouffa un rire. « Eh, mec. » Il prit Jack et le serra dans ses bras, puis il emmena son petit garçon dans le séjour et s'assit dans le divan, l'enfant sur ses genoux.

La pièce était silencieuse même avec le tic-tac de la pendule et, comme il était installé, Ryan sentait le cœur de son fils battre contre sa poitrine.

Soudain, le danger et la mort des jours passés envahirent son esprit. Sa vie avait été en jeu maintes fois et maintenant, c'était son propre cœur que la terreur faisait battre, en réalisant qu'il aurait pu perdre tout ce qu'il avait, tout ce qu'il possédait.

Et que sa famille aurait pu le perdre.

Il serra Jack plus fort et le petit garçon se débattit dans ses bras.

Il se dit qu'il devait abandonner cette existence avant que petit Jack et petite Sally ne perdent leur père.

Alors qu'il songeait à sa propre mortalité et à ce qu'il envisageait soudain comme l'irresponsabilité d'une vie débridée menée à cent à l'heure, il repensa non seulement aux périls qu'il avait croisés mais aussi aux autres. À David Penright, aux deux banquiers suisses qu'il n'avait jamais rencontrés, aux innocents tués en Suisse et en Allemagne, mais aussi à Ingrid Bretz, à Marta, et à l'homme qui avait surgi des arbres pour venir s'interposer et aider un inconnu, au prix de grands risques pour sa personne.

Jack s'était lancé dans ce jeu d'espions pour rendre le monde meilleur. C'était naïf, il avait la lucidité de l'admettre, mais, au bout du compte, il savait qu'il avait fait un peu de bien. Peut-être pas beaucoup, mais bon sang, il n'était qu'un homme qui faisait de son mieux.

Il abaissa de nouveau les yeux sur Jack Junior et fut ravi de constater qu'il s'était rendormi, comme ça, là, dans ses bras.

Ryan savait qu'il ne pouvait pas se détourner de cette voie. Faire de son mieux. Il ferait tout son possible pour rester en vie pour pouvoir jouir d'une longue existence et nourrir sa famille, mais il se rendait compte à présent que plus il en ferait, plus il se battrait pour rendre ce monde meilleur, et plus le monde dont hériterait Jack Junior aurait juste un petit peu progressé, serait un peu plus sûr pour lui.

Jack s'imagina que son propre père disparu, un flic de Baltimore du nom d'Emmet Ryan, l'avait probablement lui aussi tenu dans ses bras en pensant la même chose. C'était le souhait de tous les pères, même s'il se demandait si cela ne relevait pas du vœu pieux. Pour ce qu'il en savait, petit Jack affronterait des dangers que Ryan lui-même était incapable d'imaginer mais, alors qu'il se levait pour ramener dans sa chambre son fils endormi, il se rendit compte que tout père devait à son fils d'essayer.

Du même auteur
aux Éditions Albin Michel :

Romans

À LA POURSUITE D'OCTOBRE ROUGE
TEMPÊTE ROUGE
JEUX DE GUERRE
LE CARDINAL DU KREMLIN
DANGER IMMÉDIAT
LA SOMME DE TOUTES LES PEURS
SANS AUCUN REMORDS
DETTE D'HONNEUR
SUR ORDRE
RAINBOW SIX
L'OURS ET LE DRAGON
RED RABBIT
LES DENTS DU TIGRE
MORT OU VIF
LIGNE DE MIRE
CYBERMENACE
SUR TOUS LES FRONTS

Deux séries de Tom Clancy et Steve Pieczenick

OP-CENTER 1
OP-CENTER 2 : IMAGE VIRTUELLE
OP-CENTER 3 : JEUX DE POUVOIR

OP-CENTER 4 : ACTES DE GUERRE
OP-CENTER 5 : RAPPORT DE FORCE
OP-CENTER 6 : ÉTAT DE SIÈGE
OP-CENTER 7 : DIVISER POUR RÉGNER
OP-CENTER 8 : LIGNE DE CONTRÔLE
OP-CENTER 9 : MISSION POUR L'HONNEUR
OP-CENTER 10 : CHANTAGE AU NUCLÉAIRE
OP-CENTER 11 : APPEL À LA TRAHISON

NET FORCE 1
NET FORCE 2 : PROGRAMMES FANTÔMES
NET FORCE 3 : ATTAQUES DE NUIT
NET FORCE 4 : POINT DE RUPTURE
NET FORCE 5 : POINT D'IMPACT
NET FORCE 6 : CYBERNATION
NET FORCE 7 : CYBERPIRATES

Une série de Tom Clancy et Martin Greenberg

POWER GAMES 1 : POLITIKA
POWER GAMES 2 : RUTHLESS.COM
POWER GAMES 3 : RONDE FURTIVE
POWER GAMES 4 : FRAPPE BIOLOGIQUE
POWER GAMES 5 : GUERRE FROIDE
POWER GAMES 6 : SUR LE FIL DU RASOIR
POWER GAMES 7 : L'HEURE DE VÉRITÉ

Documents

SOUS-MARINS. Visite d'un monde mystérieux : Les sous-marins nucléaires
AVIONS DE COMBAT. Visite guidée au cœur de l'U.S. Air Force
LES MARINES. Visite guidée au cœur d'une unité d'élite
LES PORTE-AVIONS. Visite guidée d'un géant des mers

PAPIER À BASE DE FIBRES CERTIFIÉES

Le Livre de Poche s'engage pour l'environnement en réduisant l'empreinte carbone de ses livres. Celle de cet exemplaire est de :
700 g éq. CO_2
Rendez-vous sur www.livredepoche-durable.fr

Composition réalisée par NORD COMPO

Achevé d'imprimer en octobre 2021 en France par
La Nouvelle Imprimerie Laballery
58500 Clamecy (Nièvre)
N° d'impression : 108608
Dépôt légal 1re publication : novembre 2017
Édition 05 – octobre 2021

LIBRAIRIE GÉNÉRALE FRANÇAISE
21, rue du Montparnasse – 75283 Paris Cedex 06

Composition réalisée par NORD COMPO

Achevé d'imprimer [illegible] par
La Nouvelle Imprimerie Laballery
[illegible]
N° d'impression : [illegible]
Dépôt légal 1re publication : [illegible]
Édition [illegible]

LIBRAIRIE GÉNÉRALE FRANÇAISE
[illegible] – 75[illegible] Paris Cedex [illegible]

53/4810/3